TRY Baby

Ce livre est une fiction. Toute référence à des évènements historiques, des personnages ou des lieux réels serait utilisée de façon fictive. Les autres noms, personnages, lieux et évènements sont issus de l'imagination de l'auteure, et toute ressemblance avec des personnages vivants ou ayant existé serait totalement fortuite.

Collection New Romance® créée par Hugues de Saint Vincent,
dirigée par Arthur de Saint Vincent
Ouvrage dirigé par Sylvie Gand

Image de couverture : © Shutterstock
Couverture : Ariane Galateau

Pour la présente édition,

34-36 rue La Pérouse
75116 PARIS
www.hugoetcie.fr

ISBN : 9782755688511
Dépôt légal : juin 2021
Imprimé en France par CPI Brodard et Taupin - N° d'impression : 3041255

NEW ROMANCE®

LOU MARCEAU

TRY Baby

Hugo Roman

« Je t'aime oh, oui je t'aime !
Moi non plus »
(Je t'aime, moi non plus, Jane Birkin et Serge Gainsbourg, 1969)

Chapitre 1

Svetlana

Assise derrière le grand bureau de verre dont les baies vitrées offrent une vue spectaculaire sur Lower Manhattan, je tente quelques tours avec le confortable fauteuil de cuir noir dans lequel je suis assise.

Tout est beaucoup trop masculin pour moi ici, mais pour ce poste de chirurgien cardiaque au centre new-yorkais de One Heart, j'aurais accepté du papier peint à fleurs moutarde et orange.

Avec même une pointe de marron en plus.

Un petit tour supplémentaire, yeux clos, pour remercier une fois encore mon chef et surtout ami, Raphaël Lemarquand, d'être tombé amoureux d'une de mes amies au point d'en oublier un peu la chirurgie, le temps de l'aimer dans tous les endroits paradisiaques du globe.

Et croyez-moi, malgré le réchauffement climatique et autres sujets désolants, lorsqu'on a les moyens, on arrive encore à en trouver.

Énormément, semble-t-il, puisque aucune date de retour n'est prévue.

Un dernier tour pour le bénir de m'avoir fait confiance au point de m'imposer à ce poste, moi, la jeune Serbe sans réseau, en utilisant ses connexions de privilégié pour me permettre d'opérer aux États-Unis sans y avoir étudié, avec mon seul diplôme européen de chirurgien.

Ce *poste de ouf,* comme l'a si bien dit mon amie Charlotte, lorsque je lui ai annoncé la raison pour laquelle j'allais, moi aussi, quitter la France, après Romy.

Mon sourire est toujours aussi béat, même deux mois après mon arrivée à New York, mais je me ressaisis. Ma journée de consultations ne fait que débuter et j'ai plutôt intérêt à rester concentrée. Je viens de commencer à prendre connaissance du dossier de mon prochain patient lorsque la voix tonique de Kimberley retentit à travers l'interphone posé sur mon bureau.

— Désolée de te déranger, Svetlana.

— Pas de souci, Kim. Un problème ?

— Pas vraiment, non !

La voix de Kimberley me semble quand même nettement plus aiguë que d'habitude.

— C'est juste que...

— Que quoi ?

— Tu sais qui est ton prochain patient ?

— Monsieur Steadman (je lis le dossier sur l'écran de mon Mac) est âgé de soixante-huit ans et vu les résultats des examens prescrits par son cardiologue, je vais devoir l'opérer d'une valvulopathie. Probablement cette semaine, j'imagine, si les créneaux de bloc le permettent encore. Tu sais quand il doit voir un anesthésiste ? Rien d'anormal *a priori* ?

— Noooon... Sauf... – démentant son propos, la voix de Kim atteint des sommets insoupçonnés d'autant plus impressionnants qu'elle essaie de chuchoter – qu'il est venu accompagné de son petit-fils.

J'avoue ne pas comprendre où Kim, d'ordinaire plutôt directe, veut en venir.

— Et ? Qu'y a-t-il d'étrange, à part que cet homme a de la chance de ne pas avoir un petit égoïste comme descendant ? Ce n'est pas comme si j'avais une fascination pour les hommes, si ?

Un piaillement me répond. Suivi d'une logorrhée en mode hystérique et probablement pas aussi discrète que le pensait mon assistante.

Hélas.

— Punaise, Svetlana, je ne peux pas trop parler, il est presque en face de moi. Je n'ai pas mes lunettes mais je suis certaine que c'est le guitariste des K-A9 ! Et crois-moi, vu l'attitude dans la salle d'attente de la gamine qui accompagne le patient suivant, je pense que c'est *vraiment* lui. Même toi tu ne peux pas être insensible à sa présence ici !

Bon, théoriquement, si. « Même moi », je peux y être insensible. Un homme reste un homme, même s'il appartient aux KA-9.

Soit un être humain auquel il manque un vagin et une paire de seins, pour pouvoir me plaire.

Cependant, dans le cas présent, on parle certes d'un homme mais probablement terriblement talentueux puisqu'il est membre d'un de mes groupes de pop rock préférés entre tous.

Avis partagé par des millions de fans à travers le monde. Comme d'autres, souvent les mêmes, aiment *Muse, Coldplay, U2* ou même *Twenty One Pilots.*

Ce genre de groupes.

Ceux dont tout le monde connaît les chansons et les a chantonnées au moins une fois. En voiture, devant YouTube ou dans un stade immense et bondé dont les dizaines de milliers de places ont été vendues en quelques heures.

D'ailleurs, autant être honnête, j'ai téléchargé de nombreux morceaux des KA-9. Et moi qui adore chanter, après toutes ces années de chorale et de cours de musique durant mon enfance serbe, je connais une bonne partie de leur répertoire par cœur.

J'aurais sûrement adoré les voir en concert si ma vie n'avait pas été entièrement consacrée au boulot.

Et aux jolies filles.

Je peux donc difficilement feindre l'indifférence, même si, dans l'entourage de Raphaël Lemarquand, j'ai eu plus que l'occasion de rencontrer un certain nombre de célébrités ou de sommités ces derniers temps.

— Je reconnais que c'est un truc inhabituel. Mais restons pros, OK ? Il vient pour son grand-père et c'est sur lui qu'on doit se concentrer.

— Oui.

J'entends *très* nettement le soupir de Kim, le message est passé : je suis chiante et rabat-joie.

— Je te l'envoie, alors. Cela dit...

— Oui ?

— Si tu arrives à prendre des photos en douce, je suis preneuse !

Kim coupe l'interphone dans un éclat de rire avant que j'aie le temps de lui répondre.

La peste.

Je suis en train de vérifier si monsieur Steadman a déjà rencontré un anesthésiste lorsque Kim, encore elle, toque cette fois à la porte du bureau.

Après avoir ouvert la lourde porte gris anthracite en roulant des yeux à mon attention, la jolie brune s'efface pour laisser passer un homme à la chevelure encore dense, quoique nettement parsemée de gris. Son allure ne permet pas de deviner qu'il lui faut rapidement une valve cardiaque s'il veut rester en vie. Du moins, confortablement.

Comme quoi, les apparences sont parfois trompeuses...

Je me lève pour venir à sa rencontre et l'invite à s'asseoir en lui tendant la main.

— Prenez place, Monsieur Steadman.

Sa poignée de main est ferme, son regard direct et son sourire spontané, franc.

En revanche, parce qu'ici c'est mon territoire et que je refuse de passer pour une groupie que je ne suis pas, je me tourne alors, seulement, et de manière parfaitement calculée, vers celui qui l'accompagne et qui se tient légèrement en retrait.

Ça pourrait être puéril, voire pétri d'*a priori*, si je n'avais pas senti son regard dardé sur moi dès son entrée dans la pièce.

Bonnet enfoncé sur le crâne d'où s'échappent quelques mèches sombres (alors que l'on est à l'intérieur et que je me bats quotidiennement pour qu'on baisse le chauffage), tee-shirt foncé en coton très fin et ajusté dont les manches longues, remontées sous le coude, révèlent des avant-bras aussi nerveux et secs que tatoués, mains enfoncées dans les poches d'un jeans probablement beaucoup trop bas pour être véritablement fonctionnel, c'est un cliché de star du rock et j'hésite à le féliciter d'avoir aussi bien respecté le *dress code*.

Un cliché mais aussi, sans que je puisse m'expliquer cette pensée immédiate, sans doute à la manière d'un David Bowie qui subjuguait les hommes comme les femmes, l'être humain le plus sexuel qu'il m'ait été donné de croiser.

Et le plus renfrogné, si je dois me fier au regard tellement sombre qu'il parvient presque à dissimuler ses yeux d'un bleu mercure inhabituel.

Pas « bleu ciel con », pensé-je fugacement, en songeant au bleu, grisé mais translucide, de la mer de Chine.

— Où est le professeur Lemarquand ?

La voix est un peu cassée mais belle et profonde. Pour autant, je n'y décèle aucune inflexion souriante.

Bonjour à vous aussi...

— Je suis Svetlana Lukic. C'est moi qui le remplace.

Je lui tends la main, impassible.

— Vous êtes ?

Le jeune type est toujours debout, face à moi.

Et sans avoir saisi ma main, alors que son grand-père s'est déjà assis dans l'un des deux fauteuils qui font face à mon bureau.

Évidemment, je note le geste, ou plutôt l'absence de geste, mais je me garde bien d'afficher ma contrariété lorsque je laisse retomber mon bras.

Jeune, étrangère, femme, pas trop moche et de surcroît préférant les femmes aux hommes croisés sur mon chemin, j'ai franchi suffisamment d'obstacles pour que le comportement désagréable mais assez prévisible d'une star du rock mal élevée, aussi connue soit-elle, puisse me déstabiliser.

Les lèvres pleines du jeune homme se courbent en un léger rictus railleur tandis qu'il me fixe en haussant les sourcils.

— Je pense que vous savez très bien qui je suis.

Un sale petit con prétentieux, je pense immédiatement, sidérée par son assurance. Qui se prend pour...

Ce qu'il est ?

Un sale con, oui, apparemment.

Je respire aussi discrètement que possible en m'encourageant intérieurement à conserver mon calme. Je ne vais quand même pas me laisser désarmer par un type à bonnet.

— En effet, je sais qui vous êtes puisque mon assistante me l'a expliqué (et pan, dans tes dents, Beanie Boy), mais figurez-vous que mon goût pour la musique n'est pas allé jusqu'à me conduire à lire et à apprendre votre biographie par cœur. Je suis le docteur Lukic.

Je lui décroche une œillade aussi moqueuse que possible.

— J'imagine que vous avez un nom, à part « star des KA-9 » ?

Je suis à peu près certaine d'entendre le rire étouffé de monsieur Steadman mais je ne me laisse pas distraire.

Ma crédibilité professionnelle est en jeu et ce n'est pas un crétin imbu de lui-même qui va m'impressionner.

Donc je ne cille pas et nous nous livrons à un jeu de regards assez intéressant. Sauf que je n'ai pas que ça à faire. D'autres patients m'attendent, j'ai rendez-vous le soir après le boulot avec une fille charmante et je dois être en forme pour la lourde journée de bloc opératoire de demain.

Oui, moi aussi je peux me la jouer, même si je choisis de me taire et d'attendre.

Je prie pour qu'une poussière ne vienne pas me contraindre à cligner des yeux et à perdre cet affrontement.

— Tadzio Steadman.

Je me retiens de hausser les yeux au ciel.

Tadzio ? Sérieusement ?

Même le prénom est cliché.

Face au type sombre au visage fermé dont les mains, les bras, la naissance du cou et probablement le corps sont encrés de tatouages, je repense à l'ange blond, élégant et gracieux répondant au même prénom dans le film de Visconti, à la musique de Mahler qui l'accompagne, et réprime un sourire.

On ne peut pas rendre plus mauvais hommage à son film *La Mort à Venise* et au personnage de Thomas Mann... Même si les deux ont sans conteste la beauté du diable en commun.

Dommage qu'il ne soit pas une femme, elle serait canon...

— Ravie de faire votre connaissance, Monsieur Steadman. Prenez place, je vous prie.

Je désigne le siège vide face à mon bureau, attendant que *Tadzio* s'asseye.

Sauf qu'il ne bouge pas.

— Je crois qu'on ne s'est pas bien compris, Mademoiselle Lazic.

Je fais comme si je me contrefichais qu'il occulte délibérément le titre de *docteur*, même si je sais qu'il aurait sûrement donné du Professeur à Raphaël ou à Maffre s'il les avait croisés. Et évidemment, je ne lui fais pas non plus le plaisir de tiquer sur la manière qu'il a d'écorcher mon patronyme parce que j'imagine que cela aussi est délibéré. Une preuve de son évidente maturité intellectuelle. Je me note de faire une recherche Google pour comprendre pourquoi il est si con, j'imagine que ça pourrait être drôle.

— Je suis venu ici pour que mon grand-père se fasse opérer par le professeur Lemarquand. Pas par une interne décorative.

C'était donc ça. Comme toujours, en fait...

J'encaisse. Comme toujours. Mais je me promets de ne plus jamais acheter ni même écouter un morceau du crétin sexiste (et peut-être même xénophobe, si je note sa manière d'écorcher mon nom à consonance étrangère) toujours campé en face de moi.

Je suis ici car je suis légitime. Choisie par un type brillantissime pour le remplacer parce que j'ai bossé comme une dingue et qu'il sait que je suis une bête de connaissances et de travail dans mon domaine.

Si ça déplaît à ce cliché à bonnet, qu'il retourne à sa musique et se débrouille pour opérer son grand-père avec sa basse, sa guitare ou que sais-je encore.

Je respire, encore, jetant un regard oblique à monsieur Steadman Senior qui observe la scène avec un amusement non dissimulé, sans paraître vouloir s'en mêler pour le moment.

Très bien. C'est sa vie après tout. Je ne vais pas non plus me battre pour lui.

Un dernier sursaut d'orgueil me pousse cependant à répondre directement au bellâtre décérébré qui me fait face.

— Je crois qu'on ne s'est pas bien compris, en effet, Monsieur Steadman. Raphaël Lemarquand est en congé à durée indéterminée. J'ai été son bras droit dans mes dernières années d'études et c'est lui qui m'a formée.

Je rêve ou cet abruti a arqué un sourcil ?

— C'est donc dans le seul intérêt de votre grand-père que je me permets de souligner que si j'ai été choisie par la Fondation One Heart pour diriger son service de chirurgie cardiaque ici, à New York, c'est incontestablement parce que je suis plus que bonne dans ce domaine.

À ces derniers mots, preuve que je n'ai pas rêvé, ce débile esquisse désormais un sourire discret mais entendu.

Je me sens obligée d'en rajouter, espérant toutefois que je vais m'éviter l'humiliation de les supplier de m'accorder leur confiance.

— Non seulement je suis extrêmement compétente...

Je me félicite intérieurement de ce terme dépourvu de toute ambiguïté.

— ... mais en plus l'organisation de notre service garantira à votre grand-père, s'il le souhaite, bien entendu, d'être opéré dans les meilleures conditions dès cette semaine puisque nous gardons systématiquement quelques créneaux disponibles pour des urgences opératoires.

Je marque une pause, rivant une fois de plus mon regard aux prunelles gris-bleu du musicien.

— Pour autant, si votre grand-père ne souhaite finalement plus se faire opérer ici, ce choix lui appartient, bien entendu, et je peux vous assurer que nous n'aurons aucune difficulté à trouver d'autres patients dont nous pourrons sauver la vie au lieu de la sienne. J'espère simplement qu'il parviendra à trouver rapidement une place dans un établissement de qualité.

Oui, j'y vais probablement un peu fort. Mais j'enrage intérieurement de devoir encore une fois me justifier parce que je suis jeune et probablement beaucoup trop jolie avec mon allure de fille de l'Est – en toute humilité, croyez-moi – pour être crédible à ce poste dans un milieu professionnel éminemment macho.

Et face à certains patients qui ne le sont manifestement pas moins, toutes stars du rock prétendument trop cool soient-ils.

Connard, va.

C'est alors que s'élève la voix de Papi Steadman.

— Jeunes gens, me permettez-vous d'intervenir dans cet intéressant échange ?

Sa voix est amusée mais néanmoins ferme.

— Il me semble que je suis le premier concerné. Tad, mon grand...

Il lève les yeux vers le crétin toujours debout à côté de moi et qui, je suis obligée de le reconnaître, sent excessivement bon, preuve qu'il ne faut jamais se laisser tromper par un joli emballage.

— ... je te remercie de t'impliquer autant mais je ne vois aucune raison de ne pas faire confiance à One Heart en général et au docteur Lukic en particulier.

J'ai juste envie de lui sauter au cou de gratitude.

Et de faire un joli doigt d'honneur à son idiot prétentieux de petit-fils.

Je réponds en m'efforçant d'empêcher ma jubilation de transparaître.

— Merci pour votre confiance, Monsieur. Je pense que vous prenez précisément la bonne décision.

Je lève les yeux vers le fameux Tadzio. Il est grand, ce con.

— Vous restez des nôtres pendant que j'explique à votre grand-père en quoi consiste l'opération et ses suites ?

Ou, je poursuis intérieurement : *vous préférez dégager, ce qui, entre nous, m'arrangerait ?*

Bien entendu, la réponse n'est pas précisément conforme à mes attentes.

— Je reste, évidemment. La santé de mon grand-père est fondamentale pour moi.

Il s'installe tranquillement dans un fauteuil, tendant ses longues jambes devant lui avant de les croiser au niveau de la cheville.

— Si ma présence ne vous trouble pas trop, bien sûr.

J'hésite à me pincer pour vérifier que je n'ai pas rêvé ce que je viens d'entendre. Et réprime mon envie de hausser ostensiblement les yeux au ciel.

Prétentieux, pétri d'*a priori*, tout ce que j'aime.

Si tout se passe normalement, compte tenu de ma pratique de la gent masculine, il devrait probablement *condescendre* à me faire l'*honneur* de me proposer de partager son lit dès que l'occasion se présentera.

Je l'attends, croyez-moi. Mais après tout, s'il veut jouer, qu'il s'amuse. Moi, j'ai du travail que j'entends bien accomplir parfaitement.

— J'espère parvenir à conserver toute ma lucidité, Monsieur Steadman.

C'est à *lui* que je m'adresse, bien entendu, avec tout le sarcasme dont je suis capable, avant de regarder son grand-père qui ne se départ pas de son expression joviale.

— Est-ce que votre cardiologue vous a déjà expliqué quelle chirurgie je devrai pratiquer, Monsieur ?

Chapitre 2

Tadzio

—... ce qui signifie que je dois procéder à un remplacement valvulaire aortique.

Elle marque un temps d'arrêt et regarde mon grand-père avec, il faut bien l'admettre, bienveillance.

— Le mot est compliqué et je sais que l'idée de voir un chirurgien cardiaque est toujours alarmante. Mais l'opération, si elle est vitale, reste très banale dans mon métier.

— Ce qui veut dire que vous la pratiquez souvent ?

Je n'ai pas pu m'empêcher de lui poser la question puisque Papi semble décidé à faire confiance à une fille qui ressemble à un mélange improbable entre ma copine Gigi Hadid et deux de mes fantasmes d'adolescent – Eva Herzigova et Charlize Theron –, mais qui prétend être chirurgienne.

Et qualifiée, en plus, au point qu'il ne craigne pas de la laisser lui ouvrir le thorax pour trafiquer son cœur.

Son cœur. Seul et unique, donc, et que je souhaite voir soigné du mieux possible pour qu'il fonctionne encore très longtemps.

La commissure gauche de ses lèvres se retrousse très légèrement lorsqu'elle poursuit, en me fixant calmement de ses incroyables yeux en amande.

— Ce qui veut dire en effet que, oui, je la pratique souvent. Plus de cent cinquante fois, seule ou en binôme, depuis le début d'année, mais le chiffre peut vous être précisé si vous le souhaitez, Monsieur Steadman.

Elle semble prononcer mon nom presque dédaigneusement. Autant dire que je me sens très loin des hurlements hystériques qui scandent mon prénom lorsque je croise habituellement nos fans.

— C'est une maladie d'usure, liée au vieillissement de la population, si bien qu'elle devient très habituelle de nos jours. Comme d'autres se font poser une prothèse de hanche ou opérer de la cataracte, voyez-vous.

— Vous êtes en train de me dire que je suis vieux, Docteur Lukic ! Moi qui croyais encore naïvement que j'étais dans la fleur de l'âge et que j'allais pouvoir vous inviter à dîner !

Papi semble vraiment conquis lorsqu'elle lui adresse un sourire sincère qui la rend encore plus juvénile. Ce qui est une prouesse, vu qu'on ne lui donnerait pas plus de vingt-cinq ans.

— Mais vous l'êtes, Monsieur Steadman, et j'aurais été ravie de dîner avec vous, croyez-moi, si je n'étais pas si occupée !

Amusant comme elle parvient à prononcer une fois encore mon patronyme mais avec cette fois-ci un ton totalement différent, *sincèrement* chaleureux...

— Et c'est bien parce que vous êtes dans la fleur de l'âge que je vais pouvoir vous proposer une valve mécanique plutôt qu'une bioprothèse, qu'on réserve aux patients plus âgés.

— Vous m'expliquez, Docteur ?

— Bien sûr, Monsieur Steadman, j'y viens !

J'essaie de ne pas le lui montrer – elle m'irrite trop, avec son attitude de première de classe –, mais je ne perds pas une miette de ses explications.

— Ce qui vous arrive, c'est que votre valve aortique, celle qui est située à la sortie du ventricule gauche de votre cœur, est comme entartrée, vous voyez ? Malheureusement nous n'avons pas encore trouvé la solution pour « détartrer » une valve bouchée. Donc, si l'on ne veut pas user votre muscle cardiaque, la seule option dans votre cas, c'est de la changer. En plus, pour vous, ce sera aussi le moyen de vous éviter ces douleurs thoraciques et ces essoufflements accrus dont vous vous êtes plaint à votre cardiologue. Et, surtout, d'autres syncopes probables.

Je frémis à la seule évocation de l'état dans lequel j'ai retrouvé mon grand-père en rentrant la semaine dernière.

Sans doute s'est-elle rendu compte de ce que ce souvenir fait instantanément jaillir en moi. À ma grande surprise, c'est à moi qu'elle s'adresse, en reprenant la suite de ses explications :

— Je propose de poser à votre grand-père une valve mécanique en carbone qui a une durée de vie quasi illimitée et qui lui permettra de vivre tout à fait normalement. La seule condition est de prendre avec soin et à vie un traitement anticoagulant pour éviter tout risque d'embolie. J'ai vérifié, bien entendu.

Elle tourne cette fois-ci son regard vert d'eau vers mon grand-père en poursuivant :

— Il n'y a aucune contre-indication à vous soumettre à un tel traitement. Vous avez peut-être entendu parler aussi d'une *bioprothèse*, Monsieur Steadman ?

Sans attendre sa réponse, elle poursuit.

— Sachez qu'elle doit souvent être changée au bout de quelques années. Mais surtout, on ne la pose qu'aux patients qui ont une espérance de vie moins longue que la durée de vie de la prothèse. Aucun intérêt dans votre cas, donc, Monsieur Steadman ! conclut-elle avec un sourire taquin.

Je jette un œil à mon grand-père qui me semble totalement conquis et je continue d'écouter ses explications sur les examens à subir avant l'opération, les suites opératoires, la convalescence. Tout est clair, concis, apparemment maîtrisé. Avec un soulagement réel, car la vie de mon grand-père est en jeu, mais que je lui dissimule parce qu'elle m'agace à me prendre de haut, je suis bien obligé d'admettre qu'elle est pro.

Vraiment pro.

Et vraiment canon.

Malgré mon inquiétude persistante pour mon grand-père, je ne peux m'empêcher de penser à la boutade qu'il a faite au sujet d'un dîner. Je me demande si lui promettre de l'inviter une fois que l'opération se sera bien passée pourrait motiver la jeune femme ou si, au contraire, cela risquerait de la troubler et de la distraire avant qu'il ne soit tiré d'affaire.

Libre à vous de penser que je suis prétentieux ou imbuvable, mais vous n'imaginez pas l'effet que cela fait d'être célèbre sur quelqu'un qui ne l'est pas...

Dans le doute, et compte tenu de l'enjeu, je décide de ne rien prévoir avant qu'elle n'ait opéré mon grand-père. Lorsque celui-ci sera enfin rétabli, j'improviserai en fonction de mon emploi du temps et des répétitions pour trouver une soirée à lui consacrer.

Histoire de fêter son succès comme il se doit...

Parce que si elle arrive à être aussi sexy avec cette espèce de blouse victorienne qui enserre son cou de danseuse dans un col montant en dentelle fine, en mettant en valeur les traits presque irréels de son visage slave, je n'imagine pas l'effet qu'elle ferait, nue, dans mon lit.

Et en plus, ça pourrait vraiment faire plaisir à mon grand-père de me voir dîner avec une fille dans son genre.

Du genre brillante, manifestement éduquée et qui ne porte pas des ailes dans le dos quand elle défile à demi nue sur un podium.

Même si songer à de tels projets m'aide à me projeter au-delà de l'opération lourde qui attend mon grand-père, je reste tendu et inquiet. Comme souvent lorsque je suis stressé, je laisse distraitement rouler contre mes dents ma langue percée.

Je surprends son regard sur ma bouche et m'amuse de la voir tressaillir.

C'était rapide, finalement.

Je suis tellement habitué aux regards des filles, à leurs avances, que leur intérêt n'est plus jamais une surprise ni même une victoire.

Je suis tout de même un peu désappointé de constater que, malgré son air de pimbêche qui se prend pour une autre, elle ne vaut sans doute pas vraiment mieux que les autres, justement. Celles qui nous tournent autour uniquement parce que nous sommes célèbres... Encore une qui feint stratégiquement la distance pour mieux écarter les cuisses ensuite, histoire de pouvoir rapporter qu'elle a couché avec une star ? Car chacun gère à sa manière sa minute de célébrité... Pour beaucoup, les hommes comme les femmes, c'est en couchant avec quelqu'un de célèbre ou de médiatique. C'est pratique pour moi qui réunis les deux critères, mais passablement répétitif. Et ça en dit long sur une partie du genre humain, pas vrai ?

Cela dit, ce n'est ni le lieu ni le moment pour que je ressasse ce type de pensées misanthropes, nées sans doute de trop mauvaises fréquentations et de la lassitude que j'éprouve de plus en plus à supporter ces simagrées. Je suis ici pour que mon grand-père reste en vie et en pleine forme, idéalement. L'idée est donc d'abord de s'assurer que la jolie créature en face de moi est aussi compétente qu'elle l'affirme.

Le reste... eh bien le reste, c'est le reste. Totalement accessoire, anecdotique et secondaire quand la vie de l'homme qui m'a quasiment élevé et que j'aime le plus au monde est en jeu.

Elle a dû me poser une question, cela dit, car ses yeux de chat, soulignés par ses pommettes hautes et bien dessinées, sont posés sur moi tandis que, menton appuyé sur ses mains jointes, elle semble attendre ma réponse.

— J'en conclus que tout est également clair pour vous, Monsieur Steadman ?

OK, j'ai dû manquer un passage, mais comme de toute façon je n'ai compris qu'un mot sur trois, je vais lui épargner une nouvelle explication. On a tous mieux à faire, j'imagine.

Face à ses compétences qui me semblent indiscutables, je capitule.

— Je vous remercie, c'est très clair. Quand pensez-vous pouvoir opérer mon grand-père ?

Derrière son bureau de verre, elle s'appuie contre le dossier du grand fauteuil en cuir beaucoup trop sombre et masculin pour elle et, une fois de plus, alors que je pense pourtant être un bon petit-fils, je ne peux m'empêcher de penser que ce décorum ne la rend que plus excitante au lieu de me concentrer sur ce qu'elle va me répondre. Preuve qu'elle fait vriller mes pensées d'une manière qui devrait me culpabiliser. Ou qui confirme que, même si elle semble exaspérante, je lui fais déjà suffisamment confiance en tant que chirurgienne pour me laisser distraire à ce point.

N'empêche qu'avec les lunettes à grosse monture sombre qu'elle a sorties pour regarder l'écran de l'ordinateur posé en biais devant elle et cette bouche incroyable maquillée de rouge vif, on pourrait presque penser au décor d'un porno bidon, si elle n'était pas beaucoup trop jolie et naturellement élégante pour y figurer.

Belle, en réalité. Cette fille est belle, pas jolie. Pleine d'une morgue froide qui pourrait me donner un certain nombre d'idées pour la rendre plus conciliante.

Je m'efforce de réprimer un sourire et de chasser ces pensées pour le moins inopportunes pendant qu'elle me répond, sans consulter son agenda, ses immenses yeux en amande fixant les miens sans ciller :

— Idéalement, il faudrait que je puisse opérer votre grand-père cette semaine, ce qui serait possible puisque son cardiologue a déjà fait effectuer la plupart des examens préopératoires. Si après-demain, vendredi, vous convient, Monsieur Steadman (elle s'adresse à nouveau à mon grand-père, j'ai rarement suscité aussi peu d'intérêt), vous pourriez encore rencontrer l'anesthésiste demain matin. L'opération doit, dans votre cas, être effectuée le plus rapidement possible mais je comprendrais que vous n'ayez pas pris toutes vos dispositions. Je vous rappelle que vous resterez ensuite une huitaine de jours sous ma responsabilité si vous optez pour une rééducation dans le service dédié de notre centre ; entre douze et quinze, si vous préférez que cela se passe plutôt à domicile. Dans tous les cas, vous serez longtemps loin de chez vous, il faut préparer une valise en conséquence... La décision de vous faire opérer cette semaine vous appartient.

— Le plus tôt sera le m...

J'interromps mon grand-père. Je ne veux pas d'une intervention si je ne peux pas être là.

— Papi, tu sais que je dois partir demain. On a ce concert caritatif à Paris qu'on fait chaque année et qui a été avancé à cause de la tournée. Je ne peux pas planter les gars. Et maman ne pourra pas se libérer non plus, c'est certain. Attends lundi, s'il te plaît, je serai rentré.

Malheureusement, mon grand-père ne veut rien savoir. Il m'affirme qu'il n'a pas besoin de notre présence à maman ou à moi, ni avant l'opération parce qu'il aura son polar à terminer, ni immédiatement après parce qu'il sera complètement vaseux.

Je comprends que sa décision est prise et j'observe, désemparé, les derniers échanges entre mon grand-père et cette fille trop belle à laquelle il faut être fou de confier son cœur.

Elle finit par se lever pour nous inviter à prendre congé et nous accompagne jusqu'à la porte de son bureau.

Juste avant de passer devant elle, alors que mon grand-père est déjà en train de récupérer nos vestes auprès de la réceptionniste, pris d'une pulsion, je m'arrête pour lui parler.

Très droite devant moi, elle attend que je m'exprime, impassible, même si je crois bien déceler une lueur légèrement moqueuse dans son regard. Sans parler de la commissure de ses lèvres que je suis certain de voir frémir.

Moque-toi, ma belle. J'ai hâte de te découvrir sans ton chignon quand tu auras opéré mon grand-père. Cela dit ce n'est pas le moment d'y penser, si je veux obtenir la faveur que je vais lui demander.

— Mademoiselle Lojic ?

Non, ce n'est pas très malin d'écorcher délibérément son nom alors que je vais lui demander une faveur. Que voulez-vous, je suis joueur.

— Si vous avez de quoi noter, j'aimerais vous donner mon numéro de téléphone personnel pour que vous puissiez me contacter. En cas de problème, bien sûr (elle ne bronche pas), mais aussi quand l'opération sera terminée, pour que je sache ce qu'il en est. Appelez-moi à n'importe quelle heure, s'il vous plaît.

Comme elle ne réagit pas tout de suite, je me retrouve en train d'insister.

— Vous pourriez faire ça ?

Elle lève lentement ses grands yeux bordés de cils très longs vers les miens. Et même si ce n'est vraiment ni le lieu ni le moment, ma queue tressaille dans mon boxer. Le potentiel érotique de cette fille est énorme.

Et croyez-moi, j'en fréquente rarement des moches.

— Vous donnerez ce numéro de téléphone à mon assistante, s'il vous plaît.

Je m'apprête à rétorquer, parce que je n'ai aucune envie qu'un tiers ait mon numéro privé. Et surtout pas la jeune secrétaire qui gloussait mon nom avec la discrétion d'un enfant qui se cache, lorsque j'étais dans la salle d'attente. Mais elle poursuit, imperturbable, avec ce léger roulement des *r* qui la rend encore plus excitante :

— Elle vous donnera une enveloppe pour que vous puissiez me le communiquer en toute confidentialité et me la remettra ensuite. Si vous souhaitez écrire mon nom, Monsieur Steadman (elle n'ajoute pas « à supposer que vous en soyez capable » mais j'ai étrangement l'impression que c'est sous-entendu), je me permets de vous rappeler que je m'appelle Svetlana Lukic. L-U-K-I-C.

Elle me fait marrer, la première de la classe, avec ses yeux qui lancent des éclairs, preuve que si on la cherche on la trouve.

Elle me fait marrer mais pas que...

— C'est serbe, mais par chance pour vous, il n'y a que cinq lettres.

Elle esquisse un sourire goguenard.

— Je suis confiante : même vous, vous devriez arriver à vous en souvenir.

J'ai bien compris ce qu'elle vient de me dire ou je suis victime d'une hallucination auditive ?

C'est qui cette garce, putain ?

Je ne veux pas me griller, surtout pas avant l'opération. Mais ce n'est pas une raison pour la laisser me toiser.

Oui, parce que même plus petite que moi, elle parvient à cette prouesse : me toiser par en dessous.

Alors je réponds, aussi détendu en apparence qu'elle se montre froide.

Même si j'ai rarement l'habitude qu'on me réponde, moi aussi je peux jouer la provocation.

— C'est bien noté, Miss Serbie. Merci par avance.

Elle croit que j'ai terminé et opine du chef. Elle promet d'être amusante, la belle de l'Est, si elle pense que je me laisse faire aussi facilement.

— Moi, c'est Tadzio. Avec six lettres : T-A-D-Z-I-O.

Elle arque de nouveau son sourcil au dessin naturel parfait, ce qui accroît son petit air condescendant de Mademoiselle « c'est moi qui ai encore eu la meilleure note » et attend de voir où je veux en venir.

Patience, ma jolie, on y arrive : quand il s'agit de proférer des énormités pour choquer ou perturber, je suis toujours partant.

— Vous ne l'oublierez pas non plus, croyez-moi.

Je me mordille la lèvre en observant sa moue dédaigneuse.

— Parce que c'est le nom qui va vous obséder jour et nuit, à peine aurai-je franchi la porte de votre bureau.

Je ne cherche évidemment pas à dissimuler mon sourire railleur lorsque je la salue d'un bref mouvement de tête avant de quitter son cabinet.

Chapitre 3

Svetlana

L'opération de Papi Steadman s'est bien passée. Je n'aurai pas la prétention d'ajouter « évidemment », car chaque intervention présente un risque, même lorsque tous les marqueurs sont au vert. L'aléa thérapeutique, comme on dit. Ou aussi, en plus parlant : le destin, la faute à pas de chance, le karma...

Je le regarde partir en salle de réveil pendant que je me prépare au bloc pour le patient suivant.

Depuis que je travaille à New York, ma qualité de vie s'est nettement améliorée – et je ne parle pas du salaire extravagant que mes employeurs ont tenu à me verser : fini les gardes ou les urgences récurrentes. Beaucoup moins de blocs, car nous n'opérons essentiellement que des clients fortunés dont l'argent permet ensuite d'alimenter les fonds de la Fondation, la recherche, qui me tient toujours énormément à cœur, et les projets caritatifs et humanitaires.

Encore que, avec tout l'argent que la famille Westley donne chaque année comme s'il s'agissait d'un simple pourboire à un serveur en terrasse, je ne suis pas certaine que les honoraires payés pour opérer le cœur de monsieur Steadman seront vraiment déterminants pour les finances de la Fondation.

Bref... Je bosse énormément mais cela n'a plus rien à voir avec ma vie en France. Je dors mieux, je peux presque chaque jour m'entraîner à la salle de boxe, installée initialement dans l'immeuble pour Raphaël, j'envisage de reprendre le piano. J'ai même une vie sexuelle plutôt remplie et épanouie. À défaut de vie sentimentale, mais ça, ça fait un moment que je me suis décidée à n'y accorder aucune importance. Depuis Julie, en fait, dont j'étais tombée amoureuse quand j'étais interne au point de la suivre à Paris quand elle m'a annoncé qu'elle y poursuivrait son cursus.

Sauf que c'est elle qui a fini par me quitter... en m'affirmant qu'elle était désespérément amoureuse de moi.

Paradoxal ? Pas pour elle, semble-t-il, car elle me sentait incapable d'être « la femme d'une seule femme », alors qu'elle estimait mériter d'être vraiment aimée. Mon amour-propre en a pris un coup à l'époque, ma culpabilité aussi, d'ailleurs, car j'aurais aimé être capable de cette fidélité qu'elle attendait de moi... Même si je ne l'ai plus jamais revue, elle reste présente dans un coin de ma tête comme l'histoire stable que j'aurais pu vivre. Et parfois même, je me demande si j'aurais dû m'accrocher et si je serais heureuse de la trouver chez moi, en rentrant du boulot.

Parfois seulement... Parce que le reste du temps, mon travail, la fierté de mes parents, qui se sont tellement sacrifiés pour que mon frère et moi arrivions là où nous en sommes, une jolie fille sensuelle et pas prise de tête de temps à autre et, bien sûr, mes amies, tout cela suffit amplement à mon équilibre.

Mes amies... Romy, Charlotte, Marie et Hortense. Elles me manquent néanmoins dans ce nouveau quotidien trop décalé du leur. Même si mon boulot me permettait surtout une amitié par SMS les dernières années, au moins on pouvait réagir en groupe ou par téléphone, en s'appelant sur un coup de tête, voire en se retrouvant pour boire un verre quand nos emplois du temps le permettaient... Sans subir un décalage horaire qui rend désormais difficile de conserver notre spontanéité d'avant.

Le patient suivant m'attend, puis un autre, et il est finalement un peu plus de seize heures trente quand je termine mon dernier bloc. Je n'ai pas de visite du service à faire cet après-midi, alors j'enlève mon calot, mon masque, la tenue jetable bleu ciel et les merveilleux sabots qui sont plus chers à mes yeux que n'importe quelle paire de stilettos ou de bottes dernier cri. Je rigole avec les membres de l'équipe, prends une douche, remets mes habits de ville restés pliés dans mon casier et récupère mes affaires de sport que j'emporte toujours avec moi. Je ne sais pas encore si j'ai envie d'aller me défouler contre le sac de frappe. Flâner en ville, pour une fois, pourrait être une idée sympa aussi, au lieu de rentrer comme chaque jour au pas de charge ou en taxi pour retrouver mon canapé.

Mais comme toujours, l'envie me prend de découvrir la ville avec une de mes amies si loin, en France. Ou avec cette veinarde de Romy qui doit être en train de jouir sous un cocotier.

Je ne peux m'empêcher de sourire en pensant au beau Lemarquand et à ses talents multiples. Sourire qui s'estompe lorsque cette image est remplacée, sans raison valable, par le sourire tellement agaçant de Tadzio Steadman.

Parce que c'est le nom qui va vous obséder jour et nuit à peine aurai-je franchi la porte de votre bureau.

Je n'arrive pas à croire qu'il était sérieux. Impossible. Personne ne dit ça dans la vraie vie, si ?

Rien que d'y penser, je me dis que me défouler à la salle de boxe sera probablement une meilleure idée que d'aller au musée ou de visiter mon quartier que je connais encore peu.

Parce que j'ai du mal à me l'approprier, faute de compagnie pour le découvrir avec moi.

Mais quel abruti, ce type ! Beau comme c'est pas permis, sexy incontestablement – même pour moi qui ne regarde pas les hommes –, mais qui ne se pose aucune question. À commencer par celle à laquelle je m'empresserai de répondre la prochaine fois que j'en aurai l'occasion : « Êtes-vous intéressée ? »

Non mon chéri ☺

Objectivement, *intéressée* j'aurais pu l'être, très certainement... si j'avais été *intéressée* par les garçons. Je doute d'ailleurs qu'il ait essuyé beaucoup de refus féminins.

Mais dans la vraie vie, c'est moi qui conquiers et qui tire les ficelles, moi qui choisis les filles et qui décide du bon moment que j'ai envie de passer. Il ne m'a fait ni chaud ni froid – sauf quand il m'a donné envie de l'assommer, bien sûr –, et la seule chose qui pourrait *m'intéresser* chez lui... ce sont les femmes, probablement superbes, qu'il a dû mettre dans son lit.

C'est notre seul point commun et je jubile par avance de pouvoir le remettre à sa place s'il songe vraiment à me revoir.

On a les petits plaisirs que l'on peut, n'est-ce pas ?

N'empêche que j'hésite en reprenant mon téléphone portable. J'ai bien sa demande en tête. Idiote que je suis, j'ai même été presque émue de le voir si soucieux de la santé de son grand-père, contrarié vraiment, presque malheureux, même, de ne pas pouvoir être présent aujourd'hui et à son réveil.

Je me dis que, aussi insupportable soit-il, j'ai promis de le tenir informé du déroulement de l'intervention et de ses suites et que ce n'est sans doute pas très empathique de ma part de ne pas le faire immédiatement.

Exact.
Mais je ne suis pas empathique.
Je bosse, je contrôle et je ne me laisserai pas dicter ma conduite par une starlette arrogante.
Dans la mesure où je sais que Papi Steadman est au top et que Tadzio est en train de gratouiller des cordes sur la scène du Champ-de-Mars en France (oui, je suis allée regarder où avait précisément lieu le concert en question, simple curiosité de ma part dans un instant de désœuvrement), je n'ai pas non plus besoin de me précipiter.
Et j'ai besoin de ma dose de potes, à défaut d'avoir des câlins en vrai.

MOI
Coucou les filles ! Tout va bien ?

J'attends une réponse quelques instants. Mais personne ne se manifeste. Vingt-deux heures en Europe, avec des bébés de plus ou moins quatre mois pour chacune de mes trois amies – dont des jumeaux inattendus pour Hortense –, j'avais sans doute peu de chance de recevoir une réponse immédiate.
Quant à Romy... Dieu sait quelle heure il peut être, là où elle se cache avec Raphaël.
D'un coup, ma vie me paraît un peu piteuse. J'ai bien un message d'Erin que je devrais rappeler et auprès de laquelle je pourrais sûrement passer quelques heures sympa.
Sauf que je n'ai pas envie de ça ce soir. Pas envie de sexe sans attaches. Mon téléphone retrouve le chemin du mini-sac en bandoulière qui ne me quitte pas depuis que j'habite ici.
Une balade dans Manhattan, ça pourrait finalement être pas mal, histoire de changer de la salle de sport de la clinique. Ou alors je passe chez moi d'abord,

à NoLIta, et je prends le temps de faire enfin cet aller-retour à vélo vers Central Park que je me promets de faire chaque semaine depuis que la neige a quitté les rues ? Avec le soleil qu'il fait aujourd'hui, malgré le froid, ça me permettrait de me vider la tête et de voir la ville en même temps.

Pas mal.

Oui mais...

Je ressors mon téléphone de mon sac. Le contemple. Je soupire comme si l'autre tête de nœud pouvait me voir.

Et je me résigne à lui envoyer un SMS.

Cher T-A-D-Z-I-O

Je vous confirme que l'opération s'est très bien passée. Votre grand-père se porte bien et on devrait lui retirer très bientôt sa sonde d'intubation pour qu'il respire de façon naturelle. Il devrait pouvoir se lever d'ici deux jours.

Bonne soirée

J'avoue que je commence à l'écrire avec un petit sourire aux lèvres et signe soigneusement de mon prénom suivi de mon nom. En toutes lettres. Pas malin mais assez jouissif quand même. À croire qu'il parvient à faire ressortir ce qu'il y a de plus immature en moi...

Je ne m'attends pas à recevoir une réponse. Vu l'heure, il doit être en train de jouer devant un Champ-de-Mars bondé.

C'est pourquoi, quand le bip de mon téléphone retentit alors que je suis en train de sortir de la clinique, je pense d'abord à une réponse des filles avant qu'elles se couchent.

Mais au lieu de ça, je vois apparaître le prénom et le nom de celui qui m'a tellement horripilée. Pour une raison que je ne prends pas la peine d'analyser, je ressens une curieuse excitation lorsque je clique sur mon écran pour découvrir sa réponse.

L'adrénaline du combat, sans doute.

Je découvre avec surprise une vidéo filmée pendant le concert et manifestement depuis la scène. J'aperçois d'abord les visages hilares de deux hommes qui regardent l'objectif sans avoir l'air de croire à ce qu'ils voient. Je dirais qu'il s'agit du chanteur et du batteur. Deux très beaux gosses, en tout cas, mais je reconnais que le fait de n'avoir pas la télé et de me contrecarrer des histoires people, sauf quand elles ont concerné mon amie Romy, ne m'aide pas à être certaine du rôle de chacun dans le groupe. Je vois surtout que la scène, immense, est ouverte devant comme derrière, de telle sorte que celui qui prend la vidéo filme également les pieds de la tour Eiffel, devant laquelle elle est montée. Ce doit être fabuleux d'assister à un tel concert, encore plus de le vivre depuis la scène, en étant de ceux qui font bouger la foule compacte qui apparaît ensuite à l'écran.

Combien y a-t-il de spectateurs agglutinés aux pieds du vidéaste improvisé ? Cinquante mille ? Soixante-dix mille ? Et quel effet cela fait d'avoir, durant quelques heures, ce pouvoir sur tous ces gens ?

Alors que je m'interroge, la foule en question se met à scander d'une seule voix quelque chose que je ne comprends pas tout de suite.

Et puis, rapidement, je prends conscience qu'il n'y a quasiment que les voix féminines qui se font entendre parmi les spectateurs. Et que toutes ces femmes, jeunes, vieilles, scandent à l'unisson un seul mot :

Tadzio.

Suivi parfois de hurlements plus ou moins décousus mais qui, en substance, s'apparentent toujours plus ou moins à un « I Love You » du plus bel effet.

Je contemple mon écran avec incrédulité. Le type est aussi fou que mégalo, je ne vois rien d'autre pour expliquer ce que je vois. Ni encore moins qu'il me l'ait fait suivre.

Fou, mégalo.

Horripilant.

Insupportable.

Exsudant le sexe.

Certes... Mais le sexe masculin... Même si je peux comprendre que cela puisse plaire aux femmes... qui aiment les hommes.

Je secoue la tête. Parce que le meilleur est à venir et que la vidéo a été suivie d'un second message.

Pas de merci, non, ne rêvons pas.

Juste ces mots qui ont pour effet d'augmenter considérablement et instantanément ma tension :

Bientôt votre tour, Miss Serbie... Vous dînez quand avec moi ?

Si j'étais un mec, j'imagine que je pourrais affirmer qu'il commence à me les briser.

Chapitre 4

Svetlana

Papi Steadman est sorti du service de réanimation pour réintégrer le service de chirurgie. Si c'est la preuve que tout s'est parfaitement déroulé pour lui, l'effet sur mon équilibre professionnel et personnel est nettement moins satisfaisant et je commence à compter les jours qui nous séparent du départ en rééducation de mon patient.

Parce que le retour de monsieur Steadman lundi matin est allé de pair avec la venue de son petit-fils dans mon service. Enfin, quand je dis « venue »... Débarquement serait un terme plus approprié puisqu'il y rentre et en sort comme s'il avait décidé d'y établir sa base.

Ou comme s'il était chez lui partout et que sa présence était un cadeau qui ne se refuse pas. Suivez mes yeux levés au ciel...

Tadzio Steadman est sans conteste très impliqué dans la convalescence de son grand-père et sincèrement préoccupé par sa santé. Les dizaines d'appels, mails et SMS quotidiens qu'il destine au personnel du service, lorsqu'il ne peut y être présent, pour s'assurer que mon patient se porte bien, a bien dormi, bien mangé, et j'en passe, en sont la preuve indiscutable.

En matière de relations familiales et d'amour « petit-filial », on pourrait dire que c'est plutôt touchant. Mais Tadzio Steadman n'est pas touchant.

Enfin, si l'on fait abstraction du fait que je l'ai surpris, appuyé contre la machine à café, avec une aide-soignante aux anges et sur laquelle il semblait parfaitement utiliser ses mains.

Non, Tadzio Steadman est juste insupportable. J'ai l'impression d'être avec un gamin sous amphétamines auquel personne n'aurait jamais expliqué la signification des limites et du mot « NON ». Quand je ne dois pas lui interdire de s'allumer une énième clope à la fenêtre de la chambre occupée par son grand-père, je suis obligée de lui demander de jouer de la guitare ailleurs que dans ma salle d'attente. Ou d'éviter de se déplacer avec son skate dans les couloirs du service.

Un skate. Sérieusement.

Et encore, je n'ose imaginer ce qu'il doit trouver à faire lorsque je ne suis pas là pour le surveiller.

De toute façon, même muselé et attaché, ce type est une hormone sur pattes. Il exsude tellement le sexe et les orgasmes que je m'étonne qu'aucune femme ne soit tombée spontanément enceinte à la clinique.

En me dirigeant vers le café dans lequel travaille Erin, juste en face de la One Heart Clinic, j'ai malgré tout un sourire en songeant à ma visite de lundi soir, celle que j'ai faite juste après avoir terminé ma consultation. Je ne m'attendais pas à tomber sur Tadzio lorsque j'ai poussé la porte de la chambre de monsieur Steadman après avoir toqué légèrement. Assis à côté du lit occupé par son grand-père, il était en train de lui jouer de la guitare, en chantonnant doucement, tandis que ce dernier semblait sur le point de s'assoupir.

Sur le point seulement, puisqu'il a rouvert les yeux en m'entendant, avant de m'adresser un sourire encore un peu faible.

— Bonsoir, Docteur, c'est gentil de venir me faire une petite visite.

Je lui ai retourné son sourire en le saluant, croisant un autre regard bleu. Intense. Déstabilisant ? En tout cas suffisamment pour que je n'aie rien trouvé à dire. Pas même, au hasard : « Bonjour, Tadzio. » Comme si le simple fait de prononcer son prénom me renvoyait à nos échanges du week-end et à une intimité qui n'avait pas lieu d'être.

Enfin, si l'on peut parler d'intimité quand un type vous envoie une vidéo des soixante-dix mille fans hystériques qui lui font face pour vous confirmer que vous allez vous aussi succomber et crier son prénom.

Tadzio n'a pas dit un mot non plus quand il m'a regardée entrer. Avant de baisser de nouveau la tête sur la guitare dont il n'avait pas cessé de jouer. Presque ténébreux, avec sa mèche brune ramenée derrière son oreille, son profil irréprochable, gracieux malgré sa grande taille, lorsqu'il a fait se mouvoir avec virtuosité ses longues mains si masculines. Son tee-shirt, ajusté sans être moulant, laissait deviner un torse sec et ferme, musclé sans excès.

Même avec cette réserve inhabituelle, qui contrastait tellement avec son SMS ou son attitude publique, il avait, une fois de plus, une manière bien à lui d'absorber le décor.

— Comment vous sentez-vous, Monsieur Steadman ?

Debout à côté de son lit, j'ai écouté mon patient me décrire ses sensations et ai échangé avec lui quelques instants. Face à moi, Tadzio continuait de jouer doucement une mélodie simple mais harmonieuse et entêtante.

— Et vous, Docteur Lukic, comment allez-vous ?

La question de monsieur Steadman, alors qu'il devait encore souffrir de son opération, m'a amusée, même si elle était révélatrice de ce que j'avais décelé lors de notre rencontre : c'est un type adorable et bienveillant.

La voix rieuse de Tadzio s'est élevée avant que je réponde.

— Le docteur Lukic cherche une date pour dîner avec moi plutôt qu'avec toi, Papi. Autant te dire qu'elle pourrait difficilement aller mieux.

Évidemment, surprise et incrédule devant sa manière de prendre les devants pour s'imposer malgré la douceur du moment, j'ai haussé les yeux au ciel. Peine perdue puisque Tadzio avait gardé les siens baissés sur sa guitare, un sourire espiègle ourlant toutefois ses lèvres et me confirmant que je n'avais pas imaginé ses paroles. Ni le ton amusé – presque gentil, même, probablement en raison de la présence de son grand-père – qui les avait accompagnées.

— C'est vrai, Docteur Lukic, vous allez dîner avec Tadzio ? Voilà qui me fait bien plaisir... Vous verrez qu'il gagne à être connu.

Pas certaine que monsieur Steadman ait précisément la même définition de « gagner à être connu » que son petit-fils, j'ai ri doucement en lui répondant, juste avant de prendre congé.

— Je n'en doute pas, Monsieur Steadman, mais votre petit-fils a d'autant plus mal compris que je ne crois pas qu'il m'ait vraiment invitée à dîner. Ni surtout que j'aie accepté quoi que ce soit !

J'ai adressé au grand brun mon plus large sourire.

— Je n'aurai de toute façon pas une minute à moi dans les trois cent soixante-cinq prochains jours. Croyez que j'en suis navrée...

Après cet échange, Papi Steadman a gloussé en se tenant le thorax. À un léger tressautement d'épaules et malgré son visage à nouveau penché vers sa guitare, j'aurais juré que Tadzio aussi.

On aurait pu en rester là, une sorte de *statu quo* pas trop désagréable.

Sauf que depuis...

Depuis, j'ai vraiment envie de le tuer. Quand il ne drague pas une jeune femme du personnel au sourire conquis, il signe des autographes aux familles des patients ou mobilise la sécurité de la clinique. Des hordes de fans – auxquels il prend d'ailleurs toujours le temps de dire quelques mots – ont en effet été informés de sa présence et s'agglutinent désormais à l'entrée principale de l'immeuble qui abrite nos locaux.

Sans parler de la bonne dizaine de paparazzi qui braquent leurs objectifs pour le photographier, sans même chercher à se cacher.

Comment fait-il pour supporter tout ça ?

Quoi qu'il en soit, c'est encore une fois le cas ce matin, alors qu'il n'est même pas huit heures.

J'ai hâte qu'il s'en aille pour que tout redevienne normal.

Et qu'il ne revienne pas sur sa proposition de dîner avec lui. Comme si ça pouvait vraiment tenter quelqu'un d'accepter en le voyant draguer tout ce qui bouge. Croyez-moi, s'il pense que ça peut marcher, alors ce type est totalement perché.

Pas de remarques concernant ma propre manière de gérer mes relations privées, merci : je suis discrète avec mes partenaires.

Peut-être est-il un précurseur de cette génération de gosses intolérants à la frustration pour avoir été beaucoup trop gâtés enfants. Pas assez de refus et une grande lassitude à l'âge adulte... je me promets une fois de plus de creuser ça ce soir sur Google. Peut-être même entre deux patients, si j'ai un moment dans la journée.

Une fois que je serai passée au café du coin, donc. Où Erin me sourit lorsqu'elle me voit arriver.

Cela dit, elle peut me sourire, et largement, puisqu'elle a joui plusieurs fois cette nuit. Et que c'est grâce à moi.

Le problème est qu'Erin sourit également au type qui lui fait face sur un tabouret près du bar de bois clair. Et que cette chevelure brune et cette dégaine de voyou sexy commencent à m'être beaucoup trop familières.

Qu'est-ce qu'il fait encore là, lui ?

Je me dirige aussi calmement que possible vers le comptoir pour passer commande.

— Salut, toi, je lance à Erin toujours en train de flirter avec Tadzio.

Je me penche vers la jeune femme pour l'embrasser au coin des lèvres, peu m'importe ce que voit et ce que pense le rocker de mes fesses vers lequel je me tourne ensuite.

À la guerre comme à la guerre, après tout.

J'ignore si je dois m'en inquiéter, mais ledit rocker de mes fesses nous observe Erin et moi avec l'air de celui qui réfléchit à sa prochaine (mauvaise) blague.

— Bonjour, Tadzio. Vous ne devriez pas être en train de signer des autographes aux fans qui campent devant la clinique ?

Le guitariste pivote lentement sur son tabouret pour me faire face et prend la peine de détailler ma tenue, tout aussi lentement.

Une robe brodée écrue droite, à manches longues et amples, qui s'arrête aux genoux façon babouchka moderne. Des bottes de cuir bordeaux à haut talon droit. Un chignon natté en couronne qui complète le tout. Si je fais abstraction des chaussettes à pois roses dissimulées dans les bottes en question, c'est une tenue comme j'aime souvent en porter : pas prise de tête puisqu'il suffit d'enfiler une robe et des bottes, pas allumeuse puisque rien n'est moulant ni provocant. Et qui me rappelle une Europe de l'Est idéalisée, en plus d'être absolument seyante et très féminine.

Parce qu'il n'est pas question que je me dissimule au prétexte qu'il faudrait passer partout. Je suis une femme et j'aime ça, n'en déplaise à tous ceux qui voudraient qu'on ne puisse faire carrière qu'en étant moche. Ou qu'une femme gay ressemble forcément à un camionneur catcheur.

J'ai l'impression que Tadzio partage mon point de vue sur le caractère seyant de ma tenue, même s'il n'en dit rien.

Ce qui me déçoit un peu, je l'admets. J'aurais adoré pouvoir le rembarrer, c'est en train de devenir une activité pas si désagréable que ça.

— Bonjour, Miss Serbie.

Lorsqu'il me surnomme ainsi, en me souriant légèrement comme il est en train de le faire, je n'arrive pas à savoir s'il est poli, séducteur ou s'il se paie complètement ma tronche.

Au fond de moi, je ne peux m'empêcher de penser que c'est probablement un peu des trois. Et ça, ça craint.

Néanmoins, et même quand on préfère les filles, il est, comme toujours, très beau, avec sa chevelure ébouriffée comme s'il sortait du lit, sa barbe sombre de quelques jours et les tatouages qui apparaissent à la naissance de son col. De sa main droite aux phalanges plus ou moins encrées aussi, il tient le gobelet isotherme (en bambou s'il vous plaît, on est à New York) que vient de lui remettre Erin.

Erin qui a les joues un peu rouges et les yeux qui brillent comme lorsque je lui ai murmuré des trucs cochons cette nuit.

Sauf que là, c'est à Tadzio qu'elle destine ce regard après m'avoir rapidement souri.

Je rêve.

Je ne demande rien à Erin, même si elle est un très bon coup (comprenez qu'elle a une bouche magique particulièrement compatible avec mon sexe). On ne s'est rien promis et je ne compte rien lui promettre.

Elle est jeune, profite, aime le sexe quand l'envie lui prend, et tant qu'elle a un orgasme garanti, elle se fiche qu'il lui soit procuré par un homme, une femme ou les deux à la fois.

Une jeune femme totalement dans la tendance du « chacun fait bien ce qui lui plaît de ses fesses » maintenant qu'Internet, Amazon et ses *sex toys*, Google et ses sites érotiques sont venus nous expliquer la vie.

Loin de moi l'idée de lui demander des comptes, donc. Mais ne me demandez quand même pas non plus de bondir de joie en la retrouvant à minauder devant une rock star gâtée (et manifestement désœuvrée : il n'a rien de mieux à faire que de passer sa vie avec nous, à la fin ?) alors que je pensais la retrouver ce soir ou demain pour remettre ça.

Je ne peux même pas soupçonner Tadzio de le faire exprès, pour m'horripiler encore plus que d'habitude. Sauf erreur de ma part, la mention *lesbienne* n'est pas tatouée sur mon front, encore moins le fait qu'il m'arrive de passer quelques moments agréables avec Erin.

Donc il drague vraiment *une autre jeune femme que moi sous mes yeux et sans s'en cacher, tout en persistant à vouloir m'inviter à dîner. Et il croit que ça va fonctionner ?*

J'avais raison, ce type n'est pas fini.

Mon diagnostic est posé : adolescence persistante incurable.

— Dites donc, la Princesse du rock, vous ne pourriez pas arrêter avec ce surnom débile ?

Je le regarde sans bouger un cil. Pas un.

Lui m'adresse un grand sourire. Son charme est totalement invraisemblable parce que, quand il fait ça, j'ai vraiment l'impression qu'il a augmenté l'intensité lumineuse de la pièce. À voir la tête béate d'Erin, j'ai bien l'impression que l'illusion est collective.

Petit fumier trop gâté par la nature.

— J'arrêterai le jour où je serai capable de prononcer votre prénom.

Je vais me le faire.

— C'est le type qui porte un prénom improbable qui me parle ? Sérieux, vous vous moquez du monde, non ?

Apparemment, oui, puisqu'il ne dissimule pas son hilarité et se marre en me regardant, campé à califourchon sur son tabouret, son jeans d'un bleu passé soulignant ses cuisses longues et fortes.

Je suis médecin, j'ai prêté le serment d'Hippocrate. Celui qui notamment m'oblige à soigner les souffrants. Je ne peux donc pas me résoudre aussi facilement à baisser les bras devant son effarante connerie.

Je croise les bras devant lui. Erreur probable puisque son regard, surmonté de ce piercing cliché au sourcil, suit mon mouvement et s'appesantit quelques secondes sur ma poitrine.

— Voyons voir. Même vous devez pouvoir y arriver. Répétez après moi : Svet-la-na.

Ses yeux remontent de mes seins à mon visage pendant que naît une fois de plus sur ses lèvres ce sourire ostensiblement narquois.

Pourquoi ai-je cette impression étrange qu'il surjoue ?

— Trop compliqué, Miss Serbie. Je n'aime pas m'emmerder, voyez-vous.

Je me retiens de hausser une nouvelle fois les yeux au ciel. Erin, elle, semble fascinée par notre échange et en oublie de servir les cafés à la petite file de clients qui grossit devant le bar. Parmi lesquels certains sortent leurs portables pour prendre des clichés.

Génial.

— Oh, je ne m'inquiète pas, Tadzio, vous vous souviendrez de mon prénom. Vous savez pourquoi ? Parce qu'en serbe ça veut dire : « celle qui n'a jamais accepté de dîner avec vous ». Amusant, n'est-ce pas ?

Moi, en tout cas, même si je ne le lui montre pas, je m'amuse. Beaucoup.

À entendre le rire franc et profond qui jaillit spontanément de ses lèvres fermes, lui aussi.

Lancée, je me tourne vers Erin :

— Je t'appelle ce soir quand je sors, ça te dit ?

Elle opine du chef pendant que nous échangeons le café qu'elle m'a préparé avec la monnaie que je lui tends.

— Tadzio, au plaisir de vous croiser tout à l'heure, j'imagine...

Je garde mon large sourire à peu près tout l'après-midi. Le fait de ne plus apercevoir Tadzio, même si j'étais prête à en découdre, doit sans doute contribuer à ma bonne humeur.

Ma consultation se passe très bien, je revois deux patients que j'ai opérés et qui se portent parfaitement. En prime, le ciel sur New York a été dégagé toute la journée, me confirmant que je vis bien mon rêve éveillé et que toutes ces années de travail valaient vraiment le coup.

Je suis donc dans une forme olympique lorsque j'envoie un SMS à Erin en espérant qu'elle sera disponible pour que j'assouvisse ma formidable envie de sexe. Sa réponse négative me déçoit un peu, mais dans la mesure où j'ai d'autres cordes à mon arc (notez la délicatesse de la formule), je n'en perds pas pour autant mon sourire.

Je suis en train de composer le numéro d'une certaine Sonia dont je ne suis plus absolument certaine ni de l'endroit où je l'ai rencontrée ni de la couleur de cheveux – le fait que j'aie conservé son numéro dans mon répertoire me confirmant cependant que je ne prends pas un grand risque –, lorsque je reçois un SMS.

Tadzio Steadman.

Oui, Tadzio Steadman, encore lui. Et qui m'envoie un selfie un prime.

Pris dans une chambre que je connais très bien pour en être sortie le matin même. Celle d'Erin qui affiche un visage repu contre le sien et dont on devine la naissance d'un sein.

Tout contre le torse brun de l'arrogant satisfait qui me regarde sur l'écran de mon iPhone.

Désolé pour vous, Miss Serbie, mais vous ne pouvez pas toujours être la meilleure en tout ☺

Chapitre 5

Svetlana

Je le comprends dès mon réveil : ma journée ne sera pas plus agréable que la soirée et la nuit qui l'ont précédée...

Note pour Scarlett O. : demain est un autre jour ne signifie pas nécessairement *que demain sera un jour meilleur...*

Parce que revenons à ma soirée... Malgré sa volonté manifeste de conserver sa place dans mon carnet d'adresses, Sonia a pris tout ce qu'elle pouvait prendre (et croyez-moi, elle a aimé) tandis que je me suis ennuyée ferme. Et sans parvenir à faire autre chose que simuler.

Impossible avec le sourire de ce crétin qui flottait entre nous et mes pensées qui s'étaient focalisées sur son attitude insupportable.

Je me suis donc dépêchée de quitter Sonia dès que j'ai estimé pouvoir le faire sans la froisser. Elle reste, malgré ma distraction passagère, une promesse de soirée agréable quand j'aurai cessé de côtoyer l'autre idiot aux yeux bleu-gris.

L'idée était au moins de profiter d'une bonne nuit de sommeil. Sauf qu'ensuite, elle a été identique. Nulle... mais en pire.

Je peux sans doute ne m'en prendre qu'à moi-même puisque, comme un sportif sadomasochiste qui regarderait en boucle la vidéo d'un match perdu, j'ai regardé une dernière fois le selfie de Tadzio avant de reposer mon téléphone sur ma table de chevet pour m'endormir.

Loin de me permettre de trouver l'apaisement, son attitude exaspérante sur ce fichu MMS – sourire railleur et sourcil percé légèrement arqué à l'appui – m'a en définitive tellement agacée que j'ai difficilement réussi à fermer l'œil de la nuit. Même en me convainquant que j'allais boire du petit-lait à le regarder déchanter, lorsqu'il finirait par admettre que j'étais *définitivement, absolument* et *totalement* hermétique à sa gueule de voyou angélique.

Et ça, toute rock star et musicien exceptionnel qu'il soit et peu importe les succès qu'il a pu connaître... dans différents domaines.

Bref, je me suis réveillée à l'aube d'un sommeil peu réparateur et bien trop court pour le programme tendu qui m'attend au bloc opératoire.

Même si opérer est une réelle passion, et cette passion l'une des raisons de toutes ces années d'études et d'abnégation, j'apprécie aussi la perspective de pouvoir être un peu plus sereine. Quand je consulte au lieu d'opérer, sans gestes précis à pratiquer et en arrivant plus tard au boulot.

Ce qui n'est pas le cas aujourd'hui. Et m'empêche de lutter contre le cafard qui m'envahit subitement – manque de sommeil, sans doute –, parce que je n'ai malheureusement pas assez de temps devant moi pour appeler ceux que j'aime. Ma famille, mon père, ma mère, mon frère, tout comme mes meilleures amies, sont en Europe – enfin, j'émets une réserve pour Romy qui n'est jamais à l'abri d'une surprise de son amoureux –, et ils me manquent.

J'ai envie de contact humain. Et pas juste avec un organisme anesthésié dont je trafiquerais le cœur.

De rires aussi, de discussions yeux dans les yeux, de boire des cafés, sans être attablée, seule ou avec des collègues et des employés de One Heart, certes agréables, mais avec lesquels les échanges restent superficiels.

Bien sûr, j'ai l'habitude du travail intense et de la solitude qu'il a toujours signifié pour moi, en dehors des liens professionnels. Mais depuis que je suis à New York, à part avec des filles rencontrées dans des bars ou sur des applications de rencontre, les gens de ma salle de boxe ou mon prof de piano, je n'ai jamais eu l'occasion de nouer de liens réels. Le fait que je refuse de sortir avec mon collègue Paul, chef intérimaire avant mon arrivée, au motif très clair que je préférais les femmes, n'a pas aidé à faciliter mes relations avec mes collègues masculins, même si, depuis toutes ces années, j'y suis plutôt habituée.

Bon, je reconnais tout de même que cette folle de Kim est vraiment une fille adorable, toujours prête à me proposer de l'accompagner, elle et son amoureux, au restaurant ou au cinéma.

Elle et son amoureux. En mode « nous sommes trois mais je fais la cinquième roue du carrosse », donc.

Bref, je déteste me plaindre, et d'ailleurs, je n'ai pas le temps pour ça, mais il semblerait qu'aujourd'hui je ne sois pas d'humeur à exulter.

Appelons ça un euphémisme.

Autant dire que sortir de mon VTC devant le centre One Heart pour y apercevoir, devant la porte, quelques groupies déjà gloussantes et deux paparazzi ne permet en rien d'améliorer mon état. Sans aucune discrétion, malgré le froid de chien de ce début d'avril et l'heure matinale, tous guettent celui qui est la cause de ma mauvaise humeur du jour.

Comme s'il allait être debout à six heures trente du matin alors que les visites autorisées commencent à neuf heures.

Surtout qu'il n'a pas l'air d'être du genre à dormir la nuit. Et pas parce qu'il ne trouve pas le sommeil, lui.

Découvrir, en consultant mes mails professionnels, juste avant d'aller me laver pour le bloc, que la soirée caritative annuelle à laquelle tient tant Kelly Meyer-Westley, et qui a lieu dans un peu plus de quinze jours, est plus que sérieusement compromise ne contribue en rien à diminuer mon humeur de dogue.

Mauvaise soirée + mauvaise nuit + mauvais réveil + mauvais début de journée = je DÉTESTE Tadzio Steadman.

Peut-être devrais-je éviter d'opérer aujourd'hui, j'ai l'impression que la poisse me colle à la peau...

Je lis le mail à deux reprises pour être certaine d'avoir bien compris. Mais même en le lisant à l'envers, il resterait limpide : le chanteur des Maroon 5 souffre d'une extinction de voix et son agent m'indique qu'il préfère se ménager en raison de leur tournée imminente au lieu de prendre le moindre risque.

Sérieusement ?

La soirée est prévue depuis plus de six mois. Le groupe a été minutieusement choisi et être retenu est considéré comme un honneur et une formidable publicité puisque toute la presse mondiale va relayer cet évènement. Dois-je préciser que toutes les invitations sont lancées et acceptées, la présence garantie chaque année d'un groupe internationalement reconnu et talentueux étant toujours un des gages de son succès ?

Et là, le type nous plante parce qu'il a un chat dans la gorge ?

Si Romy avait pu découvrir ainsi les Rolling Stones en concert privé à Paris, cette année, ce n'était donc rien de moins qu'Adam Levine et son groupe qu'on avait annoncés à grands cris pour mobiliser les dons des riches *happy few* invités par Kelly et son mari.

Annoncés à grands cris mais a priori *pour un chanteur sans voix, donc... Et oui, je confirme, mon humour est à l'image de mon humeur : médiocre.*

Tout ça alors que je suis censée désormais diriger ce centre en l'absence de Raphaël ou de Kelly. Raphaël, mon meilleur ami et respecté ex-chef à l'hôpital français, qui a bien le droit d'aimer sa douce après tout ce qu'il a fait pour la science, la médecine... Et pour moi.

Kelly, qui, aussi riche et enviable qu'elle soit, a tout autant le droit de profiter de sa retraite et surtout de son mari, alors que ce dernier a failli mourir il y a quelques mois dans un accident aérien.

Bref, je ne veux pas les ennuyer. Même si c'est probablement un peu stupide, alors qu'ils n'ont sûrement qu'à claquer des doigts pour acheter les maisons de disques des plus grands artistes du moment.

Et les artistes avec, donc.

Au fond, je crois que plus qu'*éviter de les ennuyer*, je veux surtout leur *prouver* qu'ils eu raison de me faire confiance et qu'un défi de plus ne me fait pas peur. Formidable résolution en théorie. Si seulement j'avais le début du commencement d'une solution.

Je reste bloquée sur ce problème durant toutes les interventions pourtant plutôt complexes qui se succèdent ensuite au bloc.

— Tout le monde est prêt ?

Mais merde, comment je vais faire pour ce concert ?

— Incision.

Kelly a mieux à faire que de se prendre la tête avec le centre new-yorkais.

— On aspire, s'il vous plaît...

Je refuse d'aller pleurnicher chez Raph au premier problème.

— Je vais refermer. Julia, vous êtes prête ?

Enfin, il y a une différence entre ne pas pleurnicher et remplacer au pied levé les Maroon 5. Au cas où tu avais un doute, ma grande, la fanfare du coin ne fera pas l'affaire.

— Patient suivant.

Punaise, mais comment je vais faire ?

— Bon boulot, les gars. Merci à tous.

Je suis tellement dans la merde.

Il est seize heures vingt quand je sors du bloc, tendue, crevée, toujours focalisée sur le sujet Maroon 5 et passablement affamée. Heureusement, malgré la technicité de deux de mes interventions du jour, je n'ai tué personne.

Humour noir.

Je décide d'aller voir mes patients convalescents au dernier étage mais, comme souvent, avant de prendre l'ascenseur, je me dirige vers la machine à café de la réception, située au même niveau et dont le café, en grain, est le meilleur de la clinique.

Double expresso, au moins ça, je pense en sélectionnant mon choix avant de regarder couler le liquide dans le petit gobelet d'un œil morne.

— Miss Serbie, quelle bonne surprise !

La voix qui se fait entendre juste derrière moi, alors que je m'empare de mon café serré, est chantante, virile, sûre d'elle et provocante.

Très provocante.

J'imagine qu'il est écrit que je boirai le calice jusqu'à la lie.

Théorème dit de Steadman : une journée de merde restera une journée de merde.

— C'est vous qui le dites, je grommelle en me retournant, mon gobelet à la main, pour contempler la dernière personne que j'ai envie de rencontrer aujourd'hui.

Je m'attends à une remarque salée comme nous en avons désormais le secret, mais Tadzio me contemple sans laisser transparaître ce que cela peut bien lui inspirer.

Je présume que la vision que je lui offre, avec mon calot dont s'échappent des mèches folles, mon ample pyjama de bloc bleu layette et, *last but not least,* mes sabots hautement sexy portés sur bas de contention d'un beige opaque bien moche, doit considérablement refroidir ses ardeurs. Et donc son envie de poursuivre ses provocations.

Si ça se trouve, en prime, je pue.

Tant mieux, j'ai envie de dire.

— On dirait que vous avez passé une mauvaise nuit, finit-il par ajouter nonchalamment. Quelque chose vous a contrarié, peut-être ?

OK. Au temps pour moi, les provocations reprennent. Il me nargue.

— Je ne vois pas en quoi mes nuits vous concernent mais, puisque cela semble vous préoccuper, je vous rassure. Elle a été excellente.

J'espère que mon sourire entendu lui permet de comprendre combien je me suis éclatée cette nuit.

Et, puisque je croise les doigts dans mon dos, ce mensonge me sera bien vite pardonné, pas vrai ?

— Maintenant, vous m'excuserez...

Je lui adresse un sourire crispé. Le bleu-gris de ses yeux, si transparent et si original avec cet arc plus foncé autour, est vraiment spectaculaire sous ses cils sombres.

—... mais je dois rendre visite à mes patients.

— Ah mais voilà qui tombe bien !

Il m'emboîte le pas sans prendre de café.

— Je viens justement d'arriver pour voir mon grand-père. Je monte avec vous.

On dirait presque qu'il chantonne ces quelques mots, les agrémentant d'un léger sourire qui pourrait sans doute être craquant, si je pouvais craquer pour un homme. Plus précisément pour un homme insupportable d'exubérance et de vanité.

— On dirait que vous n'allez pas réussir à vous passer de moi, conclut-il.

— On dirait, oui. Mauvais karma, j'imagine.

Alors que nous pénétrons dans l'énorme cabine d'ascenseur, je me dis que je pourrais m'arrêter là et clore cette agaçante conversation. Toute à ces pensées, je salue Paul, mon collègue avec lequel j'ai refusé de sortir dîner et qui m'adresse, comme toujours depuis, un rictus pincé.

J'imagine que lui avoir grillé la politesse pour la direction du service de chirurgie n'a pas dû contribuer à améliorer ma popularité.

Devant lui un homme d'une trentaine d'années maintient la porte de l'ascenseur ouverte. Il aide une jeune femme blonde à faire rentrer un petit bout d'environ deux ans et une poussette dans laquelle dort un très jeune bébé.

Je devrais probablement me taire au lieu d'adresser la parole à Steadman, certes... mais, puisqu'il m'énerve par sa seule présence, je préfère vider tout de suite mon sac que de risquer d'exploser à son contact.

C'est irrationnel, immature et probablement ridicule de surréagir ainsi juste à cause de cette proximité physique ? Sans doute. Mais c'est comme ça, alors mieux vaut mettre tout de suite les points sur les i.

— Je préfère vous prévenir.

Je m'appuie contre la paroi au fond de la cabine, recouverte d'un miroir, en veillant à ne pas ciller pendant que je le fixe sans sourire.

— Je ne suis pas en mode blagues de récré aujourd'hui, alors j'apprécierais grandement que vous m'oubliiez et consacriez votre second degré à d'autres.

Autant dire à un enfant de ne pas ouvrir un placard secret en lui laissant la clef sur la serrure.

Tadzio se rapproche de moi au point de presque me frôler. Je pourrais me décaler mais, par fierté ou par jeu, je décide de ne pas céder du terrain. Résultat : je n'ai plus devant moi qu'un torse bien trop masculin et musclé à mon goût sous son tee-shirt blanc presque transparent. Tee-shirt qui laisse deviner tatouages et piercing pendant qu'il incline la tête vers moi, comme s'il m'examinait pour valider une opinion. Avec son pantalon sombre à pinces, ajusté et un peu rétro, porté avec des sneakers de skate impeccables, il est surprenant et, à sa façon moderne et urbaine, élégant.

Il laisse glisser ses yeux de loup sur mon visage et le sac informe qui me tient lieu de vêtement du jour.

— Impossible de vous oublier, Miss Serbie. Vous savez bien que je ne vous laisserai pas tranquille tant que vous n'aurez pas accepté mon invitation à dîner. Je n'aime pas qu'on me dise non, je prends ça pour un rejet.

Il me dit ça tranquillement, avec son sourire de voyou, comme s'il était parfaitement normal de faire pression sur une personne qui lui a dit non.

Une fois de plus, pourtant, à voir ses yeux qui pétillent, j'ai le sentiment qu'il surjoue la provocation. On dirait un jeu auquel il adore me voir participer. Que ce soit le cas ou pas, il a gagné : dans le doute, je fonce tête baissée.

— Mais vous n'êtes pas croyable, vous.

J'essaie de ne pas élever la voix pour ne pas attirer l'attention, alors que certains l'ont manifestement déjà reconnu, mais je dois vraiment prendre sur moi.

— Je vous ai dit *non*, Steadman ! *Non* ! (Je le morigène comme on le fait avec un enfant buté.) Bien sûr que c'est un rejet ! Même un type imbu de lui-même et trop gâté comme vous doit parvenir à le comprendre !

Ce petit con semble réprimer un petit sourire entendu qui me donne envie de lui coller un coup de coude par en dessous dans sa jolie gueule d'ange.

— Et en plus... Je ne comprends même pas l'intérêt que vous auriez à ce que j'accepte votre invitation. On ne se connaît pas ! Je n'ai pour ma part aucune envie de vous connaître davantage, je laisse ça à toutes vos groupies qui se les caillent à l'extérieur pour croiser vos beaux yeux. Et au cas où cela vous échapperait toujours, je ne vis que pour mon boulot et je n'aime pas les hommes.

Je pense à Raphaël, au professeur Maffre, aux hommes de ma famille, tous exceptionnels, et je rectifie :

— Enfin, je n'aime pas les hommes pour faire autre chose que discuter.

Il se rapproche pendant que l'ascenseur finit de se remplir, la main droite dans la poche de son pantalon, l'autre appuyée contre le miroir, juste à côté de mon visage, comme pour empêcher les autres occupants de venir s'immiscer dans cet échange. On dirait vraiment que je l'amuse.

Et moi, rien à faire... Il m'énerve.

Terriblement.

— Pour votre information... J'ai très envie de faire plaisir à mon grand-père. Et justement, que je dîne avec une jeune femme médecin, au lieu de me retrouver dans la presse avec une actrice ou un mannequin à demi nu lui ferait *très* plaisir. Pour autant, j'ai dit que j'aimerais dîner avec vous, il me semble. Pas que je vous proposais (il mime des guillemets avec un air beaucoup trop content de lui) de « faire autre chose que de discuter ».

Il marque une pause, se penche jusqu'à se rapprocher de mon oreille pour y chuchoter la suite.

— Alors, Docteur ? On s'emballe un peu ? Seriez-vous prétentieuse ? Ou pire : érotomane ?

Si je lui colle un coup de boule dans cet ascenseur, pourrait-on espérer que le fait que ce soit moi qui dirige cet établissement – appartenant en plus aux Westley, famille mondialement connue – et que lui soit une star de la musique puisse passer complètement inaperçu ? Notamment auprès des tabloïds dont les représentants campent près de la clinique ?

Pas la peine de me répondre, c'est bon. J'ai compris toute seule, merci.

Je respire profondément par le nez, lèvres pincées, et je ferme les yeux pour me contenir avant de les rouvrir. Pile au moment où les portes de l'ascenseur vont enfin se refermer pour lui permettre de débuter sa montée et que je croise le regard de la dernière personne qui y entre.

Jennifer, alias... Glue.

Glue ou la preuve vivante que pratiquer le sexe sans sentiment doit être répréhensible selon le Grand Ordre Karmatique. Parce que c'est exactement ce que j'ai fait avec elle, sans jamais lui mentir sur mes intentions pourtant, et, depuis, elle fait de ma vie un enfer.

À cause d'elle, j'ai dû changer de numéro téléphone : la bloquer ne suffisait pas puisqu'elle m'appelait depuis d'autres numéros que le sien. J'ai même dû demander à Kim de veiller à ce qu'elle ne m'approche plus pendant mes consultations, après l'avoir trouvée assise face à moi dans mon propre fauteuil.

Nue sous son manteau, jambes sur mon bureau.

Et surtout beaucoup trop écartées pour une consultation de cardiologie.

Le problème est que Glue est la sœur d'une infirmière du service et que je l'ai justement rencontrée quand elle passait chercher cette dernière. Je n'ai aucune raison de lui interdire de venir ici. Je l'ai draguée un jour à côté de la machine à café, j'ai eu le malheur de coucher avec elle sans respecter ma sacro-sainte règle « jamais plus de trois fois », et depuis, elle pense que je suis une candidate sérieuse au mariage gay.

Avec elle, bien entendu.

Un sourire avide (et de mon point de vue complètement fou) aux lèvres, elle ne me quitte pas des yeux et essaie de se frayer un chemin parmi la bonne douzaine de personnes qui montent avec nous vers les étages supérieurs.

L'énorme poussette et son petit occupant l'en empêchent pour le moment. Mais je la connais. Ça ne l'arrêtera pas.

Je lève les yeux vers Tadzio Steadman. Trop grand, trop masculin, trop suffisant.

La peste, donc.

Par un regard de biais sous son bras relevé (et je suis obligée de reconnaître qu'il sent très bon pour un homme, sans aucune odeur suspecte du fin fond des aisselles), j'aperçois Glue en train d'essayer de contourner la poussette.

Le choléra.

Contrairement aux idées reçues, et même si la peste est considérée comme ré-émergente, les deux ne se valent plus : de nos jours, le choléra fait toujours des dizaines de milliers de morts, et en plus, quand on en meurt, c'est d'infection diarrhéique aiguë.

Oui, oui, j'ai énormément bachoté pour mon internat et retenu plein de détails inutiles.

Un bref aller-retour visuel entre les deux plaies qui sont avec moi dans la cabine et je décide en quelques centièmes de seconde qu'il n'y a pas photo.

Dans la famille des plaies absolues, je choisis la peste.

— Faites-moi un câlin.

Tadzio Steadman me regarde comme si j'avais fumé la moquette. Et que c'était vraiment de la bonne.

On va m'objecter que c'est un cliché sexiste, mais franchement : les hommes sont lents.

— Je vous ai demandé de me faire un câlin, Steadman. Prenez-moi dans vos bras, bordel ! je parviens à lui chuchoter entre mes dents.

Comme il semble frappé de catatonie, je poursuis aussi vite que possible.

Une sorte d'énergie du désespoir, j'imagine.

— J'ai besoin que quelqu'un ici pense que je suis en couple. Je vous expliquerai, mais par pitié, obéissez pour une fois au lieu de chercher une nouvelle vanne stupide.

Le regard bleu, plongé dans le mien, un peu incrédule d'abord, étincelle puis s'assombrit. La commissure de ses lèvres se retrousse, à peine.

Tadzio se rapproche encore de moi. Tranquillement.

Je prends une grande inspiration en attendant qu'il m'enlace.

La fin justifie les moyens, pas vrai ? Et si ça peut permettre de calmer les ardeurs de Glue...

Sauf que ce n'est pas du tout ce qu'il fait.

Oh non, pas du tout...

La main qu'il appuyait contre la paroi en miroir se déporte pour soutenir ma nuque. Sa main droite sort de sa poche de pantalon pour prendre mon visage en coupe et le tourner davantage vers lui, son pouce effleurant délicatement ma pommette.

Mais qu'est-ce qu'il fout ? Mon cœur s'affole, sans doute parce qu'il déteste, comme moi, qu'on le surprenne.

N'est-ce pas ?

Il menace carrément de bondir hors de ma poitrine lorsque Tadzio fait encore glisser son pouce, tellement légèrement que je ne suis pas certaine de ne pas rêver ce contact, pour trouver ma bouche entrouverte et en dessiner doucement les lèvres.

Sidérée et, pour une raison qui m'échappe totalement, traversée par des frissons qui me donnent la chair de poule alors que j'ai désormais l'impression de crever de chaud dans la cabine qui paraît avoir rétréci, je suis comme prisonnière des prunelles grises de Tadzio qui se penche désormais vers moi comme s'il allait...

Chapitre 6

Tadzio

— Je vous préviens que si vous approchez davantage votre bouche de la mienne, je vous ravage les couilles.

Même exprimé à voix basse et entre des lèvres désormais aussi serrées que possible, voilà qui a le mérite d'être limpide.

Et de mettre un terme immédiat à mon envie d'embrasser Svetlana Lukic.

Rectification : non, pas de mettre un terme à mon envie de l'embrasser un jour – qui, elle, reste bien réelle –, mais de mettre un terme à la seule pulsion *irrésistible* qui me poussait à embrasser *immédiatement* Svetlana Lukic.

Et oui, bien sûr que je sais précisément comment elle s'appelle et comment orthographier son fichu nom sexy.

Quant à mon envie de l'embrasser ? Là, j'avoue avoir vraiment du mal à l'analyser et surtout à la comprendre.

Je n'ai d'abord envisagé de dîner avec elle que pour faire plaisir à mon grand-père. Sans doute un peu aussi, je l'admets, par jeu, désœuvrement, curiosité... Pour voir ce que cela faisait de côtoyer une fille qui n'était pas une énième groupie et qui n'appartient pas du tout au milieu que je fréquente habituellement.

N'empêche que, aussi brillante dans ses études ou jolie soit-elle, rien ne devrait raisonnablement m'attirer chez elle : elle s'est montrée spontanément vraiment désagréable avec moi lors de notre première rencontre. Condescendante, même. Sans parler des suivantes, même si je l'ai bien cherché. Si j'ajoute qu'elle vient de me préciser qu'elle n'était pas sexuellement attirée par les hommes alors que je l'imaginais bi, le moins que l'on puisse dire est qu'il n'y a pas de signe fort que cela pourrait fonctionner entre nous.

Belle lucidité, Tadzio, bravo.

Mais qu'est-ce que je fous ? Ou plutôt : mais qu'est-ce qu'elle me fait pour m'attirer malgré tout, alors que c'est voué par avance à l'échec ?

Ce qui est certain, c'est qu'elle vient de me faire partir en vrille, si j'en crois cette espèce de vertige bizarre qui s'est emparé de moi, au moment où mon pouce a suivi le tracé de sa pommette délicate et haute, si typique de certaines filles de l'Est.

J'ai l'impression qu'on vient de crever la baudruche qui était en train de gonfler de manière démesurée dans mes poumons au point de menacer d'exploser. Impossible de m'expliquer comment la seule perspective d'avoir le droit de l'enlacer (au point d'avoir envisagé d'en profiter pour l'embrasser) a pu me mettre dans un tel état.

— C'est délicatement formulé, bravo. Rien à dire, vous savez jouer de votre féminité.

J'ai toujours une main qui soutient sa nuque. La deuxième a retrouvé sa place sur la paroi juste à côté d'elle. Je reste aussi proche que possible d'elle sans devenir agressif ou oppressant.

Même si je rêve de la plaquer encore plus contre la paroi en m'appuyant contre son corps tendu.

— Ne vous inquiétez pas pour moi, Steadman, je sais parfaitement utiliser ma féminité.

Je n'en doute pas une seule seconde, c'est bien tout mon problème. Le seul souvenir de la douceur soyeuse de sa peau me donne l'envie instantanée de la caresser à nouveau.

Et pas seulement sur la pommette.

J'essaie de me ressaisir. De redevenir le provocateur exaspérant que je suis en sa présence.

Celui qui préfère sans doute agacer pour exister plutôt que de s'exposer au rejet ou à l'invisibilité.

Mon sourire se fait moqueur.

— Je vais vous laisser le bénéfice du doute, Miss Serbie. Mais au lieu de me menacer, vous auriez pu me remercier de répondre avec autant de bonne volonté à votre demande délirante. Si vous réfléchissez, je suis plutôt sympa d'entrer dans votre petit jeu sans poser de questions, alors que vous faites partie des personnes les plus désagréables que j'ai rencontrées.

Sa poitrine continue de se soulever à un rythme inhabituel. Ça pourrait être de la colère – c'est peut-être de la colère désormais –, sauf que je suis persuadé que cette émotion n'avait rien à faire dans l'histoire, quand j'ai posé ma main sur son visage subitement si expressif.

Je pourrais passer pour un vantard qui se fait des films. Ou un fou dangereux qui prend ses désirs pour la réalité. N'empêche qu'elle aurait pu détourner le visage ou se décaler, j'y ai veillé en lui laissant l'espace nécessaire. Et alors que ses pupilles s'assombrissaient... elle ne l'a pas fait.

— Et puis arrêtez de râler, merde !

Si un regard vert pouvait tuer...

Je déplie mon index.

— Premièrement, parce que je vous ai rendu service.

Je regarde ostensiblement dans le miroir qui couvre la paroi du fond de l'ascenseur et me fait face. Alors que des personnes sont entrées et sorties à mesure des arrêts de la cabine, la petite brune pulpeuse qui y a pénétré la dernière ne nous quitte pas des yeux. Et semble cruellement manquer d'air...

Le grand blond de médecin en blouse blanche qui était là quand on est arrivés n'a pas l'air plus en forme, cela dit.

— Votre copine a l'air à l'article de la mort.

Elle ne peut s'empêcher de jeter un rapide regard oblique vers les personnes debout dans mon dos.

Mais moi, je poursuis. Juste pour le plaisir de retrouver cette fureur qui m'amuse dans ses incroyables iris.

— Et deuxièmement – et surtout –, parce que vous avez adoré.

Je me penche pour me rapprocher de son oreille.

— Et pas la peine de nier ni de me frapper comme vous vous apprêtez à le faire...

Je feins de regarder dans le miroir.

— Restez crédible : votre copine nous regarde.

Mensonge, évidemment, mais elle est suspendue à mes lèvres et ne prend même plus la peine de vérifier.

— Vous avez peut-être une grande expérience des femmes et de leurs désirs, Docteur Lukic. Mais figurez-vous que moi aussi. Alors vos pupilles dilatées, vos petits halètements et votre poitrine qui n'en pouvait plus de se soulever trop vite, ne croyez pas une seule seconde que ça m'a échappé.

— C'est fabuleux d'être prétentieux à ce point.

Elle donne bien le change mais je ne suis pas dupe. Mais alors pas du tout.

Et en plus, j'adore la faire chier.

— Vous avez kiffé, Miss Serbie. Surkiffé, même.

Je la nargue, dissimulant mon soulagement. Tout est rentré dans l'ordre. Le roi de la cour de l'école élémentaire, c'est à nouveau moi, et je vais réussir à surmonter le désir que j'ai éprouvé en respirant son parfum.

Sauf que l'ascenseur s'ouvre cette fois à l'étage qui semble précéder le nôtre.

— Je n'ai PAS kiffé, Steadman. J'étais juste stupéfaite de découvrir à quel point vous êtes un sale con de profiteur. Mais si déjà vous êtes encore là, rendez-vous utile jusqu'au bout avant que l'ascenseur n'arrive à notre étage. Faites comme si on était ensemble quand on sortira et...

Comme je la dévisage, à nouveau éberlué – elle ne sait pas ce qu'elle veut, sérieusement –, elle roule des yeux exaspérés et siffle :

— Oh je vous en prie ! Arrêtez de faire cette tête d'ahuri. Je ne sais pas, moi... Mettez la main sur mes épaules, par exemple.

Je ne juge pas utile de continuer de polémiquer. Mais, évidemment, histoire de poursuivre notre joute par les actes plutôt que par les mots, je ne mets pas du tout ma main sur ses épaules.

— Enlevez immédiatement votre sale patte de mes fesses. *Ravager vos couilles,* vous vous souvenez du concept ?

Je m'en souviens très bien et pourtant j'hésite un bref instant à continuer de la provoquer et à les sacrifier sur l'autel dédié au culte de l'incroyable cul de Miss Serbie.

Qui aurait pu deviner que sous ses robes fluides ou cette tenue de bloc, mignonne comme tout mais informe au possible, se cachait une croupe pareille ?

— Steadman, elle siffle. Bougez votre main ou je vous broie aussi l'appendice dont vous semblez si fier.

Bien que la perspective des mains de Svetlana Lukic sur ma queue pourrait m'enthousiasmer, sa colère et la raison me poussent quand même à envisager d'autres circonstances pour une première rencontre.

Je remonte mes mains au creux de ses reins, cambrés à souhait.

Cette fille va me tuer.

— J'ai dit : « Faites comme si on était ensemble en mettant la main sur mes épaules. » Les épaules, bordel,

Steadman. Même sans avoir fait médecine, ça devrait évoquer un truc pour vous. Je vous aide : c'est plus haut.

Je me mords les lèvres pour ne pas rire. D'autant que profiter de la situation pour la faire sortir de ses gonds est une activité qui ne tolère aucune distraction.

— Vous avez dit « par exemple », pour mémoire. Et aussi « Faites comme si on était ensemble » et vous voulez du crédible. Or, quand je suis avec une fille, je ne mets pas ma main sur ses épaules. Si vous prenez la peine d'être honnête, je suis certain que vous faites la même chose avec vos copines...

Je l'entends prendre une grande respiration.

Touché.

— Ne vous en déplaise, aussi délicates soient-elles, vos épaules ne m'excitent pas. Vos fesses et votre cambrure de danseuse de *pole dance*, si.

Normalement, c'est le moment où elle devrait expirer. Mais j'ai l'impression que la machine est grippée, là.

Coulé...

— Alors si vous voulez être crédible par rapport à votre copine, croyez-moi...

Je lui donne une petite claque sur sa fesse ronde et ferme pour l'inviter à bouger et sortir de l'ascenseur qui vient de stopper. Son regard est scandalisé mais elle ne bronche pas.

— ... faites-moi confiance pour ce qui est de jouer avec mes mains.

J'ai l'air d'être en position de force à cet instant, mais à peine la porte de l'ascenseur s'est-elle refermée sur la copine hagarde et pétrifiée du docteur Lukic que celle-ci me plaque contre le premier mur de couloir venu.

Waouh, qui aurait pu penser que tenir un scalpel donnait autant de force ?

Je rigole de cette inversion des rôles et m'amuse à la laisser faire. Mais sous cape. Déjà parce qu'elle n'a pas l'air commode, même en me regardant par en dessous.

Ensuite et surtout... justement parce qu'elle n'a pas l'air commode : sa fureur transfigure ses traits et la rend encore plus désirable.

Elle agrippe ma chemise en mode guerrière, poings serrés de colère contenue.

— C'est quoi votre problème, à la fin, Steadman ? Vous avez un souci avec les lesbiennes, peut-être ?

Je relève mes mains le long de la paroi et prends délicatement chacune des mains qu'elle a placées de part et d'autre de mon corps dans les miennes. Et comme c'est uniquement pour lui faire plaisir que je l'ai laissée prendre le dessus, je la fais tranquillement pivoter.

Cette fois, ce sont mes mains qui encadrent son visage autour duquel volettent quelques mèches blondes échappées de son chignon.

— Je n'ai aucun problème avec les lesbiennes en général, Docteur Lukic. Mais avec vous en particulier, oui, et bien malgré moi. Parce que vous, aussi pénible et insupportable que vous l'êtes...

Je marque un temps, peut-être parce que je suis moi-même étonné de ce que je vais exprimer.

— ... vous me pl...

Je m'interromps.

Faut pas déconner, quand même. Depuis quand je laisse mes émotions me diriger comme ça ? Il n'y a aucune raison que je devienne sentimental, a fortiori *aussi rapidement.*

— ... je vous trouve carrément sexy et vous m'attirez. Même si, je vous rassure (je lui adresse un petit sourire entendu) : vous êtes suffisamment pénible pour que cela passe assez vite.

Hmm... Pas certain que les termes vont lui plaire. Ni que je doive m'enorgueillir de ma mauvaise foi.

Elle fronce les sourcils.

Très mignonne quand elle est en colère, décidément.

Cela me donne encore plus envie de découvrir la saveur de ses lèvres et de l'embrasser jusqu'à ce que je n'en puisse plus. Impossible de comprendre pourquoi je réagis comme ça. Et pourquoi avec cette fille impossible en particulier. Mais le feu qui me traverse est bel et bien là. Si je ne veux pas me brûler les ailes en jouant avec, il faut que je trouve comment lui prouver que je ne suis pas dingue d'avoir cette impression folle qu'elle n'est pas aussi indifférente à ma présence... ni juste exaspérée comme elle l'affirme.

Tout ça sans avoir l'air de la harceler ni de nier sa personnalité.

#PlanTropPourri.

Alors qu'elle ouvre la bouche pour me répondre, je me penche vers son oreille aussi délicatement que possible. En veillant donc à garder mes distances pour éviter qu'elle n'envisage de charcuter mon sexe.

Pas un frémissement de sa part.

Elle est forte.

— Vous êtes marrante quand vous êtes fâchée, Miss Serbie. Mais croyez-moi... Je ne joue que pour gagner...

Je lui souris avant de libérer lentement ses poignets graciles. Juste avant de m'éclipser enfin, je ne peux toutefois m'empêcher de lui poser la question qui me taraude désormais :

— Au fait... Vous vous êtes déjà demandé si vous n'étiez pas bi ? Vu l'état dans lequel vous étiez tout à l'heure, il y a de quoi se poser la question, non ? (Je plonge dans son regard vert qui oscille toujours entre contrariété et stupeur et j'enchaîne comme si de rien n'était :) Je vous laisse bosser... On se voit plus tard !

Je sais bien que si j'ai une toute petite chance qu'un homme lui plaise et que cet homme soit moi, je vais devoir la jouer sacrément subtil pour ne pas me prendre un mur. Mais je m'écarte sans laisser transparaître mes doutes, pour prendre enfin la direction de la chambre de mon grand-père.

Et même si mon cœur bat frénétiquement et que je suis bien plus troublé que ce que je lui ai montré, je ne me retourne pas.

Chapitre 7

Svetlana

Je n'ai pas *kiffé* la caresse de Tadzio Steadman.

Et les quelques frissons ressentis sont juste une réaction physique normale. Un simple réflexe lié à la surprise.

À force de le répéter en boucle, je vais bien finir par m'en persuader.

Imaginer le contraire ne serait pas *normal*. En tout cas, pas normal pour moi, et la réponse à sa question idiote est évidente et toute trouvée, ne lui en déplaise. Je n'ai jamais été sexuellement ni émotionnellement attirée par un garçon. Ja-mais ! J'ai même toujours été tellement certaine de ma sexualité et de mon attirance pour les filles que je n'ai eu aucune difficulté à m'en ouvrir très vite à ma famille ou à mes amis et que je l'ai assumée sans problème.

J'imagine donc que l'état dans lequel je me suis retrouvée dans cet ascenseur n'est que la conséquence du cumul de tout un tas d'éléments perturbants : la défection des Maroon 5, ma nuit blanche, mon cafard matinal, la présence tellement horripilante de Glue... Du coup, j'ai surréagi. Rien de plus.

N'est-ce pas ?

Je fais ma visite, encore plus préoccupée que pendant mon bloc. Certes, j'ai réussi à me débarrasser d'un problème de taille : Glue, statufiée, n'a même pas réussi à sortir de l'ascenseur pour me suivre et j'ai vu la porte se refermer sur elle sans qu'elle soit capable de faire un pas pour en sortir. Mais j'ai réussi la prouesse d'ajouter au problème Maroon 5 la confusion des émotions cataclysmiques suscitées par une simple main de ce crétin de Tadzio Steadman.

Je croyais que c'était Jésus qui faisait des miracles par imposition des mains.

J'aimerais oublier ce qui s'est passé, mais dans la mesure où mon dernier patient est son grand-père, ça me semble difficile.

Je prends une grande bouffée d'air aromatisé aux produits désinfectants typiques des établissements de santé, frappe doucement, ouvre lorsque monsieur Steadman me répond d'entrer. Et ne sais pas si je suis aussi soulagée que je me plais à le croire en constatant qu'il est seul et que son petit-fils n'est pas là.

— Vous avez manqué Tadzio, Docteur ! Il a dû partir à l'instant pour répéter. Quel dommage, il aurait été ravi de vous revoir.

Je me retiens de répliquer que je ne doute pas une seule seconde qu'il aurait été ravi de me revoir mais que la réciproque n'est pas vraie. Mieux, que je n'ai qu'une seule hâte : que sa convalescence soit terminée pour que tous les Steadman du monde puissent enfin débarrasser le plancher de mon service.

Et permettre à ma vie de reprendre son cours contrôlé.

J'échange quelques banalités avec Papi Steadman et examine les notes et les consignes de l'équipe de soins qui s'en est occupée aujourd'hui. Je lui confirme qu'il pourra bientôt nous quitter samedi, comme prévu, pour commencer la rééducation en centre qu'il a privilégiée à partir de lundi prochain.

Encore trois jours et Tadzio Steadman ira s'agiter ailleurs.

Je m'apprête à saluer mon patient pour retourner dans mon bureau – et m'y arracher les cheveux un à un, faute de trouver une solution pour éviter que cette soirée caritative ne devienne le fiasco de l'année –, lorsque monsieur Steadman me devance.

— Sans vouloir inverser les rôles, Docteur, vous me semblez préoccupée. Rien de grave, j'espère ?

Mon gentil patient est appuyé contre le dossier redressé de son lit médicalisé. Avec son abondante chevelure parsemée d'argent et son haut de pyjama anthracite, il parvient à être très élégant, alors qu'il est convalescent et s'exprime avec un peu de difficulté encore. On dirait un de ces séduisants acteurs de Hollywood vieillissants dont toutes les rides sont bien placées, de la veine des Newman et Redford lorsqu'ils avaient son âge.

Son regard bleu fixe le mien avec un intérêt réel et je suis obligée de cligner des paupières par deux fois avant de lui répondre, pour parvenir à chasser le souvenir de prunelles identiques se rapprochant bien trop de mon visage dans l'ascenseur.

— Non, rien de grave, mais disons que je suis embêtée...

— Vous voulez me raconter ?

Je ferais sûrement mieux de retourner à mon bureau pour contacter enfin l'agent des Maroon 5 et vérifier que leur décision est définitive. Ou commencer à prendre attache avec tous ces types de l'industrie musicale que je ne connais évidemment pas, histoire de savoir si Ed Sheeran, Bono, Taylor Smith ou même Justin Bieber (au stade où j'en suis, je n'ai plus de fierté) ne rêveraient pas de servir de bouche-trous à une soirée caritative dans moins de quinze jours.

Sachant qu'il suffit d'exprimer cette pensée pour comprendre à quel point elle est stupide.

Mais, subitement, face au sourire bienveillant de monsieur Steadman, j'éprouve le besoin de me poser enfin.

J'avise le gros fauteuil club qui fait face à son lit. On a beau être dans un établissement hospitalier, il s'agit avant tout d'une clinique de luxe et, lorsque les normes d'hygiène ne s'y opposent pas, sa décoration rappelle autant que possible celle des hôtels que les patients fortunés qui viennent s'y faire soigner ont l'habitude de fréquenter.

— Disons que ce n'est pas une très bonne journée, je commence, dos bien appuyé contre le cuir un peu patiné, en tripotant la petite peau qui me nargue au bord de l'ongle de mon index.

— Racontez-moi ça, alors. Parfois cela suffit pour remettre les choses à leur place.

J'apprécie vraiment cet homme et cette gentillesse intrinsèque qu'on perçoit en s'adressant à lui.

— J'ai l'impression d'être chez le psychiatre. Sauf que pour une fois le psy serait allongé et le patient assis...

Quelle que soit cette impression, je n'éprouve aucune gêne à me livrer à Papi Steadman. Certes, j'élude ce qui concerne son petit-fils et qui n'est sans doute pourtant pas pour rien dans la tension que je subis. Mais lui parler de ma solitude d'expatriée – alors que j'ai déjà connu cela enfant, quand mes parents ont voulu nous offrir le meilleur en nous envoyant en internat en France, mon frère et moi, loin de la Serbie d'après-guerre – me fait un bien fou. Tout comme lui livrer cette impression de ne pas être de taille, une fois de plus, face à ce poste de rêve dans lequel j'aimerais tellement exceller.

— Vous savez que j'ai un petit-fils, Docteur Lukic ?

Moi qui pensais que m'épancher me changerait les idées...

Je ne le sais que trop, oui.

— Comment pourrais-je l'oublier, Monsieur Steadman ? Votre petit-fils est la discrétion incarnée.

Le vieil homme ne peut s'empêcher de sourire.

— Tadzio a quelques défauts apparents, Docteur Lukic. Mais croyez-moi, il a surtout énormément de qualités cachées.

Ça, pour les cacher...

— Vous savez, Tadzio a construit sa personnalité en réaction à son enfance pas tout à fait ordinaire. Il fonctionne presque mécaniquement en public, sans doute parce que c'est ce que l'on attend de lui. Mais dans l'intimité, croyez-moi, ce n'est plus le même. J'imagine que vous savez déjà tout ça.

Pas du tout, mais ce serait sans doute désobligeant de montrer à ce grand-père aimant que son petit-fils adoré n'est pas le centre de mon univers.

En même temps, ils sont pénibles ces Américains à tout le temps s'imaginer que le monde entier sait ce qui se passe chez eux.

— Quoi qu'il en soit, il pourrait remédier à deux des problèmes dont vous semblez souffrir.

Quelque peu interloquée, j'attends que Papi Steadman poursuive en affichant un air entendu.

— Je suppose que vous n'avez pas pu oublier que Tadzio joue dans l'un des groupes les plus connus au monde.

En effet. Difficile de l'oublier avec les fans et les paparazzi qui campent dehors. Ou le personnel qui tombe en pâmoison chaque fois qu'il débarque dans nos murs.

— Contrairement à l'idée qu'on a d'eux, poursuit mon patient, le groupe a des week-ends plutôt sages en ce moment puisqu'ils partiront bientôt en tournée. (Monsieur Steadman m'adresse un petit sourire rusé.) Vous lui avez déjà demandé s'ils ont quelque chose de prévu le soir de votre gala ?

Sur le papier, c'est plutôt évident et malin, en effet. Cependant la seule idée de devoir demander un service d'une telle ampleur à Tadzio Steadman et de l'imaginer me narguer avant de me répondre par la négative est en soi une réponse à la suggestion de son grand-père. Comme il veut bien faire et que je ne veux pas le décevoir, je la formule toutefois intérieurement et me garde bien de la lui livrer.

— C'est une excellente idée, Monsieur Steadman, merci ! J'y songerai si nous ne trouvons pas de solution. Et le second des problèmes que vous pensiez pouvoir résoudre ?

En même temps, si la solution proposée est de qualité équivalente à la précédente, je suis loin d'être tirée d'affaire.

Monsieur Steadman plonge son regard bleuté dans le mien, comme s'il cherchait à me montrer sa bonne foi.

— Sans que cela ne vous engage à rien, vous devriez accepter de dîner avec lui, Mademoiselle Lukic...

Je manque de sursauter en constatant que cette idée revient une fois de plus sur le tapis.

— Vous savez, il y a bien pire que de passer quelques heures avec un garçon qui a une vie aussi riche que celle de mon petit-fils, même si c'est en tout bien tout honneur et sans arrière-pensées d'aucune sorte de votre part. Et moi cela me ferait extrêmement plaisir que vous lui consacriez un peu de votre temps et qu'il sorte un peu de son milieu habituel dans lequel je le trouve un peu enfermé...

Je présume qu'avouer à Papi Steadman que les quelques minutes passées à proximité de son merveilleux petit-fils m'ont donné envie de le castrer n'est pas la réponse qu'il souhaite entendre. J'ai beau être bien placée pour savoir que son cœur n'est plus considéré comme fragile, je préfère garder cette information pour moi.

— J'en prends bonne note, Monsieur Steadman. Mais vous savez, je suis vraiment très prise par mon travail.

— Eh bien prenez le temps de ne plus l'être, Docteur ! Cela vous changera les idées et vous sortira de votre routine. Au pire, vous aurez passé quelques heures ennuyeuses... Au mieux, vous m'appellerez pour me dire que mon conseil était le bon !

Difficile de contrarier un si gentil monsieur. Alors, même si je n'en pense pas moins, j'opine une fois encore du chef pour lui faire plaisir.

Après tout, son petit-fils n'est pas là pour me voir, n'est-ce pas ?

Chapitre 8

Tadzio

— Punaise, Tad, mais concentre-toi, merde !

J'imagine que Mike n'a pas tort, même si ça m'emmerde prodigieusement qu'il me place face à ma médiocrité du soir. Je suis à la guitare, pourtant, et j'adore sortir de ma zone de confort puisque habituellement je tiens la basse dans le groupe.

Mais voilà : je n'arrive pas à me sortir Svetlana Lukic du crâne depuis ces quelques instants trop brefs pendant lesquels j'ai pu savourer sa proximité dans cet ascenseur. J'ai attendu aussi longtemps que possible qu'elle vienne voir mon grand-père mais j'ai dû me résigner à quitter la clinique sans avoir pu vérifier s'il lui restait un peu de ce trouble que j'ai cru déceler dans ses prunelles furieuses.

Ni sans avoir la réponse à la question que je lui ai posée.

Je pourrais lui envoyer un texto. Si je n'avais pas zéro raison de lui envoyer un texto.

En même temps, ce genre de considérations ne m'arrête jamais d'habitude. Je ne suis pas vraiment du genre à m'embarrasser de prétextes lorsque je veux quelque chose ou quelqu'un, mais avec cette fille, je ne sais pas sur quel pied danser. Non seulement elle me plaît, ce qui ne m'est plus vraiment arrivé depuis mon premier béguin dans *God Bless America*, et rien que ça suffit à me troubler. Mais en plus je ne sais même pas s'il a pu lui arriver de sortir avec des hommes ou si elle pourrait l'envisager.

Ce n'est pas que je manque de courage en général (ou d'inconscience, c'est selon), mais je n'ai pas vraiment une passion pour les râteaux. Or, avec elle, j'ai tendance à penser que si j'essaie, malgré tous les signaux contraires, de tenter ma chance, ça pourrait bien être la chance du condamné... et que le râteau pourrait être dantesque.

Elle me perturbe et me déboussole et...

— Merde, Tadzio, tu fous quoi ? Tu es censé tenir, là ! Tu sais, avec ce truc à cordes que tu as entre les mains ?

... et vient pourrir ma répétition de ce soir alors que notre enregistrement et surtout notre tournée approchent.

Je jette un regard rapide à Simon puisque c'est lui cette fois-ci qui vient de me prendre en défaut.

— Désolé, les mecs. On reprend, si vous voulez.

— Non, on reprend pas, justement. Tu as de la merde dans le cerveau, là. Donc on va faire une pause, tu vas boire un coup, fumer ta clope et tu en profites pour nous raconter comment elle s'appelle.

Voilà le problème quand vous bossez avec vos meilleurs potes dont un que vous connaissez depuis l'école primaire. Ils savent avant moi que je suis perturbé.

Et même pour quelle raison.

Je pose ma B.C. Rich Mockingbird bleue électrique, une de mes guitares préférées avec les Lee Paul personnalisées que me fabrique Gibson ou la Martin D-18E de 1959 de Cobain [1] que j'ai pu racheter à prix

1. Chanteur décédé du groupe Nirvana.

d'or aux enchères. Avec la première guitare acoustique dénichée par mon grand-père quand j'avais huit ans, ce sont mes préférées.

Celle du jour m'a été offerte, comme beaucoup d'autres de ma collection, par mon parrain... et probablement un de mes ex-futurs beaux-pères potentiels, si ma mère ne détestait pas encore plus que moi l'idée de la fidélité et du couple. Rien de moins que Slash lui-même.

Cela dit, remuer de vieux souvenirs ne dissuadera pas Mike et Simon de me cuisiner ce soir. Et même si j'estime n'avoir pas grand-chose à leur raconter, j'imagine que si je veux avoir la paix, j'ai plutôt intérêt à m'excuser auprès du reste de l'équipe et à aller boire cette bière.

Une demi-heure plus tard, attablé à la table isolée que Pat, le patron, nous réserve toujours lorsque nous annonçons notre venue dans son bar tranquille du vieux Brooklyn, situé juste à côté de notre studio, je n'ai pas progressé d'un iota dans mes réflexions. En revanche, Mike et Simon, ces deux abrutis, ont l'air de plutôt bien se marrer.

Eux.

— Tadzio le tombeur qui craque pour une intello qui n'aime pas les hommes. Tu aimes la difficulté, mon lapin.

Simon est plutôt un mec sympa d'habitude. Mais là, il me cherche.

— Je veux bien croire que le fait qu'elle n'aime pas les mecs soit un vrai sujet. Pour ta gouverne, sache que j'en suis parfaitement conscient mais que malheureusement cela ne m'empêche pas d'être attiré par elle. En revanche, son côté intello, tu m'expliques en quoi c'est un problème ?

— La nana est bac + je sais pas combien et polyglotte avec ça. Elle doit commencer à bosser juste quand tu te couches et employer des mots tellement compliqués entre deux opérations que tu risques d'avoir besoin de Wikipédia sous la table si elle te parle. Tu es certain que tu veux vraiment continuer à t'accrocher ?

— Je n'ai peut-être pas particulièrement brillé en classe, Monsieur le fils de bonne famille qui a eu des bonnes notes partout. Mais je n'ai pas l'impression d'être le dernier des abrutis non plus. Et puis elle me plaît, ça ne s'explique pas.

Je contemple mon IPA à défaut d'affronter leurs regards scrutateurs, en concluant :

— Et surtout, l'attirance ou les sentiments, ça ne se contrôle pas.

— Waouh ! Si on m'avait dit que j'entendrais ça un jour. Et je n'ai jamais dit que tu étais un abruti, espèce d'idiot !

Mike s'esclaffe et son air réjoui me donne envie d'être désagréable. Sauf que Mike est mon pote et qu'il n'a pas souvent eu l'occasion d'avoir une mine réjouie. Donc je laisse passer.

— Détends-toi, mec. J'ai dit qu'elle me plaisait. Pas d'être mon témoin, hein. J'aimerais juste baiser avec elle, là, ça te parle plus ?

Un peu réducteur sans doute. Plus qu'un peu, même, si j'étais honnête. Et bizarrement déplaisant comme expression quand je pense à elle, même si j'adore le sexe... Mais je n'ai ni envie de le reconnaître devant eux, ni envie de m'obliger à en prendre vraiment conscience.

Parce que cela impliquerait d'admettre que je suis encore plus dans la merde que ce que pensent mes potes.

— Ça me parle plus et ça me dit que tu es vraiment encore plus mal barré que prévu, alors. Parce qu'espérer « juste baiser avec » une fille qui est gay, et donc en principe pas du tout intéressée, c'est vraiment avoir un gros mental... Tu sais qu'elle risque de se sentir carrément agressée si tu persistes ?

Je capitule.

— Bon, alors disons qu'elle me plaît un peu plus que ça. Et je vous rappelle que Jack a d'abord eu des relations avec des filles, puis bisexuelles, avant de comprendre qu'il préférait les mecs.

J'insiste, sans doute autant pour les convaincre que pour éviter de comprendre que je suis vraiment mal barré.

— Rien ne me dit qu'elle n'a pas pu être parfois attirée par un homme. Ou qu'elle ne pourrait pas l'être un jour. Après tout, qui se connaît vraiment parfaitement ?

Bien sûr, quand je mentionne un homme, je songe plus particulièrement à un individu en particulier. Je me garde de le préciser, j'imagine que c'est clair pour tout le monde.

Simon tend sa bière en direction de Mike qui trinque avec empressement. Ils me gonflent, sérieux.

— Vous servez à rien, je vous jure.

— Je sers à te dire d'oublier, Tad.

Le grand brun aux yeux saphir qui me fait face insiste. Encore une fois, je m'étonne de cette ressemblance improbable avec Jim Morrison jeune.

— C'est pas pour toi, une fille comme ça. Tu es au courant que les préférences sexuelles, ça ne se décide pas ? Elle te dit qu'elle aime les femmes et, petite info, malgré ta gueule d'ange, tu n'en es pas une. Et en plus vous n'avez rien en commun, tu baignes dans ce milieu depuis que tu es né, tandis qu'elle a sûrement dû bosser comme une acharnée pour devenir chirurgienne ici.

Simon s'interrompt pour boire une gorgée de sa bière avant de poursuivre.

— Je ne comprends même pas à quoi tu joues, alors que tu pourrais séduire n'importe quelle autre fille. Alors perdre ton temps et ton énergie à quelques semaines de notre tournée, pour une grosse tête dont tu auras oublié le nom à peine le premier concert commencé, je ne vois pas l'intérêt.

— Simon a raison, Tad. Passe à autre chose. De toute façon, dès que ton grand-père sera sorti, tu l'auras oubliée. Tu n'as jamais eu une histoire sérieuse depuis ton adolescence !

Ils ont peut-être raison. Cette fille n'est sûrement pas pour moi. Trop chiante, trop futée, trop bêcheuse.

Trop lesbienne.

Surtout pour quelqu'un d'aussi certain de vouloir conserver son pénis que moi.

Ou peut-être pas.

Peut-être que justement ça me plaît qu'elle soit bosseuse, inflexible.

Peut-être aussi qu'elle m'amuse avec ses grands airs. Et qu'à force de la voir travailler comme une acharnée, chaque fois que je passais voir mon grand-père, elle a forcé mon respect.

Peut-être, surtout, que j'aime assez ça, qu'elle soit totalement insensible à ma célébrité comme à mon supposé sex-appeal.

Alors certes, c'est peu vraisemblable qu'elle puisse être attirée par un homme. Stupide sans doute de m'imaginer que *je* puisse être *cet* homme.

C'est un défi aussi, pour moi qui ai rarement l'occasion de jouer vraiment, de me remettre en question, car je suis un peu blasé par tout ce qui m'entoure. Mais justement : tenter de l'approcher, de la perturber, de lui plaire et peut-être de la séduire, c'est aussi la garantie qu'elle ne sera pas malhonnête, alors qu'il ne se passera très probablement jamais rien entre nous.

À la fin, elle refusera sans doute de coucher avec moi, mais au moins j'aurai fait une rencontre intéressante.

Et qui tu veux convaincre que tu le vivras sereinement ?!

En tout cas, Mike et Simon ont probablement raison de ne pas quitter leurs sourires narquois.

Car ni le fait de reprendre, avec plus de concentration, les répétitions du trémolo que j'ai consciencieusement massacré tout à l'heure, ni celui de rentrer à presque trois heures du matin dans un taxi dont le chauffeur me raconte sa vie ne me permettent de me sortir du crâne le petit nez froncé du docteur aux grands airs.

Chapitre 9

Svetlana

J'ai réussi à éviter Tadzio Steadman.

Deux journées entières.

Et deux nuits !

#Prouesse.

Jeudi parce que j'ai demandé à mon collègue Paul de prendre ma consultation pour consacrer ma journée à trouver une solution pour cette *foutue* soirée caritative.

J'ai eu droit à un sourire encore plus tendu qu'à l'ordinaire. Je suppose que ma petite démonstration de couple hétéro n'a pas forcément été bonne pour son ego malmené. Mais il a accepté, seule chose qui m'importe.

Évidemment, le fait de me consacrer à trouver une solution pour cette put... de foutue soirée caritative de mes fesses ne m'a absolument pas permis de la trouver, la solution.

Et oui, je confirme : je m'emporte.

Et oui (toujours) : contrairement aux apparences, je m'efforce de rester calme.

Vendredi, j'ai à nouveau passé la journée au bloc, mais au lieu de retourner voir mes patients, j'ai encore une fois mandaté Paul pour me remplacer.

Il va finir par rester bloqué en mode : « Je fais super ostensiblement la gueule » s'il continue à me croiser.

Histoire de poursuivre tranquillement ma quête d'un groupe de musique cumulant notoriété mondiale et disponibilité pour assurer un concert dans une semaine à New York. Ai-je vraiment besoin de préciser que, de manière ô combien surprenante, la quête, une fois de plus, a été vaine ?

Si je veux positiver, je dirais que j'ai au moins réussi à éviter Tadzio Steadman.

Si je suis lucide – et sans même avoir besoin d'en rajouter en m'attardant sur le fiasco annoncé du futur fameux *concert sans groupe* qui m'attend –, je suis bien obligée d'admettre qu'il est tellement exaspérant et qu'il a réussi à prendre tellement de place dans mon service en quelques jours (et nuits...) que je n'ai pas réussi à *éviter* de penser à lui et à ses questions stupides.

Ni surtout à *éviter* de penser à la suggestion de son grand-père.

Alors qu'aujourd'hui est justement le jour de transfert de monsieur Steadman vers notre centre de rééducation des Hamptons, je me dis qu'il est temps que j'arrête de l'*éviter* ou de me contenter de *penser* à lui.

Et que je prenne le taureau par les cornes (l'image me fait frémir, ce type me donnerait presque – à moi ! – des pensées totalement déviantes et malvenues) pour aller enfin lui parler de ce que son grand-père a envisagé.

Histoire d'être fixée, quoi.

Rien qu'à imaginer son petit air suffisant, je bous. Prendre le risque de le subir pour que, de surcroît, il me dise très probablement non m'exaspère encore plus.

Oui... Mais qui ne risque rien n'a rien, n'est-ce pas ? Et clairement, là, je n'ai plus le choix.

Sinon je vais devoir piteusement joindre les Westley.

En leur expliquant que j'ai bêtement perdu une semaine à ne pas les appeler, tout ça pour ne leur proposer, en définitive, aucune solution de remplacement.

Je toque à la porte et entre lorsque monsieur Steadman m'y autorise de sa voix chaleureuse.

Même si j'ai spontanément dirigé mon regard vers le lit médicalisé qui me fait face, il faut croire que je suis en train de muter en caméléon aux yeux bioniques parce que je note aussitôt la présence de son petit-fils, debout à ma gauche, appuyé contre l'encadrement de la porte-fenêtre entrebâillée.

En noir des pieds à la tête, il porte un *slack* ajusté sur ses cuisses longues et puissantes et révèle ses chevilles nerveuses et ses baskets de skate un peu usées sur l'avant. Contrastant avec son pantalon plus formel, avec la ceinture duquel il flirte comme pour mieux souligner son ventre plat, son tee-shirt, assez usé, met en valeur ses épaules musclées et ses biceps dessinés. Et moins tatoués que je ne le supposais. Alors qu'il est simplement occupé à pianoter sur son smartphone, ceux-ci se contractent sous sa peau lisse et brune.

On peut être une femme hétéro et apprécier, voire jalouser, la beauté d'une belle femme.

Eh bien je découvre qu'on peut préférer les femmes mais reconnaître que Tadzio Steadman, avec son physique de démon angélique, est définitivement le spécimen masculin le plus séduisant qu'il m'ait été donné de croiser.

Et pourtant, j'ai bossé avec Raphaël Lemarquand...

— Bonjour, Docteur. Vous venez signer ma libération ?

Papi Steadman est déjà habillé, manifestement plus que prêt à partir. Je me dis que, sauf s'il vient accompagné lors de sa prochaine visite de contrôle après sa rééducation, je n'aurai plus de raison de croiser sa célébrité de petit-fils. Si je veux tenter ma chance, c'est maintenant ou jamais.

— Tadzio.

Je salue ce dernier d'un mouvement de la tête avant de me retourner vers mon patient. Je croise le gris-bleu transparent de ses iris tandis qu'il hoche simplement la tête pour me saluer en retour, trop absorbé par ce qu'il est en train d'écrire.

OK. Première fois que Tadzio Steadman semble d'humeur asociale et ignore quasiment ma présence. Pile le jour où je compte lui demander un service.

Rien à dire, ça s'annonce bien.

Après avoir vérifié comment se porte son grand-père et l'évolution de sa cicatrisation, j'échange quelques banalités avec celui-ci mais je finis par n'avoir plus aucune raison de rester dans cette pièce.

Pour ce que j'en vois du coin de mon nouvel œil de lézard, Tadzio fusionne toujours avec son téléphone et ne m'accorde pas le moindre intérêt.

Grandeur et décadence. La star du rock est déjà passée à autre chose.

Je serais presque vexée si je n'étais pas d'abord préoccupée.

Je finis par me résoudre à prendre congé de monsieur Steadman en lui souhaitant un séjour réparateur dans notre centre des Hamptons jusqu'à notre visite de contrôle.

Résignée, je me tourne vers Tadzio pour le saluer à son tour. Il lève le nez de son écran à l'énoncé de son prénom, presque à contrecœur.

Punaise mais j'ai un furoncle ou quoi ? C'est quoi son problème aujourd'hui ?

— Merci de vous être aussi bien occupée de mon grand-père, Docteur.

La voix est toujours aussi belle, grave et un peu cassée, mais je n'y retrouve pas son enthousiasme taquin des derniers jours. Pas de *Miss Serbie.* Pas d'invitation à déjeuner. Pas de clope allumée par provocation pure ni de planche de skate sous ses pieds. Comme s'il se contrôlait.

Ou comme s'il n'en avait vraiment rien à faire de ma tronche. Mais alors rien de rien de rien.

Un sourire poli, discret, vraiment discret – limite ennuyé, même –, et hop, il s'apprête à repiquer du nez sur son foutu écran.

Stooooooooooop !

Non pas que ce soit une question d'amour-propre – en temps normal, ce serait même plutôt un soulagement qu'il arrête enfin son petit cinéma de drague pénible. Mais ce n'est vraiment pas aujourd'hui qu'il doit me jeter aux oubliettes. Dans quinze jours s'il veut. Mais là, j'ai besoin de lui.

Je prends donc sur moi, la fin justifie les moyens comme disait sûrement Machiavel [2], j'inspire et je me lance.

— Tadzio ?

— Oui ?

Deux yeux couleur mer de Chine par plein soleil me scrutent avec curiosité.

Pourquoi est-ce que je ne peux pas m'empêcher de penser que quelque chose cloche et qu'il se moque une fois de plus de moi ?

— Ça vous embête si on discute quelques instants en dehors de cette chambre ?

Son expression reste indéchiffrable et j'en viens à me demander s'il souffre d'un quelconque trouble psychiatrique qui justifierait ce dédoublement manifeste de personnalité.

— Oui.

J'étais presque déjà en train de formuler un remerciement basique lorsque le sens de sa réponse parvient à mon cerveau trop optimiste.

---

2. Et pas la peine d'aller voir en douce sur Google pour avoir l'air plus cultivé que moi. Sur ce sujet, vous l'êtes ☺

J'essaie de conserver une contenance aussi impassible que possible. Pas question de montrer à ce petit con qu'il m'a bien eue.

— Tant pis alors.

— J'entendais que ça m'embête de discuter en dehors de la chambre et hors de la présence de mon grand-père.

Un sourire taquin – mais du genre taquin sadique – étire sa bouche sensuelle.

— J'aurais trop peur que vous me sautiez dessus si je suis seul avec vous, vous comprenez ?

Même si je note l'ironie appuyée dans sa voix, je comprends surtout que j'aimerais que Romy, ma copine prof de yoga, soit là pour me rappeler comment me recentrer sur mon moi intérieur et toutes ces foutaises de namasté, bandas et autres-mots-interminables-qui-se-terminent-en-*sanas*. Histoire de m'empêcher de commettre l'irréparable avant d'être certaine qu'il ne pourra vraiment m'être d'aucune aide.

Parce que moi, quand ça ne va pas, je ne médite pas en soufflant lentement par le nez.

Je cogne.

Ce qui me semble assez contre-productif aujourd'hui.

— Dois-je vous rappeler qu'il n'y a pas la moindre ambiguïté de mon côté, Tadzio ? je ne peux m'empêcher de lui cracher entre mes dents.

Tant pis pour la diplomatie. Et pour Papi Steadman qui vient de s'adosser confortablement pour assister à la joute qui s'annonce.

Cela dit, niveau négociations subtiles, ça s'annonce mal.

Tadzio me toise avec une incrédulité surjouée, comme si je venais de proférer une énormité.

— Vous voulez vraiment que je vous rappelle dans quel état vous étiez dans l'ascenseur ?

Bon, OK. Finalement, je n'ai pas du tout envie de m'aventurer sur ce terrain-là en présence de Papi Steadman.

Même hors de sa présence d'ailleurs. C'est bien mon problème depuis trois jours et pas question de m'y atteler maintenant.

— Docteur Lukic ?

Je m'aperçois que je le fixe depuis qu'il m'a répondu et que des flammes sont probablement en train de me sortir par les yeux.

Toutes dirigées dans sa direction, bien entendu.

— Si vous voulez me parler, je vous écoute. À moins que votre proposition ne soit totalement indécente, je n'ai rien à cacher à mon grand-père.

Je soupire. Je ne gagnerai pas aujourd'hui contre lui et je n'ai plus de temps à perdre. Autant aller droit au but.

— Ça tient toujours votre proposition de dîner ?

J'essaie de ne pas tenir compte de la présence de son grand-père qui sera témoin de mon humiliation si le petit con (grand, en réalité, mais c'est un détail) en face de moi me répond par la négative. Ses yeux magnifiques pétillent pendant qu'il me contemple avec ce qui ressemble bien à de l'amusement.

— Pourquoi ? Vous reconnaissez enfin que vous avez succombé ?

À vaincre sans péril, on triomphe sans gloire [3]*, n'est-ce pas ? Il n'a jamais été dit que ce serait facile...*

— Je ne reconnais rien du tout, mais je pense que si votre proposition tient toujours, je pourrais peut-être vous proposer un accord.

J'ai désormais toute l'attention de Tadzio, dont le portable a dû rejoindre la poche de son pantalon et qui m'observe, tête légèrement inclinée et bras croisés, toujours appuyé contre l'encadrement de la fenêtre qui me fait face.

— S'il s'agit de passer une nuit seul avec vous en échange de ce dîner, sachez que je suis d'accord.

3. Sur ce coup, l'auteure certifie que Machiavel n'a rien à voir avec cet adage.

Il a l'air content de lui, en plus.

Pour ma part, j'essaie juste de ne pas trop penser au fait que son grand-père ne perd pas une miette de nos échanges.

— Vous le faites exprès ? Ou vous êtes vraiment comme ça naturellement ?

Il se marre.

Un gosse.

Un *sale* gosse avec lequel je vais devoir négocier.

Fantastique.

— Bon, OK : j'arrête.

Miracle.

— Sérieusement, c'est quoi votre proposition ?

— Disons qu'un concert devait avoir lieu au profit de la Fondation et de sa recherche cardiaque, avec un ticket d'entrée évidemment assez onéreux.

À force de fréquenter les Westley, j'ai vraisemblablement perdu le sens des réalités. Parce que « assez onéreux », pour ce que j'ai pu en comprendre, signifie en réalité plusieurs dizaines de milliers de dollars par invité. Autant dire qu'il faut sacrément aimer la musique.

Ou aimer se montrer, peu importe.

Je plonge mon regard dans celui de Tadzio.

Incroyables, ces iris pers, quand même.

— Malheureusement, le chanteur des Maroon 5 nous a lâchés. On aimerait trouver un équivalent acceptable pour les invités mais le concert a lieu à la fin de la semaine prochaine. Autant vous dire que trouver aussi bien dans un aussi bref laps de temps, ça ne me paraît pas extrêmement facile.

Un petit rire discret ponctue ma remarque.

— Je crains d'avoir compris où vous voulez en venir.

Et moi, à entendre son petit rire entendu, je crains d'avoir compris que c'est mort...

— J'en déduis que votre réponse est non ?

Tadzio me sourit, un sourire lent et tranquille qui illumine peu à peu son visage viril et parfait et l'anime d'une grâce rare et troublante.

Le charme dévastateur et naturel, cette injustice.

— Je n'ai pas dit ça.

Mon cœur se met à battre plus vite pendant que je suis suspendue à sa réponse. Et à sa lèvre inférieure qu'il mordille avant de poursuivre.

— En revanche, il hoche la tête, incrédule, j'avoue que j'apprécie assez peu que vous nous considériez comme équivalents aux putain de Maroon 5. Sérieusement, c'est un boys band, ce truc, pas un groupe de rock [4]. Vous avez vraiment vu à quoi ressemblait Levine au dernier Superbowl, avec ses tatouages de faux rebelle et sa gonflette de type autocentré ?

— Vous vous êtes regardé ?

Je suppose que la boucler aurait été une bonne idée, mais c'est trop tard.

— J'ai eu des tatouages avant que tous les *hipsters* du coin décident de faire comme moi et je peux vous garantir que je ne fais pas de gonflette pour fabriquer du muscle inutile.

Je ne peux m'empêcher de faire courir mon regard sur le corps longiligne et tonique qui me fait face, m'arrête sur ses cuisses fermes qui se devinent sous son pantalon. À part le skate, que pratique-t-il pour être aussi sec tout en dégageant une telle impression de force et de solidité ? De la boxe, lui aussi ? Ou quelque chose comme de la course à pied ou de la natation ?

— Quand vous voulez, je vous prends sur un ring, Miss Serbie, reprend-il en me défiant de son regard de voyou espiègle.

---

4. Précisions de l'autrice : elle aime beaucoup écouter les Maroon 5 et même parfois Justin Bieber (et elle assume parfaitement ses goûts musicaux !).

J'imagine que j'ai un début de réponse. Et qu'il n'y a aucune ambiguïté à la Steadman dans l'emploi du verbe *prendre*.

Lui rétorquer que, toute femme que je suis, je pourrais bien le mettre au tapis n'est sans doute pas indispensable aujourd'hui.

Même si c'est vrai.

— OK, Steadman... On va dire que je n'ai rien dit.

Je me force à lui sourire, j'espère n'avoir pas l'air trop suppliante.

— C'est oui ou c'est non ?

Tadzio, lui, semble se délecter de la situation.

— Ça dépend...

— Ça dépend de quoi ?

— De ce que vous me proposez ?

— Vous vous foutez de moi ? Je vous ai dit que je vous proposais de dîner avec vous en échange du concert !

— Déjà vous m'avez simplement demandé si je voulais toujours dîner avec vous. Pas que vous échangiez un dîner contre un concert privé.

Présenté comme ça, je me sens un peu stupide. Pour ne pas dire présomptueuse. La suite me le confirme.

— Ensuite... Vous êtes au courant du nombre de disques qu'on a vendus ? Ou du fait que notre tournée mondiale des stades se joue à guichets fermés partout ?

Il laisse échapper un petit rire narquois avant de prendre son grand-père à témoin.

— Elle a quand même une très haute estime d'elle-même et de l'intérêt de sa conversation, non ?

Papi ne bronche pas. Pour m'épargner, j'imagine.

— Écoutez... Je n'ai pas le choix, et surtout, je n'ai pas mieux à vous proposer. Alors c'est à prendre ou à laisser.

— Trois dîners.

L'espace d'un instant, j'ai envie de lui dire non.

Parce qu'il me gonfle.

Parce que rien que l'idée de le supporter pendant un dîner m'épuise d'avance.

Surtout s'il continue de me poser des questions qui ne méritent pas de réponse.

Parce que, finalement, ce n'est pas mon problème si Adam Levine a la gorge qui pique. Je suis chirurgien, pas spécialiste d'événementiel.

Kelly ne me tiendra sûrement pas rigueur d'avoir échoué à arranger les choses, puisqu'elle m'est reconnaissante d'avoir contribué à sauver la vie de son mari.

Évidemment, au lieu d'en rester là, j'ai un regain de fierté. Elle m'a déjà sacrément aidée et récompensée. À mon tour de lui montrer qu'elle a bien fait.

Ça peut valoir trois dîners avec un crétin arrogant, non ? Et puis qui sait ? Papi Steadman a peut-être raison... Je passerai peut-être même de bonnes soirées et en découvrant des choses pas inintéressantes sur les États-Unis ou l'industrie musicale.

Au moment où je m'apprête à céder et à lui dire oui, le grand brun reprend la parole en haussant les yeux au ciel :

— OK, cachez votre joie...

Si je n'avais pas affaire à Tadzio Steadman, je dirais qu'il est un peu affecté.

— Je vais accepter pour deux dîners. Mais à la condition que le premier soit avant le concert.

Il faut savoir conclure un deal quand il est bon.

Je me rapproche de lui jusqu'à lui faire face. Lève le visage vers lui en lui tendant la main.

Son regard s'ancre au mien. Bleu. Gris. Clarté sans fond du centre et cercle sombre du pourtour.

Et quelque chose, au fond de ses pupilles légèrement dilatées sous ses paupières alourdies, que je préfère ne pas chercher à analyser.

— Deal, je réponds en souriant, la main tendue.

— Deal, il répond en la serrant dans la sienne.

Grande, chaude, sèche. Ferme. Mais dont le pouce glisse doucement sur la fine veine de mon poignet avant qu'il ne la libère. Tellement doucement que je me demande si je ne l'ai pas rêvé.

Et surtout, si cela a vraiment eu lieu, pour quel motif je n'ai pas la réaction épidermique de rejet méfiant qui est toujours la mienne quand un homme tente ce genre de gestes.

Néanmoins, il a droit à toute ma gratitude. Qu'un type comme lui accepte de se libérer et de convaincre ses stars de potes de faire pareil mérite au moins ça.

Étrange qu'ils soient disponibles aussi facilement, d'ailleurs.

Je me promets donc d'être aimable et polie pendant nos deux dîners.

Histoire que nous passions deux bonnes soirées mais dépourvues de toute ambiguïté.

Au moment où je prends enfin congé des deux Steadman et que je m'apprête à franchir le seuil de la chambre, la voix de Tadzio me rattrape.

— Docteur Lukic ?

— Oui ? Je me retourne, priant pour qu'il n'ait pas changé d'avis.

L'expression de Tadzio est cette fois-ci ouvertement espiègle. Rien à voir avec ce clone étrange au visage fermé avec lequel je viens de négocier.

— J'ai adoré vous voir si mal à l'aise et tenter de vous dépêtrer pour me demander un service sans trop perdre la face.

Je sens mes yeux qui s'arrondissent.

Le fumier.

— Mais vous savez quoi ?

Je m'attends au pire.

— Quoi ?

— Vu tout ce que vous avez fait pour mon grand-père, et même s'il ne m'avait pas prévenu, il y a trois jours déjà, pour que je puisse vérifier avec Mike et Simon que c'était bon de leur côté...

Monsieur Steadman me jette un regard contrit.

Le traître. Belle famille.

— ... j'aurais fait le concert pour rien.

Clin d'œil.

Sourire parfaitement désarmant.

Je ne peux m'empêcher de rire.

Fin du clin d'œil. Un regard couleur mer de Chine m'hypnotise.

— Mais sachez que je suis vraiment content que vous ayez accepté mon offre.

Chapitre 10

Tadzio

— Je n'arrive pas à croire qu'au lieu de passer la soirée avec mon fils et ma femme enceinte, je vais me retrouver en train de remplacer Adam Levine.

On vient finir de répéter *Unexpected* et Simon énonce ces propos d'une voix lugubre. Et, effectivement, en affichant une expression sidérée.

— Je n'arrive pas à croire qu'au lieu de passer la soirée avec le fils de Simon, sa femme enceinte et le fabuleux Simon Lauren lui-même, je vais me retrouver en train de remplacer ce micropénis d'Adam Levine.

Mike vient d'ajouter sa petite touche personnelle d'une voix aussi basse que sinistre en reposant ses baguettes.

Il me paraît donc nécessaire de mettre les points sur les *i*.

— Bon, déjà, je me tourne vers Simon, c'est pas comme si je ne m'étais pas retrouvé déguisé en super-héros parce que tu voulais récupérer Lilly en France au concert des Enfoirés l'année dernière, donc, je serais toi, j'éviterais de la ramener. Tu m'es redevable pour le reste de ta vie puisque je considère que, sans moi, tu ne l'aurais pas retrouvée. Quant à toi (je m'adresse cette fois à Mike qui, j'en jurerais, essaie de ne pas rire de ce que je viens de dire à Simon), j'admets que tu es une victime collatérale. Mais c'est normal, tu es le batteur. C'est toi le mal-aimé. C'est ton rôle, mec. C'est ça le concept, dans un groupe de rock. Cela dit je reconnais solennellement que je t'en devrai une, si un jour tu as besoin de mon aide.

Mike est hermétique aux femmes depuis que la mère de sa fille l'a baisé en beauté. Enfin, j'espère au moins que, sexuellement, c'était épanouissant et qu'ils ont effectivement baisé en beauté. Parce que ça fait des années qu'il s'emmerde à subir les sautes d'humeur de cette folle vénale pour récupérer enfin la garde de leur fille.

Bref, j'enchaîne, parce que moi j'ai une pimbêche super sexy dans le crâne et qu'il ne faudrait pas qu'ils me lâchent à la dernière minute, alors que j'ai déjà donné ma parole :

— Et puis, depuis le temps que tu cherchais un prétexte pour jouer au Shed[5] sans jamais trouver le bon moment...

Je sais que j'ai mis dans le mille car Simon adore ce nouveau lieu du Meatpacking District et qu'il sera incapable de résister au plaisir de s'y produire enfin. Or c'est là que les Westley ont décidé d'organiser leur *charity*. Ça tombe bien, je sais...

Entre nous, je sais pertinemment qu'ils ne me planteront jamais, surtout après m'avoir déjà donné leur parole de faire ce concert. Mais je lui laisse penser que Mike et lui ont encore la possibilité de se raviser. Ça ne donnera que plus de poids à la confirmation qui ne saurait tarder.

Comme si de rien n'était, je commence à taper un SMS.

Mike soupire.

— Tu sais très bien qu'on a qu'une parole et que si on t'a dit qu'on te suivrait... Eh bien, on te suivra.

Il secoue la tête, incrédule.

5. Centre culturel new-yorkais.

— Mais sérieusement, avoir l'air de ramasser les miettes de Levine...

— J'y crois pas non plus, je te confirme.

— Les gars, vous êtes des vrais potes. Et puis on va tellement parler de ce concert, alors que nous aussi on a une tournée derrière mais qu'on est capables de faire les deux – et comme des bêtes, en plus – que Levine se mordra les doigts d'avoir planté One Heart...

Surtout, on va tellement assurer que mon médecin sexy sera bien obligé de me trouver sympathique et, qui sait, de m'apprécier. Ce qui, compte tenu de ses manifestes préférences pour les êtres humains dotés de beaucoup moins de chromosomes Y que moi, me paraît déjà être un énorme progrès.

Et qui sait ? Un bon début ?

— Qu'est-ce que tu fais ?

Je continue de pianoter sur mon tél en répondant à Simon qui vient de se pencher par-dessus mon épaule pour regarder ce que j'écris.

Oui, on est comme ça, nous. Zéro intimité. Et croyez-moi : même s'ils sont devenus ma famille, parfois c'est vraiment très soûlant.

— Je me rappelle au bon souvenir du sexy docteur Lukic, je marmonne en appuyant sur envoyer. Elle me doit un dîner avant le concert, qui est la semaine prochaine. Ce serait dommage qu'elle l'oublie...

— Dîner ce soir ? lit Simon à haute voix. Lapidaire... Ça marche vraiment ce genre de poèmes ?

Je hausse les épaules, pas impressionné par l'expression ostensiblement moqueuse du grand brun.

— Quand tu la rencontreras, tu comprendras que les poèmes sont probablement même totalement contreproductifs avec elle. Crois-moi, ce n'est pas Lilly : le romantisme ce n'est pas du tout son truc. De toute façon, je te rappelle que je ne suis pas en train de la draguer : c'est elle qui me doit ce dîner.

Mike hausse les yeux au ciel.

— C'est sûr que vu comme ça je sens qu'elle va se découvrir bi et succomber à peine attablée, sans même prendre le temps de lire la carte...

Je ne devrais pas m'aventurer sur le terrain glissant des relations féminines avec Mike. Déjà, parce qu'il est autant célibataire que moi, même s'il a une fille. Ensuite, parce que même s'il a épousé la mère de son enfant avant qu'elle ne demande le divorce, la garde de leur fille et la pension astronomique qui allait avec, il n'a jamais été fichu d'avoir une relation sérieuse depuis que je le connais. Autant dire que ses leçons me paraissent assez malvenues.

— C'est pas comme si tu détenais les clefs des relations avec les femmes, Mike. Rappelle-moi le nom d'une fille avec laquelle tu es restée autrement que parce qu'elle te tenait par les couilles après t'avoir fait un enfant dans le dos ? Pas Jo en tout cas, si ?

Évidemment, je m'en veux immédiatement de m'être laissé emporter en évoquant le prénom de son premier amour. Mais qu'est-ce que me fait Svetlana Lukic pour que je me mette dans un état pareil, en agressant mon ami, simplement parce que je veux la voir ?

— Excuse-moi, mon pote.

Je frappe son épaule du poing. Pas certain qu'il sente quoi que ce soit, baraqué comme il est. Du coup, j'en rajoute une couche.

Audible, celle-là.

— J'ai été con. Pardon.

— Pas de problème, répond-il sobrement, et je sais qu'il dit la vérité, Mike est le type le plus réglo et loyal qui soit. Mais une chose est sûre, elle ne se précipite pas pour te répondre, fait-il observer d'une voix beaucoup trop calme pour qu'elle ne suscite pas mon exaspération.

OK, c'est de bonne guerre. Il est réglo et loyal, certes. Mais il a le droit de me tacler en retour. Cela dit, ça n'enlève rien à mon envie de lui prouver que Simon et lui ont tort.

— Elle doit bosser, j'imagine, je réponds aussi laconiquement que possible malgré ma tension croissante. Je vais la relancer, on verra bien.

— Mais pourquoi tu la relances ? Si tu penses qu'elle bosse, en plus ? Laisse-la respirer, Tad, on dirait un ado devant sa première fille !

— Parce qu'elle me doit ce dîner avant le concert, je réplique en envoyant mon nouveau message. Le concert est dans une semaine et jusqu'à présent on ne peut pas vraiment dire qu'elle ait pris les devants pour honorer sa dette, alors que je lui ai largement fichu la paix pour la laisser venir à moi.

— Si on m'avait dit que je te verrais un jour perdre ton arrogance légendaire et ramper devant une fille...

— Je ne rampe pas, Sim, je prends des initiatives. Nuance.

Les rires simultanés des deux idiots avec lesquels j'ai accepté de créer ce foutu groupe ne m'empêchent pas d'entendre la sonnerie de mon portable.

Je bosse.

Voilà ce que je lis sur l'écran de mon téléphone.

— Je bosse.

Voilà ce que répète Simon, penché par-dessus mon épaule, à haute et intelligible voix, histoire que les choses soient bien claires.

— Pour le moment, rien à dire, ta stratégie fonctionne parfaitement.

J'essaie de canaliser mon énergie. Parce que, pour le moment, elle a plutôt envie de se transformer en un gros poing dans la tronche de l'ange brun qui me parle avec un petit air satisfait.

Je m'efforce de chantonner les chants hindous favoris de ma mère pour m'apaiser. Ça ne marche pas si mal puisque, au lieu de risquer de froisser un deuxième pote, je brandis mon téléphone en mode appareil photo en veillant à ce que les deux idiots, Justin, Maria, Gab et Corey, les choristes et les musiciens qui nous accompagnent aujourd'hui, Steve, notre ingénieur du son, et une partie de nos instruments soient bien visibles.

Et je prends un selfie que j'envoie immédiatement à la Reine des Glaces.

Moi aussi, je bosse. Pour votre concert en plus. Celui en contrepartie duquel vous me devez un dîner dans les 6 prochains jours, chérie.

Je regarde ma montre. Mon chauffeur m'a déposé mais je peux rejoindre Manhattan d'ici une vingtaine de minutes si j'emprunte la moto de Mike.

— Mike, j'ai besoin de ta moto. Je vais passer récupérer le docteur Lukic à la clinique et je mettrais trop de temps en taxi.

— À quel moment tu as lu dans sa réponse qu'elle te donnait rendez-vous pour dîner ?

Je souris tranquillement à Simon.

— Qui ne risque rien n'a rien, mon pote, je réponds à Simon qui me contemple comme s'il avait vu un chat bleu.

Par habitude, j'attends l'objection de Mike. Ce n'est pas parce que l'un de mes deux potes me harcèle que l'autre sera automatiquement plus conciliant pour compenser.

— Tu m'expliques pourquoi je te prêterais ma moto ?

Qu'est-ce que je disais ?

— Parce que tu es un ami, mon vieux. Qui ne veut que mon bonheur, bien entendu.

— Ton bonheur ? tique le grand métisse, en me dévisageant avec scepticisme. Ton bonheur ? répète-t-il lentement, comme si le mot était ordurier me concernant. Ou ton assouvissement sexuel ?

— Disons que mon bonheur d'enfant très gâté (je mime des guillemets avec une intonation ironique) implique d'éviter toute frustration. Pour une raison que je ne te demande pas d'analyser, elle me plaît et je ne compte pas rester passif, même si je suis bien conscient qu'il est très peu probable que je puisse lui plaire en retour ou que je pourrais carrément la heurter si je m'y prends mal. Mais au moins j'aurai essayé au lieu de le regretter, tu vois l'idée ?

Je lui adresse un regard que j'espère persuasif :

— Sinon je vais perdre toute concentration, ce qui sera très mauvais pour la tournée qui s'annonce. Simon te ramènera.

Je me tourne vers notre chanteur qui affiche un large sourire tout à fait exaspérant.

— Pas vrai, Sim ?

— Pour ton « bonheur » et le bien-être des groupies qui n'attendent que la tournée, tu sais bien que je ferais n'importe quoi, mon cœur.

Le temps de dire au revoir à mes potes et de monter en selle, je mets un peu plus de vingt minutes pour revenir de Williamsburg vers One Heart. Vu le trafic et le fait que New York ne se prête pas aux motos, je m'en tire plutôt pas mal.

OK, j'ai roulé comme un crétin.

Je me présente, même pas essoufflé, devant le bureau de l'assistante de Svetlana Lukic.

C'est dans ce type de moment que ma mémoire des visages et des prénoms m'est très utile.

— Bonjour, Kimberley, je la salue de ce que j'espère être mon plus séduisant sourire. Le docteur Lukic est dans son bureau ?

— Euh oui, rosit-elle.

Je peux lire dans ses yeux écarquillés qu'elle se demande désormais si elle est correctement maquillée (la réponse est oui mais ça sent quand même un peu la fin de journée, cette histoire) et ce que je fous là.

À dire vrai, même moi je suis incapable de le savoir vraiment. Je sais bien, au fond, que cette histoire de deal n'est qu'un prétexte à ma présence et à mon envie de voir le docteur Lukic, donc je poursuis avant qu'elle ne me pose la question :

— Elle est seule ou avec un patient ?

— Seule, mais elle finit de dicter ses courriers de transmission des patients et elle déteste qu'on la dé...

Je ne la laisse pas finir.

Un coup bref à la porte, histoire de me signaler quand même, et je rentre sans attendre qu'on m'y invite.

En principe, elle ne devrait pas être nue. À part subir le dédain qu'elle m'oppose depuis notre deal, je ne risque donc pas grand-chose.

Pour ce que j'en vois – je n'avais pas grand espoir à ce sujet –, le docteur Lukic est effectivement toujours habillée derrière son bureau.

Encore une de ses fichues blouses blanches fluides avec dentelles et boutons jusqu'au cou.

Incroyable de se cacher à ce point.

Et incroyable ce que ça la rend désirable et sublime, encore plus son magnifique visage et ses hautes pommettes, dégagés de toute mèche, sévèrement tirées en arrière.

Mes copines mannequins ou dans le show-business sont toutes plutôt canon mais aucune ne me donne envie, comme celle qui se tient en face de moi, de la déshabiller avec une révérence sincère.

C'est dramatique mais je suis obligé de le reconnaître : je me sens devant Svetlana Lukic comme un puceau devant une professeure de mathématiques aux tailleurs un peu stricts.

Ex-ci-té.

Avec un X qui siffle... comme dans Ado-obsédé-par-le-sexe.

Elle lève la tête de son bureau dans ma direction, pose tranquillement ce qui doit être un dictaphone sur son bureau et fixe mon regard sans ciller de ses incroyables prunelles claires.

— Je vous ai dit que je bossais. Qu'est-ce que vous n'avez pas compris, Steadman ?

OK. Nous ne sommes pas vraiment sur la même longueur d'onde.

N'empêche que je vais me la faire, la Reine des Neiges.

Et dans tous les sens du terme, croyez-moi.

Chapitre 11

Svetlana

Je suis parfaitement de mauvaise foi.

Mais si je l'admets, même intérieurement, je peux être pardonnée, non ?

Cela fait plusieurs jours que je sais au fond de moi que la grande classe serait de revenir spontanément vers Tadzio Steadman. D'autant que cela témoignerait de mon indifférence réelle à son encontre et à ses questions stupides.

Au fait... Vous vous êtes déjà demandé si vous n'étiez pas bi ?

N'importe quoi.

Non ?

Kelly m'a appelée pour me féliciter d'avoir aussi bien géré la défection des Maroon 5, informée par l'agent des KA-9 de leur présence au Shed la semaine prochaine. Ses chargés de communication se sont évidemment occupés de prévenir les invités, que cela n'a pas dû beaucoup perturber.

Je n'ai donc aucun doute à avoir sur la force de la promesse de Tadzio.

Et je lui dois vraiment une fière chandelle.

Or, si je n'ai aucun doute et s'il a accepté de me rendre ce service de taille, la moindre des choses serait donc que je me comporte correctement. En honorant ma parole, par exemple.

Eh bien... non !

Non seulement je fais la morte. Mais en plus, maintenant qu'il se présente devant moi, je l'accueille aussi sèchement que possible.

Comme s'il était un simple importun et pas l'un des artistes les plus connus au monde qui a accepté de me tirer de la mouise dans laquelle je m'étais mise comme une grande.

Je ne sais pas à quoi je joue, ni ce que cela dit de moi, mais pas besoin d'en rajouter : je sais que je n'ai pas à me vanter de mon comportement. Peut-être est-ce parce que j'ai été agacée qu'il se soit un peu amusé avec moi, en me laissant patauger pour obtenir son concert, alors qu'il savait déjà qu'il allait dire oui.

Peut-être aussi qu'il y a autre chose, une chose sur laquelle je n'ai pas envie de m'interroger et qui me fait appréhender les moments que je vais devoir lui consacrer.

Peut-être ? Ou sûrement ?

— Bonjour, Miss Serbie. Content de voir que vous n'avez pas encore succombé sous la masse de travail.

Tadzio a refermé la porte de mon bureau derrière lui et s'y appuie désormais. Les pouces dans les passants de son jean, une cheville croisée par-dessus l'autre, il affiche une décontraction amusée qui me fait me sentir encore plus stupide.

Surtout que je vais l'honorer, cet engagement. Ce n'est pas mon genre de me défiler.

Je m'efforce de ne pas soupirer.

— Bonsoir, Tadzio. J'essaie de ne pas succomber. Et, comme vous le voyez, j'essayais surtout de terminer.

En face de moi, les prunelles mer de Chine continuent de me fixer tandis qu'un pli amusé se forme au coin de sa bouche virile.

— Vous me prenez vraiment pour un énorme branleur, pas vrai ?

Je lui adresse un regard sans doute un peu déconcerté, car il poursuit :

— Vous, la bosseuse, celle qui sauve des vies. Moi, le saltimbanque, tout juste bon à me coucher quand vous vous levez, et à tapoter sur mon tambourin pour amuser les foules. Et, bien entendu, juste bon à vous empêcher de poursuivre vos nobles et admirables activités.

Il s'avance jusque devant mon bureau. Pose ses longues mains brunes sur la plaque de verre et se penche vers moi comme s'il voulait que nous partagions un secret.

Son parfum, aussi discret que Steadman est envahissant, me chatouille les narines.

J'aime bien.

— C'est comme ça que vous me voyez, pas vrai, Miss Serbie ? Un énorme branleur avec lequel l'idée de passer quelques instants de votre temps trop précieux vous ennuie terriblement, pas vrai ?

Je me sens un peu minable sur ce coup. Ça se voit tant que ça ?

Il souffle un rire léger, presque désabusé, par le nez.

— Ça ne vous viendrait même pas à l'idée qu'il faut bosser pour parvenir à notre niveau... Vous aussi, vous êtes convaincue que je suis juste le fils de ma mère ?

J'avoue que là il m'a quelque peu perdue. Même si je n'ai pas envie de lui montrer qu'il a piqué ma curiosité, j'éprouve le besoin de rectifier :

— J'ai fait un peu de musique et de chant, petite. Je n'ai aucun doute sur le fait qu'en plus du talent que vous avez probablement de manière innée, vous devez être autre chose qu'un « énorme branleur ». Expression très poétique, soit dit en passant.

Pour la première fois, je lui adresse un sourire spontané. Et qui n'est ni narquois ni sarcastique.

Pour la première fois, il m'en retourne un, qui me semble absolument sincère et dépourvu de toute arrière-pensée.

— Vous chantez ? Je serais tellement curieux d'entendre ça.

— Je chantais enfant, je rectifie. Personne ne m'entendra plus, croyez-moi ! Je suis totalement morte de trouille à l'idée de chanter en public et je réserve ça à mon miroir de salle de bains. Ma prof de musique de sixième n'avait pas voulu croire à ma phobie. Je lui ai sabordé son spectacle de fin d'année en étant incapable de proférer un son. Et encore, j'avais réussi à sortir des coulisses pour traverser la scène... Une prouesse !

Je ne sais pas pourquoi je lui raconte ça alors que quelques secondes auparavant j'avais envie d'appeler le gardien pour qu'il le dégage.

— Svetlana ?

Je crois que c'est la première fois qu'il m'appelle par mon prénom. Sa voix est cassée et il traîne un peu trop sur le premier « A » quand il le prononce.

Ça aussi, j'aime bien.

— Oui ?

— Terminez ce que vous avez à faire, je ne suis pas pressé et j'ai déjeuné tard. Et sauf si vous avez quelque chose de prévu ensuite, je vous emmène dans le resto de votre choix.

— J'avais...

J'hésite un peu avant de poursuivre.

— J'avais prévu de voir une amie après.

Ce n'est pas tout à fait faux. Je comptais *vraiment* me changer les idées ce soir, après toutes ces dernières journées de stress et de travail intense, en proposant à une fille que j'ai rencontrée le mois dernier via Tinder de passer la soirée avec moi. Elle est mignonne, sexy et plutôt intéressante en prime. Et surtout, elle m'a écrit après notre premier rendez-vous pour que l'on se revoie, sans attentes sentimentales, acceptant le fait que je ne cherche pas une relation sérieuse.

Mais ce n'est pas tout à fait vrai non plus. Parce que si, comme toujours, j'ai bloqué par avance un créneau dans mon agenda, rien ne me dit qu'elle sera disponible lorsque je lui enverrai un message, en lui proposant qu'on se voie dans l'heure qui suit.

Je pourrais aussi bien décaler ce projet. Et après un dîner avec Steadman, voir Erin ce soir, quand elle aura terminé son service au café, comme elle me l'a proposé.

Mais plutôt payer que de le reconnaître devant Tadzio et sa certitude que toutes les femmes du monde veulent passer la soirée avec lui.

— Une amie ?

— Exactement, j'articule la suite avec soin sans le quitter des yeux, une amie.

— Elle est jolie, votre amie ?

Je soupire. Une fois de plus.

— À votre avis, Tadzio ? Vous les préférez moches et bêtes, vous ? Et puis, pourquoi cette question, d'abord ?

— Parce que la dernière était plutôt à mon goût et manifestement bisexuelle, du coup je me renseigne. Au cas où vous vous obstineriez à refuser de m'accompagner ce soir, me nargue-t-il.

À gifler. Il est à gifler.

Ou à mettre au coin, peut-être ?

Je choisis de ne pas répondre en jouant avec le *trackpad* de mon ordinateur, le laissant poursuivre.

— Sérieusement, Svetlana, ne m'obligez pas à vous emmener de force, ça plaira beaucoup trop aux tabloïds et ce n'est vraiment pas mon truc. Vous me devez un dîner et comme je suis royal, en prime, c'est moi qui vous invite, évidemment. Vous voulez vraiment continuer de jouer à ce petit jeu qui ne rime à rien ?

— Et vous, vous voulez vraiment continuer de vouloir dîner avec moi alors que vous n'en tirerez rien ?

Son demi-sourire me laisse penser que mon expression était assez mal choisie. Je reconnais qu'il a l'élégance de ne pas le souligner.

— C'est-à-dire ? se sent-il néanmoins obligé de demander.

— C'est-à-dire que vous avez compris que si je compte voir une amie, j'insiste sur le *e* muet en fixant ses yeux qui pétillent, ce n'est pas exactement pour boire du thé ?

Je parle aussi lentement que possible. Un rire léger me répond.

— J'avais compris, oui.

Je préfère être certaine, donc j'insiste.

Autant mettre les choses au point entre nous, n'est-ce pas ?

Surtout si cela peut me permettre d'éviter de répondre à certaines questions qui me perturbent et que je me sens incapable d'affronter.

— Ce qui implique que vous n'êtes pas vraiment le genre qui m'intéresse. Et que malgré votre gueule d'ange, je n'ai pas beaucoup de doutes sur votre sexe.

OK.

Deuxième phrase (très) malheureuse.

Et sourire bien trop large désormais.

— Sérieusement, Svetlana. On s'en fout que vous soyez gay ou bi ou quoi que ce soit d'ailleurs. C'est surfait, tout ça, sortez un peu. Rien que pour vos petites phrases ambiguës et votre phobie du chant, je suis certain qu'on pourrait passer une soirée au top. Et même si vous m'attirez, je vous promets de ne pas tenter un geste déplacé. Pour une fois, lâchez-vous et dites oui ! De toute façon, vous savez que vous me la devez, cette soirée...

Il me sourit toujours. Ses cils sombres sont plus épais que les miens et font ressortir le gris bleuté translucide de ses prunelles.

Pourquoi je remarque ça, moi ?

Sûrement pour oublier que je suis acculée et que je n'ai plus le choix.

Fuuuuuuuck.

— J'ai encore une demi-heure de boulot devant moi. Je vous préviens, je n'ai pas l'intention de laisser mes comptes rendus opératoires en plan.

— OK.

— Et il n'est pas question que l'on s'affiche ensemble dans un endroit où votre présence sera trop évidente. Le petit cirque médiatique des dernières semaines, j'ai assez donné.

— OK.

— Et vous ne me raccompagnez pas non plus chez moi. Pas question que vos potes paparazzi connaissent mon domicile ni que l'on m'assimile ensuite à une de vos pétasses.

— OK.

— Vous le faites exprès ?

— Quoi ?

— De m'énerver avec vos OK et votre expression insondable ?

— Non.

Il se mordille la lèvre avec l'air d'un gamin salement content de lui. Comme il ressemble à tout sauf à un gamin et que ce qu'il dégage est au-delà du viril, j'imagine que cela fait généralement son petit effet.

— Je reviens dans une demi-heure. Concentrez-vous, même si c'est dur.

Qu'est-ce que ça veut dire, ça encore ?

Il m'énerve – il m'énerve – il m'énerve.

Chapitre 12

Tadzio

— Il n'est pas question que je monte sur ce truc.

Debout devant la moto de Mike, dans le garage dans laquelle elle est stationnée, ma copine la Reine des Glaces vient de prononcer ces derniers mots d'une voix inflexible.

Je dois donc essayer de la convaincre sans la prendre de front. Pour ce que j'ai pu en voir dans les dernières semaines, elle est plutôt du genre obstinée-combative. Qui n'attendra pas de devoir se défendre pour attaquer.

Mieux vaut donc y aller doucement. Voire louvoyer.

— C'est comme ça que je suis venu et que je me proposais de vous emmener dîner.

— Non.

— OK. Non... Je note que vous n'êtes pas complètement enthousiaste.

Elle me dévisage avec l'air de penser que je me paie sa tronche. C'est évidemment le cas mais je ne me laisse pas impressionner pour un sou.

— Vous qui voulez tellement rester discrète... Sachez que la moto et le casque intégral sont probablement les seules manières de nous éviter d'être repérés trop vite par un paparazzi.

Un silence me répond et je sens que j'ai capté son attention. Enfin, j'espère.

Dans le doute, je poursuis.

— Le métro, on ne peut pas l'envisager. Je n'ai même pas de casquette avec moi pour me cacher et je ne porte pas de *hoodie* aujourd'hui.

Ses lèvres se pincent à la manière d'une directrice d'école pas commode. Sauf que les siennes, même pincées, sont vraiment très charnues et qu'elles m'inspirent beaucoup plus.

Une directrice d'école très très très bandante, donc.

Putain, je suis tellement débile. Elle n'a jamais répondu à ma question. Elle est gay.

Gay gay gay.

Certes, mais ça n'enlève rien au fait qu'elle est très désirable.

Au lieu de continuer à me parler à moi-même, comme un type totalement perturbé par une Serbe canonnissime, caustique et très impressionnante, je me concentre pour argumenter, parce que je sais par avance ce qu'elle va m'objecter.

— Pour que vous compreniez bien l'enjeu : la dernière fois que j'ai pris un taxi, le chauffeur a feint de ne pas me reconnaître mais je suis sûr que c'est lui qui a monnayé aux paparazzi l'adresse du resto dans lequel j'ai dîné. Ceux qui ont ensuite vendu les clichés de moi et d'une vieille copine à tous les tabloïds du coin.

Elle n'a toujours pas bronché. Mais le sourcil qu'elle avait froncé est revenu à la normale.

— Alors on pourrait marcher jusqu'au restaurant de notre choix en baissant un peu la tête, c'est vrai. On peut peut-être même s'en sortir sans encombre. Curieusement, c'est souvent ce qui passe le mieux, de se balader dans des endroits improbables sans vraiment se cacher parce que personne ne s'attend à vous croiser. Mais sachez que si on se fait repérer, ce que vous avez vu à la clinique, quand les fans et les photographes m'attendaient, vous semblera vraiment ridicule si cela dégénère. Pas sûr que vous aimerez vous faire prendre en étau entre le resto et la rue, quand on tentera de sortir du restaurant, au milieu de la foule des passants et des touristes. Surtout par des fans qui vous détesteront d'être avec moi et alors que je ne suis pas accompagné par mon garde du corps.

Je n'exagère même pas. On a vraiment l'habitude de sortir escortés, même si on est trois beaux bébés plutôt musclés. Si, depuis le temps, c'est devenu une partie intégrante de ma vie, je donnerais beaucoup pour que cela ne soit pas le cas. Or je sais, sans le moindre doute, que Svetlana ne ment pas, contrairement à ces filles qui pensent me berner mais n'aspirent qu'à ça : elle ne veut vraiment pas être exposée. Elle ne recherche pas son quart d'heure de célébrité. Et elle n'a aucune envie d'être vue avec moi.

— Du coup, faites-moi confiance si vous en êtes capable : la moto et le casque intégral sont vraiment la meilleure option. Ensuite, pour commencer, on pourrait se balader dans un lieu tellement touristique qu'on ne pensera même pas que je puisse avoir l'idée de m'y attarder. Ça nous permettra de réfléchir où l'on veut dîner. Et puis je suis certain qu'avec tout le boulot que vous avez, vous n'avez même pas pris la peine de vraiment découvrir New York.

Même si j'ai l'impression que j'ai touché juste, je contracte discrètement mes mâchoires, attendant sa réponse.

Elle soupire.

— Admettons que je dîne avec vous ce soir.

Je ne peux m'empêcher d'esquisser un sourire. Je garde le poing levé pour plus tard, cela dit.

À voir le regard sévère qu'elle me décoche, apparemment, je fais bien.

— J'ai dit « Admettons », Steadman. Pas que j'acceptais. Parce que... Bref... J'ai toujours refusé de monter sur une moto.

Cette fois, j'attends prudemment qu'elle poursuive.

— J'ai vu trop d'accidentés quand j'ai commencé mon internat de chirurgie en traumatologie. Croyez-moi (je vois bien qu'elle singe délibérément mes propos), vous n'avez pas envie que ça vous arrive.

— Écoutez… Je ne suis pas suicidaire et je n'ai pas plus envie que vous d'avoir un accident. J'ai l'habitude de circuler en moto, et promis, on roulera doucement.

Je lui fais un clin d'œil.

— Comme ça vous pourrez profiter plus longtemps de mon corps de rêve.

Je n'ai cependant pas l'impression de parvenir à la distraire. Elle est tellement crispée que j'hésite à tout remettre à demain.

— Même à cette vitesse, ce ne sera que l'affaire de quelques minutes. OK ?

Là non plus, je ne peux pas vraiment affirmer que le soulagement la gagne.

Pas vraiment, non.

Je contemple les traits remarquablement fins de son visage, ses mâchoires un peu trop contractées malgré sa volonté évidente de ne rien montrer. Elle est marrante, cette fille, à ne vouloir révéler aucune faiblesse.

Mon regard glisse sur sa tenue. Un Perfecto qui imite du mouton retourné, une énorme écharpe écrue qui cache désormais le col montant de sa blouse fluide et un peu ample.

Je remonte vers ses pupilles, lui adresse un sourire compréhensif, poursuis mon analyse : jeans extrêmement moulant qui révèle ses cuisses longilignes mais galbées, cuissardes plates d'un gris sombre presque kaki.

Je pourrais lui faire un compliment sincère parce que c'est aussi joli que bien porté, même si je regrette ses sempiternelles robes.

Mais je reporte à plus tard l'étape des mots sucrés pour achever de la persuader de monter avec moi malgré son appréhension.

— En plus, regardez-vous, vous portez la tenue idéale pour un baptême à moto. On y va, Miss Serbie ?

Chapitre 13

Svetlana

— Vous voyez, c'est une sculpture qui a été conservée après le onze-septembre. Elle est cabossée mais toujours là. C'est supposé être un symbole du fait que New York n'a pas été détruite par le terrorisme, même si elle a été meurtrie.

On est en train de se diriger vers un banc situé face à l'Hudson, dans Battery Park. La voix de Tadzio, déjà naturellement basse, est encore plus étouffée par le fait qu'il s'adresse à moi en regardant ses pieds, sans doute pour éviter de croiser le regard d'un fan susceptible de le reconnaître.

Je devrais être sensible à sa volonté de me faire découvrir sa ville, surtout dans de telles conditions pour lui. Mesurer la chance qui est la mienne d'avoir un type aussi talentueux et aussi connu comme guide touristique. Mais je suis encore un peu exaspérée de constater que j'ai, une fois de plus, cédé.

Je ne cède pas, en principe. Je bosse, je décide, j'ordonne.

Mais avec Tadzio, j'ai l'impression que rien ne se passe jamais comme d'habitude. Il me provoque, me défie, me pousse dans mes retranchements, me fait rire, même, parfois. C'est toujours lui qui attaque et moi qui joue en contre.

Avant de céder... une fois de plus.

— Arrêtez de ruminer, Petrouchka.

C'est quoi encore, ce surnom ridicule ?

— Je ne suis pas russe, Steadman. Je suis serbe. Et même si j'étais russe, il est super nase, votre surnom. Une fois de plus.

Un rire amusé me répond. Juste avant qu'il ne replonge dans la contemplation passionnée de ses pieds, tandis qu'un groupe de jeunes filles arrive en face de nous.

— OK. On recommence, alors.

Une fois le groupe passé, en continuant à se diriger vers un banc vide au bord de l'Hudson, il tourne son visage dans ma direction. Contrastant avec les reflets mercure du fleuve, la couleur de ses iris, qui rappelle autant la clarté de l'eau que le gris du ciel au crépuscule, est saisissante.

— Arrêtez de ruminer, Belgrade.

— Je suis tellement atterrée que je ne sais pas si je dois vous féliciter d'avoir quand même de vagues notions en géographie ou me sentir épuisée de constater que vous ne vous arrêtez jamais.

— En principe, je finis par m'arrêter. Mais avec vous, j'ai envie de continuer.

Il y a un message subliminal ou pas, là ? Avec lui, je ne sais plus. Tout est jeu et provocation mais je n'ai aucune envie de m'entendre encore dire que je serais érotomane.

Bref, je laisse filer et contemple le fleuve.

— Je ne rumine pas.

— Si, vous ruminez. Vous faites la gueule depuis que vous savez que vous devez dîner avec moi. Et vous étiez tendue comme c'est pas permis durant tout le trajet à moto, je n'ai jamais transporté une fille aussi raide que vous.

Nan, mais il se prend pour qui le sex-symbol de mes deux ?

— Je ne suis pas raide, Steadman. Je déteste la moto et, en effet, j'avais d'autres plans.

— Eh bien, maintenant que nous sommes descendus sains et saufs de cette moto et que cela vous a permis de me peloter à votre guise (je le fusille du regard : si je me suis agrippée à son ventre, plat et très ferme au demeurant, c'est uniquement pour ne pas tomber), puisqu'on est ici, on pourrait peut-être profiter, non ? Le banc vide, là, ça vous dit ? On peut un peu discuter et ça nous laissera le temps de chercher un resto ensemble. Vous en dites quoi ?

J'en dis... J'en dis qu'il a sans doute raison. Que je pourrais être un peu moins rétive et un peu plus agréable. Qu'il doit y avoir pire que de découvrir ce coin mythique de New York, dans lequel je ne suis encore jamais allée, en compagnie d'un artiste au succès planétaire qui a commencé à jouer au guide pour me raconter sa ville.

— J'en dis que le banc me va très bien.

— Et que vous promettez d'être sage et agréable ?

Il me cherche quand même, non ?

Bon, son sourire est canaille mais gentil. Enfin, je crois. Dans le doute, quand même, je vérifie.

— Vous me cherchez, Tadzio ?

Il se marre au lieu de me répondre. Je le savais.

— Je promets de faire un effort pour que la soirée se déroule aussi bien que possible, je réponds en esquissant un sourire parce qu'il est tellement insupportable qu'il arrive à me faire rire et que je n'arrive même plus à le dissimuler. Mais je rajoute une condition, je poursuis en observant deux jeunes types qui repartent d'un *food truck* situé un peu plus loin.

— Pourquoi ça ne m'étonne pas, marmonne Tadzio. Laquelle ?

— Je ne veux pas de resto. On dîne ici. On se balade éventuellement. Et vous me ramenez chez moi ensuite.

— Ici ? Mais...

— Je n'ai pas eu le temps de déjeuner, je suis trop affamée pour chercher et trouver un autre endroit où dîner puis attendre qu'on nous serve. Et j'opère tôt demain donc je ne compte ni boire ni me coucher tard.

Comme il ne répond pas, malgré cet argument pourtant super percutant, j'ajoute avec un sourire narquois :

— C'est vous qui m'avez prise à l'improviste. Ce soir n'est pas le meilleur choix pour un premier rendez-vous, Steadman.

— Comme on a dit qu'on faisait une trêve, je ne vais pas rebondir sur le double sens possible de tout ce que vous venez de me dire, pas vrai ?

Je réfléchis trois secondes pour me rappeler mes mots précis. Et retiens un gémissement de honte face à son expression moqueuse. Il me retourne un sourire taquin.

— J'ai dit que je ne relèverais pas... Donc ça me va, dînons ici, si vous ne craignez pas la fraîcheur du soir. Mais il n'y a que des *food trucks* ici. Je voyais autre chose qu'un hot dog.

— J'adorerais manger un hot dog, je l'interromps précipitamment.

Je salive rien qu'à l'idée, d'ailleurs, mais je me garde de le lui dire, j'ai des limites et Dieu sait ce qu'il pourrait encore trouver à imaginer de salace.

— Je n'en ai jamais mangé, je précise pour tenter de le convaincre.

Ses yeux incroyables s'écarquillent et je me demande combien de personnes l'ont complimenté à ce jour sur ses iris spectaculaires.

— Jamais ? Mais vous êtes à New York depuis quand ?

— Presque cinq mois. Mais je bosse. Et puis je ne me suis pas trop promenée jusqu'à présent. Enfin, un peu quand même, mais seule, c'est grisant au début. Moins ensuite.

Mais je joue à quoi, là ? Je ne vais pas pleurer, en plus, tant que j'y suis.

— OK. Ne bougez pas et gardez le banc au chaud. Je vais vous récupérer votre saucisse, Madame l'hétérophobe... me lance-t-il, en grimaçant d'un air entendu.

— Je savais bien que vous trouveriez un truc complètement stupide à dire ! je lui crie tandis qu'il s'éloigne, tête toujours basse mais éclat de rire bien audible, vers le *food truck* et ses hot dogs.

Allez savoir pourquoi, je souris encore comme une idiote quand je me détourne pour retourner à ma contemplation de la statue de la Liberté.

Chapitre 14

Tadzio

Svetlana Lukic est érotique même en mangeant un hot dog.

C'est ce que j'essaie désespérément d'oublier, alors que je suis en train de slalomer à moto dans la circulation démentielle pour nous ramener chez elle.

Autour de nous, New York. Dense, bruyante, survoltée, qui brille de toutes ses lumières, des panneaux publicitaires fixés sur les façades des gratte-ciel aux lampes des bureaux qui ne s'éteignent jamais.

Autour de moi, ses bras fermement arrimés contre mon blouson en cuir.

Et, enserrant mes cuisses, ses jambes incroyables.

Comme elle pourrait le faire, si elle était nue dans mon lit.

Je suis sensible à chaque centimètre de son corps qui touche le mien. À cet instant précis, croyez-moi, ils sont nombreux.

J'essaie de chasser les idées déraisonnables qui me viennent à l'esprit en repensant à la soirée qu'on vient de passer. Un peu hors du temps et qui m'a donné l'impression d'être un touriste dans ma propre ville. Bizarrement normale, surtout. Si l'on considère comme *normale pour moi* le fait que je l'ai passée avec une fille brillante, que je n'intéresse pas – en tout cas pas pour une relation –, et qui semble peu informée de mon histoire.

Je négocie un virage en remontant vers NoLIta et ses rues plus aérées, ses mains se serrent sur mon torse. Je souris sous mon casque en repensant à cet échange, nous deux assis côte à côte sur le dossier du banc, nos pieds reposant sur son assise, contemplant sans mot dire le trafic sur l'Hudson en goûtant nos hot dogs.

Je me tourne vers Svetlana qui n'a plus bronché depuis que je lui ai remis le sien et qu'elle s'est jetée dessus comme si elle était véritablement affamée.

— C'est physique votre job, alors ?

— Plutôt, oui. Pas le vôtre ?

Un peu de sauce stagne au coin de sa lèvre pendant qu'elle recommence à dévorer son sandwich.

Ça devrait l'enlaidir. Eh bien, non. Échec sur toute la ligne. Je focalise davantage sur la commissure de ses jolies lèvres.

— Sur scène, oui. Énormément. Le reste du temps, on bosse plutôt de manière assez statique.

Je lève la main vers son visage, bizarrement ultra-désireux de faire disparaître la goutte de sauce de la pulpe de mon pouce.

— Vous faites quoi, là ?

Ma main reste en suspens.

— Rien. Enfin, vous aviez un peu de sauce et...

— Merci, répond-elle simplement en s'essuyant du coin de sa serviette en papier. Ça vous plaît d'être célèbre ?

— Ça me plaît de jouer notre musique et qu'elle plaise autant, oui.

J'hésite à m'arrêter là mais, je ne sais pas si c'est le calme de l'instant, malgré la foule des touristes qui nous environne, je continue :

— Je n'aime pas particulièrement être célèbre mais je vis avec depuis trop longtemps pour savoir ce que ça fait de ne pas l'être.

— Vous jouez depuis si longtemps que ça ?

— Vous ne savez vraiment pas qui je suis, alors ?

— Je devrais ?

— Pas particulièrement… Mais je dirais qu'en général les filles de notre génération le savent.

— OK, et vous êtes qui, alors ?

— Je suis moi. Et moi, *aux États-Unis, Belgrade (j'appuie en souriant sur le nom de la capitale de son pays de naissance), c'est un truc people assez important. Ma mère est célèbre, j'ai eu une enfance et une adolescence disons… publiques. Mais si vous êtes d'accord, on en parlera une autre fois.*

Je souris en songeant qu'elle a simplement opiné du chef en mastiquant son hot dog comme si sa vie en dépendait.

On a continué de deviser en grignotant les brownies et les cookies que j'avais également commandés. De tout, de son job, de son frère, qui vit à Londres, et de ses amies qui sont toutes ailleurs qu'à New York. De rien, de l'arrivée des premiers migrants à Ellis Island à notre tournée qui commencera cet été.

Alors que j'avais imaginé cette soirée comme un combat tendu sur un ring de boxe, eh bien… c'était cool.

Vraiment cool.

Jusqu'à ce qu'elle ne puisse plus dissimuler sa fatigue et que je me retrouve en train de la ramener chez elle, en essayant d'oublier combien son corps est proche du mien.

Ou combien ça pourrait me plaire qu'elle soit une de ces filles qui me proposeraient de boire un dernier verre chez elles.

Quoi qu'il en soit, j'ai eu beau prendre tous les détours imaginables, ralentir devant le One World Trade Center en lui demandant si elle n'avait rien oublié à la clinique puis emprunter, aussi lentement que le permet le trafic habituel, Murray, Broadway,

Canal Street et Houston Street, comme un chauffeur de taxi malhonnête et trop heureux de pigeonner des touristes en multipliant les détours, je ne vais pas pouvoir la leurrer longtemps. Même si elle ne connaît pas bien la ville, elle ne peut plus l'ignorer : on est arrivés à NoLIta et la prochaine rue, pas loin d'Elizabeth et de Prince, est la sienne.

Je longe les boutiques cool devant lesquelles s'attardent encore quelques passants à l'allure décontractée typique du quartier et m'arrête devant un petit immeuble en grès rouge. Il appartient, comme elle me l'a expliqué tout à l'heure, à la Fondation pour laquelle elle travaille et elle a la chance incroyable de l'occuper à titre gratuit aussi longtemps qu'elle le souhaite.

Elle s'y plaît et attend de mieux connaître la ville pour décider de déménager ou d'y rester. Je me demande à quoi peut bien ressembler son appartement.

Et j'ai dit « appartement ». Pas « chambre à coucher ».

J'imagine que ça ne correspond pas à l'image que je véhicule mais je suis dingue d'architecture. Peut-être le besoin de m'ancrer durablement dans un logement...

Ce qui n'est pas vraiment à l'ordre du jour. J'ai quitté Brooklyn, quartier dans lequel Simon a vainement tenté de me convaincre de rester mais qui devient beaucoup trop couru à mon goût, pour un immeuble incroyable, acheté sur un coup de tête dans le Village[6]. Il est situé juste à côté de Washington Square et les travaux que j'y ai fait entreprendre semblent ne jamais vouloir prendre fin.

Ma mère habite aussi dans le Village quand elle passe dans le coin, j'imagine qu'un psy trouverait ça intéressant.

Bilan de ce caprice ? Mon grand-père, que je projetais d'installer à l'étage de son choix depuis qu'il a accepté

6. Terme employé par les habitants pour désigner le quartier de Greenwich Village, à New York.

de ne plus vivre toute l'année dans le Wyoming, loge toujours à côté de Central Park. Et moi, je vis à l'hôtel depuis deux mois et j'ai bien l'impression que je ne suis pas près de quitter la suite que j'occupe au dernier étage en *roof top*. Pas très loin de chez Svetlana Lukic, d'ailleurs ...

Et alors ? Tu vas l'inviter en quasi-voisine à rejoindre ta suite pour faire une partie d'échecs ou un marathon vidéo vintage de Friends *?*

— Vous êtes arrivée, Princesse.

Je coupe le moteur, immobilise la moto et laisse descendre Svetlana avant d'attacher mon casque et de la rejoindre sur le trottoir.

— Merci pour votre invitation, Tadzio. C'était...

Je prends le casque qu'elle me tend, effleurant au passage la peau fine de ses mains glacées.

— Pas si affreux que ça ? j'enchaîne en observant les mèches qui volettent désormais autour de son visage. Désolée pour la fraîcheur du soir... J'aurais bien une solution pour vous réchauffer mais je ne suis pas certain qu'elle vous convienne.

— Oh mon Dieu. L'espace de quelques heures, j'ai cru que vous étiez devenu normal et supportable. Je suis tellement rassurée de constater que vous êtes toujours aussi...

— Pénible ?

— J'allais dire lourd et agaçant mais je ne suis pas contrariante.

Je laisse échapper un petit rire. Putain, elle me plaît vraiment.

— Je ne vais pas vous proposer de boire un dernier verre chez moi mais c'était vraiment sympa, ajoute-t-elle avec plus de sérieux dans la voix.

C'est alors que je jette un œil à la dernière marche de son perron.

— Je vois que de toute façon vous étiez attendue.

Un petit sourire crispé aux lèvres – un peu interloqué aussi, je dirais –, Erin lève la main pour nous saluer depuis la marche sur laquelle elle est assise.

— Salut, les gens. Je passais dans le coin, Lana, et je me suis dit que tu ne tarderais pas, comme tu m'avais écrit que tu sortais juste dîner. Mais euh...

— Ravi de te revoir, Erin, je réponds en me marrant sous cape.

Qu'est-ce qu'elle leur fait exactement pour qu'elles reviennent toutes comme ça ?

— Dites donc, Svetlana (un regard arrondi accueille l'énoncé de son prénom, pendant que je poursuis en me rapprochant de son oreille), il faudra qu'on compare nos techniques avec les femmes. J'ai l'impression que les vôtres ne sont pas mal non plus.

Elle se marre et j'ai l'impression d'avoir gagné le gros lot à la foire.

— Je vous dérange, peut-être ?

La voix prudente d'Erin s'élève depuis le perron.

— Laisse-moi saluer Tadzio et je suis à toi.

Ne me dites pas ce que cela révèle de moi, mais je me sens immédiatement excité à la seule idée de ce que la suite de la soirée leur réserve.

— Tadzio, tu restes avec nous ?

Je ne crois pas me vanter en décelant une note d'espoir dans la voix un peu étranglée d'Erin. Un point pour mon amour-propre malmené.

N'empêche qu'il est temps que je quitte la scène, je me sens un peu de trop, là.

— Je vais vous laisser entre vous, Mesdames. Merci pour ta proposition, Erin, mais...

Je me tourne vers Svetlana et passe brièvement le pouce sur sa pommette avant qu'elle n'ait le temps de m'engueuler comme elle sait si bien le faire. Je note son tressaillement et lui adresse mon sourire le plus entendu avant de répondre à Erin. Mais sans lâcher son regard vert. Juste pour le plaisir de le voir étinceler lorsque je reprends :

— Quand je passerai enfin une nuit avec Svetlana, il n'y aura qu'elle et moi. En attendant... Amusez-vous bien, les filles...

Chapitre 15

Svetlana

CHARLOTTE – **1 h 06 du matin à New York – 7 h 06 en France**

Lanaaaaa ! Je suis désolée, vraiment ! J'ai vu ton appel trop tard ma poule ☹

HORTENSE – **1 h 09 à New York**

Pareil pour moi, vu seulement ce matin. Avec les jumeaux, soit je les nourris, soit je lave du linge, soit je dors. J'ai l'impression d'avoir plus de contact avec mon sèche-linge qu'avec leur père en ce moment.

MARIE – **1 h 10 à New York**

Un peu pareil pour moi. Excuse pourrie, désolée ma Lana. Ça va ?

CHARLOTTE – **1 h 10 à New York**

Idem. Désolée vraiment Sveti. Tu m'en veux ?

SVETLANA – **5 h 34 à New York**

@ Charlotte : que tu m'appelles Sveti ? Énormément.
@ Les autres ! Pas de problème, je comprends pour vous toutes, évidemment.

Il n'est pas encore six heures du matin, j'ai dormi moins de cinq heures et je devrais probablement être de super mauvaise humeur. Mais là, je souris, en répondant d'un pouce un peu lent aux messages envoyés par mes amies durant mon sommeil dans notre conversation collective.

Sommeil qui, après le départ d'Erin vers une heure du matin, n'a pas du tout été perturbé par le souvenir de ma traversée de New York de nuit à l'arrière d'une moto.

Je suis super fraîche, donc.

CHARLOTTE – 5 h 36 à New York
Hey salut ! C'est chiant ce décalage horaire quand même...

Oui, je confirme. C'est chiant.

Très chiant, même, quand vos seules amies sont à six heures de votre quotidien.

CHARLOTTE – 5 h 36 à New York
Du coup, t'as fait quoi hier pendant que je fusionnais avec mon lave-linge ?

MARIE – 5 h 36 à New York
Ou que mon micro-monstre essayait de dévorer mes seins pour manger ?

Est-ce que je peux leur répondre sans risquer un appel FaceTime hystérique ? J'élude prudemment dans un premier temps.

J'étais avec un ami.

HORTENSE – 5 h 37 à New York
Oh oui ? Un chirurgien ? Raph le connaît ?

MOI – 5 h 37 à New York
Non…

CHARLOTTE – 5 h 37 à New York
Depuis quand t'as des amis hommes pas médecins et qui ne sont pas nos mecs ?

MOI – 5 h 38 à New York
Depuis que j'ai opéré son grand-père et qu'on a… sympathisé.

J'avoue que ça, j'ai un peu du mal à le sortir.

HORTENSE – 5 h 38 à New York
Il fait quoi dans la vie ?

Hortense ne changera jamais. Est-ce que star du rock est satisfaisant pour cette reine du savoir-vivre et des bonnes manières qui cartonne désormais sur Instagram ?

MOI – 5 h 40 à New York
Il est…

J'hésite un peu avant de taper la suite…
Connaissant la passion de Charlotte pour le groupe, pas sûre qu'elle puisse encaisser la nouvelle à froid sans préparation.

… artiste.

HORTENSE – 5 h 40 à New York
OK cool… Contente que tu voies des gens.

Rien à dire. La maternité, ça vous change une femme. Incroyable comme ce qui lui tenait à cœur avant la naissance de ses fils semble secondaire pour elle désormais.

CHARLOTTE – 5 h 41 à New York
Et sinon tu fais quoi pour ton anniversaire ?

Je tartine du beurre de cacahuète sur un deuxième toast, sur lequel j'ajoute de la marmelade de framboise avant de répondre. Je n'ai malheureusement pas trop de temps à perdre si je veux être à l'heure au bloc ce matin.

MOI – 5 h 42 à New York
Je vous l'avais dit, ça tombe pendant une soirée caritative de la Fondation. Mais je suis trop contente, Raphaël m'a écrit que Romy et lui seront de la partie.

Dans la foulée, je renvoie un deuxième message :

C'est con que ça ne soit pas en France, quand même, on aurait pu passer une bonne soirée toutes ensemble.

CHARLOTTE – 5 h 42 à New York
Je regrette tellement de ne pas pouvoir être là... Soupir ++++

MARIE – 5 h 42 à New York
Et moi donc. Parce que faut dire que j'ai beau trouver le chanteur un peu bimbo, voir en live et de tout près les Maroon 5, ça doit quand même être carrément énorme.

Cette fois-ci je sais que je n'ai pas le choix : je suis obligée de le leur dire. La presse en parlera et elles ne me le pardonneront pas.

Mais on est d'accord que je ne suis pas obligée de leur dire tout de suite que j'ai un vague contact avec eux ?

Vague du genre qui me trimballerait dans New York à moto pour manger un hot dog, par exemple.

MOI – 5 h 43 à New York
En fait j'ai complètement oublié de vous dire mais ce ne sera plus eux. Adam Levine a une extinction de voix.

CHARLOTTE – 5 h 43 à New York
Mais c'est dans une semaine !

MOI – 5 h 43 à New York
M'en parle pas. Le pauvre est aphone depuis plusieurs jours et n'avait pas l'air décidé à retrouver sa voix pour le concert.

CHARLOTTE – 5 h 43 à New York
Merde.

MARIE – 5 h 44 à New York
Mais ce sera qui alors, du coup ?

Je respire avant de taper. Même par SMS, je me prépare à les entendre hurler depuis de l'autre côté de l'océan Atlantique et les six fuseaux horaires qui nous séparent.

MOI – 5 h 44 à New York
Les K-A9.

Je compte mentalement.
1… 2…

CHARLOTTE – 5 h 44 à New York
Hiiiiiiiiiiiiiiiiiiiiiiiiiiiiiiiiiiiiiiiiiiiiiiiiiiiiiiiiiiiiiiiiiiiiiiiiiiiiiiiiiiiiiiiiiiiii ! Tu plaisantes ?

MOI (prudente) – 5 h 44 à New York
Non.

MARIE – 5 h 44 à New York
Oh mais je te déteste !!! Les K-A9 et en petit comité,en plus ?

CHARLOTTE – 5 h 44 à New York
Mais grave, je te déteste ! C'est toute ma jeunesse, en plus.

MOI (haussant mentalement les yeux au ciel) – 5 h 44 à New York
Comment ça toute ta jeunesse ? Tu dois avoir leur âge ou presque, arrête de t'inventer une vie.

MARIE – 5 h 45 à New York
Alors déjà, ils chantent depuis un moment et je suis certaine d'être plus jeune qu'eux. Et crois-moi, j'ai suffisamment fantasmé sur Jax quand j'avais dix ans pour savoir en quelle année il est né.

Je réfléchis rapidement. Tadzio est guitariste et bassiste, Simon chante et joue aussi de plusieurs instruments, Mike est batteur. Bien sûr, si j'ai bien compris ce que me racontait Tadzio, ils se contentent rarement d'être trois sur scène et chaque concert déplace un village, mais Tadzio n'a pas mentionné de Jax.

MOI – 5 h 45 à New York
Qui est Jax ?

CHARLOTTE – 5 h 45 à New York
Ben Jackson Palmer !!

MARIE – 5 h 45 à New York
Jaaaaaax Palmer enfin !

MOI (un peu agacée) – 5 h 45 à New York
OK, mais ça ne m'aide pas davantage. On parle de qui ?

CHARLOTTE – 5 h 46 à New York
Incroyable… Tu ne connais pas ? Mais t'étais où à la fin du siècle dernier ?

Dans une Serbie toujours en guerre, puis pauvre ? Ensuite dans un internat en France, loin des miens, à ne jamais rentrer les week-ends ni pour les vacances ?

Je reste figée devant mon écran. Je sais que c'était une question un peu étourdie et que, si elle prend la peine d'y songer, elle va s'en mordre les doigts. Mais ma jovialité a disparu à ces souvenirs.

CHARLOTTE – 5 h 47 à New York
Oh merde. Pardon Lana, suis désolée. J'ai pas réfléchi, je suis vraiment nulle.

Voilà. Qu'est-ce que je disais. Elles ne sont absolument pas méchantes. Je ne peux pas leur en vouloir d'avoir eu une jeunesse d'Occidentales gâtées dans un pays en paix, tandis que mon enfance a été moins douce.

MOI – 5 h 46 à New York
C'est pas grave, je le sais bien, t'inquiète.

Je décide de passer l'éponge et de retourner au futile. Surtout qu'il va vraiment falloir que je me dépêche, là.

MOI – 5 h 46 à New York
Du coup… qui est ce Jax à la fin ?

HORTENSE – 5 h 47 à New York
En fait, quand on était pré-ado, il y a eu une série culte, *God Bless America*. Le type qui nous a toutes rendues dingues et dont toutes les filles de la série étaient amoureuses, c'était Jax, le bad boy guitariste…

MARIE – 5 h 47 à New York
Et Jax, c'est Tadzio Steadman, le guitariste des K-A9. Il était acteur avant.

CHARLOTTE – 5 h 48 à New York
En fait, la série a complètement décliné du jour où il a décidé de tout arrêter et de devenir uniquement musicien. Il voulait retourner dans l'ombre, avoir une vie normale et autres trucs du même style.

HORTENSE – 5 h 49 à New York
Comme les sœurs Olsen ou Timberlake après Britney.

Mais de quoi elles me parlent ?

MARIE – 5 h 49 à New York
Mais ça n'a jamais vraiment pris. Parce qu'en fait, à cause de sa mère, il était de toute façon surexposé depuis l'enfance.

HORTENSE – 5 h 49 à New York
En fait le type c'était un bébé Kardashian avant les bébés K. Il a été hyper médiatisé depuis sa naissance.

MOI – 5 h 49 à New York
Mais pourquoi ?

MARIE – 5 h 49 à New York
Waouh. Vous n'aviez vraiment pas la télé alors dans ton internat ? J'ai toujours cru que tu exagérais.

Non. Je n'exagérais pas. C'était une pension géniale. Aussi génial que cela peut être quand vous rêvez d'embrasser vos parents ou votre frère, puisque ce n'est pas mixte. Mais strict, l'internat. Pas de télé, pas d'Internet, sauf contrôlé et à la bibliothèque, parce que l'idée était de bosser et de se divertir les week-ends dans les familles quand les élèves rentraient.

Toutes sauf moi, donc. Qui continuais de travailler pour surmonter la barrière de la langue, rendre mes parents fiers en devenant la meilleure. Et éviter de trop penser qu'ils me manquaient tellement, mon grand frère, Mirko, et eux.

MOI – 5 h 49 à New York
Ben non.
La guerre et pas de télé.

CHARLOTTE – 5 h 50 à New York
Je ne sais pas ce qui est le pire.

CHARLOTTE – 5 h 50 à New York (second message)
OK. Mauvaise blague.
Je sors, je sens que mon formidable esprit caustique n'a pas sa place ici.
Re-pardon Lana.

MOI – 5 h 50 à New York
Pas grave.
Faut vraiment que j'aille bosser les filles, cela dit.
Du coup, sa mère, c'est qui ?

HORTENSE – 5 h 50 à New York
Julia Mitchells… Punaise, si ça se trouve, elle viendra au concert et tu la verras elle aussi ? C'est mon idole, cette femme.

Quelques instants plus tard, enfin douchée et confortablement calée contre la banquette de la voiture qui m'emmène à la clinique, les yeux rivés sur l'écran de mon téléphone, je fais défiler les informations données par Google sur Tadzio Steadman.

Et sur son illustre mère, dont je connaissais de nombreux films au succès mondial mais pas la biographie.

Si tant est que l'on puisse vraiment employer ce terme à ce degré de surexposition médiatique.

Julia Mitchells, actrice culte depuis qu'elle a explosé à vingt ans à peine, d'abord dans un film d'action en combinaison moulante noire, puis dans *Funny Girls,* ce film dont plus personne ne peut compter les rediffusions et que même moi j'ai vu plusieurs fois alors qu'il s'agit d'une histoire d'amour et que j'ai horreur de ça.

Julia Mitchells, la femme dont la beauté lui a valu les plus gros contrats de publicité pour parfums ou autres maisons de haute couture. Celle qui a fait très jeune, juste après avoir récolté son premier million de dollars, un bébé toute seule, même si les noms des possibles géniteurs n'ont jamais manqué de fleurir.

Julia Mitchells, actrice totalement perchée et passionnée, qui a toujours emmené avec elle son adorable fils super médiatisé, coqueluche des journalistes américains avec ses immenses yeux gris et ses cheveux sombres ébouriffés. Sauf quand elle partait à l'autre bout du monde entre séjours en ashram et aide humanitaire et jusqu'à ce que lui-même soit approché pour participer à une série pour ados.

Série devenue culte au premier épisode et qui a fait glousser des milliers de jeunes Américaines, avides de savoir qui le *bad boy* allait choisir, à l'écran comme à la ville, entre Jessica ou Alyson, les deux meilleures copines de la série.

Et a priori *qui a eu le même effet sur des millions de gamines européennes, si j'en crois mes propres amies.*

Je jette un œil par la fenêtre de mon taxi. La circulation est dense, comme tous les matins, mais je devrais néanmoins arriver à l'heure, comme j'y veille toujours scrupuleusement.

Les propos de Tadzio me reviennent alors qu'on dînait sur notre banc face à l'Hudson.

— *Je n'aime pas particulièrement être célèbre mais je vis avec depuis trop longtemps pour savoir ce que ça fait de ne pas l'être.*

— *Vous jouez depuis si longtemps que ça ?*

— *Vous ne savez vraiment pas qui je suis, alors ?*

— *Je devrais ?*

— *Pas particulièrement... Mais je dirais qu'en général les filles de notre génération le savent.*

— *OK, et vous êtes qui, alors ?*

— *Je suis moi. Et* moi, *aux États-Unis, Belgrade, c'est un truc people assez important. Ma mère est célèbre, j'ai eu une enfance et une adolescence, disons... publiques. Mais si vous êtes d'accord, on en parlera une autre fois.*

Je comprends mieux ce qu'il a voulu dire. Ou plutôt n'a pas voulu dire. Étonnant, d'ailleurs, quand on songe à ce personnage tellement extraverti en apparence, de constater qu'il n'a pas cherché à se faire mousser comme on pouvait s'y attendre.

Subitement, je le trouve plus complexe qu'il n'y paraît.

Et plus intéressant aussi.

Chapitre 16

Svetlana, une semaine plus tard

— Bon anniiiiiiiversaire ma puce !

Sur l'écran de mon smartphone, le sourire de ma mère se fait géant alors qu'elle hurle avec mon père dont l'expression est tout aussi joviale.

Je suis dans un taxi.

Évidemment, j'ai envie de dire. Comme d'habitude, je pourrais rétorquer également, puisqu'il semblerait bien que ce soit ça, en vérité, ma nouvelle vie. Soit j'opère, soit je traverse Manhattan au pas de course entre la clinique et mon appartement.

Ou bien je discute avec mes nouveaux meilleurs amis. Les conducteurs de voitures jaunes.

Dans la mesure où ta voiture jaune t'emmène vers une des soirées caritatives le plus en vue de la saison, tu exagères un peu le néant de ta vie sociale, non ? Et puis, regarde : Vikash qui te sourit dans son rétroviseur a eu une existence plutôt rocambolesque avant de conduire son taxi, non ? Tu apprends toujours quelque chose, à échanger avec eux pendant les quelques minutes de la course.

— On est désolés de t'appeler seulement maintenant, ma chérie, mais on voulait absolument te parler et te voir tous les deux ensemble ! Je ne travaille pas aujourd'hui mais ton père avait cours à huit heures, donc impossible de t'appeler avant ton réveil avec le décalage horaire. Alors, comment tu vas aujourd'hui ? Prête pour ta soirée, ma puce ? Fais bouger ton téléphone pour que je voie comme ma fille est bien habillée.

Je fais complaisamment glisser mon téléphone de mon visage vers mon buste pour que la belle femme brune qui me contemple puisse au moins deviner à quoi ressemble le haut de ma robe. Mon manteau léger est soigneusement plié à côté de moi sur la banquette parce qu'il fait un peu trop chaud dans l'habitacle.

Ma mère s'exclame en m'observant, et la petite fille que j'étais se rengorge. Ma mère est une tueuse et a fait en sorte de tout nous transmettre, à mon frère et à moi. Afin que nous soyons des êtres « complets », nous a-t-elle seriné depuis qu'on a été en âge de le comprendre. Ce qui, dans son esprit, signifie : cultivés, bosseurs, fiables, mélomanes, sportifs. Et autres qualités qu'elle jugeait indispensables pour un être humain accompli. Au point de décider que, puisque la Serbie, en proie à des guerres successives, était une entrave à cet objectif quand on était petits, elle préférait nous protéger. Même en nous aimant de loin.

Ce qui a consisté pour elle à accepter des missions dans les Émirats arabes unis et autres destinations lointaines, qui recrutaient alors du personnel qualifié, et ainsi gagner très correctement sa vie comme ingénieure sur des plateformes pétrolières. Cela lui a permis de payer nos pensionnats privés en France, cette terre des droits de l'homme et de culture qui, à tort ou à raison, la faisait alors tant rêver.

Mon père, professeur de lettres brillant mais plus réservé, a toujours soutenu ses décisions et a même mobilisé certaines associations avec des confrères français pour veiller à notre accueil. Selon les cas, il l'accompagnait ou l'attendait dans notre belle Serbie meurtrie par les conflits incompréhensibles pour des pacifistes comme eux.

Elle a fait tout ça pour nous et je crois qu'on lui a rendu son investissement plus qu'elle ne l'espérait puisque mon frère a un job de dingue dans la finance à Londres et que mon CV à moi est plutôt bien rempli aussi.

Même si, en ce moment, je dépéris un peu dans une des villes les plus attirantes du monde.

Tant que tu le fais brillamment...

N'empêche qu'il fut un temps où, seule dans mon lit à l'internat, j'aurais donné beaucoup pour un peu moins d'éducation et un peu plus de câlins.

— On va venir te voir cet été, ma fille ! Tu nous feras visiter ta ville !

Je me retiens de hausser les yeux au ciel en écoutant mon père. Si seulement New York était vraiment *ma* ville. S'il savait que je n'ai commencé à la visiter, en dehors de mon circuit boulot-dodo, que tout récemment...

Avec un bassiste de renommée mondiale.

— Avec plaisir, je réplique du tac au tac, chassant immédiatement ces pensées négatives. Je vous préparerai un circuit de malades !

On discute encore quelques instants, de leur quotidien, du mien, de la soirée qui s'annonce ou de mon frère qui aurait, semble-t-il, rencontré une fille à laquelle il semble enfin tenir. Je les ai très souvent au téléphone, au minimum une fois par semaine mais souvent plus. Et malgré cela, on a toujours plein de choses à se raconter. Comme pour rattraper toutes ces années à ne pas pouvoir verbaliser nos sentiments par-delà des frontières.

Quand j'arrive à Hudson Yards, juste en face de cette étrange construction que les New-Yorkais ont baptisée Vessel [7], je chasse le souvenir de la petite

7. Œuvre d'art dans le quartier de Hudson Yards, à New York.

Serbe pleurant dans sa chambre de pensionnat, en contemplant l'esplanade devant le Shed. Elle est déjà noire de badauds et de groupies qui ont eu vent de l'évènement. Du bruit, des effluves de parfums plus ou moins entêtants, des flashs de smartphones. Voilà ce que je note de la foule bigarrée et soigneusement contenue par les vigiles qui montent la garde à l'entrée du bâtiment.

Et des filles, beaucoup de filles... J'aurais peut-être dû venir accompagnée pour m'éviter les regards féroces que me jettent d'ailleurs certaines d'entre elles. Parce que manifestement, avec mon carton d'invitation, je ne suis pas du tout leur amie.

— En attendant, ma grande, c'est moi qui rentre, ai-je envie de balancer à celle qui me fixe comme si je lui avais piqué son copain.

Et pourtant, Dieu sait que je m'en tamponne de tout ce cirque, mais il faut croire que certains comportements me rendent débile.

Comme quand Tadzio Steadman est en mode emmerdeur de première.

Et non, je ne souris pas en pensant qu'il peut aussi être différent, comme lors de notre premier dîner.

Je suis sortie plus tard que prévu du boulot et si je ne veux pas manquer les discours et les festivités – et surtout profiter d'une certaine présence masculine –, je n'ai malheureusement pas le temps de flâner dans le superbe bâtiment de verre et d'acier comme je l'espérais. Alors je montre mon accréditation aux vigiles puis aux hôtesses de l'entrée, remets mon manteau au vestiaire et souris aux inconnus superbement habillés que je croise sans les connaître. Je prends enfin, avec quatre d'entre eux, l'ascenseur, aussi design que le reste du bâtiment, qui nous conduit au sixième étage.

Je me fiche des mondanités. Certes. Mais il faut avouer que c'est plus simple à assumer quand on ne sort pas de chez soi.

Parce que du coup, lorsque l'on se décide enfin à sortir, on a vite l'air, comme moi en ce moment, d'une bouseuse sans relations.

Surtout quand la deuxième personne que vous croisez en sortant de l'ascenseur a squatté le rôle titre de votre série préférée durant six saisons.

Dans le hall du Griffin Theater [8], je commence à dévisager comme une morte de faim les visages que je croise. Tous souriants. Tous plus ou moins refaits et en tout cas très entretenus, pas toujours avec succès d'ailleurs, comme en témoignent toutes ces *duck faces* qui grimacent à proximité.

Putain, mais où est-il ?

Les invités sont triés sur le volet et on n'atteint pas les cinq cents personnes que peut en principe accueillir le théâtre. Aux dernières nouvelles, les membres de la famille Westley-Meyer et de One Heart compris, la soirée devait tout de même compter quatre cents *happy few.*

Ce n'est pas tant que ça, quand même ! Les grands bruns canon, super bien foutus et probablement super bien habillés ne sont quand même pas si nombreux, si ?

Je consulte une fois de plus mon téléphone qui n'a reçu aucun nouveau message et hésite à lancer un appel. Je suis proche de désespérer, après avoir décliné pour la troisième fois une proposition de boire un verre, formulée par un homme qui ne ressemble absolument pas à celui que je cherche...

Alors que je m'apprête à envoyer un nouvel SMS pour signaler mon arrivée (et mon désœuvrement), je l'aperçois, enfin, qui se tourne vers moi et traverse la foule pour me rejoindre, indifférent aux regards admiratifs ou désireux qui l'accompagnent.

---

8. Théâtre situé dans le Shed, ainsi nommé en hommage à un riche donateur du même nom.

— Lana !

Je ne peux m'empêcher de sourire à la belle gueule qui me contemple.

Brillant, beau et richissime, quelle injustice la vie, quand même...

— Raph ! Quelle surprise ! je marmonne faussement sarcastique pendant qu'il m'enlace et me fait décoller du sol. Je finissais par me demander si j'allais réussir à te trouver avant que le concert ne commence.

Raphaël est mon meilleur pote. Mon ancien vénéré chef de service lorsqu'on a bossé ensemble dans l'équipe du professeur Maffre. Celui avec lequel j'ai travaillé sur les greffes de cellules souches à visée de réparation cardiaque entre deux opérations ultra-pointues. Celui qui m'a fait confiance sur une opération gravissime l'an dernier.

Et l'homme de la vie de l'une des filles de mon groupe de folles, la rouquine la plus craquante du monde : Romy.

Qui.n'est.pas.là.

— Romy n'est pas avec toi ?

Raph affiche une expression un peu ennuyée. Il peut. On ne se voit plus jamais avec Romy depuis qu'elle a décidé de passer sa vie contre le torse musclé de Raphaël entre deux asanas. Je m'ennuie à périr à New York et c'est mon anniversaire. Deux raisons pour lesquelles j'aurais vraiment apprécié de pouvoir passer quelques heures avec eux.

Et qu'elle soit là aussi.

— Elle voulait absolument assister à un vernissage. Elle est dingue de cet artiste qui n'expose que super rarement. Tu la connais, j'ai eu beau lui proposer, elle refuse que je le fasse venir chez nous en présentation privée parce qu'elle veut...

— ... « garder une vie aussi normale que possible », je réponds un peu trop vite, en mimant les guillemets, et sans parvenir à dissimuler mon dépit. Eh bien, crois-le ou pas, mais dans la mesure où elle a probablement dû passer je ne sais combien de semaines dans les plus beaux endroits du monde, dont une île privée des Amirantes aux Seychelles, j'aurais apprécié qu'elle continue de déroger encore un peu à son existence « normale » (re-guillemets, re-expression très fâchée) pour me voir quelques heures, au lieu de faire du shopping artistique.

J'ai un peu élevé la voix et quelques regards se sont tournés vers nous. Forcément je dois mesurer plus d'un mètre quatre-vingts avec mes escarpins qui tuent. Et Raphaël est l'une des attractions de la soirée, aussi attendu par les convives que les K-A9 qui doivent se planquer en coulisses.

— Je comprends, Lana. Mais je suis certain qu'elle va faire de son mieux.

Je m'abstiens de lui dire ce que je pense de son « faire de son mieux ». Parce que ce n'est pas comme si elle avait des soucis d'argent pour se déplacer. Ou si elle me voyait trop.

Je prends sur moi pour ne pas trop manifester mon dépit et ma déception. Lui est là et c'est déjà ça de gagné, pas vrai ?

— En attendant, tu sais quoi ? On va aller dans les loges pour s'isoler un peu. Tu vas picoler un peu, ça te changera, Mademoiselle Contrôle. Et j'en profiterai pour te montrer un nouvel assaut que j'ai travaillé au krav le mois dernier et avec lequel je vais te mettre K.-O. avant même que tu ne commences à comprendre ce que je t'ai fait.

Je suis contrariée et un peu blessée, c'est vrai, mais pas au point de lui laisser proférer n'importe quoi.

— Raph...

Je hausse ostensiblement les yeux au plafond.

— Aussi grand et fort sois-tu, tu sais aussi bien que moi que je te plie techniquement et que la force ne fait pas tout ! L'heure de ta défaite approche ! Allons donc découvrir ces loges que je te rappelle tout ça.

Chapitre 17

Tadzio

— Tu sais très bien que je chanterai *Unexpected* en pensant à toi, Lilly [9].

J'essaie de ne pas entendre les propos de Simon. Mais on est beaucoup trop peu nombreux dans cette loge pour que j'y parvienne et je me prends, une fois de plus, leur amour en plein tronche.

Je n'ai jamais vraiment aspiré à vivre une telle relation. J'ai eu des béguins quand j'étais plus jeune, évidemment, des filles avec lesquelles je m'entendais plutôt pas mal. Mais jamais ce besoin vital et fusionnel que Lilly et Simon ont l'un de l'autre.

Il suffit d'être dans la même pièce qu'eux, de la regarder lever ses yeux dorés vers lui comme s'il était son soleil, de l'observer la dévorer du regard comme si elle était la première et la dernière femme sur terre, de les voir rire lorsqu'ils sont avec leur fils ou quand il touche son ventre arrondi pour comprendre qu'ils vivent un truc rare. Quelque chose qui n'est pas offert à tout le monde.

Quelque chose que je n'ai jamais vécu en tout cas.

Quelque chose qui pourrait peut-être me plaire.

— Ça me donne la gerbe, ces roucoulades.

---

9. *Lilly the Kid,* Lisa Mars.

Je viens en vain de m'adresser à Mike qui, casque énorme sur les oreilles, pianote je ne sais quoi à je ne sais qui sur son téléphone portable – sa fille, sa garce d'ex-compagne, ses avocats ou qui sais-je encore –, sans m'entendre.

Dans le fond de la pièce, Jack, notre pote le plus proche et également notre agent depuis nos débuts, discute, tout sourire, avec Liam, un permanent du Shed, plutôt beau mec si on aime le genre beau bébé californien, qui lui retourne ses œillades.

J'en connais deux qui vont passer une bonne fin de soirée...

— Sérieusement, ça pue ici, je marmonne.

Pour moi seul, cela dit, puisque manifestement personne ne se décide à me prêter attention.

— Vous avez perdu le feu sacré, les mecs, on se croirait dans les coulisses d'une sitcom dégoulinante.

— Venant d'un spécialiste comme toi, je savoure le compliment.

Donc Simon est capable de déclarer sa flamme à la blonde de sa vie et de me pourrir ma vanne.

— Très drôle, Simon.

Je me tourne vers Liam.

— Dis-moi, histoire que je me vide la tête de tout ce rose et de toutes ces licornes avant de commencer un concert de *rock* (ce faisant, j'appuie sur le mot, en l'articulant exagérément, pour que Simon m'entende), tu saurais m'indiquer où est la loge de One Heart par rapport à la nôtre, s'il te plaît ? Je vais aller taquiner le docteur Lukic, ça me changera les idées.

Je n'ai pas de nouvelles de Svetlana depuis notre soirée à Battery Park. Ce n'est pas faute d'avoir envisagé de l'appeler ou de lui écrire mais je n'ai jamais franchi le pas.

Peut-être parce que je savais qu'elle m'enverrait bouler en me rappelant que notre deuxième dîner ne devait avoir lieu qu'après le concert.

Peut-être parce j'espérais qu'elle m'appelle spontanément.

Ce qu'elle n'a pas fait. Et ce que je n'ai pas aimé qu'elle ne fasse pas.

Ce qui commence à rendre la situation un peu emmerdante et perturbante si vous voulez mon avis.

Raison de plus pour que j'aille l'emmerder à son tour. Et la perturber, si j'y arrive.

Je traverse le couloir quasi désert – j'imagine que le cocktail bat son plein en attendant notre prestation –, toque pour la forme à la porte fermée de la loge réservée pour la Fondation, même si je doute qu'il y ait encore quelqu'un puisque, si j'en crois ce que j'entends depuis la salle, sa présidente, Kelly Meyer-Westley, a commencé son discours de bienvenue.

Personne ne me répond et je m'apprête à rebrousser chemin pour aller fumer une clope sur la terrasse à l'arrière de notre loge lorsque des bruits étouffés me parviennent.

Suivis d'un cri.

— Putain ! Espèce de fumier...

Et d'une insulte, donc, qui ne correspond pas tout à fait au registre de langage habituel de celle à laquelle je pense instantanément.

Je suis en effet certain de reconnaître le timbre de Svetlana, étouffé, mais bien reconnaissable quand même. Et les bruits ressemblent trop à ceux d'une lutte pour que je reste comme un benêt derrière cette porte close.

Je la pousse d'un coup sec mais reste figé en découvrant la cause de ce raffut.

Jambes légèrement écartées sous sa robe relevée jusqu'à la taille, un escarpin projeté un peu plus loin, Svetlana est allongée au sol, immobilisée sous un homme dont le dos large et musclé est courbé au-dessus d'elle.

À califourchon sur sa taille étroite, il l'immobilise d'une clef de bras qui tord légèrement son cou et son visage et la bâillonne désormais de son avant-bras.

Je crois que ce pervers se marre, en plus.

Immédiatement, mes yeux se dirigent vers ceux de Svetlana qui étincellent dans ma direction sans qu'elle puisse crier.

De rage ? De terreur ? De douleur ?

J'ai beau être dans une excellente condition physique, m'entraîner quotidiennement au sac ou en assauts amicaux, la violence n'est pas vraiment dans mon ADN. Surtout avec des mains assurées pour des sommes colossales auprès des plus importantes compagnies d'assurances. Mains qui doivent rester intactes et parfaitement fonctionnelles pour la tournée qui s'annonce.

Mais en découvrant la jolie Serbe écrasée sous ce sale type, je ne réfléchis pas une seule seconde. Je balance d'abord un coup de grolle dans le dos du grand type pour le déporter puis je profite de son déséquilibre pour le basculer au sol. Afin de reprendre avec lui exactement la position qu'il adoptait, quelques instants plus tôt, au-dessus de Svetlana.

Sans songer au prix de ma main droite, je lui balance une première patate plutôt bien sentie sur la pommette.

En tout cas si je me fie au cri de douleur qui lui échappe.

Je m'apprête à recommencer avant que l'effet de surprise ne disparaisse et c'est là que j'entends :

— Mais putain, Steadman ! Vous êtes pas bien ou quoi ? Si vous ne lâchez pas immédiatement mon pote, c'est moi qui vous balance un coup de pompe dans votre belle gueule. Et j'ai des talons, pour info.

Stoooooop.

On m'explique ? Je passe vraiment de sauveur héroïque qui se bat comme un dieu à un sale type engueulé par une fille qui se prend pour une directrice d'école privée ?

Le poing droit toujours serré au-dessus du type qui vient d'agresser Svetlana, biceps contracté pour mieux cogner, j'hésite entre deux options :

Lui obéir, parce qu'elle semble vraiment sûre de son coup.

Ou passer outre, en mettant sur le compte d'un syndrome de Stockholm express sa réaction totalement délirante. Et incompréhensible.

La voix parfaitement audible – et parfaitement vibrante de colère – de Svetlana Lukic s'élève à nouveau :

— Steadman, j'insiste... Je serais vous, j'éviterais vraiment de continuer.

Le type allongé entre mes jambes me contemple avec un grand sourire ravi.

Pire : il a ramené ses bras repliés sous sa nuque et me dévisage comme s'il attendait la suite de notre échange avec impatience.

— Déjà parce que si Raph veut vous retourner, croyez-moi, il aura lui aussi de solides arguments.

Le Raph en question incline la tête autant que sa position couchée le lui permet. Sans me quitter du regard.

Comme pour me confirmer les propos de la blonde furibarde qui se tient désormais debout à nos côtés, chignon malmené et robe froissée, et qui prend la peine de fermer lentement la porte, comme pour éviter tout témoin à notre petite entrevue.

J'admets que le type a tout ce qu'il faut, là où il faut. À dire vrai, puisqu'on en parle, je commence à trouver la situation d'autant plus gênante que je suis toujours à califourchon sur lui. Et que sauf erreur de ma part, ce que je sens contre mes fesses doit être la zone de son pénis.

Heureusement, je ne suis pas à son goût.

Jusqu'à présent en tout cas.

— Et ensuite parce que j'imaginais vous le présenter dans d'autres circonstances que celles d'une petite danse sexy pré-coïtale... Mais celui que vous avez entre les jambes n'est autre que l'un de nos hôtes de ce soir : Raphaël Lemarquand, ça vous dit quelque chose, peut-être, Steadman ? Vous savez ? Le *fameux* professeur Lemarquand ?

En plus, elle insiste bien sur les mots importants.

— Celui que vous teniez *tellement* à rencontrer quand vous êtes venu me voir avec votre grand-père ? Le monde est bien fait, pas vrai ? conclut-elle d'une voix beaucoup trop sarcastique pour mon amour-propre.

— Hmm...

C'est la voix tonique, bien qu'un peu essoufflée, du grand brun, encore allongé, qui s'élève cette fois-ci.

— Comme je ne suis pas d'un tempérament rancunier, je vous tendrais bien la main pour qu'on fasse les présentations officielles et tout et tout. Mais ce serait mieux debout, non ?

OH. PU.TAIN.

Je me dégage du corps allongé en essayant de ne surtout pas trop frotter ce que je n'ai pas du tout envie de frotter. Et je me redresse, aussi naturellement que possible, en tendant la main vers le beau gosse pour qu'il se lève plus rapidement.

— Raphaël Lemarquand, donc, reprend-il, une fois debout, après une poignée de main somme toute assez cordiale si l'on tient compte de la situation.

Il ébouriffe machinalement sa chevelure déjà en bataille avant de tâter précautionneusement sa pommette meurtrie.

— Sacrée droite mon vieux, bravo.

Sa peau est déjà en train de rougir et je me demande dans quel pataquès diplomatique je viens de me fourrer.

— On se connaît, non ? J'ai l'impression de vous avoir déjà vu quelque part...

— C'est Tadzio Steadman, réplique Svetlana d'une voix sombre. Je vais le laisser poursuivre, je suis trop agacée pour ça, personnellement.

— Je suis... hmmm... un des membres des KA-9. Basse et parfois guitare, pour être précis.

Le rire profond de Raphaël Lemarquand s'élève aussitôt.

— Mais voilà ! Il me semblait bien vous reconnaître ! Ma copine vous adore. Bon, j'imagine qu'elle vous en voudra peut-être un peu au départ mais elle n'est pas rancunière...

Il s'interrompt pour observer ma main.

— Dites donc... Vous allez pouvoir jouer ? Parce que vous avez une sacrée droite, mais moi, apparemment, j'ai la pommette plutôt dure si j'en crois vos phalanges.

Et merde. J'avise ma main droite dont les métacarpes virent au rouge sombre et commence à en remuer lentement les articulations. Je plie et déplie mes doigts qui ne semblent, heureusement, pas abîmés par ma tentative de sauvetage de demoiselle en détresse.

À ce propos, j'aimerais quand même comprendre pourquoi une fille supposée ne pas aimer les mecs se retrouve allongée sous un type bien trop canon pour que cela m'indiffère. Je me tourne vers elle :

— Je peux quand même savoir ce que vous foutiez ?

— Je ne suis pas persuadée que cela vous regarde mais au point où nous en sommes... Raphaël me montrait une nouvelle prise de krav-maga. Et ce fumier a réussi à m'avoir par surprise, condescend à m'expliquer la jolie blonde agacée, en vacillant sur une jambe pendant qu'elle remet l'escarpin qui était au sol.

Sacrées guiboles, soit dit en passant.

— Tout est normal, donc. Vous êtes avec un pote. Vous vous cassez respectivement la gueule pour passer le temps en attendant qu'on commence à amuser le public. Circulez, y a rien à voir, je commente platement.

— Exactement, Steadman, répond-elle en me contemplant comme si elle ne venait pas d'enfiler ses escarpins de tueuse mais avait, au contraire, marché pieds nus sur une limace.

Et que j'étais cette limace.

— Tout est parfaitement normal, appuie-t-elle. À quel moment, depuis que vous me connaissez, vous avez cru que j'étais une putain de victime ? Et à quel moment vous avez cru que je ne pourrais pas me défendre seule et que j'avais forcément besoin d'un mec pour me sauver ?

— Peut-être à partir du moment où je vous ai trouvée dans une posture qui me laissait penser que vous aviez nettement le dessous (le rire de Raphaël s'élève pendant que Svetlana pince ses lèvres de contrariété) et que vous aviez des difficultés à vous défendre, justement ? Bref... Excusez-moi d'avoir osé penser que vous pourriez avoir besoin de moi. Pour le reste, tout cela devient beaucoup trop militant-agressif pour un pauvre type qui a juste voulu aider une amie.

D'une manière sans doute un peu théâtrale et portée par ma colère, je pose ma main sur la poignée, commence à l'abaisser et regarde une dernière fois Svetlana.

— Vous ne m'en voudrez pas si je m'éclipse parce que j'ai comme un concert qui m'att....

Des coups frappés bruyamment interrompent ma réplique passablement énervée.

Suivis de gloussements, de rires, de piaillements, bref, de tout ce qui peut caractériser un débarquement de filles amies ayant probablement déjà bu plus qu'une des nombreuses coupes de champagne du buffet voisin.

— Surpriiiiiiiiiiiiise ! Bon anniversaire ma vieille ! Tu pensais vraiment qu'on t'avait abandonnée dans ce trou ? Ou que je préférais un vernissage ?

Plusieurs timbres de voix féminins différents résonnent dans la pièce.

Au moment précis où la porte s'ouvre et que je me retrouve quasiment coincé contre le mur, invisible pour les trois nouvelles arrivantes qui viennent de débarquer avec la puissance d'un tsunami.

Y a des jours...

L'expression stupéfaite de Svetlana a beau attiser ma curiosité, je profite du brouhaha créé par ce qui ressemble bien à des retrouvailles entre amies pour me faufiler comme un voleur par la porte restée ouverte. Non sans avoir adressé un sourire contrit à Raphaël Lemarquand.

Je l'ai vraiment pas raté, lui.

Il est temps pour moi de retrouver Mike et Simon, qui doivent se demander ce que je fiche à quelques dizaines de minutes de notre entrée en scène.

Chapitre 18

Svetlana

— Je n'arrive pas à croire qu'on soit là. Ce concert est tellement génial...

Charlotte vient de me crier son bonheur à l'oreille, pour essayer de couvrir la fin de *Falling Star* dont elle a braillé chacune des paroles sans aucune considération pour son entourage.

Rien que d'y penser, je grimace. Pour la forme, surtout, je le reconnais. Parce que je suis tellement contente qu'elle soit là, accompagnée de Romy et d'Hortense, de savoir qu'on doit passer la fin de soirée ensemble, que Raphaël nous offre la nuit et les trois qui suivent entre filles dans un hôtel spa du Meatpacking que je n'ai vraiment aucune raison sérieuse de me plaindre.

Même si Charlotte chante vraiment très faux.

Ou même si je regrette que Marie n'ait pas pu se libérer pour se joindre à nous. Elle n'a pas de famille proche à qui confier sa petite Lea et son mari travaille comme un fou. Hortense pense aussi qu'elle n'était pas encore complètement prête à lâcher son bout de chou qui a à peine six mois.

Je n'ai pas d'enfant et on ne peut pas dire que j'aie beaucoup vu ma propre mère quand j'étais petite fille mais je peux comprendre. On se verra en visio dans le week-end et j'espère que je pourrai la retrouver lors de mon prochain passage en Europe.

Bref, je jette un regard amusé à Charlotte qui ne quitte pas des yeux la scène devant laquelle elle campe, mains levées au ciel, au premier rang et pile au milieu. Après avoir, sans aucune honte, profité de la présence de Raphaël et des vigiles qui nous ont accompagnés pour écarter quiconque aurait voulu s'interposer entre elle et les stars de la soirée.

— Mon Dieu... On avait prévu de venir te voir, même avec les Maroon 5. Mais là, je n'arrive pas à y croire.

— Tu l'as déjà dit, je crie en retour en me penchant vers elle.

— Ils sont tellement incroyables. Tu te rends compte qu'ils ont tout pour eux. Le talent, l'humour, la beauté, l'argent... Et puis sérieusement, Tadzio est encore plus sexy en vrai, c'est dingue...

— Tu l'as déjà dit aussi, je répète en me retenant de rire.

— Nan, mais sérieusement...

Le regard de Charlotte devient fou pendant qu'elle fixe le brun aux yeux gris penché sur son instrument.

Paix à son mari... Pas sûr qu'elle l'ait jamais regardé comme ça, ce pauvre Jean-Kevin.

— Si tu aimais les hommes, tu comprendrais. Et puis il a l'air tellement crade, ajoute-t-elle d'un air rêveur.

OK...

— C'est sûr que tout de suite, c'est super engageant, Charlotte. Crade, c'est un nouveau truc entre Jean-Kevin et toi ?

— Mais je ne disais pas ça dans le sens « qui sent mauvais et se lave pas », patate, glousse-t-elle.

Je me garde de lui préciser que, en effet, le moins que l'on puisse dire, est que Tadzio Steadman a plein de défauts mais pas celui de sentir mauvais.

Au contraire.

— Je voulais dire « crade » dans le sens qui te fait plein de choses super salaces que tu n'aurais jamais osé demander à un homme. Un mec qui transpire le cul, tu comprends ?

Mon Dieu, cette fille est barrée.

— Je vois.

Je jette un regard de détresse à Romy qui ne perd pas une miette de notre échange, malgré les enceintes proches.

Pile au moment où Tadzio se cambre, bassin en avant, pour jouer.

— Oh la la... Tu vois, Lana ? Tellement, tellement sexy...

— Tu l'as déjà dit aussi, ça, espèce de folle furieuse, réplique (en hurlant aussi) Romy, à côté de laquelle danse Hortense, un sourire en forme de banane sur le visage.

— Oh ça va, Madame la blasée. Dans mon monde de simples mortelles, ça reste exceptionnel.

Je me marre. C'est vrai que Romy a un amoureux de compétition, pas évident d'apprécier son voisin de palier après avoir rencontré un Raphaël. Et c'est vrai aussi, même si ça me fait un peu mal de l'admettre, que les K-A9 en live sont juste hallucinants.

Même dans un concert intimiste, bien loin des stades auxquels ils sont habitués. Même en privilégiant les chansons *unplugged* [10]. Même alors que c'est Tadzio, penché sur sa guitare, qui est en train de faire la démonstration de son talent en achevant, par un solo électrisant, la chanson que ma copine connaît par cœur.

J'observe ses mains qui se déplacent avec virtuosité sur les cordes. Main gauche dont les longs doigts véloces semblent caresser les cordes du manche, main

---

10. Acoustique, non électrique.

droite faussement calme, plus sensuelle, mais dont chaque mouvement des phalanges tatouées a un sens.

Finalement, nos métiers ne sont pas si éloignés. Manuels, précis. Et pour lesquels le seul talent ne suffit pas, si l'on n'est pas prêt à suer tout ce que l'on peut pour devenir le meilleur.

Je lève les yeux vers son visage concentré sur son instrument alors que le morceau touche à sa fin.

Pile au moment où il relève le visage, dont le front est ceint d'un bandeau qui lui donne un air de pirate et dirige vers moi son regard, rendu gris hypnotique par les lumières de la scène.

— Oh putain ! Mais il t'a encore regardée, Lana !

Encore, en effet. Mais, cette fois-ci, je vois un léger sourire ourler ses lèvres tandis qu'il jette un regard entendu à chacun de ses deux potes. Tranquillement, il se rapproche du micro qu'un type portant un tabouret noir vient rapidement régler avant de s'éloigner en courant.

Pendant que Tadzio s'assied à califourchon, ses doigts ne cessent de glisser doucement sur la guitare et la fin de *Falling Star* meurt doucement pendant qu'une autre mélodie naît peu à peu au milieu des variations.

Sans que jamais il ne me quitte des yeux.

— Lana... Tu as entendu ce qu'il est en train de commencer à jouer ou c'est moi qui hallucine ?

Cette fois-ci, Charlotte n'a pas eu besoin d'élever la voix car le volume est beaucoup plus bas, presque religieux, alors que les spectateurs se demandent sans doute ce qu'il leur prépare.

Moi, je le comprends immédiatement, et j'essaie de le fixer en retour pour lui intimer du regard d'arrêter tout de suite ce qu'il s'apprête à faire.

— Salut à tous... On arrive bientôt à la fin de ce concert et on vous remercie évidemment d'avoir été aussi cool.

Sa voix un peu rauque s'élève au micro, mais moi, je reste bloquée sur la mélodie qui s'élève de sa guitare, air que je suis désormais certaine de reconnaître même s'il l'enveloppe de variations.

— Comme vous le savez, nous sommes ici réunis pour soutenir l'action de la Fondation One Heart et j'en profite pour remercier les familles Westley et Meyer de nous avoir conviés.

Des applaudissements et des exclamations enthousiastes s'élèvent immédiatement dans la salle.

— Bon, ça s'est fait un peu rapidement et on espère qu'Adam a bien pris ses laits au miel.

Cette remarque est digne d'un gamin abominable. Comme lui.

Un gamin abominable auquel le public, qui l'a vu grandir, est tout acquis, si j'en crois les rires et les gloussements qui saluent sa remarque.

Je lève les yeux vers le plafond du théâtre, en espérant qu'il le remarque puisqu'il persiste à me dévisager, même en s'adressant à la salle.

— Lana, il se passe quoi, là ? On dirait qu'il te connaît, Tadzio Steadman ? Tu ne l'aurais pas rencontré sans me le dire, pas vrai ?

Non seulement je sens qu'il va très bientôt me gonfler mais en plus il me met en difficulté auprès de mes meilleures amies.

Enfin, juste Charlotte pour le moment, mais Charlotte est comme le Q au Scrabble, elle compte triple.

— On a encore quelques chansons à vous interpréter alors je ne vais pas faire un long discours. La Fondation, ce sont aussi les hommes et les femmes qui travaillent avec elle. Des professionnels de la recherche et de la chirurgie qui ne comptent par leurs heures. Et parmi ceux-ci, il y a bien sûr le professeur Raphaël Lemarquand que j'ai eu le grand plaisir de rencontrer ce soir et que je salue à nouveau.

Un clin d'œil, sans doute destiné à Raphaël, dont le bras entoure désormais Romy, ponctue cette déclaration.

Quel gosse.

— Mais parmi eux, il y a aussi une jeune femme que je veux particulièrement distinguer, sans laquelle nous ne serions pas venus jouer ce soir.

C'est officiel, Charlotte, à côté de moi, a cessé de respirer et essaie de m'insulter juste en me fixant de son regard exorbité. Moi, j'essaie de me donner une contenance en bloquant mes yeux sur ces doigts incroyables qui continuent de jouer comme s'ils étaient autonomes.

— Une jeune femme sans laquelle mon grand-père ne serait peut-être plus en vie aujourd'hui.

Impossible de rater la musique, désormais, que tout le monde a forcément reconnue.

Ce fumier a osé.

— Je vous remercie donc de souhaiter avec moi un excellent anniversaire au docteur Svetlana Lukic. Miss Serbie...

Toutes mes amies sont désormais tournées vers moi. Charlotte semble furibarde, Hortense médusée, Romy et Raph plutôt amusés. Et le reste de la salle, dans laquelle je distingue des visages principalement curieux ou bienveillants, patiente en m'observant, tandis que quelques flashs des photographes accrédités pour l'occasion déchirent la pénombre.

La voix de Tadzio Steadman se fait caressante pendant qu'il se lève pour rejoindre le bord de la scène sans me quitter des yeux.

— ... Vous nous rejoignez ?

Je jette un regard de condamnée à mort à Hortense, pour une fois bouche bée, puis à Charlotte. Qui pince les lèvres pour me montrer qu'elle boude et boudera longtemps.

— Je crois que tu n'as plus trop le choix, me jette Raphaël, qui semble prendre beaucoup de plaisir à cette situation.

Situation que, personnellement, je trouve archi-pourrie.

Vraiment archi-pourrie, alors que la salle fredonne désormais avec Tadzio, Simon et Mike, en mode Marylin Monroe à JFK ou Beyoncé à Barack Obama, les premiers mots de *Happy Birthday.*

Alors que les battements de mon cœur accélèrent tellement leur rythme naturel que j'ai l'impression que je vais défaillir sous leurs impacts.

Quelques encouragements s'élèvent pour que j'aille rejoindre le foutu musicien qui me contemple, une expression hilare sur son visage de voyou, comme s'il avait remporté à lui tout seul la Finale de la Coupe du monde de foot.

Et en gagnant par cinq buts à zéro.

Je suppose que ça ne se refuse pas. Personne ne peut bouder son plaisir quand votre anniversaire est chanté par une salle de concert new-yorkaise ultra-prisée, en présence de vos meilleurs amis et à l'initiative d'un groupe tellement connu que les stades se remplissent dans l'heure qui suit la mise en vente des billets. Je ne peux pas me comporter de manière immature, même si ce crétin aux yeux gris-bleu l'est pour deux. Surtout quand cette soirée est, d'abord, une soirée professionnelle, en présence de mes employeurs, de donateurs et de journalistes chargés de communiquer pour que d'autres dons suivent après.

Je présume que le fait que ma tête bourdonne, que la panique me fait transpirer, que je déteste ne pas contrôler une situation ne peut pas être considéré comme des excuses valables. Ni que j'exècre encore plus affronter les regards, même amicaux, qui me ramènent toujours à ce premier jour de classe en France, dans mon internat en primaire, quand tous étaient braqués sur moi.

Surtout quand autant de monde vous observe.

Je peux le faire. Et le faire bien, comme toujours.

Je respire un grand coup, adresse un sourire vacillant à Raph et Romy qui continuent de m'encourager, serre les poings pour me donner du courage, me redresse comme pour défier le grand brun qui continue de jouer en dardant vers moi ses prunelles magnétiques.

Histoire qu'il comprenne que son petit jeu ne m'affecte pas. Qu'il faut qu'il passe à autre chose et me foute la paix. Il m'a rendu un service et même un putain de fier service, mais ce n'est pas une raison pour me persécuter en retour – oui oui, je sais : j'ai le sens de la mesure. Il ne gagnera pas.

Mais au lieu de parvenir à m'avancer vers la scène, je reste statufiée, le souffle trop court, cherchant vainement la sortie de secours qui n'a jamais aussi bien porté son nom. Pour trouver une fois de plus, une fois de trop, le regard hypnotique de ce fichu Steadman.

Juste avant qu'il ne fasse un signe aux types en noir qui encadrent la scène, pose sa guitare sur le tabouret...

Et saute souplement de la scène pour me rejoindre sous les acclamations du public.

Chapitre 19

Svetlana

— Pourquoi vous avez fait ça, putain ?

Je viens de faire irruption d'une façon probablement un peu fracassante dans la loge des K-A9.

Mais après tout, il semblerait que leur crétin de bassiste guitariste – ou guitariste bassiste, peu m'importe – aime bien se montrer théâtral alors je ne compte pas me priver ni bien me tenir.

Le crétin en question lève une tête aux cheveux encore humides dans ma direction, depuis l'encadrement de la porte-fenêtre qui mène probablement à une terrasse ou un balcon. Il a quitté son tee-shirt et son jeans sombre pour un autre gris plus clair et une chemise sans col ajustée et largement entrouverte sur sa peau encrée.

Cliché-cliché-cliché.

Appuyé contre l'encadrement de la porte-fenêtre, une jambe repliée contre le mur, il porte à ses lèvres une cigarette à l'extrémité incandescente, aspire voluptueusement une bouffée, souffle doucement la fumée comme si je ne lui avais posé aucune question et que je ne me tenais pas debout au milieu de la loge, à ne plus savoir quelle contenance adopter.

Un sourire barre lentement son visage lorsque, enfin, il s'adresse à Simon Lauren, Mike Fiennes et deux autres gars que je ne reconnais pas, qui sont affalés dans les canapés, un verre à la main.

— Les mecs, excusez-moi, mais je vais vous demander de nous laisser.

Il prend le temps d'écraser tranquillement sa cigarette dans un cendrier posé sur la table basse proche avant de poursuivre, en pivotant un peu plus vers moi :

— Le docteur Lukic est tellement dingue de moi que j'ai peur qu'elle ne puisse plus résister à ses pulsions sexuelles primitives.

Rendue muette par l'agacement (fureur serait plus juste, j'imagine), je regarde les mecs en question obtempérer en se marrant, non sans m'avoir saluée en passant.

Dans quelle dimension je suis tombée pour que je passe de numéro surprise du spectacle des K-A9 à tarée capricieuse qui les fait tous fuir hors de leur propre loge ?

Enfin... Presque tous. Puisque celui que j'ai eu le tort de trouver agréable le temps d'une soirée informelle à Battery Park est toujours debout et me contemple comme si de rien n'était.

— Vous avez l'air contrariée, Svetlana ? Un souci, peut-être ?

« Un souci, peut-être ? » Il est sérieux, là ?

Mon corps entier est en train de se transformer en arme de destruction massive dont l'unique but est de fermer le clapet de Tadzio Steadman.

— À votre avis, Steadman ? À quel moment vous avez pu penser que j'avais envie de devenir une bête de cirque exhibitionniste ? je crache en réponse. Ça vous a amusé de me rendre ridicule en vous donnant en spectacle ? C'était pour montrer que vous n'aviez pas peur de sauter de la scène ni de chantonner *a capella*, votre petit cinéma ? Vous êtes content ? On va parler de vous dans les journaux ?

Face à moi, Tadzio porte une nouvelle clope à ses lèvres et se courbe pour la protéger de l'air du dehors de sa longue main tatouée, lorsqu'il l'allume avec un briquet argenté hors d'âge. Je ne suis même pas certaine qu'il m'écoute et ça me rend dingue.

Je franchis les quelques mètres qui nous séparent jusqu'à me tenir devant lui, visage furieux levé vers ses prunelles grises pour qu'il ne puisse plus détourner le regard.

— Je suis médecin, putain. Je soigne les gens et j'essaie de faire ça avec compétence et discrétion. Je ne veux pas qu'on puisse s'imaginer que je suis arrivée à mon poste pour d'autres raisons que mon travail. C'est déjà assez difficile d'être la copine du boss, même si j'ai largement contribué à faire mes preuves. Non seulement je n'ai pas besoin de vos petits shows mais je refuse d'en faire partie : je ne veux pas qu'on me confonde avec une de vos poufiasses.

J'ai presque crié ces derniers mots, en me retenant d'agripper la chemise de Tadzio pour le secouer.

— Je vous ai dit que j'avais horreur des exhibitions publiques et je pensais que vous aviez la sensibilité pour en tenir compte.

Le regard de Tadzio se fait aussi incandescent que l'extrémité brûlante de sa cigarette.

— Et au lieu de ça, vous faites quoi ? Vous me chantez mon putain d'anniversaire en présence d'acteurs à la mode, d'au moins trois mannequins et chanteurs presque aussi connus que vous et d'un tas de capitaines d'industrie ou de dirigeants de start-up de la Silicon Valley comme si j'étais une star de la télé-réalité ! Pourquoi vous avez fait ça, putain ? je finis par hurler en empoignant son épaule, alors qu'il ne répond toujours pas mais ne me quitte pas des yeux.

Trop grand, trop masculin, trop calme.

Et trop proche.

Tadzio déplie la jambe qu'il gardait pliée contre le chambranle de la porte-fenêtre. Et, ce faisant, frôle lentement ma hanche.

Il penche légèrement la tête vers moi, aspire une bouffée, tourne la tête pour recracher tranquillement la fumée vers l'extérieur.

New York, les bruits de la ville et les lumières qui ne s'éteignent jamais.

— Pourquoi ? À votre avis ?... Exactement pour ça, Belgrade...

Ma main est toujours agrippée à sa chemise. Je suis soudain incroyablement consciente de notre proximité, de sa stature, de la chaleur qu'il dégage malgré la fraîcheur du soir. De son odeur presque familière désormais – peau, clope, parfum.

Une odeur qui me plaît.

Troublée, je le questionne à nouveau d'une voix qui se brise un peu alors que je la voudrais ferme et agressive :

— Pour ça ?

Il baisse les yeux vers ma main sur sa chemise. Ma main qui touche sa peau et ne se détache pas.

— Pour ça, par exemple ? Parce que j'ai envie de susciter votre attention et de vous faire perdre le contrôle ?

Je mets le trouble que je ressens à nouveau, en écoutant sa voix devenue plus rauque, sur le compte de la tension nerveuse suscitée par l'épisode incroyable que je viens de vivre ce soir. Et je me ressaisis parce que je ne peux pas ressentir ce trouble.

Pas avec un homme. Et surtout pas avec un homme aussi insupportable de prétention que Tadzio Steadman. N'en déplaise aux fans hystériques qui n'attendraient que ça parce qu'elles se contentent de regarder sa gueule de voyou angélique et son corps félin, sans savoir combien il est exaspérant.

Pénible.

Énervant.

Déstabilisant.

Érotique.

Séduisant.

Je vrille.

Je lâche sa chemise, frôlant involontairement sa peau au passage.

— Vous ne pouvez pas susciter l'attention d'une autre ? On ne peut pas dire que ça manquait de choix, ce soir.

Les yeux de Tadzio étincellent. Le pli de ses lèvres se fait moqueur.

Et gourmand.

— Pas si c'est vous qui me plaisez.

Il n'y a aucune raison que mon cœur se mette à battre plus rapidement. Aucune.

Je m'éloigne.

— Vous me rendez folle.

Le grand brun jette sa clope dans le cendrier proche avant de se détacher lentement du mur. On dirait un grand fauve qui a décidé de jouer sans trop se fatiguer avec une antilope.

Or, je n'aime pas beaucoup l'idée d'être cette antilope. Ni de savoir précisément comment elle est supposée terminer si la chaîne alimentaire est respectée.

— Vous voyez, je vous l'avais dit.

— Putain mais vous le faites exprès ?!

Je crie parce que j'ai une fois de plus perdu mon *self control* en sa présence et que lui seul parvient à susciter de telles réactions chez moi.

— Vraiment, Svetlana, vous croyez ?

L'intonation se veut ostensiblement ironique, sa voix évidemment reste calme et mesurée. Je devrais reculer mais je n'y parviens pas tandis qu'il continue de se moquer :

— Bravo pour votre perspicacité.

Je parviens encore à relever le menton pour le fixer avec toute la conviction dont je suis capable.

— Vous ne me plaisez pas.

Un lent sourire étire ses lèvres pleines pendant qu'il m'observe comme si j'étais un spécimen étrange et fascinant d'une espèce inconnue.

Ses mains sont dans les poches de son jeans, il garde une distance acceptable, pourtant j'ai l'impression qu'il me touche avec les yeux. Comme si chaque battement de cils était une promesse de caresse.

— Non, je ne vous plais pas.

Une main sort de sa poche pour se rapprocher de mon visage sans que je recule. De son index tatoué, il suit lentement la ligne de ma mâchoire et chaque frôlement me prive davantage d'air respirable.

— Vous n'êtes pas mon genre, je souffle.

La voix râpeuse se fait rieuse.

— Non, bien sûr que je ne suis pas votre genre.

— Je ne suis pas attirée par les hommes. Et par hypothèse, ce ne serait certainement pas par les hommes insupportables et trop sûrs d'eux comme vous.

Son regard descend tranquillement vers ma poitrine qui se soulève plus que je ne le voudrais. Revient au niveau de mes yeux.

— Évidemment.

Mes lèvres sont serrées. Peut-être pour réprimer un gémissement. Sa main s'est délicatement emparée de mon menton et quand il commence à caresser ma lèvre inférieure de la pulpe de son pouce... je ne fais rien.

Absolument rien.

Parce que, sans doute, je ne comprends plus *rien.* Ni ce qui se passe, ni mes réactions, ni mes absences de réaction, peu importe, le résultat est le même. J'ai l'impression d'être subitement sous emprise et j'aimerais prétendre que ça me rend dingue, que je n'apprécie pas la douceur de sa main, mais ce serait mentir, et ça, ça me terrorise.

— Et donc vous y croyez vraiment à vos conneries ? Si je ne vous embrasse pas, c'est parce que je veux que vous veniez de vous-même. Mais vous savez très bien que vous ne m'auriez pas repoussé si je l'avais fait.

Entendre sa moquerie prétentieuse me fait sortir de ma torpeur. Pas au point de secouer le visage pour qu'il cesse sa caresse mais je sens la colère revenir.

— Vous avez envie d'essayer.

— Je n'ai pas envie d'essayer quoi que ce soit et certainement pas avec vous, je rage dans une vaine tentative de retrouver un semblant de libre-arbitre.

— Pas encore... Mais il ne tient qu'à vous Svetlana. *Try, baby,* chantonne-t-il soudain à voix basse. *Try me...*

Sa voix naturellement cassée est plus rauque qu'à l'ordinaire, comme un chuchotement intime.

J'y suis insensible. Totalement insensible.

Je secoue la tête en levant les yeux au ciel comme si son petit numéro ne m'avait pas le moins du monde affectée. Et parviens enfin à me détacher de sa main tiède et caressante.

— Jolie chanson, Steadman. Vous devriez songer à composer la suite. Vous connaissant, je suis sûre que ça pourrait avoir du succès. Mais désolée. Je n'ai pas envie d'essayer. Surtout avec vous.

En face de moi, Tadzio ne bronche pas. Son visage est imperturbable comme si ce que je disais glissait sur lui. Seules ses pupilles dilatées et ses paupières plus lourdes me permettent de penser qu'il est plus touché qu'il ne le montre.

— Si vous le dites.

Je souffle, agacée.

— Et puis, vous savez quoi ? Demandez-vous d'abord si vous auriez envie d'essayer de coucher avec un mec, avant d'essayer d'évangéliser la lesbienne du coin parce que votre ego est affecté par son manque d'intérêt.

Un éclat de rire salue mon propos.

— Je ne vais pas relever le fait que je ne vous propose pas de « coucher avec un mec », c'est tellement moche cette formulation que je vais finir par me demander si vous êtes vraiment aussi sensuelle que je le pense.

L'attitude détendue du mufle qui me fait face me donne une fois de plus envie de lui en coller une. Et une belle. Je n'ai rien à lui prouver. Et ce n'est pas parce qu'il transpire le sexe qu'il est forcément un super coup.

D'abord.

— Quand je vous le montrerai avec toutes les armes dont je dispose...

Il s'interrompt, comme pour me permettre d'assimiler la suite :

— ... mes mains...

Je ne peux m'empêcher de loucher vers la main qu'il vient de lever vers moi.

Grande. Forte. Déliée. Virile.

Celle dont je viens juste d'éprouver la douceur un peu calleuse contre ma peau.

— ... chacun de mes dix doigts, poursuit-il en les faisant doucement bouger dans un mouvement qui devrait être innocent et me paraît soudain obscène.

— ... ma bouche, ronronne-t-il pendant que je passe, telle une marionnette dont il tirerait les ficelles, à l'observation de ses lèvres pleines qu'un pli, comme toujours moqueur, déforme légèrement.

— ... ma langue, chuchote-t-il alors que je me demande s'il garde en permanence ce piercing dont j'avais aperçu l'éclat lors de notre première rencontre.

— ... ma peau...

Est-elle aussi douce partout que celle de sa main ?

— ... mon...

Un grand sourire barre son visage satisfait.

Sale crétin prétentieux. Même pas peur.

Je l'interromps précipitamment.

— C'est bon, Steadman. J'ai compris.

— Si vous le dites... Alors, puisque vous avez compris, vous savez que quand je vous montrerai tout ça, vous comprendrez la nuance... Baby.

— Je ne suis pas votre « baby », bordel. Et si vous me faites encore une seule fois ce petit sourire entendu, vous pouvez vous asseoir sur notre dernier dîner. Tant pis pour mon honneur. Je trouverai un autre moyen de vous remercier.

— Intéressante possibilité, Svetlana... Mais je doute que la solution que je vous proposerais soit celle à laquelle vous pensiez. D'ailleurs, pour en revenir à votre petit argumentaire : qu'est-ce que vous en savez, que je n'ai pas essayé ? Vous croyez vraiment que tout le monde est aussi obtus et étroit d'esprit que vous, Docteur Lukic ?

Seul un silence sceptique et mon regard interloqué lui répondent. Pour le coup, il a piqué ma curiosité. Voire mon amour-propre. Sans doute l'a-t-il compris puisqu'il poursuit sans se faire prier.

— Jack, qui était tout à l'heure dans notre loge, est notre agent mais aussi un de nos plus vieux potes. Et il est gay. Vous savez... Il peut s'en passer des choses quand vous êtes un jeune type trop gâté, un peu blasé, avec trop de drogue, trop d'argent, trop d'alcool, et surtout (il me jette un regard entendu) une grande curiosité...

Il est possible que mes lèvres s'arrondissent en même temps que mes yeux à la seule idée de Tadzio Steadman nu, muscles bandés en train de...

Oooooooooooh.

— Vous êtes transparente, Svetlana... Et vos pensées devraient être classées X. Ravi de voir que je vous inspire autant, cela dit. Puisque cela vous intéresse tant, sachez que ce n'est pas ma came. Et même si je me suis bien amusé, cette expérience m'a suffi pour le comprendre.

Deux lacs gris-bleu tentent de noyer mon cerveau.

— Mais moi au moins, Madame Je-Contrôle-Tout, je suis allé jusqu'au bout de mon trouble et de mes questions. Je sais de quoi je parle.

Mon trouble et mes questions. N'importe quoi.

— Réfléchissez-y d'ici à notre prochain dîner... À votre trouble de ce soir et aux questions qu'il soulèvera sûrement. Ou à celle que je vous avais posée... Vous qui prétendez être une scientifique, vous n'êtes pas curieuse, Belgrade ?

Chapitre 20

Tadzio

— Elle t'a vraiment répondu ça ?

Mike et Simon n'en peuvent plus de rire. J'aime bien l'idée qu'ils libèrent la pression après deux heures à répéter à Brooklyn. Mais j'adorerais que ce ne soit pas à mes dépens. Je cogite déjà assez depuis le départ en fanfare de l'inaccessible et irascible chirurgienne.

— Ouais... Aucun doute, je réponds sombrement.

Chaque mot est imprimé dans mon cerveau. Ils y forment comme une mélopée irritante et particulièrement obsédante depuis deux jours.

À l'instar de celle qui les a prononcés avec une expression condescendante. Et vraiment très satisfaite. Juste avant de me remercier poliment pour le concert et de m'annoncer qu'elle partait rejoindre ses amies.

« Steadman... Croyez-moi, je suis suffisamment curieuse pour pouvoir m'amuser sans homme. C'est une vision terriblement phallocrate de penser qu'une femme a forcément besoin d'une pénétration pour jouir. Ou que seuls les hommes peuvent se charger de cette pénétration... (Petit sourire de peste trop sexy). Franchement, Tadzio... Alors que les femmes ont, comment avez-vous dit tout à l'heure ? Des mains (elle lève devant moi ses mains aux doigts effilés et, pour la première fois, depuis que je la connais, manucurés de rouge sang). Des doigts

(et vas-y que je les fais lentement danser comme pour que je puisse constater combien ils sont parfaits, élégants, gracieux. Et combien ils seraient encore plus parfaits autour de mon sexe bandé.). Une langue (le petit bout rose de la sienne frôle brièvement ses dents pendant qu'elle me nargue en souriant). Un... (sourire élargi, air faussement innocent et suspense insupportable). Et puis vous savez : l'avantage avec un sex toy, *c'est qu'en général, il est nettement plus avantageux qu'un pénis réel. Et au moins, lui, il la boucle. »*

Rien qu'à repenser à ce petit show, j'ai envie de me taper la tête contre les murs du studio de ne pas l'avoir fait taire en l'embrassant enfin.

— Rien à dire. Tu progresses, mec.

Je lance un regard exaspéré à Mike.

— Exactement, mon pote. Je progresse. Elle m'a peut-être planté, mais crois-moi, elle était troublée et n'en menait pas large.

— Ah ben oui, c'est connu. Se barrer, c'est succomber.

— Crois-moi, Sim, j'aurai cette fille.

— Crois-moi, Tad, singe mon pote en retour, je prends le pari que tu te trompes et que tu ne l'auras jamais. Maintenant que je l'ai vue te lancer ses regards furieux pendant que tu lui roucoulais ta sérénade au Shed (Mike se marre en écho, qu'on ne vienne pas me parler d'amitié dans ce groupe), je suis obligé de te demander de revenir à la raison et de...

— Je te parie la guitare de Cobain, je l'interromps sans même vraiment réfléchir.

— Quoi ?

Simon rêve de cette guitare que j'ai achetée aux enchères alors qu'il n'avait que Lilly en tête et était bien incapable de penser à autre chose qu'à la retrouver. Je sais combien il serait heureux de pouvoir en jouer. Et il sait que je n'ai aucune intention de m'en séparer, non pas à cause de ses qualités mais à cause de tout ce qu'elle représente pour des gars de notre génération.

— Je suis sérieux, je confirme calmement. Laisse-moi jusqu'à notre départ en tournée. Si d'ici là je n'ai pas eu cette fille, la guitare [11] est à toi.

11. Dans la vraie vie, il est bien possible que la guitare de Kurt Cobain ait finalement été rachetée aux enchères, le 21 juin 2020, pour plus de 6 millions de dollars. Mais on s'en fiche de la vraie vie, pas vrai ?

Chapitre 21

Svetlana

— Prends soin de toi, ma vieille, marmonne Hortense en me serrant dans ses bras.

Comme toujours, quand il y a des contacts physiques ou des expressions de tendresse, elle est un peu gauche. On ne peut pas dire que je sois forcément super démonstrative dans mon genre, donc je ne vais pas me plaindre si elle ne cherche pas à m'étouffer entre ses seins.

Un peu comme le fait Charlotte, justement, sous les regards rieurs de Raphaël et de Romy.

— Surtout, promets-nous de nous tenir informées de tout nouvel évènement qui concernerait...

Charlotte prend une mine de conspiratrice et chuchote comme si les passants pressés de se rendre au boulot pouvaient vraiment prêter une attention quelconque à ce que nous sommes en train de nous dire, ce mercredi matin un peu gris devant la clinique.

— ... Tu-sais-qui. Enfin, on se comprend, n'est-ce pas ?

J'essaie de rester sérieuse car elle se vexe facilement quand quelque chose lui tient à cœur. Et vu comme elle m'a soûlée de paroles durant ces dernières heures, aussi bien dans un hammam propice au calme et à la détente que sur la piste de danse d'un des derniers clubs à la mode à la musique assourdissante, je peux affirmer sans l'ombre d'un doute que Tadzio-Jax lui tient à cœur.

Heureusement qu'elle est pressée de retrouver son bébé parce que cela aurait pu devenir assez usant nerveusement. Néanmoins, histoire de clore ce sujet, je la rassure :

— En principe, je n'ai pas été trop mauvaise sur l'opération de son grand-père. Ce qui veut dire que je ne le reverrai plus et que ton Jax devrait rapidement se calmer.

Admettons que je ne leur aie pas exactement tout dit. Que je me sois, par exemple, contentée d'affirmer que Tadzio Steadman et moi n'avons eu que quelques contacts très superficiels.

Et pas « superficiels » comme une main caressante et sensuelle qui frôlerait mon visage, par exemple. Ni comme des jambes contre ses cuisses au rythme des vibrations d'une moto dans les rues de New York. Ni « superficiels » comme un quasi-baiser dans un ascenseur. Et pas davantage comme une proposition indécente dans une loge d'après-concert.

OK, j'admets : il est *tout à fait* possible que je ne leur aie pas précisément tout dit de ma relation avec Tadzio Steadman.

Rien à voir avec le fait que je ne sois plus capable de cerner la relation en question et d'y mettre un nom.

Je n'exclus pas non plus que j'aie pu leur affirmer qu'il avait simplement voulu me remercier, à sa façon, d'avoir bien soigné son grand-père, mais que je ne le connais pas plus que ça et que j'ai été très surprise – *vraiment très très très surprise* – de son comportement.

Mea culpa.

OK... j'ai un peu honte. Mais je n'avais aucune envie qu'elles me cuisinent sur ce sujet, alors que c'est bien la dernière chose sur laquelle j'ai envie de réfléchir depuis que j'ai laissé Tadzio et sa sensualité provocante exacerbée dans la loge des K-A9.

Qu'on ne vienne pas me parler de politique de l'autruche et de tête dans le sable, merci.

Je me tourne vers ma rouquine adorée et le grand brun qui la couve du regard.

— Bon, Romy, tu as le droit de venir me voir entre deux tours du monde, ça me ferait plaisir de courir à nouveau dans Central Park avec toi.

On s'est fait un petit kif elle et moi, courir comme de vraies New-Yorkaises de la mort qui tuent autour du Réservoir de Jacky O., en discutant à proximité des écureuils comme si on avait grandi avec eux. En prime, j'ai eu droit à une mini-séance privée de yoga qui m'a fait un bien fou. J'adorerais le faire chaque semaine avec une amie et j'ai un petit pincement au cœur en pensant qu'elles repartent définitivement et que je suis la seule à rester.

Je respire un bon coup. La solitude, je connais, je maîtrise. Je ne vais pas pleurer aujourd'hui, alors que j'ai appris à ne plus jamais verser une larme depuis l'école primaire et à me débrouiller seule, sans compter sur personne. Quand mes copines rentraient chez elles le week-end et que je restais seule à l'internat, sous le regard compatissant des dames de permanence, à attendre un coup de téléphone de mes parents.

— Raph... Merci pour tout.

Quand je dis *pour tout,* je sais de quoi je parle. C'est quand même lui qui a affrété l'avion privé des Westley, pour faciliter les horaires de transport de mes copines mères de famille.

Tout de suite plus pratiques, les transports, quand on est riche, pas vrai ? Même si mon âme écolo a souffert, malgré les capteurs solaires qui alimentent pour partie le moteur du jet en question, j'ai ri sous cape quand je l'ai appris, en pensant à mes galères dans le métro parisien ou aux joies du tram quand je vivais en province.

De manière moins grandiose et moins extravagante, c'est surtout lui qui m'a remplacée au bloc opératoire lundi et en consultation hier pour me permettre de profiter pleinement de ma dernière journée avec les filles.

Et non, je ne suis pas du tout vexée d'avoir appris que, quand les assistantes ont appelé les patients pour leur proposer soit de se faire opérer à la date prévue par le professeur Lemarquand, soit par moi mais plus tard, aucun n'a souhaité reporter l'opération. Heureusement que je l'adore, parce que mon amour-propre en a pris un petit coup.

Même si je sais qu'il est le meilleur, qu'il est plus âgé aussi, et que j'ai encore du boulot pour atteindre son niveau de compétence.

Je les embrasse tous une dernière fois et regarde partir leur voiture avec un méchant pincement au cœur. Mon programme du jour au bloc est heureusement tellement chargé que rien ne m'en distrait : ni la tête morose de Paul qui a déjà dû avoir vent de ma présence si discrète au concert de vendredi et me salue d'un air constipé, ni le cafard de savoir les filles déjà rentrées en France quand je finis d'opérer en milieu d'après-midi. Ni le désir perturbant de Tadzio Steadman.

Ni le trouble et les putain de questions que ledit désir perturbant a soulevé chez moi depuis quatre jours, malgré la présence des filles, parce que oui, ce petit con avait raison : je suis troublée, très troublée, même, et je me pose des questions.

Je suis rincée quand je sors enfin de la clinique, après avoir promis à Kimberley que je lui raconterai en détail la soirée au Shed. D'ailleurs c'est sans doute parce que je n'ai qu'une envie, celle de rattraper les heures de sommeil que nous avons préféré passer à discuter avec les filles, que je ne remarque pas immédiatement le type qui m'attend sur le trottoir.

Châtain, il serait banal avec sa veste en tweed un peu usé, son jeans brut et ses sneakers... s'il ne dirigeait pas vers moi un petit micro au logo d'une chaîne télé que je ne connais pas. Et s'il n'était pas accompagné d'un type avec une caméra et d'un autre qui me mitraille avec son gros appareil photo dès que j'arrive vers eux.

Comme je me doute un peu de ce qui peut les intéresser, mon premier réflexe est d'essayer de les éviter, en me concentrant sur mon appli pour commander un taxi. Mais le type au micro se déporte pour me bloquer et m'adresser un large sourire commercial.

— Docteur Lukic ! Quelques mots pour nos téléspectateurs, s'il vous plaît !

J'hésite à les ignorer, mais la caméra tourne déjà et je me résigne à m'arrêter quelques instants. Après tout, plus on parle de la Fondation, plus on a de chance d'augmenter les dons pour nos actions.

— Merci, commence le brun, en voyant que je m'arrête pour lui faire face et le saluer en retour. Vous êtes chirurgien pour la Fondation One Heart et, depuis peu, c'est vous qui avez la responsabilité du service de chirurgie cardiaque de leur établissement new-yorkais. Quel effet cela fait d'être une femme, jeune de surcroît, avec de telles responsabilités ?

— Cela m'honore, évidemment, et je remercie la Fondation d'avoir cru en mes compétences. Cela m'oblige, aussi, puisque l'excellence et la meilleure offre de soins possible sont les mots d'ordre de One Heart. C'est parce que nous tendons à l'excellence que nous pouvons récolter ensuite des fonds qui permettront à nos recherches et à nos actions humanitaires de progresser.

— Justement, il y a eu une soirée pour lever des fonds vendredi dernier, en présence d'invités ultra-privilégiés. Ils ont pu assister à un concert privé des

K-A9 dont le dernier titre est numéro un des ventes, téléchargements et vues sur YouTube partout dans le monde.

Brun m'adresse un sourire de requin. Nous y voilà.

— On vous y a beaucoup vue, d'abord avec Raphaël Lemarquand, dont vous sembliez extrêmement proche...

Il ne poursuit pas, attendant manifestement que je réagisse. Je décide d'être bonne pâte.

— En effet, Raphaël Lemarquand est non seulement mon ancien chef, lorsque j'opérais en France, qui m'a fait l'honneur de me faire confiance en me portant aux responsabilités qui sont aujourd'hui les miennes. Mais c'est aussi un ami très proche, qui est de surcroît le compagnon de l'une de mes amies intimes.

Et pan ! Langue de bois de politicienne. Tu dis quoi, Brun ?

— Merci, Docteur. Ce qui a surtout fait forte impression, c'est la complicité que vous semblez partager avec Tadzio Steadman, auquel on n'a pourtant jamais prêté de relation sérieuse. Le fait que celui-ci vous chante en public votre anniversaire et saute même dans la fosse pour se rapprocher de vous n'a échappé à aucun invité présent. Ses fans parlent beaucoup de cette soirée sur les réseaux sociaux, d'ailleurs...

Voilà autre chose. Quelle surprise, Brun ! Un grand bravo pour ta subtilité...

— Je ne trahis pas le secret médical, puisque monsieur Steadman en a fait mention : j'ai en effet opéré son grand-père et je suppose que cette petite démonstration publique était sa façon d'exprimer sa gratitude en faisant parler de One Heart. Nous sommes très heureux que son groupe ait accepté de donner un concert pour la Fondation et très satisfaits de la levée de fonds que cette dernière a permise.

J'adresse un sourire ironique au journaliste qui me regarde presque avec reproche. Il croyait quoi ? Que j'allais lui dire que je suis la maîtresse de Raphaël et que je couche aussi avec Tadzio Steadman ?

— Certains vous prêtent pourtant désormais une relation avec Tadzio Steadman et cela malgré le fait que vous êtes une lesbienne assumée. Vous confirmez ? Qu'est-ce qu'il a de plus que les autres pour vous faire oublier les femmes ?

Mon sourire disparaît. Je fixe la caméra avec une expression aussi ferme que possible.

— Je ne vois pas en quoi ma sexualité concerne votre public. Quant à Tadzio Steadman, je sais seulement que c'est un fabuleux musicien, comme tous les membres des K-A9. Ils font un super job et j'essaie d'en faire de même. Justement, j'ai eu une grosse journée de travail et j'aimerais rentrer me reposer chez moi. Je vous remercie donc pour votre intérêt. Bonne soirée.

Si je n'avais pas eu peur que ces bâtards ne me suivent, je serais probablement rentrée à pied pour évacuer la tension qui résultait de cette rencontre.

Comment font les célébrités pour supporter ça ?

En tout cas, moi, je fulmine encore quand le chauffeur tourne pour me déposer devant la jolie *brownstone*[12] arborée que j'occupe et m'informe qu'« on est arrivés, ma petite dame ».

Brownstone devant laquelle je constate que ma tension n'est pas près de baisser.

Je remarque d'abord quatre filles, sur les marches de mon escalier, qui, sauf si ma mémoire me joue des tours, ne sont pas là pour coucher avec moi parce que je ne les connais absolument pas. Elles sont en train

---

12. Le brownstone désigne, en anglais, un grès rouge utilisé pour la construction de maisons de ville. Par extension, à New York, « brownstone » désigne désormais une maison construite en grès rouge à partir du XIXe siècle et à laquelle on accède à la porte d'entrée par un escalier extérieur.

de discuter tandis que deux autres photographes, qui ne se cachent même pas, devisent, appuyés contre le tilleul du trottoir.

Rien que cette vision suffirait à me mettre la puce à l'oreille. Et à me tendre en maudissant Tadzio Steadman.

Comment ont-ils eu mon adresse ? Qui m'a suivie ? Qui l'a complaisamment révélée en me livrant en pâture à ces charognards ?

La cerise sur le gâteau amer que je me retrouve obligée de goûter, alors que je n'avais aucune envie de participer à la fête, c'est la fabuleuse mention, mal tracée à la peinture blanche, sur la jolie porte sombre que je me réjouissais tant de pousser ce soir pour rentrer dormir.

BITCH.

Chapitre 22

Svetlana

Le cœur battant de rage, j'observe la scène en me demandant comment réagir. Pour le moment, heureusement, aucune des six personnes qui campent devant chez moi n'a prêté attention au taxi jaune qui vient de ralentir à proximité.

— Vous pouvez rouler encore quelques instants, s'il vous plaît, Monsieur ? Laissez bien sûr le compteur tourner, je vous paie le supplément. J'ai besoin de passer un coup de fil et disons que...

Je regarde vers ma maison.

— Je ne peux pas vraiment sortir maintenant.

Le chauffeur me jette un regard curieux dans le rétroviseur avant de reprendre la route. Il doit se demander dans quelle série débile je joue pour mériter un tel traitement mais j'ai autre chose à faire que de lui raconter ma vie.

Je sais surtout à qui je veux parler quand je lance mon appel.

— Quelle bonne surprise, Belgrade... Je savais que vous...

— Fermez-la, Steadman, j'ai pas envie de rire. Grâce à votre petit cirque de l'autre soir, je me retrouve coincée devant chez moi. Et croyez-moi, je vais vraiment vous tuer.

Un éclat de rire me répond.

— Vous tournez un peu en boucle, ça va finir par manquer singulièrement d'originalité, vous savez. Le comique de répétition, c'est pas trop mon truc, Svetlana.

— Je n'ai pas envie de rire, croyez-moi.

Ma voix monte un peu dans les aigus, malgré ma volonté de ne pas perdre mon calme devant le chauffeur de taxi.

— Je ne vous ai rien demandé. Je bosse, je fais mes preuves depuis que je suis gosse et, croyez-moi, je me suis acharnée. J'ai été choisie pour mon poste, pas parce que je suis la pote du boss. Pas non plus parce que j'aurais couché avec lui mais parce que je suis compétente. Tellement que quand il a eu une urgence familiale c'est à moi qu'il a fait appel pour opérer avec lui. Je ne veux pas que la moindre tache rejaillisse sur tout ce travail, vous comprenez ? Et là, avec votre petit show stupide, je suis éclaboussée. Je vais être la copine des milliardaires qui couche en prime avec un musicien abonné aux pages people.

— Au risque de me répéter moi aussi, vous m'avez déjà dit tout ça, le soir du concert... Je ne crois pas avoir remis vos compétences en cause depuis que vous avez opéré mon grand-père et...

— Je ne peux même pas rentrer chez moi, putain !

Je l'interromps, et tant pis s'il me fait, une fois de plus, jurer comme un charretier. Il y a des filles devant chez moi qui à mon avis ne sont pas là pour me dire qu'elles veulent mon corps. Et d'autres journalistes.

— Attendez ! De quoi parlez-vous exactement ? Et pourquoi dites-vous « d'autres journalistes » ?

— Parce que j'ai eu droit à une interview en sortant du boulot à cause de vos conneries ! Et que maintenant, je ne peux même plus rentrer chez moi parce qu'il y a deux photographes et quatre pétasses qui m'attendent pour me demander probablement, elles aussi, si je couche avec vous. Quelqu'un a même marqué que j'étais une salope sur ma porte d'entrée...

Une fois n'est pas coutume, ma voix se brise.

Je dois vraiment me reposer.

— Vous faites chier Steadman. Vraiment, vraiment, vraiment chier.

— Je suis désolé.

Je ricane.

— Pour ce que j'en ai à foutre.

— Je suis désolé, Svetlana. Vraiment. Je ne voulais pas ça et je ne pensais pas qu'on en arriverait là. Je n'ai pas réfléchi aux conséquences, et croyez-moi, je suis vraiment, foutument désolé.

— Génial. Merci. Je n'ai pas eu le temps de me faire des potes, tellement je bosse, et grâce à vous, je commence à avoir tellement d'ennemis que je peux déjà songer à déménager.

— Vous n'exagérez pas un peu, là ? Quatre personnes, deux journalistes et une interview, vous êtes encore loin de Rihanna, ma grande. Croyez-moi, je sais de quoi je parle, ça se gère.

— Vous vous payez ma tronche ou quoi ? Je m'en fiche comme de l'an quarante que vous sachiez de quoi vous parlez, c'est votre vie. Vous l'avez choisie. Moi j'ai autre chose à faire que de me retrouver dans un magazine people pour tarées qui se caressent en regardant vos photos.

— Ce n'est pas vraiment le moment de parler de ce que j'ai vraiment choisi dans ma vie... (Il a un petit rire un peu amer.) Alors on va dire que vous allez respirer un grand coup et dire à votre chauffeur de continuer quelques minutes pour vous déposer au *248*. C'est mon hôtel.

— Comment ça ? Votre hôtel ? Et pourquoi j'irais vous rejoindre à votre hôtel au vu et au su de tous alors que vous êtes la cause de toute la merde dans laquelle je m'enlise aujourd'hui ?

Vous aussi vous me trouvez toujours plus grossière ? J'admets. Mais parfois, ça fait vraiment du bien.

— Parce que j'y habite, que l'accès par le sous-sol est réservé aux voitures accréditées et que je préviendrai la direction de votre venue, voilà pourquoi ! Et parce que personne n'y entre s'il n'y a pas une chambre déjà payée et qu'aucun journaliste ni paparazzi ne peut y prendre de photos, car c'est précisément la raison pour laquelle la clientèle très exigeante choisit d'y loger.

Je ne dis plus rien et me contente de regarder les gratte-ciel défiler devant ma fenêtre. Sa proposition n'est peut-être pas si stupide, après tout. Elle me permettrait d'éviter ces dindes et ces vautours qui nichent devant ma porte d'entrée taguée. Je passerais une nuit à peu près paisible, sous réserve que Tadzio me fiche la paix et...

Il faut croire que je prends enfin conscience de ce que je suis en train d'échafauder comme plan foireux parce que je secoue la tête, comme pour m'éclaircir les idées.

— Vous êtes toujours là ?

La voix profonde de Steadman se fait à nouveau entendre.

— Oui, toujours là.

Je décide qu'il n'y a aucune raison que je continue de m'énerver contre lui, même si tout cela est sa faute. Il n'a pas voulu ces conséquences, même s'il aurait pu réfléchir avant d'agir, pour une fois, et se douter que cela attirerait l'attention sur moi. De toute façon, le mal est fait. Et il n'est pas responsable de la bêtise humaine qui se matérialise en graffiti insultants sur de jolies portes d'entrée...

— Je suis toujours là et je vous remercie pour votre offre. Mais je vais décliner.

Un silence accueille ma réponse.

— C'est sympa, je poursuis en regardant sans les voir les lumières de Manhattan. Mais après tout, il n'y a aucune raison que je ne puisse pas rentrer chez moi. Vous avez raison, je ne suis pas Rihanna et je suppose que même elle ne change pas de domicile chaque fois qu'elle est poursuivie par bien plus de fans que ceux qui m'attendent ce soir. Donc je ne vais pas avoir peur de quatre idiotes et de deux ratés qui n'ont que ça à faire de me prendre en photo. Et je vais aller me coucher, exactement comme je l'avais prévu.

— Comme vous voulez. Vous savez où me trouver si vous changez d'avis.

— Merci, oui, je sais... Passez une bonne soirée, Steadman.

Un petit rire accueille ma réponse.

— Vous aussi, Belgrade.

Galvanisée par ma décision, je raccroche avant de demander au chauffeur de retourner devant chez moi.

— Mesdemoiselles, bonsoir.

Je contemple en souriant les quatre jeunes femmes qui m'affrontent de leurs regards agressifs, assises sur les marches qui mènent à mon perron. Est-ce que ce sont elles qui ont écrit BITCH à la peinture baveuse sur ma jolie porte bordeaux ? Ou une autre, passée un peu plus tôt pour déverser sa haine ? Finalement, je m'en fiche. Tout comme des deux nuisibles qui n'ont que ça à faire de me prendre en photo pendant que je les contourne, tête haute et dos droit, pour rentrer chez moi.

Il faut croire que ma désinvolture hautaine paie parce qu'aucune des morues échouées sur mes marches ne bronche, même si elles continuent de me fusiller du regard.

Faut-il être bête pour penser que leur idole leur appartient ! Et qu'elles peuvent s'en prendre à ses fréquentations, juste parce qu'elles vivent dans un univers parallèle où leurs fantasmes seraient réalité !

Avant de pousser ma porte souillée pour, enfin, retrouver ma salle de bains, puis mon fabuleux lit, je me retourne pour m'adresser à elles, à voix suffisamment intelligible pour que les journalistes de mes fesses m'entendent aussi.

— À moins que l'une de vous n'ait envie de partager mon lit ce soir, je vais vous souhaiter une agréable soirée. Je serais vous, je ne resterais pas : Tadzio Steadman a autre chose à faire que de passer chez un médecin couche-tôt qui préfère les femmes. Sur ce...

J'adresse mon plus beau sourire aux photographes que je salue du chef, avant d'en faire de même vers les quatre grues qui me regardent avec une stupeur bovine – ce qui me confirme qu'elles auraient tout à fait leur place dans un bestiaire multi-genre.

Un truc avec des morues-truies et des grues-vaches.

— ... je vais me coucher. Bonne soirée.

Et je rentre chez moi en prenant bien soin de verrouiller ma porte à double tour. Avant de retrouver comme prévu ma fabuleuse douche multi-jet puis mon merveilleux lit douillet.

Toute seule, mais comme une grande qui n a besoin de personne pour se faire respecter.

Chapitre 23

Tadzio

J'espère que vous dormez profondément et que ce SMS va vous réveiller brutalement. Histoire que vous savouriez vous aussi le plaisir de passer une nuit bien pourrie.

Perplexe, je contemple le message que vient de m'adresser Svetlana Lukic à l'instant. En me demandant si elle ne se serait pas fait pirater son téléphone. Parce qu'aux dernières nouvelles elle semblait revenue à des dispositions apaisées et plutôt amicales.

Dans le doute, je balance une réponse aussi neutre que possible.

Un problème ?

La réponse ne se fait pas attendre.

Je suppose qu'une brique balancée dans mon salon, l'alarme qui se déclenche alors que je dormais profondément, les flics prévenus par la société de surveillance qui vont arriver et une nouvelle insulte sur mon mur, ce n'est rien que votre copine Rihanna ne pourrait encaisser ? Alors considérez que mon seul putain de problème, c'est VOUS.

Quand j'arrête ma moto devant chez elle à peine un quart d'heure plus tard, Svetlana est en train de serrer la main d'un officier de police. Elle le regarde monter dans le véhicule stationné devant chez elle puis s'éloigner, gyrophare clignotant. Avec ses cheveux lâchés qui tombent à mi-dos, un mini-short de coton gris, un sweat à capuche bordeaux et des *sneakers* même pas lacées, elle ressemble à une jeune étudiante, bien loin de l'image si stricte qu'elle se plaît à montrer quotidiennement. Je suppose qu'elle a été surprise lorsque l'alarme a sonné et qu'elle n'a pas eu le temps de revêtir l'une de ses armures habituelles, entre vêtements couvrants, cheveux tirés et maquillage impeccable.

J'adore.

Tellement que je ne bouge pas et que je la regarde comme un idiot claquer sa porte sans doute pour se recoucher.

J'avise alors la vitre brisée de la fenêtre du rez-de-chaussée. La porte de bois vernie sur laquelle la mention « whore » recouvre désormais partiellement le mot « bitch » précédemment graffé dont elle m'avait parlé.

Je me secoue et après avoir vérifié qu'*a priori* plus aucun photographe ne campe devant chez elle à plus d'une heure du matin, j'enlève mon casque et franchis les quelques mètres qui me séparent de sa porte.

— Qu'est-ce que vous fichez là, Steadman ? Vous n'avez pas assez foutu le bordel, vous croyez ?

Évidemment, sans grande surprise, son ton est agacé et son expression glaciale. Pourtant, c'est la lassitude qu'elle essaie de dissimuler derrière son habituelle froideur qui me frappe. Je passe sur le fait que, sans maquillage ni artifices, elle est vraiment sublime, désarmée et d'autant plus désarmante, ce n'est pas trop le moment.

J'ai merdé, je crois... Et bien comme il faut.

— Moi aussi je suis content de vous voir, Svetlana.

— Vous voulez quoi, Steadman ?

J'avance un pied sur le seuil de sa porte.

— Déjà que vous me laissiez entrer. Ça évitera qu'un paparazzi embusqué ne me prenne en photo devant chez vous pendant que vous m'accueillez en tenue légère.

Il n'y a pas de paparazzi embusqué et elle n'est pas assez connue pour qu'ils fassent l'effort de planquer la nuit pour la zoomer au téléobjectif. Même pour me surprendre chez elle. Mais, comme je l'ai déjà prouvé dans l'ascenseur de la clinique, le bluff a parfois des vertus.

— Le mieux serait alors que vous partiez tout de suite, vous ne croyez pas ?

Comme elle s'efface en me répondant, j'en conclus que c'est quand même une invitation à entrer chez elle. Je m'empresse donc de lui emboîter le pas dans le couloir avant qu'elle ne change d'avis, observant les murs blancs et impersonnels. En essayant de ne pas trop loucher vers son fabuleux cul en forme de cœur souligné par son mini-short.

— J'espérais me recoucher, mais je suppose que si vous êtes là, ce n'est plus au programme dans l'immédiat. Vous voulez boire quelque chose ?

Appuyée contre le plan de travail en granit de sa cuisine, elle attend manifestement une réponse.

— Je ne suis pas venu pour boire un verre au milieu de la nuit. De votre nuit, pour être exact, parce que, navré de gâcher votre effet, mais je ne dormais pas. Je suis venu pour réparer mes conneries.

Svetlana tend la main vers une carafe et se sert un verre d'eau.

Pas d'eau en bouteille. J'aime bien.

— Et vous comptez faire quoi ? Rembobiner le film et remonter sur scène en oubliant de célébrer mon anniversaire ?

— Non. Sur ce terrain, à part vous présenter une fois de plus mes excuses et vous dire que ce n'était pas mon intention, c'est mort.

— Merci pour ces paroles réconfortantes. Je sens que les prochains jours vont être radieux.

Elle boit une gorgée supplémentaire. J'essaie de ne pas fixer trop longuement ses lèvres sur le bord du verre.

— Mais du coup, puisque vous êtes ici pour dresser un constat d'échec, vous ne m'en voudrez pas si je vous mets à la porte. Je bosse demain et je suis moyennement d'humeur pour une conversation mondaine, là.

— Je vais partir, ne vous inquiétez pas.

Debout face à elle, j'ai la subite pulsion de tendre la main vers une des longues mèches ondulées qui encadrent son visage. Malgré la beauté tentatrice de sa chevelure dorée, je m'abstiens.

— Mais je pars avec vous.

Svetlana manque de recracher l'eau qu'elle était en train de boire.

— Pardon ?

— Vous n'êtes pas en sécurité ici, en tout cas pas en paix, et vous le savez très bien. Même si vous faites réparer la fenêtre, ce qui ne sera le cas que demain, vous savez comme moi que pendant quelques jours on ne vous lâchera pas. Donc, OK...

Je tente un début de sourire et une petite pointe d'humour.

— ... vous n'êtes toujours pas Rihanna. Mais on peut quand même vous enquiquiner pendant quelque temps et je veux vous éviter tout ça.

— Et l'idée, c'est quoi ?

— Vous emmener, comme je vous l'avais proposé tout à l'heure. Vous passez quelque temps chez moi, le temps que tout cela s'estompe jusqu'à notre départ en tournée. Et je m'engage à essayer de déplacer l'attention des paparazzi.

Un petit rire échappe à la jolie blonde qui me fait face. Les mains désormais appuyées contre le plan de travail, elle a posé son verre d'eau et me dévisage, ses immenses yeux verts levés vers les miens.

— Waouh, Steadman. Vous, vous en avez dans le pantalon, pas vrai ? Vous êtes un mec, un vrai. Du genre qui débarque au beau milieu de la nuit chez la jeune fille éplorée et l'emmène par les cheveux dans son antre...

Sa voix se fait cinglante :

— Gardez vos fantasmes pour vous et vos copines hystériques. Je n'ai pas besoin d'un foutu prince charmant qui m'emmène sur son cheval blanc. Pas même si le prince est connu, tatoué et que le cheval est une moto de cliché rebelle. Et encore moins quand le prince de mes fesses prétend héroïquement réparer le résultat de sa propre connerie sans fond.

Je me doutais que ça ne serait pas facile mais elle dépasse toutes mes attentes. Elle est tellement en colère que je ne peux pas m'empêcher de m'esclaffer, portant la main à mon cœur.

— Outch.

Incrédule, elle me dévisage en écarquillant les yeux.

— Outch ? C'est tout ce que vous trouvez à répondre ?

— Pas du tout, je vous rassure. Je vous réponds aussi que je n'en ai strictement rien à faire de votre petit discours « je-n'ai-besoin-de-personne-et-certainement-pas-de-vous-connard ». Au cas où je me serais mal fait comprendre, je ne vous laisserai pas le choix et ça n'a strictement rien à voir avec un combat sur fond de lutte des sexes et recul éventuel du féminisme. Vous n'êtes pas en sécurité ici, par ma faute, et je n'ai pas la possibilité de faire réparer votre fenêtre maintenant. Alors soit vous me suivez en emportant quelques frusques, histoire de tenir quelques jours si jamais la situation devait durer. Soit je reste ici et je dors chez vous, en prenant la peine de faire un grand sourire aux photographes qui seront sûrement ravis de me revoir demain quand ils reviendront.

— Parce que vous croyez que je vous laisserais faire, peut-être ?

Je me suis rapproché jusqu'à être à quelques millimètres d'elle. Sous son sweat-shirt, je devine sa poitrine qui se soulève, preuve évidente de l'exaspération dans laquelle j'ai une fois de plus réussi à la plonger.

Si je pouvais parvenir à produire le même résultat mais parce qu'elle me désire et l'assume, je serais un homme comblé.

Lentement mais sans aucune hésitation, je pose ma main droite sur son poignet gauche. Puis ma main gauche sur son poignet droit. Ils sont fins et tièdes sous mes doigts et je peux même sentir son pouls qui pulse rapidement.

— Vous croyez vraiment, toute reine du krav-maga que vous prétendez être, que vous avez la possibilité de me foutre dehors si je décide de rester ? Et que vous voulez qu'on me trouve chez vous demain ?

Elle amorce discrètement un mouvement de la jambe droite.

— Je vous préviens : si votre objectif est un coup de genou bien placé, je vous embrasse. Œil pour œil...

Saisie, elle souffle par le nez. On dirait un jeune chat énervé qui crache de rage.

— Sérieusement, Svetlana. Je ne prétends pas être un prince charmant. Ni, *a fortiori*, votre prince charmant. Je veux juste vous aider. Parce que vous êtes seule et dans la merde par ma faute. Acceptez une bonne fois pour toutes que l'on puisse parfois avoir envie de vous épauler sans que cela vous affaiblisse.

Je ne peux m'empêcher de caresser la fine veine de son poignet de la pulpe de mon pouce, tant pis si les signaux que je lui envoie sont une fois de plus contradictoires. Je poursuis :

— Prenez ça comme la preuve de mon amitié et acceptez-la, même si vous ne pouvez pas m'encadrer.

Un sourire et j'observe ses joues qu'elle mordille :

— Au risque de me répéter : *Try, baby*...

Chapitre 24

Svetlana

C'est forcément la fatigue et le stress qui m'ont fait obtempérer, passer un legging à la place de mon short, enfiler mon blouson par-dessus mon sweat et préparer un sac me permettant de découcher quelques nuits. Et forcément la fatigue et le stress qui sont la cause de l'accélération démente de mon rythme cardiaque pendant que Tadzio conduit tranquillement en direction de Houston Street alors que je ne rêve que d'une chose : me laisser aller contre son dos solide pour dormir, enfin.

Quoi d'autre, sinon ?

« Au fait...Vous vous êtes déjà demandé si vous n'étiez pas bi ? »

« Try, baby... »

On est rentrés dans un immense building par l'arrière, direction le sous-sol où un type en uniforme s'est empressé de récupérer la moto et nos casques pour les ranger, tandis qu'un autre a prétendu s'emparer de mes affaires et nous accompagner jusqu'au dernier étage occupé par Tadzio.

Ce dernier a décliné son offre en récupérant directement mon sac, sans pour autant lésiner sur le pourboire d'usage aux États-Unis et auquel j'ai toujours autant de mal à me faire.

Une fois de plus, après l'avoir observé se présenter au lecteur de reconnaissance faciale pour accéder à son étage privatisé, je me retrouve à ses côtés dans une cabine d'ascenseur. Mais seule, cette fois.

J'apprécie qu'il soit silencieux, appuyé contre la paroi de la cabine à une distance me permettant de respirer. Il ne fait aucune de ses allusions graveleuses habituelles. Mieux, il me fiche un peu la paix alors que je tombe de sommeil et que la seule chose à laquelle je pense, en dépit de ce déménagement nocturne somme toute assez rocambolesque, c'est à retrouver un lit pour être aussi performante que d'habitude, demain matin, au bloc opératoire.

J'apprécie... Même si je ne sais pas quoi penser de la profondeur de son regard lorsqu'il le pose sur moi.

Chapitre 25

Tadzio

Je suis appuyé contre la paroi latérale, celle de droite quand on entre dans la cabine. Jambes croisées, mains dans les poches, j'adopte une attitude nettement plus désinvolte que mon état d'esprit. Parce qu'en vrai, tout me fait vriller quand elle est à proximité, et j'ai une fois de plus cette impression désastreuse d'être un gamin de treize ans, surexcité et rougissant gauchement en présence de la trop jolie grande sœur de son meilleur pote.

Rassurez-vous, vous n'êtes pas les seuls à rire de moi. Je sais que je suis pathétique. Mais ce n'est pas ma faute si elle est terriblement brillante et tout aussi désirable. Si ?

Appuyée contre la paroi du fond, elle tourne légèrement la tête vers moi pour me répondre.

— Rassurez-moi... Vous avez compris que les rumeurs nous concernant ne sont que des rumeurs, Tadzio ? Et que c'est pour m'en préserver que je vous ai suivi ?

Je me marre intérieurement de la voir persévérer à se montrer aussi sèche et cinglante alors qu'elle tombe de fatigue.

Mais comme je ne réagis pas, elle poursuit.

— Au cas où ce ne serait pas clair : je viens parce que vous m'avez proposé l'asile afin de réparer les conséquences de vos propres bêtises. Pas pour me jeter dans votre lit.

OK, Simon... Ça me prendra peut-être un peu plus de temps que prévu et j'imagine que ce qu'elle a subi ce soir a plutôt sapé ma progression. Mais Paris ne s'est pas fait en un jour, pas vrai ?

— J'avais compris, Svetlana.

Un petit soupir de soulagement lui échappe.

Sympa.

Et très bon signe...

L'ascenseur se stabilise. On est arrivés à mon étage. Je ne la lâche pas des yeux alors que la porte de l'ascenseur s'ouvre.

— Après vous...

Je l'observe avec curiosité s'avancer comme toujours de son pas décidé au milieu du séjour, avant de lui emboîter le pas.

— Oh la vache !

Elle s'est arrêtée net, à peine sortie de la cabine. Et je la comprends. Malgré mon habitude des lieux d'exception, j'ai eu la même réaction quelques mois plus tôt lorsque j'ai décidé de faire de cette suite du *248* mon domicile transitoire.

L'appartement qui occupe tout le dernier étage du gratte-ciel n'est que baies vitrées et portes-fenêtres à trois cent soixante degrés. En soi, c'est déjà fantastique. Si on ajoute qu'il s'ouvre sur une terrasse partiellement arborée avec une ligne d'eau depuis laquelle on aperçoit tout New York, je comprends qu'elle soit à son tour bouche bée.

À la tombée de la nuit, entre bruits de circulation assourdis et lumières de la ville, la vue dont nous bénéficions s'apparente à un époustouflant privilège.

— Je vous laisse visiter pendant que j'appelle la réception. Faites comme chez vous.

Le pire, c'est que l'espace de quelques secondes, j'aimerais que ce soit le cas. Qu'elle ait vraiment envie de rester et de faire *comme chez elle* pour que je puisse vraiment la connaître. Pas juste qu'elle soit obligée de rester parce que j'ai fait n'importe quoi.

Ne serait-ce que pour vérifier que, sous ses épines de cactus, se cache bien toute cette pulpe juteuse qui m'obsède bien trop ces derniers temps.

Lorsque Svetlana revient, je suis assis à califourchon sur l'un des tabourets du bar devant lequel j'ai pris l'habitude de manger, lorsque je reste chez moi et que je ne suis pas affalé sur le lit ou le canapé devant la télé ou avec un instrument.

Quand je pivote en l'entendant revenir pour lui faire face et la découvrir, à quelques centimètres de distance, debout, bras croisés et visage fermé, son silence est plus éloquent que mille mots : je sais déjà ce qu'elle va me dire avant même qu'elle n'ouvre sa jolie bouche.

— Écoutez, Steadman, je suis fatiguée. Vraiment fatiguée.

Pas besoin de me le préciser. Elle a *vraiment* l'air rincée.

Moi qui croyais que les chirurgiens étaient des super-héros capables d'enchaîner les nuits blanches sans frémir. *A priori,* c'est aussi légendaire que « les rock stars sont toutes toxico ».

— Et donc ?

— Et donc il n'y a qu'un lit.

Elle semble tellement paumée, pour une fois, que j'hésite à la soulager tout de suite. Mais en fait... Non. Il faut croire que ce n'est pas dans mon tempérament d'être empathique avec les jolies Serbes un peu trop casse-couilles.

— En effet.

— Votre suite de célibataire blindé est tellement dans la tendance minimaliste qu'il n'y a pas d'autre lit ni même un vrai canapé-lit.

— Je confirme.

— Et vous n'avez pas juste l'impression de vous payer ma tête ni de profiter de la situation ?

— Je ne me paie absolument pas votre tête. Et franchement, si j'étais ce sale type qui voulait profiter de la situation, vous croyez vraiment que je me contenterais de vous contempler sans bouger ?

— Si vous pensez que je vais rester ici dans ces conditions, vous vous fourrez...

Bon... Sa voix vient de se fissurer. J'ai l'impression que j'ai un peu dépassé ses limites. Je m'en veux instantanément.

— Pas de vilains mots, Belgrade, je chuchote en approchant mon index de ses lèvres, sans les toucher toutefois, comme quand on invite un enfant à se taire. Il n'y a qu'un seul lit mais j'ai prévenu la réception qui vous fait préparer une chambre disponible. Il y en a une deux étages plus bas. Alors installez-vous sur le canapé, en attendant qu'ils me rappellent pour me confirmer qu'elle est prête. Moi, je vais prendre une douche...

Je lui adresse un clin d'œil.

—... pas la peine d'essayer de me suivre.

Je mentirais en prétendant ne pas penser à Svetlana sous la douche. La vérité est que je ne pense qu'à elle. Quand je me déshabille lentement, en essayant de ne pas imaginer comment elle s'y prendrait, si j'étais son type et si elle avait suffisamment envie de moi pour oublier que je suis un homme.

Quand je me laisse aller sous le jet brûlant, en tentant de ne pas songer qu'il y aurait largement de la place pour deux.

Quand je lutte pour ne pas me caresser en pensant à elle, parce que j'ai l'impression étrange de la trahir en me laissant aller aux fantasmes qu'elle m'inspire. En la désirant comme un fou.

Comme un fou qui serait devenu dingue d'une fille qui ne voudra jamais de lui.

Quand je la rejoins, après avoir pris soin de revêtir un jeans et un tee-shirt, je suis frustré, tendu et juste prêt comme il faut pour une nouvelle joute verbale.

Ce à quoi je ne suis pas préparé, en revanche, c'est à la retrouver endormie sur mon canapé. Couchée sur le flanc, le visage tourné vers le dossier, elle semble fragile. Désarmée, encore. Émouvante.

Si jolie.

Et alors que j'ai envie de tracer doucement du bout des doigts la ligne de ses lèvres, alors que je me demande quel goût elles auraient sous les miennes, alors que j'ai l'envie obsédante de me lover derrière elle pour, simplement, la prendre dans mes bras, m'endormir avec elle pour mieux la réveiller demain, je reste debout, comme un con, à la contempler.

Avant de secouer la tête pour chasser les pensées stupides qui encombrent mon cerveau trop troublé par cette vision. De prendre un plaid pour la recouvrir sans troubler son sommeil.

Et de m'enfuir aussi loin que possible d'elle et de sa beauté tentatrice pour retrouver ma chambre, ma basse et mon carnet de compositions.

Chapitre 26

Svetlana

— Saluuuuuuuut, Madame Steadman !

Je prends le temps de récupérer ma boisson à la machine avant de me tourner vers une Kimberley qui affiche une mine particulièrement réjouie.

À côté d'elle campent Guido, un infirmier bloc anesthésiste avec lequel j'aime beaucoup travailler, et Paul. Qui, lui, affiche une mine particulièrement... *peu* réjouie.

Je secoue la tête en soupirant, pour bien signifier à mon impitoyable assistante combien sa remarque m'exaspère.

— Tu ne vas pas t'y mettre toi aussi, Kim.

— Tant que tu ne m'auras pas raconté pourquoi le mec le plus canon que j'ai jamais vu saute de scène pour toi, n'espère pas une seule seconde que je te laisse tranquille. Ce n'est pas tous les jours qu'on connaît quelqu'un qui connaît Jax Palmer !

— Sympa pour moi, grommelle Guido qui a pas mal de succès avec la gent féminine et semble peu apprécier qu'on puisse lui préférer Steadman.

Paul se contente de commander un café noir mais la raideur de sa nuque et de ses épaules témoigne de sa crispation.

Génial. Même au boulot, la paix m'est interdite désormais.

— Je viens à peine de terminer mon bloc. Je te raconterai tout ce que tu veux savoir, mais à mon avis, rien que tu ne sais déjà, puisqu'il n'y a strictement rien à dire de plus. Tu es certaine que tu ne veux pas plutôt que je te parle de ma soirée avec mes amies au Guest ? Depuis le temps que tu rêves d'y entrer, je la nargue, en tentant de changer de sujet.

— Absolument certaine. Comme si une soirée filles pouvait rivaliser avec Jax-a-sauté-dans-la-fosse-pour-mon-anniversaire !

Je soupire avant de terminer mon cappuccino et de jeter le gobelet dans la poubelle proche.

— OK... Laisse-moi prendre une douche et me changer, j'aimerais être chez Martha pour dix-sept heures. Ensuite je te dirai tout ce que tu veux sur les K-A9 et leur insupportable bassiste. Sur ce, Messieurs...

J'adresse un sourire à Guido, qui me le retourne, et à Paul, qui se renfrogne encore davantage, en continuant de siroter son café comme si j'avais revêtu une cape d'invisibilité.

S'il veut bouder, tant pis pour lui. Je ne lui devais rien et ne lui ai rien promis. Et s'il a envie de prêter foi à des ragots, libre à lui.

— Passez une bonne fin de journée. À demain, je suppose.

Quand Kimberley quitte enfin le vestiaire dans lequel elle a finalement choisi de m'accompagner pendant que je me douchais – en demandant sans honte à une collègue de prendre ses messages pour pouvoir me cuisiner tranquillement –, j'ai la tête tellement pleine de Steadman que je me demande comment je faisais pour me passer de lui avant.

Assise sur son banc, Kim ne m'a pas lâchée. Jamais je n'aurais soupçonné que l'on puisse être autant fascinée par la couleur d'une chemise ou la phrase exacte prononcée par Tadzio quand il m'a rejointe dans la fosse avant de reprendre, *a cappella* avec les invités de la soirée caritative, *Happy Birthday to you.*

« Paniquez pas comme ça, Belgrade. Je suis là. »

Kim est une vraie midinette mais j'ai l'impression que lui raconter tous ces petits détails l'a vraiment mise en joie.

Moi, en revanche, je suis vidée par ses questions et limite à la bourre, alors que Martha compte sur moi aujourd'hui.

Je viens de finir de me remaquiller et m'apprête à enfiler mes boots lorsque mon téléphone vibre.

Vous êtes super lève-tôt, Belgrade.

Je regarde ma montre. 16 h 45.

Vous êtes hyper réactif, Steadman.

Très drôle, Belgrade. Très drôle.

Au cas où on ne vous l'aurait jamais dit : le monde appartient à ceux qui se lèvent tôt. Le sommeil, c'est surfait.

Affirme celle qui bavait béatement sur mon canapé cette nuit pendant que moi je bossais.

Je glousse en lisant cette réponse. Je n'ai pas le temps de trouver la réplique qui tue, une nouvelle vibration suit immédiatement :

Je viens vous chercher quand vous avez fini ? Directement dans le garage de la clinique, c'est bon pour vous ? Histoire de ne pas se faire capter devant ensemble, vous saisissez l'idée ?

Je saisis assez bien, merci. Ça pourrait même être une bonne idée si je n'avais pas un autre plan.

Bon, ça ne m'honore pas mais je reconnais être assez contente de pouvoir le moucher sur ce coup. Même si nous savons lui et moi que je n'ai pas le choix et que je finirai de toute façon dans son hôtel ce soir.

Un autre plan ?
Désolée Steadman mais il se trouve que j'ai une vie en dehors de la vôtre.

Vous m'en verriez ravi si on n'avait pas décidé, ensemble il me semble, d'essayer de vous préserver un peu des conséquences de ma notoriété. À quoi ça sert de venir loger chez moi si c'est pour vous exhiber le lendemain ou rentrer seule et vous faire suivre ?

Je ne m'exhibe pas, Steadman. Je vais à l'hôpital.

Les petits points de conversation s'agitent mais Tadzio doit être perturbé ou chercher ses mots car sa réponse tarde à venir.

Vous êtes malade ?

Je vois. C'était pour ça qu'il tardait à me répondre. J'hésite à lui dire la vérité. En général, je garde pour moi ce type de visites, commencées durant mon externat en France. Ça ne regarde personne et ça me donne un genre que je n'ai pas envie d'avoir.
Mais là, je sens qu'il est capable de me faire enlever de force par un de ses gardes du corps si je ne crache pas le morceau pour le calmer un peu.

Moi pas. Les enfants auxquels je vais rendre visite chaque semaine au Stokman Steal Children's Hospital, si.

Je ne savais pas que vous faisiez de la pédiatrie aussi.

Je ne fais pas de pédiatrie. C'est en dehors de mon job et ce n'est pas une visite médicale.

Les petites bulles s'agitent. Je prends les devants.

Et avant que vous ne réagissiez : même si ce n'est pas professionnel, il n'est pas question que je n'y aille pas ce soir.

OK. On arrive alors.

On arrive où ? Et qui est ON d'abord ?

Simon, Mike et moi. On avait prévu d'aller boire un coup chez moi après le studio, en attendant que vous ayez terminé de bosser, pour parler d'un truc que j'ai commencé à écrire. Du coup, on en parlera dans la voiture. Et vous nous offrirez un café à la machine de l'hôpital.

Je cligne des yeux. Plusieurs fois de suite.

Steadman. Qu'est-ce qui ne fonctionne pas chez vous ?

Je vous rassure : tout fonctionne et plutôt mieux que chez les autres. Il ne tient qu'à vous de vérifier.

Steadman !

Belgrade ?

Vous êtes pénible.

Et vous adorez ça.

Quand vous proposez de débarquer avec vos copains superstars dans un hôpital, croyez-moi, je n'adore pas. Vous avez compris que, quand vous êtes seul, vous n'êtes déjà pas précisément la discrétion incarnée ? Vous comprenez donc qu'à trois, c'est pire ?

Je crois que je vois où vous voulez en venir. Et vous savez quoi ?

Quoi encore ?

Je crois même que je plaisantais.

Bouffon.

Vous m'épuisez, Steadman. Littéralement.

Je promets de faire un effort. Sérieusement : vous en avez pour combien de temps ?

En général, je reste 2 h. Je vous préviendrai quand je quitte le Stokman.

Je suis en train de reprendre la lecture de *Harry Potter à l'école des sorciers* à une quinzaine de gosses bien trop jeunes pour découvrir cette histoire dans les murs d'un service hospitalier. Tous ne sont pas là pour les mêmes raisons. Tous ne souffrent pas de maladies graves, et ceux qui m'écoutent aujourd'hui sont ceux qui ont pu quitter leur chambre. Pourtant, j'ai toujours le cœur serré quand je suis confrontée à leur solitude. À leur attente, parce que certains parents travaillent et ne peuvent pas camper dans le service. À leur tristesse et à leurs doutes, parce que parfois leurs proches les oublient ou n'ont plus le courage d'affronter leurs regards cernés et les mauvaises nouvelles.

— Il va choisir Gryffondor ! Obligé !

Et malgré tout, j'admire chaque fois leur vitalité et leur force.

Assise sur mon coussin à motifs Pikachu, je me tourne vers Lea, neuf ans, un néphroblastome en cours de traitement, un rein en moins mais plus de chimie dans le corps qu'un Australien de vingt ans pendant une *Full Moon Party*.

— Merci Lea pour cette interruption, je feins de la gronder alors que j'adore cette gosse qui réussit à être encore plus désagréable que moi au premier abord.

— Je pense que Lea a raison, moi aussi !

Melvin squatte comme toujours le fauteuil roulant de son pote Isaac. Lequel Isaac se contorsionne, malgré ses deux jambes plâtrées, pour que je puisse voir sa bonne bouille surgir derrière le dos de son copain au crâne bandé.

— Sauf si le Choixpeau décide pour lui et ne lui laisse pas le choix ! Pas vrai, Lana ?

— Et si on lisait tranquillement la suite pour savoir ce qui va vraiment se passer ?

Je lève le nez vers Martha, l'infirmière qui a pris bénévolement en charge l'organisation des rendez-vous hebdomadaires de « ses » enfants avec toute personne de l'extérieur qui accepte de leur consacrer un peu de temps, et lui jette un sourire entendu.

Auquel elle ne répond pas parce qu'elle est en train de plisser les yeux pour observer quelque chose qui semble grandement la distraire dans mon dos. Au niveau de la porte battante d'accès à notre salle de jeux, celle au sol en linoléum moche et aux murs recouverts de fresques faussement joyeuses.

Je pose mon livre pour pivoter et voir ce qui la perturbe tant. Pour me retrouver, nez levé, en train de contempler un grand brun dont la casquette sombre, même profondément vissée sur sa chevelure brune, ne parvient pas à dissimuler le regard gris intense qui verrouille le mien.

— C'est pas vrai, Stead...

Son sourire de gosse pris en faute désamorce mon exclamation énervée avant que je ne prononce stupidement son nom. Il désigne la housse noire qu'il porte à l'épaule et m'interrompt :

— Je me suis dit que pouviez avoir besoin d'un musicien... Certains de ces enfants aiment peut-être la musique ? lance-t-il d'une voix plus forte à la cantonade.

Les cris de joie des gamins qui n'en n'ont plus rien à faire de savoir si Harry sera Serpentard ou Gryffondor – et qui ne savent strictement pas qui est Tadzio Steadman – saluent sa proposition pendant que je m'efforce de prendre la mesure de la situation.

Je tourne donc prudemment la tête vers Martha pour vérifier si elle a compris qui était notre visiteur.

Martha a vingt-quatre ans. En plus d'être une bosseuse, elle est célibataire, fêtarde, mélomane et sympa. Même si on ne se fréquente pas en dehors de mes visites aux enfants, elle me connaît depuis suffisamment longtemps pour s'intéresser un peu à ma vie. Surtout si elle vient d'être décrite en long en large et en travers par les tabloïds, au prétexte que je fréquenterais une icône américaine.

Chose que j'ai bien entendu fermement démentie lorsqu'elle m'a interrogée sur ce sujet, pas plus tard qu'à mon arrivée aujourd'hui.

Martha qui n'est ni stupide ni ermite a donc la bouche ouverte et semble cruellement manquer d'air alors qu'elle fixe Tadzio. L'espace d'un instant, je crains que sa mâchoire ne reste bloquée et ses yeux tellement écarquillés qu'elle peinera à ciller à l'avenir.

Le regard lourd de reproches qu'elle m'adresse est heureusement là pour me rassurer. Au moins sur sa mobilité et ses capacités intellectuelles. Parce que pour le reste, je crains de passer un sale quart d'heure lorsqu'elle aura l'occasion de me cuisiner. Entre « pourquoi tu ne m'as rien dit, je me serais recoiffée, bordel » et « tu m'as menti, alors que je croyais que tu me faisais un peu confiance ».

Je me contente donc de hausser négligemment les épaules et de ramener mes genoux contre mon buste, en affichant l'expression la plus innocente de mon répertoire. Comme s'il était parfaitement normal qu'une idole de la musique mondiale soit en train de montrer à une gamine sans cheveux comment débuter la dernière chanson de Miley Cyrus. Et surtout sans même chercher à négocier pour changer de répertoire musical.

Trois quarts d'heure plus tard, je crois que Tadzio, assis sur une chaise jaune à pois rouges qui jure avec son allure de mauvais garçon, a joué tellement de morceaux de One Direction, Ariana Grande, Katy Perry, Justin Bieber et Selena Gomez qu'il pourrait animer n'importe quel anniversaire de gamine âgée de huit et douze ans. Et le pire ? C'est que, à aucun moment, il n'a eu l'air excédé ou écœuré par les choix musicaux des gamins ravis et jamais lassés.

Bilan des courses ? Quand il est l'heure de s'arrêter pour permettre aux enfants d'aller dîner puis de se préparer à dormir, les mômes affichent tous un sourire banane qu'aucun chapitre de Harry Potter raconté par votre servante n'a jamais fait naître.

Martha est irrémédiablement amoureuse.

Et moi, je passe d'incrédule, en l'écoutant jouer du Ed Sheeran, aux côtés d'une Lea aux anges, à perturbée, quand je l'entends promettre à un mini-trognon de cinq ans qu'il reviendra lui apprendre à jouer *Joyeux Anniversaire* pour qu'il puisse faire une surprise à sa grande sœur.

Vraiment et carrément *très perturbée*, même.

Chapitre 27

Tadzio

— Même si idéalement il faudrait sans doute ne plus en faire du tout, je me dis que rien qu'avec ce choix de déplacements, la restauration locale et l'interdiction des bouteilles en plastique, notre prochaine tournée sera quand même beaucoup plus protectrice de l'environnement que les précédentes.

Je pivote légèrement pour récupérer la bouteille de chardonnay.

Mieux vaut que ce soit le vin qui la soûle que moi. Or là, je crois que je parle trop.

C'est le problème quand j'essaie de meubler chaque silence pour ne pas lui montrer combien elle me trouble.

Cela dit, je suis souvent intarissable quand on me lance sur l'écologie et tout ce que notre équipe essaie de faire pour réduire son impact environnemental. Ce n'est pas évident quand l'usage est encore de déplacer des scènes et des équipes entières pour chaque concert. De fuir la foule en prenant des transports privés. Ou de consommer énormément de bouteilles ou de gobelets en plastique sur place.

Je me tourne vers ma trop jolie voisine, celle qui, pour une fois, m'a écouté bavasser sans me défier ni m'agresser, au point que je me demanderais presque si je ne l'endors pas.

— Je vous ressers un peu de vin ?

Une fois encore, on est rentrés tranquillement tous les deux à moto de l'hôpital pour enfants à mon hôtel. Une fois de plus, j'aurais eu envie que ce trajet trop rapide puisse ne jamais prendre fin, juste pour faire durer ce contact qu'elle me refuserait sinon. Quand je suis rentré dans cette pièce moche, pleine de tous ces gosses aux yeux trop grands et que je l'ai vue assise en tailleur face à eux en train de leur raconter une histoire, j'ai eu envie de chialer. Juste de chialer. Comme un môme. Ou plutôt comme un môme pas malade, parce que ceux que j'ai vus là-bas, le moins que l'on puisse dire, c'est qu'ils serrent les dents.

J'étais en route pour Brooklyn quand je l'ai appelée et j'ai fait demi-tour avec ma guitare sur le dos juste pour la voir. Sans doute, comme toujours, pour la taquiner, la pousser dans ses retranchements. À défaut de parvenir à la séduire.

Sans aucun noble motif, donc.

Et puis j'ai vu ces gosses. Et j'ai cessé de vouloir l'agacer pour essayer d'exister à ses yeux, à défaut de parvenir à lui plaire. Pour juste les faire un peu sourire, eux. Au lieu de rêver en vain à la serrer dans mes bras, elle.

J'ai promis de revenir et je reviendrai. Ni pour elle, ni pour moi, mais pour eux. En espérant que le compte y soit. Que les seuls mômes qui seront absents seront simplement rentrés chez leurs parents. Et que mon nouveau petit pote atteint de leucémie sera bien là pour apprendre *Joyeux Anniversaire* à la guitare.

Quand on est arrivés à l'hôtel, il y a un peu plus d'une heure, je lui ai proposé de dîner avec moi plutôt que de rester seuls à deux étages d'écart. Depuis on discute, dos au bar, à contempler la nuit qui est tombée sur New York à travers la baie vitrée extravagante qui nous fait face, tout en grignotant l'assortiment asiatique qu'elle a choisi.

Je l'ai questionnée sur ses amies, sur ses liens avec Raphaël Lemarquand et la famille Westley, sur son goût pour les sports de combat ou sa famille restée en Serbie. J'ai évoqué les répétitions de notre prochaine tournée, notre souhait de lancer quelques nouveaux titres qu'on n'a pas encore tous trouvés. Alors qu'elle commence dans six petites semaines et qu'on partira trois semaines avant pour Vancouver. On y monopolisera le BC Stadium vidé pour y répéter durant quasiment quinze jours dans des conditions aussi réalistes que possible.

Bref, je parle, je parle, je parle pour oublier mon obsédante envie d'elle. Pour la garder avec moi aussi longtemps que possible.

Quel con, quand même.

N'empêche qu'elle semble oublier le stress créé par la présence des journalistes ou l'inscription sur sa porte. Et quand je tente une blague, même archi pourrie, elle se marre.

On progresse, pas vrai ?

— C'est gentil mais j'ai déjà trop bu. L'idée est d'éviter de rouler sous le tabouret sur lequel je suis assise.

Je la regarde porter un maki à sa bouche, le savourer tranquillement sans qu'on cherche cette fois-ci à meubler le silence. Ce n'est même pas gênant.

Je prends un peu d'eau. Moi aussi je vais me calmer sur le vin, Svetlana Lukic suffit à me faire tourner la tête.

— Dommage, j'aimerais bien vous voir perdre le contrôle un jour...

— Aucun risque, je déteste ça. Et en particulier quand la cause est l'alcool, parce que la gueule de bois du lendemain, c'est vraiment pas mon truc.

— Vous êtes une flippée, Belgrade, je la nargue pour la forme parce que, sinon, ça ne serait pas drôle.

Ou alors c'est moi qui vous fais flipper, pas vrai ? Trop peur de succomber, peut-être ?

— Arrêtez de vous répéter et surtout de tout ramener au sexe ! Dites-moi plutôt comment on passe de comédien dans une sitcom à musicien, compositeur et parolier, dans un groupe de rock ? Et même producteur désormais, non ?

Alors que j'aurais préféré continuer à la taquiner, voire même à revenir à notre conversation borderline dans la loge au Shed, je jubile sur le coup et me fends d'un petit sourire narquois.

— Mais c'est que vous vous êtes carrément renseignée sur moi !

Je jurerais qu'elle rosit légèrement, mais comme toujours, elle redresse le menton et m'affronte.

— Évidemment que je vous ai googlé ! Vous pensiez vraiment que j'allais éviter les moyens mis à ma disposition par le monde moderne ?

— Et vous êtes satisfaite de ce que vous avez trouvé ?

— Satisfaite, je ne sais pas. Disons que le nombre d'occurrences vous concernant est juste surréaliste. Et que c'est un peu difficile de savoir quel sujet approfondir entre votre mère, votre série télé, le groupe. Ou vos conquêtes, même si je reconnais que vous avez plutôt bon goût cela dit, se marre-t-elle.

Ce rappel de notre goût commun pour les jolies filles me donne envie de tout, sauf de rire avec elle.

— Disons surtout que j'ai un peu eu du mal à comprendre pour quelle raison vous avez voulu couper court avec une série qui cartonnait au prétexte, si j'en crois mes sources, que vous vouliez retrouver l'ombre. Tout ça pour jouer sur scène devant des milliers de personnes quelques années plus tard.

— Que voulez-vous, le succès ne se prévoit pas...

Ma voix se fait un peu grinçante et je me raidis. Je sais, je sais, ça peut sembler curieux, et puis on me le répète assez : il y a nettement pire que ma vie donc je suis prié de sourire et de la fermer.

J'essaie de trouver une réponse satisfaisante qui ne me fasse pas passer pour un gros bébé geignard.

— Résumons : j'ai une mère adorable, brillante, talentueuse, passionnée. Mais aussi complètement immature et totalement perchée.

Svetlana m'écoute avec attention. Je pourrais me noyer dans l'eau verte de ses yeux.

— Elle m'a eu très jeune et seule, m'a exposé dès ma naissance. Mais attention, sans aucune stratégie marketing ! Juste parce qu'elle en avait envie, que c'est comme ça qu'elle sentait les choses. Parce que ma mère fait toujours ce dont elle a envie.

Toujours. Même si ça consiste à se barrer à l'autre bout du monde en oubliant de rentrer pour voir son fils de dix ans parce qu'elle a perdu la notion du temps.

— Bref, j'étais partout avec elle, sur les tournages, voire dans ses propres films s'il fallait un gamin, ou dans des cérémonies officielles lors desquelles elle a souvent imposé ma présence en contrepartie de sa venue.

Svetlana semble un peu plongée dans ses propres pensées avant d'observer :

— Même si ça fait une enfance atypique, c'est plutôt génial une telle proximité avec sa mère, non ?

— Si vous estimez que grandir sous les projecteurs et les flashs d'appareil photo est génial, ça l'est, je suppose. Si votre mère est capable de tout lâcher des semaines durant pour un séjour humanitaire avec l'Unicef ou pour une retraite au Népal, moins. Et beaucoup moins encore si, en grandissant, vous avez envie de stabilité et d'intimité, de potes dans une même école, à défaut de savoir si votre mère pensera à revenir pour vous emmener à la cérémonie des Oscars.

Ou si elle va préférer continuer de défier les bulldozers des producteurs d'huile de palme à Bornéo, un bébé orang-outan dans les bras. Peu lui important les conneries que pourra faire son fils pour attirer son attention par voie de presse.

Je contemple le vin qui ondule dans le verre que je fais doucement tourner, songeant à cette semaine passée à l'attendre, seul avec le personnel de la maison. Ou à la première fête démente que j'avais organisée adolescent et qui avait défrayé la chronique entre drogues et début d'incendie.

Il faut croire que mon silence est lourd et que je suis vraiment en train de tout gâcher car Svetlana me regarde avec un quelque chose dans le regard que je déteste. Un fond de pitié. Comme si j'étais en droit d'exiger quoi que ce soit avec la vie de rêve que je mène. Comme si elle pouvait m'en réserver une part, alors qu'elle s'occupe de tous ces gamins dont certains ne sont même pas sûrs de sortir un jour de ce foutu hôpital tout gris.

Elle doit comprendre que je n'ai pas envie de la regarder dans les yeux – par peur de ce qu'elle pourrait trouver dans les miens –, car elle poursuit ses questions en fixant un point à l'horizon, derrière la baie vitrée.

— Vous n'auriez pas pu vivre avec votre grand-père ? Vous avez l'air de bien vous entendre, non ? Et il n'habite pas très loin de chez vous, si j'ai bien compris.

— Mon grand-père est veuf depuis que ma grand-mère est décédée d'une rupture d'anévrisme quand ma mère était encore adolescente. Lorsque j'étais enfant, ma mère m'ayant eu très jeune, il travaillait encore dans son exploitation vinicole de Santa Barbara. J'imagine que j'aurais pu choisir une tout autre vie, l'y rejoindre, l'aider, reprendre ensuite peut-être son exploitation... Il fait plutôt de bons trucs, en plus, non ?

Je souris en tendant mon verre dans sa direction. Elle trinque pour la forme en retour.

— Mais mine de rien, ma vie, c'était celle dans laquelle j'avais grandi. Les tournages, les décors de carton-pâte, la musique avec ces types incroyables de talent que connaissait ma mère... Pas les vendanges ni les couchers de soleil sur les vignes. Alors quand un ami de ma mère a proposé que je rejoigne le casting d'une série prometteuse pour adolescents, avec garantie d'une scolarité à peu près normale à côté, je me suis dit que j'habiterais près de chez mon grand-père [13] tout en restant en terrain familier. Et j'ai dit oui.

— Et ça a été un succès planétaire.

— Exactement. Au départ, on a tourné les premiers épisodes avant le lancement de la série, c'était sympa, l'ambiance était plutôt bonne. Les filles mignonnes, les mecs sympa, l'équipe de tournage pro. Mais quand la série a été lancée... C'est vite devenu l'hystérie. Notamment...

Je m'interromps. J'hésite un peu à poursuivre et réfléchis à la formulation.

— Notamment ?

— Notamment, même si ça fait sans doute prétentieux...

Deux sourcils arqués me répondent :

— Steadman : prétention et vous, c'est limite un pléonasme. Rien ne peut plus me choquer.

J'ai un rire spontané pour saluer sa pique plutôt inoffensive.

— OK, je l'ai peut-être un peu cherchée, celle-là. Bref... Disons que je pense que ma présence au générique, puisque j'étais déjà connu grâce à ma mère, a joué pour beaucoup dans l'engouement pour *God Bless America.*

— Et c'était un problème.

— Clairement pas au départ... J'en ai, disons...

Je penche la tête en la regardant, reprends une gorgée de vin. Essaie de ne pas fixer ses lèvres. Reprends une gorgée.

Décidément, je déconne.

---

13. Hollywood et Santa Barbara sont en Californie.

— Bien profité...

Je ne peux pas éviter de sourire en repensant au sale gosse que j'étais. On est deux, apparemment, parce qu'elle ricane légèrement en me contemplant.

— J'imagine...

— Oui, mais un jour, brusquement, j'ai eu envie d'autre chose.

— Et c'est là que vous avez eu l'ingénieuse idée de rester discret en faisant des tournées dans des stades...

— Moquez-vous ! Sérieusement, à l'époque, je n'ai pas pensé à tout ça. J'avais juste envie de pouvoir sortir normalement dans la rue et je pensais que c'était possible. De ne plus être obligé de répondre à un prénom qui n'était pas le mien parce que tout le monde me confondait avec mon personnage de la série.

— Le fameux Jax...

— Ouais... Jax... J'ai fini la saison que je devais contractuellement aux producteurs. Et j'ai arrêté. Ça a été un bordel pas possible. Le moins que l'on puisse dire est que le calme n'est pas revenu tout de suite dans ma vie. Mais je me suis barré pendant un an pour voyager, rencontrer des musiciens. Apprendre autre chose. Et à mon retour, j'ai rejoint les bancs de Juilliard [14].

— Et on vous a fichu la paix ?

— Pas autant que si je n'avais pas été le fils de ma mère et que je n'avais pas été le fameux Jax... Mais beaucoup plus que tout ce à quoi j'avais été habitué auparavant. J'ai fait la connaissance de Mike et retrouvé Simon que j'avais connu à l'école primaire et dont les grands-parents produisent aussi du vin, d'ailleurs.

14. La Juilliard School est un conservatoire supérieur privé de musique et des arts du spectacle de New York de réputation mondiale.

On a commencé à jouer ensemble en dehors des cours. Puis...

Je ris en repensant à nos conneries de l'époque.

— ... à la place des cours avant de quitter définitivement l'école pour lancer notre groupe.

— Ce n'était pas forcément la meilleure idée pour rester dans l'ombre, si ?

— Disons que j'ai sérieusement envisagé d'autres métiers, plus dans l'ombre, comme vous dites, en tant qu'ingénieur du son. Ou ambianceur sonore pour des tournages. Mais mon truc, viscéral, instinctif, c'est d'abord de jouer.

Comme souvent mes doigts sont en train de pianoter sur la table. Je surprends son regard sur mes phalanges tatouées en mouvement et lui adresse un clin d'œil.

— J'ai opté pour la basse plutôt que la guitare pour tenter de rompre avec le personnage de la série qui était guitariste aussi. Et puis j'ai exigé de ne pas chanter, à l'exception des chœurs.

— Vous pourriez ?

— Je pourrais.

OK. Merci pour ta concision, Tad.

— Surtout, on n'avait pas imaginé que Simon nous pondrait autant de pépites après sa rupture avec Lilly. Sauf qu'il les a écrites... Qu'on n'a pas été trop mauvais derrière pour les mettre en musique et les interpréter. Et que les tabloïds étaient tout contents de retrouver *Tadzio Steadman,* entouré de deux beaux gosses très photogéniques. Vous connaissez la suite.

— Oui... Un type à claquer qui ne fait plus rien pour rester discret...

J'ai nettement l'impression qu'elle a formulé cette remarque, faussement perfide si j'en crois son sourire en coin, pour détendre l'atmosphère. J'ai intérêt à sortir les rames pour éviter de plomber définitivement l'ambiance avec mes jérémiades.

Je suis vraiment lamentable. Déjà, je ne suis pas son type. En plus, c'est une vraie tueuse à qui rien ne semble faire peur. Et moi, devant elle dont j'ai envie comme d'aucune femme avant elle, je fais quoi ? Je pleurniche.

— À quoi bon essayer ? Que voulez-vous, Lukic... Je suis trop remarquable, il n'y a que vous pour ne pas vous en apercevoir, me prendre pour un crétin...

Je rive mon regard au sien, lui décoche un sourire provoquant. J'ai un peu trop bu et je n'ai rien à perdre de toute façon.

— ... et refuser aussi dédaigneusement de tester mes compétences. À moins...

Je la nargue ostensiblement cette fois. Juste pour renverser la tendance et reprendre un peu l'ascendant. Juste pour la provoquer parce que je n'ai que ce petit jeu pour la faire rougir ou palpiter.

— À moins que vous n'ayez peur ? Ou que vous n'assumiez pas vos envies ?

Sur ce coup, elle ne répond pas tout suite. Mais me contemple quelques secondes, comme si j'étais un puzzle dont elle peine à assembler les pièces. Avant de boire une nouvelle gorgée du chardonnay produit par mon grand-père.

Et de me répondre de sa belle voix basse qui fait rouler les *r* sans me quitter des yeux :

— Arrêtez votre petit jeu de la provocation facile, Steadman. C'est vous qui n'assumez pas votre envie, qui préférez faire le pitre et tourner autour du pot au lieu d'exprimer vraiment ce que vous voulez.

Elle n'ajoute pas « à savoir moi », mais à cet instant, on sait elle et moi que ce n'est pas nécessaire.

Je m'efforce de conserver une expression impassible alors qu'elle vient de me percer à jour et que je me sens soudain très vulnérable. Mes yeux parviennent à s'ancrer aux siens sans ciller tandis qu'elle poursuit avec une détermination un peu narquoise.

— Et s'il ne vous faut que ça pour vous confirmer que je ne suis pas une poule mouillée, vous allez l'avoir votre baiser.

Chapitre 28

Svetlana

Notes pour moi-même :

– arrêter le chardonnay ;

– arrêter l'alcool en général, en fait. L'eau, c'est bien aussi ;

– cesser de vouloir relever tout défi débile pour prouver à ma mère et au monde entier que je suis la meilleure. Ma mère n'en a strictement rien à faire que je me lance dans un concours de galoches, comme si j'étais une adolescente tourmentée par ses hormones. Et le monde entier a bien assez à faire avec les histoires de fesses ordinaires de Tadzio Steadman pour ne pas que j'y ajoute mon grain de sel.

— J'avais raison, Belgrade. Que de la gueule.

Je reviens sur terre pour retrouver ce regard gris qui me déstabilise et m'irrite au point de m'avoir laissé envisager un truc aussi débile.

Un truc aussi débile que je n'aurais sans doute jamais envisagé si je ne l'avais pas vu au Children's Hospital cet après-midi. Et s'il ne s'était pas livré comme il l'a fait ce soir.

Tadzio a pivoté sur son tabouret et me contemple d'un air ravi et goguenard. Très goguenard. J'ai une fois de plus envie de lui en coller une, d'autant que je suis désormais certaine que c'est sa manière à lui de ne pas prendre le risque de révéler ce qu'il éprouve réellement. Et je suis partagée entre deux solutions radicalement antithétiques :

– lui dire qu'en effet la maturité – concept qui lui est parfaitement étranger – exige que j'en reste là, quitte à invoquer l'excès de chardonnay pour rejoindre ma chambre ;

– ou au contraire aller jusqu'au bout de ce défi idiot pour lui rabattre son clapet infernal et lui prouver que la meilleure, c'est MOI. En cessant au passage d'invoquer le chardonnay qui a comme seul tort d'être excellent mais dont je n'ai pas bu tant que ça.

Je me cale contre le dossier de mon tabouret et le toise, autant que me le permettent les quelques centimètres qui nous séparent.

— Patientez, Steadman. J'essaie de laisser agir votre charme irrésistible.

Je marque un temps, feins d'attendre quelque chose avant de le dévisager d'un air navré.

— Zut. Ça ne marche pas.

Coudes appuyés contre le comptoir dans son dos, ses cuisses solides légèrement écartées sur l'assise de son tabouret, Tadzio fait tourner une cigarette éteinte entre ses longs doigts bruns. Ses pupilles bleutées pétillent d'amusement.

— Arrêtez de vous la jouer, Belgrade. Vous avez peur.

— Peur de quoi, à la fin ?

— De ne pas être à la hauteur, je présume. Ou peur que cela vous plaise ? Rappelez-vous, votre copine Erin... Elle n'avait pas l'air d'avoir trop perdu au change, pas vrai ?

Petit con.

— À part de vous vomir dessus, je n'ai pas peur de grand-chose et certainement pas de succomber à vos supposés charmes. Mais il se trouve que je suis bien élevée et que ma maman m'a toujours dit qu'on ne vomissait pas dans la bouche de ses partenaires. Même quand ils sont aussi pénibles et prétentieux que vous.

Le fumier brun auquel je viens de m'adresser se marre.

Pire. Il glousse.

— Rien à dire, vous savez réchauffer l'ambiance, vous.

Je le fusille du regard tandis qu'il continue de m'observer. Il affiche toujours son insupportable décontraction. Mais je dirais que ses iris, qui brillent d'un éclat intense, révèlent autre chose.

Tu ne dupes personne, Steadman. Je suis mal à l'aise, mais toi, tu as envie de moi, mon pote.

— Cela dit... Après tout, j'ai bien mangé des escargots.

— Et le rapport avec des escargots, c'est quoi ?

Je croise les bras pour lui sourire. Largement.

— Je pensais à tous les trucs gluants et répugnants que j'avais déjà goûtés. Notamment, des huîtres ou des escargots.

Je le contemple de pied en cap, m'arrêtant brièvement sur ses lèvres pleines qu'il courbe en un petit sourire plein de défi. J'essaie d'avoir l'air détachée mais je commence à être gagnée par le stress. Peut-être parce que je sais que je vais devoir me décider. Partir ou concrétiser ce défi débile, en tout cas arrêter de jouer à un moment donné.

— Je suppose donc que je dois pouvoir vous embrasser aussi.

Tadzio affiche une expression outrageusement peinée.

— Vous me comparez à un escargot ? (Il porte la main sur son cœur, mimant la douleur.) Vous imaginez ma souffrance ? Alors que je suis peut-être un crapaud ? Que dis-je ? LE crapaud !

Cette fois, c'est moi qui ne le suis plus.

— Le crapaud ?

— Vous savez ? Tadzio se mordille la lèvre inférieure comme s'il se retenait de rire. Celui qui se transforme en prince charmant quand la douce et gentille princesse l'embrasse.

Mon cœur s'emballe. Il m'énerve, c'est pour ça.

— Mon seul prince charmant, c'est moi, Steadman.

— Alors il va vraiment falloir que vous m'embrassiez parce que je ne le vois pas, là. La seule créature que j'ai sous les yeux, c'est une insupportable Serbe trop sexy et absolument morte de trouille.

Je plisse les yeux et l'observe entre mes paupières baissées.

Partir la tête haute ? Ne pas lui donner satisfaction mais lui laisser penser que j'ai eu peur, que je suis coincée et qu'il a gagné ?

Rester et accepter son défi débile ? L'embrasser et me motiver en pensant à la belle brune que j'ai croisée ce matin ? Gagner, donc, mais en lui offrant un baiser, alors que je n'embrasse pas les hommes. Et à peine les filles avec lesquelles je passe la nuit.

Mais surtout, si je reste, je pourrai enfin me confirmer que le trouble que je ressens en sa présence n'est pas du désir. Et cesser de me tarauder avec cette question qu'il m'a posée et à laquelle je n'ai pas répondu alors que la réponse devrait pourtant être si simple.

— *Try, baby,* chantonne-t-il avec son sourire de loup. *'cause you love to hate me.*

Encore ses paroles débiles. Dommage, la mélodie qu'il a un peu modifiée me plaît vraiment bien.

Sans doute parce que ça me permet de reculer encore le moment de ma décision, je chantonne en retour, spontanément. Bien loin en apparence de mes tergiversations intérieures. Et sans cesser d'ancrer mes yeux aux siens.

— *Cry...*

Je lui adresse un sourire carnassier avant de poursuivre, me délectant de chaque syllabe.

— *... Baby... Because you'll hate loving me.*

Et pan ! Dans ta face, Steadman !

— Pas mal... sourit-il. Faudra qu'on retravaille ce morceau ensemble. En attendant... Dis-moi, Belgrade... Tu oses ou tu n'oses pas ?

Il n'y croit pas lui-même et pour preuve il se ressert du vin, porte le verre à ses lèvres avant de le diriger dans ma direction, comme s'il portait un toast, son regard empreint de défi amusé.

Rira bien qui rira le dernier, Steadman de mes fesses.

— Parce qu'on se tutoie maintenant, Steadman ?

— Je suis un musicien super cool, et toi, tu ne peux pas être si coincée. Si j'ajoute à ces deux arguments imparables le fait que tu es chez moi, qu'on vient de se raconter nos vies et que tu prétends que tu vas m'embrasser, il me semble qu'à ce stade le tutoiement n'est pas quelque chose de complètement dingue, si ? Et pour info, Lana...

Il appuie lentement sur ces deux syllabes.

— ... je répondrai aussi quand une petite joueuse serbe se décidera enfin à m'appeler par mon prénom.

Comme si de rien n'était, il reprend une gorgée de vin sans me quitter des yeux. Pas question de lui laisser croire qu'il m'impressionne.

Une bouche est une bouche.

Une langue est une langue.

Et pour la barbe, on dira que je fais un gommage.

— Pose ton verre, je lui ordonne d'une voix bien plus étranglée que je ne le souhaiterais.

Merde, ce n'est qu'un baiser... Ça ne veut rien dire. Comme s'il ne me croyait décidément pas, il repose tranquillement son verre, mais son sourire s'élargit pendant qu'il s'adosse contre le bar sur lequel nous avons déposé notre dîner.

Je pourrais me contenter de faire pivoter une fois de plus mon tabouret, comme nous nous plaisons à le faire depuis le début de la soirée. Pourtant, peut-être pour me donner une contenance, je choisis d'en descendre et de me rapprocher de lui.

Jusqu'à me tenir désormais debout, entre ses genoux légèrement écartés. Je m'efforce de lui adresser un ultime regard de défi et pose une main moins assurée que je ne le voudrais sur son épaule.

Tadzio a cessé de rire. Il m'observe, presque intrigué. Mais la veine qui palpite au-dessus de sa clavicule me prouve qu'il est plus troublé qu'il ne veut bien le laisser croire. Je resserre ma prise sur son épaule, en éprouve la densité musclée. Elle est inhabituelle par rapport à celles que j'ai l'habitude de toucher en de pareilles circonstances et qui sont rondes, fines, féminines. Cela me déstabilise un peu.

J'hésite, une fois encore, à reculer et à mettre un terme à cette mascarade.

Et puis non. Je ferme brièvement les paupières, les rouvre. Il est toujours là, son sourire n'a pas bougé, même si ses pupilles me semblent définitivement moins pétillantes et bien plus sombres que lorsqu'il me défiait, il y a quelques secondes à peine.

Mon cœur bat à tout rompre sous l'effet de l'adrénaline mais je m'efforce de rester sereine. Ça va être clinique. Scientifique. Quasiment une dissection.

Analyse du baiser masculin.

Abstract – Développement – Conclusion – Merci pour votre attention et à bientôt.

Je m'avance encore un peu. À peine. Plus, on dépasserait les limites de la décence. Un baiser, je peux. Sa peau contre ma peau, ou pire, découvrir qu'il est excité par la situation, impossible.

Et ne cherchez pas. Je refuse de me demander pourquoi.

Je pose ma main libre contre son torse. Je sens combien son muscle pectoral est puissant, plat mais nettement dessiné. Son cœur bat sous mes doigts, plus rapidement qu'il ne le devrait.

Comme le mien.

Le découvrir me trouble. Je me retrouve en train de pousser contre son torse, comme si je cherchais à m'en éloigner pendant qu'il est encore temps. Mais sans cesser de me cramponner à son épaule de mon autre main.

N'importe quoi.

Tadzio siffle légèrement entre ses dents en aspirant sa lèvre inférieure.

— Alors, Belgrade... Je t'impressionne vraiment, pas vrai ?

L'espace de quelques très brèves secondes, je fixe sa moue moqueuse, remonte vers ses prunelles bleutées.

— Même pas en rêve, Steadman. C'est toi qui n'en peux plus.

Il laisse échapper un petit rire en secouant légèrement la tête, comme s'il n'en croyait pas ses oreilles, hausse les yeux au ciel et...

... Et puis ça y est. Je laisse mes lèvres franchir les quelques centimètres qui me séparaient encore des siennes. Je ferme les yeux. Et je l'embrasse.

Lui.

Steadman.

Un homme.

Rien ne se passe comme je l'avais prévu. Debout entre ses cuisses dont je sens la chaleur comme une brûlure, alors qu'elles pressent légèrement mes hanches, je suis déstabilisée par la fermeté de ses lèvres closes. Par son souffle qui me semble plus heurté. Par son odeur – parfum, peau, clope –, que je pensais bien connaître mais qui subitement, maintenant que je suis à quelques centimètres de son torse, me fait presque chavirer.

Alors qu'il n'y a aucune raison pour que je chavire.

Je pensais me contenter d'effleurer à peine ses lèvres si masculines pour qu'elles s'entrouvrent complaisamment et que ce foutu baiser ait enfin lieu. Mais

Tadzio les garde scellées, comme pour me défier de réussir à gagner mon pari, et je me retrouve à devoir les apprivoiser. De ma bouche, d'abord, puis de ma langue, qui se fait curieuse et aventureuse à mesure que je m'entête et découvre qu'il sourit encore.

Évidemment qu'il sourit...

Je sens pourtant que sa respiration se brusque, que son torse se gonfle de manière plus saccadée. J'ai subitement envie de gagner d'une autre façon. Non seulement de lui prouver que je n'ai pas eu peur, que je suis suffisamment indifférente à son sex-appeal et assez curieuse pour l'embrasser, quoi qu'il ait pu penser ; mais également pour lui démontrer que je suis au moins aussi douée que lui dans ce petit jeu sensuel qu'il prétend mener et gagner.

J'ai envie de le rendre fou de désir.

Au lieu de cela, j'ai l'impression d'avoir perdu tous mes moyens alors que mon cœur tambourine et que mes tempes bourdonnent un peu. Je suis gauche. Gênée. Déstabilisée et maladroite, à force de ne pas vouloir le toucher ni me rapprocher de lui, comme je le ferais pourtant, et sans même réfléchir, avec une femme qui me plairait. Je sens mes mains devenir moites, alors que j'effleure ses lèvres de bécots adolescents, décontenancée par le contact des poils courts mais drus, – ceux de sa barbe de trois jours, pourtant discrète – qui les encadrent.

Je poursuis quelques instants mes tâtonnements, sans comprendre comment j'ai pu passer de si sûre de moi, avec les filles que j'ai séduites, à tellement empotée et incapable avec l'arrogant qui ne bouge pas face à moi et auquel je voulais tant prouver ma superbe indifférence. Comme si, même en restant immobile, il réussissait à me narguer.

Un dernier effleurement de sa lèvre inférieure si charnue, un bref frôlement involontaire de ma poitrine contre le tissu de sa chemise qui me fait l'effet d'une décharge électrique… Voilà, il en a eu pour son argent : je lui ai prouvé que je n'avais pas froid aux yeux, je suis allée jusqu'au bout de l'expérience.

Nickel.

Je prends appui sur son torse pour me propulser en arrière, retrouver un peu d'espace et fuir cette mauvaise blague avant que le ridicule ne me tue.

Je l'ai fait. Je n'ai peut-être pas brillé mais je l'ai embrassé.

OK. Sans la langue, comme diraient les ados. Et alors ? C'est un baiser quand même, non ?

Mon cœur va vite retrouver un rythme normal. Mes tétons vont gentiment arrêter de vouloir transpercer mon soutien-gorge. Et cette foutue pesanteur dans mon bas-ventre va disparaître sans discuter.

Fin.de.l'histoire.

Face à moi, Tadzio garde quelques instants les yeux clos. Si je n'avais pas la certitude d'avoir plutôt raté mon coup, je dirais même que son visage est empreint de volupté.

Je baisse les yeux vers ses mains, crispées contre le bord du tabouret, et dont les jointures sont blanchies. Quand je relève le nez, c'est pour constater qu'il a rouvert les paupières et m'observe d'un regard intense.

Mon cœur qui n'a pas vraiment ralenti se remet à tambouriner contre mes tempes. Je suis perturbée et je déteste vraiment ça. Appuyée contre le bar, menton levé, je m'efforce d'affronter son regard en affichant une confiance en moi que je n'ai plus vraiment.

En principe, ça devrait passer crème.

— Je t'ai mise mal à l'aise, Belgrade ? Ou tu as juste un problème avec les baisers ?

Raté. Et captée.

Sa voix, un peu enrouée, me semble inhabituellement gentille et prévenante. Pourtant, je suis piquée par sa question, vexée d'avoir été aussi visiblement maladroite alors que je voulais le mettre à genoux et repartir avec mes certitudes. J'aimerais répondre quelque chose de super percutant mais au lieu de cela, bien sûr, je grommelle la première réponse qui me vient à l'esprit :

— Je ne suis pas mal à l'aise. C'est surtout toi qui as fait exprès de ne pas m'aider et qui es raide comme un piquet.

Tadzio esquisse une petite moue entendue en se levant et étire paresseusement ses bras vers le plafond, soulevant son tee-shirt au passage. Je m'efforce de ne pas baisser les yeux pour vérifier si sa moue était ou non une réponse à l'expression maladroite que j'ai encore employée sans réfléchir. Pour ne pas non plus regarder si son ventre est aussi plat et ferme que ce que j'imagine après l'avoir approché ou enlacé à moto.

Il se tient désormais debout devant moi et je le trouve beaucoup trop grand et beaucoup trop proche pour poursuivre cette conversation.

— D'accord, Lana. Tu n'es pas mal à l'aise.

Il fait un dernier pas dans ma direction. Réduisant la distance que j'avais cherché à mettre entre lui et moi pour tenter de recouvrer des idées claires, il tend doucement sa main vers mon visage. Il attend quelques secondes, comme s'il me laissait le temps de détourner le visage. Ce que je ne fais pas.

À quoi il joue ?

Figée mais attentive, je sens son pouce qui frôle doucement ma pommette pendant qu'il s'avance et que seule l'épaisseur d'une feuille de cigarette sépare désormais nos deux corps.

Son pouce continue son léger mouvement de va-et-vient. Et moi qui devrais reculer parce que cette situation devient vraiment ridicule et grotesque et qu'il m'énerve presque autant que je m'énerve – ce qui n'est pas peu dire –, je suis incapable de le quitter des yeux.

— Aucun problème avec les baisers, donc ?

Il se penche doucement vers mon oreille et son souffle tiède sème des frissons le long de ma jugulaire.

— Parce que si tu n'as aucun problème, alors c'est impossible qu'on en reste là. Ce bécot crispé n'était pas un baiser, Belgrade. Ou alors je comprends mieux pourquoi Erin a préféré passer la nuit avec moi, conclut-il en se reculant, sans doute pour me permettre d'observer son expression satisfaite.

Il m'agace, m'exaspère, me trouble et me perturbe. Même si j'ai de plus en plus l'impression qu'il surjoue, sa remarque sur Erin me donne tout simplement envie de lui coller un coup de boule.

Mais il a raison.

Ce baiser était nul. Et même si ma mère n'avait certainement pas en tête mes prouesses sexuelles quand elle dispensait ses conseils à la petite Lana, elle m'a appris l'excellence.

Pas cette médiocrité.

— Alors, Belgrade ? J'ai le droit de te montrer comment moi j'ai envie de t'embrasser ? Histoire que tu saches enfin ce qu'est un vrai baiser...

Je me grandis, prends une profonde inspiration.

— Lana ?

— Steadman, fermez-la, je grogne en revenant devant lui.

Avant de lever les yeux vers ses iris moqueurs, d'entourer sa nuque de ma main pour l'attirer à moi.

Et de plaquer mes lèvres sur sa bouche trop bavarde.

Chapitre 29

Tadzio

Les lèvres de Svetlana percutent les miennes. Ses seins se plaquent contre mon torse.

Et durant quelques infimes centièmes de seconde, je me demande comment j'ai pu imaginer un seul instant que rester passif pour ne pas l'intimider ni la déstabiliser pouvait être une bonne idée.

Cette fille est une tueuse et ce n'est que son goût manifeste pour le défi qui pouvait la faire sortir de sa réserve glacée.

Cela dit, dès que je sens à nouveau son souffle tiède contre ma bouche, ses doigts effilés mais déterminés qui s'emparent de ma nuque, je cesse cette fois de réfléchir à une quelconque stratégie.

De mon côté, il n'y a plus de stratégie. Plus de jeu. Plus de défi. Juste l'intensité du moment présent. Et la surprise de ce que j'éprouve.

Moi qui m'étais juré de lui faire une démonstration calme et patiente, en songeant que j'étais le premier homme qu'elle allait embrasser, j'ouvre la bouche sans réfléchir pour goûter pleinement la sienne et jouer enfin avec sa langue excitante. Même là, on dirait qu'elle continue de me provoquer, m'embrassant de manière précise, presque brutale mais toujours joueuse.

Je ne peux pas expliquer ce qui se passe ni pourquoi cela se passe mais… c'est intense, et je ne veux surtout pas que cela cesse.

Jamais.

Mes mains s'emparent de son cul somptueux, je la soulève pour qu'elle retrouve son tabouret, écarte tranquillement l'une de ses cuisses et avance mon bassin d'un même mouvement fluide.

Elle tressaille en gémissant lorsque je la touche et je crains un instant d'être allé trop loin, d'avoir pris mes désirs pour la réalité et de devoir tout arrêter. Mais non, ses jambes s'enroulent autour de mes hanches et accentuent ce frottement fabuleux.

Je rêverais de prendre le temps de la découvrir. Parce que son corps est manifestement à la mesure de sa personnalité. Fascinant, déconcertant, brûlant sous la glace.

Mais j'en suis incapable. Ma bouche, mes mains, mon corps tout entier tendent vers un seul objectif : la toucher, la sentir, la dévorer sans même prendre le temps de respirer. Parce que j'ai peur qu'elle ne se ravise.

Peut-être aussi parce que ce sont ses baisers qui me donnent l'oxygène qui semblait tellement me manquer dans les derniers instants.

— Vous êtes décidément un type vraiment insupportable, Steadman, souffle-t-elle entre deux baisers, balançant lentement son entrejambe le long de la fermeture de mon jeans.

— Arrête de te mentir, Lana, je grogne pour la forme, la muselant par un nouveau baiser dont l'intensité me stupéfie.

Je ne contrôle plus rien. Mais si j'en crois la frénésie de ses caresses, sa merveilleuse bouche vorace qui me dévore, ses mains qui pressent d'abord mes omoplates comme pour me rapprocher davantage avant de descendre s'emparer de mes fesses pour les caresser, je ne crois pas que Svetlana Lukic contrôle davantage la situation.

Croyez-moi, à cet instant précis, on est tous les deux en chute libre.

Elle se cambre lorsque mes mains trouvent la rondeur de ses seins. Son soutien-gorge doit être de fine dentelle car je peux sentir, sous mon pouce qui le taquine, combien son téton dressé est rigide.

Je songe un instant à le mordre à travers le tissu et à jouer avec jusqu'à ce qu'elle n'en puisse plus mais je me contente de le pincer, en reprenant sa jolie bouche, me délectant de l'entendre soupirer contre mes lèvres.

Dégageant son chemisier de son jeans, j'y trouve la peau douce et tiède de sa taille qui frémit sous mes doigts. Merveilleuse.

Je plonge le nez dans sa nuque avant d'y parsemer quelques baisers plus lents. Hume son parfum tandis que mes mains remontent le long de ses flancs vers ses seins provocants que je rêve de libérer. Hésite à m'aventurer bien plus bas, parce qu'elle me fait perdre la tête et me déboussole, pour l'entendre encore gémir et haleter. Souris contre sa bouche lorsqu'elle dénude mon dos pour le caresser, me mordillant la lèvre inférieure presque avec colère, comme si elle non plus ne comprenait pas ce qui nous arrive.

Ce besoin d'assouvir enfin ce désir insensé. Cette envie folle née probablement de toute cette tension latente des dernières semaines.

Je songe au lit immense qui nous attend à quelques mètres. Il suffirait que je la porte et que je l'y emmène.

Oh oui, croyez-moi... J'y songe...

Juste au moment où je l'entends.

Ce foutu carillon suivi du bruit familier de la porte de l'ascenseur qui s'ouvre.

Accompagnant les rires tout aussi familiers de ceux qui viennent de l'emprunter et dont j'avais totalement omis la venue, convenue avant que je rejoigne Svetlana à l'hôpital.

— Je comprends mieux pourquoi tu dois cacher le docteur Lukic chez toi pour la... hmm... Qu'a-t-il dit exactement, Sim ? La « préserver des fans et des paparazzi », c'était l'idée, non ?

Ça, c'est pour la voix hilare de Mike.

— On dérange, peut-être ? Vous vouliez probablement continuer à vous *préserver ?*

Ça, pour celle pas moins goguenarde de Simon.

— Vous vous foutez de moi, Steadman ?

Et *ça*, pour celle de Svetlana quand elle me repousse pour tenter de reprendre une allure décente, tout en me fusillant de ses yeux verts encore assombris par ce que je me persuade être du désir.

Très mauvais timing.

Chapitre 30

Svetlana

Incrédule, je contemple le mail que j'ai lu deux fois pour m'assurer que je ne rêve pas.

Affalée dans le canapé de ma chambre d'hôtel, vêtue de mon legging le plus mou – sur lequel je n'exclus pas qu'il y ait un trou – et d'un débardeur trop grand tout aussi confortable, les pieds nus sur la table basse qui me fait face, j'ai mis sur pause le film que je projette de regarder ce soir sur Netflix afin de consulter mes mails. Hortense doit en effet m'envoyer un lien Zoom pour discuter, comme prévu, avec les filles à mon retour du boulot.

Ce faisant, toutes mes boîtes, personnelles ou pro s'affichant, je l'ai vu.

Le mail.

Objet : Tadzio Steadman ???!

Hello Lana,

Je ne pensais pas te retrouver un jour en couverture d'un tabloïd, identifiée comme la petite amie d'une super idole de la musique.

Et du coup, je ne sais pas ce qui me perturbe le plus.

Que tu sois devenue hétéro ? Toi ? Sérieusement ?

Que tu sortes avec une star ? Où ? Quand ? Comment ? Raconte !

Que je te retrouve après toutes ces années à essayer de t'oublier sans jamais y être parvenue ?

Que tu travailles désormais du même côté de l'Atlantique que moi ? Je vis à Montréal, figure-toi ! Mais j'ai des vacances possibles d'ici un mois environ. Tu m'hébergerais ?

Réponds-moi s'il te plaît.

Je t'embrasse. Évidemment.

Julie

Julie. La seule fille que j'ai suffisamment aimée pour envisager une relation et partir vivre avec elle à Paris. Celle pour laquelle je ne serais toutefois pas parvenue à m'investir autant qu'elle l'espérait et qui a donc préféré me quitter « pour ne pas souffrir », coupant tout contact du jour au lendemain, sans se préoccuper de savoir si moi j'allais souffrir...

Une fois n'est pas coutume, j'éprouve le besoin de boire quelque chose à base d'alcool. Fort, si possible. Je savoure le fait d'être à l'hôtel : chez moi, je ne crois pas avoir une seule boisson alcoolisée. Tandis qu'ici, une fois inspecté le contenu du mini-bar qui ne me satisfait pas, j'appelle le room service et opte d'office pour deux Spritz.

Avec beaucoup d'Aperol, s'il vous plaît. Merci.

J'envoie la photo des Spritz dans notre conversation commune avec comme commentaire :

Plus que prête !

La réponse de Charlotte est immédiate :

Ma poule, tu m'en voudras pas si je ne peux pas être avec vous ? J'allais vous écrire mais j'ai un clerc malade et je dois reprendre sa tournée de constats cet après-midi. Du coup, connexion impossible pour moi aujourd'hui. Faites sans moi surtout !

Charlotte est huissier de justice et aussi farfelue que son job est austère. Elle forme un couple improbable avec Jean-Kevin, son mari footballeur professionnel très porté sur les chaînes en or qui brillent, et *a priori*, aussi fun soit-elle pour un huissier de justice, elle n'en est pas moins toujours ultra-occupée par son job.

Pas de chance pour moi, aujourd'hui.

Un peu déçue de ne pas la voir, je m'apprête à répondre que cela ne me pose pas de problème et que je la rappellerai directement dans les prochains jours, quand mon téléphone vibre à nouveau.

On se voit ce soir ?

Il ne manquait que lui, tiens ! D'abord mon ex, sortie d'une faille spatio-temporelle, qui se manifeste après des années de silence, et maintenant, Tadzio Steadman.

Soit toujours le type le plus exaspérant que la terre ait jamais porté.

Également connu comme *le seul homme avec lequel j'ai failli déraper et qui m'a presque baisée contre le bar de sa suite en présence de, excusez du peu, Mike Fiennes et Simon Lauren.*

Un peu long comme description, je vous l'accorde.

Celui qui m'a murmuré à l'oreille, une main lourde posée au creux de mon dos, tandis que j'essayais de prendre congé, de la manière la plus digne possible, de ses deux visiteurs pas si impromptus que ça :

— On n'a pas terminé, Lana...

Après m'avoir sorti ça il y a désormais quarante-huit heures, cet individu ne m'a plus donné signe de vie. Sans doute pense-t-il que j'attends sagement qu'il claque des doigts pour que je puisse, enfin, le rejoindre en courant.

Reconnaissante car ma vie vient enfin de commencer au contact de ses lèvres.

Sans déconner.

Je n'espérais absolument pas qu'il me rappelle, même si j'ai passé ces quarante-huit heures à me demander ce qui m'avait pris.

Et surtout, pourquoi cela m'a autant déstabilisée. Pourquoi c'était si bon. Pourquoi j'ai tellement aimé ça. Et ce que cela peut signifier d'avoir éprouvé du désir pour un homme.

Mais je pensais qu'il le ferait et j'admets donc que je suis un peu vexée qu'il s'en soit abstenu.

D'accord. Plutôt *très* vexée.

Je décide d'abord de ne pas répondre parce que j'ai une vie. Une vie normale qu'il ne perturbera plus, structurée et certainement pas tributaire de son bon vouloir et de ses décisions impromptues. Raison pour laquelle je ne l'ai pas appelé pour évoquer notre dernière soirée.

Pour le moment, ma vie *normale* implique de retrouver mes amies avec lesquelles j'aimerais beaucoup pouvoir discuter du mail surréaliste de Julie.

Mais finalement, je ne résiste pas au plaisir de lui rentrer dans le lard – qu'il n'a pas au demeurant, comme j'ai pu m'en apercevoir quand j'ai perdu la tête il y a deux jours –, et je lui réponds :

Déjà prise, Steadman.

En guise de récompense, je m'octroie une gorgée bienfaisante du cocktail orangé, observant avec satisfaction les petites bulles de notre conversation onduler.

Belgrade... Pas à moi ! Je sais que tu es dans ta chambre, j'avais demandé à la réception de me prévenir de ta venue.

J'avoue que ce petit aveu de dépendance regonfle mon ego. La suite nettement moins :

Tu n'es pas obligée de prétendre que tu as un programme alors que nous savons toi comme moi que tu es probablement déjà en train de zoner en jogging et tee-shirt moches en te demandant quelle série de Netflix tu n'as pas encore vue.

Je n'ai pas besoin de jeter un coup d'œil à ma tenue ni au film dont l'image est toujours figée sur l'écran pour confirmer : je le déteste.

Encore plus quand il fait suivre cette remarque perfide d'un émoticône au sourire satisfait, alors que je suis en train d'éteindre la télé pour ne pas lui donner définitivement raison.

Comment ai-je pu me laisser abuser par son attitude à l'hôpital ? C'est juste une affreuse star du rock qui se la joue parce qu'il est séduisant et le sait. De contrariété, j'aspire tellement sur ma paille que je manque de finir mon premier verre cul sec.

Les filles, si ça ne vous dérange pas, on peut reporter à demain, dans ce cas ? Comme ça, on aura Charlotte avec nous. Et moi, j'aurai probablement plus d'énergie qu'aujourd'hui, après la nuit en enfer que m'ont fait passer les jumeaux.

OK. C'est acté : je peux terminer mon premier verre. Et le deuxième dans la foulée.

Tadzio Steadman a raison. J'ai une vie sociale pathétique. Mes seules amies sont à six fuseaux horaires d'ici et elles me posent un lapin 2.0.

Lana, c'est bon pour toi ou tu veux qu'on s'appelle toutes les deux ce soir ?

Aucun problème.

Déçue, j'ai écrit à la suite de la réponse de Marie, en pensant exactement le contraire parce que je ne veux surtout pas qu'elles se sentent gênées.

Alors même que je brûle d'envie de leur parler de Julie.

Et de Tadzio.

Je contemple avec circonspection mon second verre de Spritz. Ai-je vraiment envie de le terminer, seule et devant un écran noir, de surcroît ?

Je passe d'ici trente minutes. Tu seras prête ?

Je relis rapidement mon échange de SMS avec Steadman. Il m'agace à me tutoyer, comme pour mieux me rappeler notre intimité passée.

À quel moment avez-vous pu déduire une réponse positive de l'expression « déjà prise » ?

Du fait que tu n'es PAS prise ?

Exaspérée et sur le point de croire moi-même à mes propres mensonges, je lui envoie la photo des deux verres encore pleins, déjà envoyée aux filles il y a quelques minutes.

Ah oui ? Et ça alors, vous en dites quoi ?

Que c'est encore plus pathétique ? J'ai vérifié. La réception applique rigoureusement nos instructions et me confirme que nous sommes toujours les deux seules personnes autorisées à accéder à ma suite ou à la tienne. Tu sais, ils sont très stricts ici, c'est d'ailleurs la raison pour laquelle tu as choisi d'y être hébergée quelque temps.

Je ne parviens pas à réprimer un grognement d'exaspération. Rien qu'à lire la fin de son SMS, j'entends son ton goguenard.

Franchement... Quelle idiote je fais !

Évidemment que la réception vérifie quelles sont les personnes qui cherchent à monter dans les étages. Et évidemment que l'ascenseur ne monte que si celui qui l'emprunte a un badge. Steadman payant la chambre, je suppose qu'il a pu vérifier tout ça, d'autant qu'il ne veut plus que je sois importunée.

Faute de trouver une explication valable à mon bobard, j'hésite entre me couvrir la tête des coussins du canapé pour essayer de disparaître et l'appeler pour l'insulter de s'immiscer ainsi dans ma vie privée.

Un nouveau bip se fait entendre.

Écoute, Belgrade. Tu es seule chez toi. Je suis seul chez moi. Tu m'aimes bien, quoique tu te plaises à aboyer. Je t'aime bien, même si j'en suis le premier surpris. On pourrait peut-être passer un peu de temps ensemble, au lieu de se morfondre à deux étages différents du même hôtel, non ? J'ai un projet de sortie plutôt sympa...

Déconfite – et un peu surprise par l'apparente franchise du SMS, je l'avoue –, je contemple le téléviseur éteint, mes deux verres posés sur la table basse face à moi puis l'écran de mon téléphone.

Verres-téléviseur-message.

Verres-téléviseur-message.

Verres...

Et puis merde !

Je suis une fois de plus seule dans cette ville incroyable, enfermée entre les quatre murs de ma chambre, alors que c'est le rêve de milliers de personnes dans le monde de pouvoir en profiter ne serait-ce que quelques jours. Hormis au travail ou au Childrens' Hospital, et quelques relations sans lendemain, nées autour d'un verre ou sur une app de rencontre, je n'ai noué aucune relation humaine sincère depuis mon arrivée.

Aucune rencontre vraiment intéressante ou qui aurait piqué ma curiosité.

Personne, à part ce foutu guitariste qui me propose de sortir, enfin, dans New York.

Et je n'ai plus envie de réfléchir ce soir au message surréaliste de Julie.

Puisque vous semblez tellement seul... Je vais essayer de m'arranger.

Je sais. Ce n'est pas très glorieux de persister dans le mensonge et la mauvaise foi. Mais mon amour-propre a déjà atteint ses limites, je me dois de préserver ce qu'il en reste un tant soit peu.

Merci Belgrade. Tant de sollicitude, ça me touche terriblement. Je passe dans une demi-heure, alors.

Une demi-heure. Je jette un regard à ma tenue, si tant est qu'on puisse la qualifier ainsi, et me prépare à me ruer dans la salle de bains pour me rendre tellement présentable qu'il fermera enfin son fichu clapet.

Mais je ne bouge pas tout de suite parce que les questions affluent.

Est-ce qu'il s'imagine qu'on va poursuivre ce qu'il estimait ne pas être « terminé » ? Est-ce qu'il en a envie ?

Est-ce que moi j'en aurais envie, alors que j'ai beaucoup trop pensé à l'effet de ses baisers et de ses grandes mains sur ma peau électrisée ?

Allez Lana... Sois honnête, la question, c'est surtout : pourquoi diable est-ce que toi, tu en as encore envie ?

Qu'est-ce que cela implique alors que tu pensais que seules les femmes t'attiraient ? Ce n'est pas vraiment dans tes habitudes de ne pas assumer tes actes et de contourner les problèmes...

« Au fait... Vous vous êtes déjà demandé si vous n'étiez pas bi ? » Et quand bien même... Si je l'étais ? Pourquoi lui ?

Un bip me signale un nouveau message, interrompant opportunément ces pensées beaucoup trop perturbantes.

Et puis finalement ... Monte quand tu seras prête. Ta carte est débloquée.

Soit. Monter... et retrouver sa suite et ce fichu bar, témoin de notre emportement de l'autre soir.

Et un bip de plus. Encore un. Décidément, Tadzio est très en verve, ce soir.

Ça devrait te laisser le temps de congédier poliment ton ami imaginaire.

Retour de l'émoticône satisfait.

Trêve d'envie, de baisers ou de peau électrisée ! Je vais le tuer. Lui, ses foutues mains de musicien, son charme insolent et son ironie persistante.

Je contemple l'écran de mon téléphone et renvoie pour la forme le même sourire perfide au petit bonhomme jaune.

Rira bien qui rira le dernier, Steadman. Je vais t'atomiser.

Chapitre 31

Conversation WhatsApp
« BFFE whatever and wherever »

LANA
Les filles ? Je sais que c'est pas le bon soir mais j'ai juste une question.

HORTENSE
Balance.

LANA
Vous avez déjà essayé autre chose qu'un homme ?

CHARLOTTE
Genre un god ?

MARIE
Retourne bosser, toi !

LANA
Non pas « genre un god ».
Plutôt « genre une femme ».

HORTENSE
Rassure-moi. T'es pas en train de nous dire que tu es subitement tombée amoureuse de l'une de nous ?

LANA
Bonhomme yeux levés au ciel.
Non.

MARIE
Du coup ta question, c'est ?

LANA
Je me demandais si vous aviez déjà songé à avoir des rapports sexuels pas hétéro.

HORTENSE
Non.

MARIE
Pas mieux.

CHARLOTTE
J'ai songé, j'ai pas trouvé.

ROMY
J'ai eu.

MARIE
Tu as eu quoi ?

ROMY
Pardon j'étais sur la tête.

HORTENSE
Bonhomme soûlé.

ROMY
J'ai eu une expérience avec une femme.
Une fois.

LANA
Et ?

HORTENSE
Pardoooooooon ?

CHARLOTTE
Hein ?

MARIE
Nan ? !

ROMY
Bah c'était sympa.
Enfin je me demandais ce que ça pouvait faire d'essayer.
Donc j'ai essayé.

HORTENSE
Pardoooooooon ?

CHARLOTTE
Je suis trooooop jalouse !

MARIE
Travaille, Charlotte !!!

ROMY
@Hortense : quoi, pardoooooooon ?????
Lana pose une question, je réponds.
La conversation n'est pas interdite aux moins de 18 ans que je sache.

HORTENSE
Enfin là, maintenant, je t'imagine alors que j'ai Gabin dans les bras et... Eeeeeeeerk

ROMY
Ben tu as tort.
Pas eeeeeeeerk du tout, même si c'était pas mon truc.
Et prépare-toi parce que ton Gabin et ton Marceau, avec les yeux verts et les bouilles d'ange que tu leur as faites, ils vont bien s'amuser plus tard, crois-moi.

ROMY
(deuxième message)
Et sinon Lana, ça sort d'où cette question ?

LANA
Juste une conversation que j'ai eue avec un pote.
Je suis à la bourre, on en parle la prochaine fois !
Bises les filles !

Chapitre 32

Imessages

ROMY À LANA
Si par hasard le pote est un bassiste brun aux yeux bleus.
Et si tu veux en parler…
Je suis là.
<3

Chapitre 33

Tadzio

— Merci Marcus, c'est exactement ce qu'il me fallait. Vous êtes décidément les meilleurs.

Je gratifie le quinquagénaire qui me sourit sans parvenir à me dissimuler sa fierté d'un large sourire et d'un pourboire à l'avenant.

Rien à dire, la conciergerie du *248* que j'ai sollicitée il y a moins d'une demi-heure est à la hauteur du reste de cet établissement.

Malgré la fraîcheur du soir, je retourne à l'extérieur pour retrouver la confortable assise d'un transat. Et ma gratte qui ne m'inspire pas grand-chose ce soir. Moins en tout cas que mon paquet de clopes dont je sors une nouvelle cigarette, en observant les maillots et les perruques que Marcus m'a dénichés.

Exactement ce qu'il me fallait pour la soirée qui s'annonce. Enfin, si Svetlana ne me pose pas un lapin et se décide à me rejoindre. Une fois de plus, je regarde l'heure sur l'écran de mon smartphone. Seule la venue du concierge a interrompu les coups d'œil répétés que je ne peux m'empêcher d'y jeter depuis que mon échange de SMS avec la piquante chirurgienne a pris fin.

Vingt minutes déjà que je patiente. Vingt minutes que je fais glisser mon pouce sur l'écran pour m'assurer qu'aucun message ne m'a échappé. Vingt minutes que je finis par relire nos échanges de SMS puis par consulter la météo, mes mails et les dernières actualités.

Sérieusement...

Pourquoi diable ai-je eu cette idée débile de renvoyer la balle dans son camp. S'il y a une chose que je déteste, c'est pourtant de perdre la maîtrise de la situation. Trop d'imprévus dans mon enfance vous diront les psychanalystes de comptoir...

Quoi qu'il en soit, j'ai laissé deux jours à Svetlana pour respirer et ne pas passer pour un adolescent en manque. Soit quarante-huit interminables heures durant lesquelles j'ai eu l'impression d'avoir envie en permanence de goûter à nouveau ses lèvres étonnamment douces. Et durant lesquelles, sans grande surprise, je n'ai été bon à rien.

Sauf pour rendre sa visite quotidienne à mon grand-père (qui se porte comme un charme, merci) et garder mon filleul, le fils de Lilly et Simon, dont la baby-sitter de confiance était malade. Ils tenaient absolument à cette probable dernière vraie soirée en amoureux avant la naissance imminente de leur fille et la tournée, prévue de longue date et qui ne pouvait pas plus mal tomber pour eux... J'adore leur fils et je me suis bien volontiers dévoué, même si, distrait et peu attentif, j'ai perdu lamentablement toutes nos parties de Fortnite.

J'ai aussi cette mélodie qui m'obsède depuis que j'ai entendu sa voix me répondre en musique, si basse et voilée qu'elle l'oblige à chanter dans un souffle, presque en parlant, plutôt que de manière plus classique. Quand elle m'a répondu en chantonnant, pour m'affirmer que je serais celui de nous deux qui pleurerait, non seulement elle m'a assez facilement convaincu qu'elle avait raison et que j'étais en bonne voie pour devenir un putain de paillasson ; mais en plus, elle a déclenché mon envie de dépasser ces quelques notes, pour développer quelque chose de plus abouti.

Comme pour notre relation, en fait. Dépasser les frictions superficielles pour apprendre à se connaître et à s'apprécier.

À me faire apprécier serait sans doute plus juste... Parce que moi, de mon côté, je ne l'apprécie que trop déjà.

Dans la mesure où chaque fois que j'ai repris ma basse pour composer et développer ce qu'on avait chantonné j'ai abouti au néant artistique le plus complet, je me dis que si notre relation naissante est à l'image de cette chanson qui n'aboutit pas, je peux tout de suite lâcher l'affaire.

Sauf que justement...

Je ne lâche jamais.

Question de principe.

Et là, je suis tellement obsédé, tellement accroché que je suis de toute façon incapable de réagir de manière rationnelle.

Une fois de plus, je suis en train de contempler la guitare posée juste à côté de ma basse, en me demandant si je ne devrais pas commencer par travailler différemment l'intro, peut-être même en laissant Mike peaufiner tout ça à la batterie, lorsque j'entends le bruit léger mais identifiable de l'ascenseur.

Suivi du carillon qui a interrompu ma torride découverte du corps de Svetlana Lukic il y a deux jours.

Elle arrive.

Et moi, je bande.

Instantanément.

Juste à cause d'un carillon et sans même l'avoir touchée ni vue. Comme un chien qu'on siffle, donc. Ce que cette fille parvient à faire de moi est littéralement effrayant.

Du coup, je décide de faire semblant de rêvasser encore un peu. Comme si je ne savais pas qu'elle était arrivée et pour ne pas être obligé d'aller à sa rencontre. Je dissimule à la va-vite mon entrejambe sous les perruques ce qui, entre nous, fait légèrement... bizarre.

Avec un peu de chance, elle n'aura pas comme première idée de regarder mon zip en me saluant.

Après tout, et même si je suis assez cool sur le respect des bonnes manières, jusqu'à preuve du contraire, l'usage reste de se regarder dans les yeux, de se serrer la main ou de s'embrasser. Pas de vérifier si son interlocuteur présente l'érection d'un adolescent frustré.

— Steadman ?

J'entends le claquement léger de ses talons dans le hall, puis le salon. Elle semble se diriger d'abord vers la cuisine ou la chambre avant de se raviser. Un arrêt bref et je l'entends qui revient vers le salon jusqu'à l'immense baie vitrée que j'ai laissée ouverte.

— Vous faites une petite sieste, Steadman ? C'est pas tout à fait comme ça que j'imaginais le temps libre d'une star du rock, voyez-vous.

Les yeux clos, je ne peux empêcher mes lèvres de s'incurver en un léger sourire lorsque je sens son regard scrutateur fixé sur moi. Sa voix est, comme à son habitude, assurée, mais je jurerais pourtant qu'elle cherche à donner le change et qu'elle n'est pas aussi à l'aise que ça. Si j'ajoute que j'adore l'idée qu'elle puisse *imaginer* des choses me concernant, et donc penser à moi, considérez que je suis aux anges.

En érection mais aux anges.

J'ouvre lentement les yeux. Plonge dans un torrent vert.

— Disons que je commençais à m'endormir à force de t'attendre. Il te faut tant de temps que ça pour reprendre forme humaine, Svetlana ?

J'admets que ce n'est pas l'entrée en matière la plus pacifiste qui soit mais impossible de fonctionner autrement quand elle est à mes côtés.

— Venant d'un type à demi mort affalé sur un transat, je vais avoir la grandeur d'âme de ne pas répondre. À part ça, vous m'avez fait venir pour m'agresser ? Parce que pour le coup, comme vous pouvez le constater, je ne suis pas en tenue pour quelques assauts.

Pour avoir vu, j'ai vu. J'ai d'ailleurs beaucoup de mal à cesser de l'observer alors que son parfum m'entête déjà. Sa tenue, sombre, est sobre en apparence. Sauf qu'il s'agit d'un top plutôt ajusté et non fluide comme à son habitude. Il ne laisse absolument rien ignorer de ce dont je me souviens parfaitement : ses seins sont parfaits. Et plutôt gros.

Et parfaits.

Il se trouve que j'adore les seins. Surtout s'ils sont plutôt gros et parfaits.

Rien qu'avec ce constat, j'aurai déjà quelques difficultés à enlever les perruques et à me lever avec désinvolture.

Mais avec le foutu pantalon en cuir – ou simili, peu m'importe – qui la moule comme une seconde peau et les bottines qui le complètent en allongeant ses jambes déjà interminables, j'ai soudain la bouche très sèche.

Je me fais violence pour ne pas tendre la main vers son bras et l'attirer à moi.

Je réponds en essayant d'éviter le croassement :

— J'ai vu, en effet. Ce n'est pas précisément la tenue idéale pour ce soir mais j'avoue que c'est une agréable surprise. Et puis avec ça (je désigne les deux touffes blonde et brune en équilibre sur mon bassin), tu seras parfaite.

Ses yeux s'écarquillent tandis qu'elle se rapproche prudemment de moi pour examiner mon entrejambe. Chose qui en temps normal m'aurait ravi mais qui me met un peu mal à l'aise, maintenant que je prends la peine de considérer les deux perruques fièrement mises en valeur par la bosse de mon pantalon.

On dirait que j'expose deux Petits Poneys morts sur ma queue. Pas certain que ce soit l'idéal pour séduire une femme.

— Qu'est-ce que c'est exactement que ça ? demande-t-elle d'une voix neutre.

— Des perruques ? je réponds en affichant une expression ingénue.

— D'accord, Tadzio. Je reformule : pourquoi est-ce que vous avez des perruques sur votre entrejambe ? C'est quoi l'idée au juste ?

Je prends la peine de tirer une dernière latte sur ma cigarette, l'écrase et retiens un rire alors que, comme toujours, je la trouve hilarante malgré elle, avec cette petite ride de contrariété qui a pris naissance entre ses deux sourcils froncés.

Elle est tellement jolie, d'ailleurs, que même comme cela elle reste mignonne.

— L'idée c'était de te demander d'en porter une ce soir pour...

Elle se raidit comme si elle se rendait compte de l'incongruité de sa posture, se redresse et recule d'un pas. En revanche, son parfum légèrement épicé ne me quitte pas.

— Vous vous foutez de moi, n'est-ce pas ?

J'ai beau aimer la chercher, sur ce coup je sèche un peu. De quoi parle-t-elle ?

— Pourquoi je me foutrais de toi ?

— Dites-moi que vous n'êtes pas un taré pervers qui a cru qu'il pouvait me faire venir pour des délires obscènes impliquant des perruques et autres trucs fétichistes sur son sexe ?

Cette fois-ci, ce sont mes yeux qui s'arrondissent d'incrédulité.

Waouh. Mais où est-elle allée chercher tout ça ?

— C'est toi qui te fous de moi, Svetlana-qui-pourrais-me-tutoyer-merci. Je te rappelle que je ne suis pas un malade, qu'on commence un peu à se connaître et que, bien entendu, je ne t'ai pas fait venir pour que tu te perruques avant qu'on fasse des trucs bizarres ensemble. Tu es complètement barrée en fait.

Tandis que je m'efforce de lui répondre avec toute la véhémence nécessaire pour témoigner de ma bonne foi, je m'empare des perruques et les lui tends.

— Pour ne rien te cacher, ces perruques vont servir à...

Elle m'interrompt en secouant la tête comme si elle ne croyait pas ce qu'elle voyait.

— Dites-moi que je rêve ! C'est pas possible.

— Quoi ?

— Tu as une érection ? Je veux dire... Ce n'est pas ta taille normale, n'est-ce pas ?

Dans mon empressement à démontrer ma sincérité, j'ai un peu rapidement oublié ce petit détail.

Oui, j'ai dit « petit ». Je sais rester humble quand il le faut.

À moi de me débrouiller pour trouver une explication qui tienne la route et ne lui fasse pas prendre ses jambes à son cou.

Parce que « Je pensais à toi et j'ai la gaule » paraît relativement inapproprié.

Je déglutis et essaie de la regarder dans les yeux en conservant une expression neutre.

— Je bande un peu en effet mais ce n'est pas ce que tu crois.

J'ai l'impression qu'elle prend sur elle pour ne pas m'en coller une.

— Parce que je devrais croire quoi, à ton avis, quand un type qui a essayé de me plaquer contre un bar, avant de me promettre qu'il n'en avait pas terminé avec moi, me convainc de le rejoindre chez lui ? Et qu'il m'accueille avec deux putain de perruques trop bizarres sur son sexe qui est tellement en érection que même moi je ne peux que m'en apercevoir ?

Je note qu'elle a employé le terme « promettre » et non le terme « menacer », ce qui me semble plutôt de bon augure, finalement. Je décide toutefois de remettre cette discussion sémantique à plus tard.

J'en ai assez de me faire engueuler à demi couché, pendant qu'elle me toise sur ses talons de dix centimètres. Je prends une respiration calme et profonde, m'appuie sur mes avant-bras, pivote et me redresse pour lui faire face et la surplomber à mon tour.

Mieux. Beaucoup mieux.

— Je te propose de m'écouter au lieu de vociférer comme tu le fais. Je bande parce que je dormais effectivement quand tu es arrivée et que c'est purement et simplement physiologique. Tu es médecin il me semble, non ? Alors, tu devrais éviter de penser que ta simple présence provoque une érection chez tout homme que tu croises, Lana...

Je lui adresse un sourire d'autant plus railleur que je mens comme un arracheur de dents. Et sans la moindre honte, en plus.

Elle tente de conserver une expression impassible mais ses pommettes rosissent. Elle est vexée. Et moi, je marque des points.

— Quant aux perruques, et malgré la promesse (j'appuie légèrement sur ce mot à dessein) que je t'ai faite de revenir m'occuper de toi, je te confirme à nouveau qu'elles n'ont rien à voir avec des jeux sexuels voire pervers. À dire vrai, c'est ton cerveau qui me semble bien tordu à imaginer des trucs pareils.

Nouveau sourire railleur. La roseur s'étend sur tout le visage. Je reprends la main.

— Donc, comme tout n'est pas sexué ni forcément plein de sous-entendus à caractère sexuel (ma mauvaise foi me stupéfie moi-même), j'avais envie de te faire découvrir quelque chose de typiquement américain ce soir. Sauf qu'il y aura du monde, la télé, les journalistes...

Donc les perruques, Lana, c'est uniquement pour qu'on puisse se balader sans être reconnus.

Je marque une pause parce que je veux bien être sympa mais je n'oublie pas que j'adore la tacler :

— Tu as toujours l'esprit aussi incroyablement mal tourné ? Ou c'est juste moi qui te rends comme ça ?

Chapitre 34

Svetlana

Déconcertée, je contemple les deux maillots de sport que vient de brandir Tadzio et qui portent tous deux la mention « New York ».

Lettres orange sur fond blanc pour l'un, fond bleu pétant pour l'autre.

Je n'ai aucune idée de ce dont il s'agit et n'ai pas la moindre envie de lui poser la question, tellement je suis une fois de plus énervée. Je pensais que ça m'était passé ces derniers jours. Mais en fait... Non.

J'ai toujours autant envie de tuer Tadzio Steadman. Et j'ai énormément d'idées pour parvenir à ce résultat.

Mais j'ai surtout envie de me coller de sacrées baffes.

Je viens de me faire humilier en beauté et l'autre idiot avec ses érections d'adolescent a même réussi à reprendre le dessus et, une fois de plus, à me faire passer pour une prétentieuse obsédée sexuelle.

Le pire, c'est que je n'arrive pas à lui en vouloir. D'abord, parce qu'il affiche son expression de sale gosse hilare qui m'oblige à me retenir de sourire en retour. Ensuite, parce qu'il faut bien admettre que, même s'il est relativement déplacé de bander devant une dame (moi, donc), je ne peux pas lui en vouloir de subir ce type de réflexes et je suis en effet bien bête d'avoir pensé que j'en étais la cause.

Cela dit, ce constat me confirme que je ne pige définitivement rien aux hommes.

En tout cas, rien à celui qui me fait face et qui me contemple avec l'air de se demander ce que je vais décider. Je m'appuie contre la façade du building pour faire face à la vue époustouflante que nous avons sur New York et lui décoche un regard du coin de l'œil.

— Des perruques et des maillots de sport... Et donc, c'était quoi votre idée ?

Voilà. J'ai posé la question. Relancé la conversation. Je ne suis pas partie fâchée, voire en claquant la porte de façon théâtrale, pour retrouver la quiétude mais aussi la solitude de ma chambre d'hôtel. Ni pour songer aux mille questions que ne manquera pas de soulever le mail de Julie.

En plus des mille questions soulevées par le grand brun qui me fait face.

Non, je reste, avec lui, et je décide de jouer le jeu.

Qu'est-ce que j'ai à perdre ? Rien, à part un peu de temps, mais j'en ai à revendre depuis que je suis à New York.

C'est d'ailleurs peu ou prou ce que m'avait soutenu son grand-père pour me convaincre de dîner avec son petit-fils et d'apprendre à mieux le connaître. Le fait est que cette soirée à Battery Park était plutôt réussie... Qui me dit que celle-là ne le sera pas aussi ?

Et puis, au fond, j'apprécie que Tadzio soit revenu me chercher, quitte sans doute à malmener quelque peu son amour-propre.

Cela m'arrange bien, alors que je n'ai pas réussi à me le sortir du crâne depuis notre baiser. Ma fierté, mâtinée d'un refus têtu de comprendre l'intensité des émotions que je ressens en sa présence, m'a interdit de prendre l'initiative de le revoir pour vérifier si j'avais ponctuellement perdu la raison l'autre soir. Ou si le désir que j'ai pu ressentir est plus installé.

Et plus problématique, alors.

Passer du temps avec lui me permettra peut-être enfin d'y voir plus clair.

Face à moi, Tadzio s'est appuyé contre la balustrade, tournant le dos à la ville et ses lumières, et m'observe.

— Les Knicks jouent ce soir.

J'écarquille les yeux.

— Les Knicks ?

Tadzio me dévisage avec une incrédulité outrée.

— L'équipe de basket de New York ! Ça t'arrive de t'intéresser au monde extérieur, Mademoiselle polarde ?

Je suis un peu piquée mais le sourire que me retourne le grand brun qui me fait face est plutôt... désarmant. Je décide donc de ne pas relever et enchaîne :

— Le rapport entre une équipe de basket et les perruques ?

— J'ai envie de voir le match. Mais je n'ai pas envie d'y aller seul. Tout d'abord, je m'expose, et ce soir je n'ai pas envie. Mais si j'y vais accompagné, et avec toi, en plus, alors que les tabloïds t'ont à l'œil, le spectacle risque d'être dans les tribunes plutôt que sur le terrain...

— Et qu'est-ce qui a pu vous faire penser que j'aimais le basket ?

— Ce n'est pas un match de basket, c'est un match des Knicks ! Tu es new-yorkaise, désormais, c'est presque un crime de lèse-majesté que de ne pas encore y être allée. C'est ton équipe ! Elle a besoin de nous, surtout si elle joue contre Boston, comme ce soir !

Je ne peux m'empêcher de sourire.

— Vous êtes vraiment un gosse.

— Les Américains sont des gosses, Belgrade. Ils prennent quand ils ont envie, ne se demandent que rarement ce qu'en pense le voisin et adorent la bouffe sucrée infantilisante, surtout pour regarder du sport ou un film dont eux seuls ont le secret. Je ne me renie pas. Mieux, je te propose de vivre enfin une expérience de vraie New-Yorkaise. On va mettre ces perruques, prendre un taxi jaune comme n'importe qui, se faire déposer au match, acheter un soda très sucré, un burger trop gras et kiffer.

Kiffer. Il a quel âge, sérieusement ?

Bon, au point où j'en suis, de toute façon...

— D'accord, Tadzio. Et où est-ce qu'on va (je mime les guillemets en prononçant la suite) « kiffer », du coup ?

L'expression de Tadzio est horrifiée.

— Six mois que tu es à New York et tu ne sais même pas ça ? Commençons par le commencement...

Tadzio efface la distance qui nous sépare de quelques longues enjambées.

Il dépose le maillot bleu sur un banc à proximité et déploie lentement le blanc entre nous.

— Tu veux bien lever les bras, s'il te plaît ?

Méfiante, je décide pourtant de répondre à son ordre délivré d'une voix caressante.

J'aimerais croire que c'est la force du « s'il te plaît ». Mais je suis bien consciente que les battements de mon cœur s'accélèrent alors qu'il me sourit et que je retrouve son parfum en me rapprochant de lui.

Je note l'étincelle dans les prunelles bleues lorsqu'elles s'abaissent brièvement sur ma poitrine désormais tendue. J'ai l'impression que mes poumons se contractent subitement tandis que Tadzio fait doucement passer le maillot autour de mes bras puis de ma nuque, me frôlant un peu au passage. Sans s'attarder mais à plusieurs reprises.

— Pas de supporter sans maillot, Belgrade...

Un lent sourire se dessine tandis qu'il finit de dérouler tranquillement le maillot jusque par-dessus la ceinture de mon pantalon.

— Il est vraiment temps que je te reprenne en main, Docteur Lukic.

Est-ce que c'est le sens caché que je trouve une fois de plus à ses paroles ? Ses prunelles qui étincellent ? Sa voix plus caressante ? Notre proximité ?

Mon cœur fait une embardée et j'essaie à tout prix de rester impassible, pour ne rien lui révéler du trouble que provoque désormais son petit jeu bien mené.

Je n'en ai pas encore terminé avec vous...

Est-ce que j'ai envie de reprendre la partie où nous l'avions interrompue ? Est-ce que je déclare forfait ?

Je crois que, ce soir, j'ai surtout envie de me laisser porter sans brider mes émotions, de suivre le chemin que Tadzio me propose d'emprunter. Sans trop analyser ni réfléchir. Je verrai bien où cela me mènera.

Un claquement de doigts interrompt mes pensées.

Le sourire de Tadzio me paraît bien narquois lorsqu'il répond, enfin, à ma question.

— En route pour le Madison Square Garden, Belgrade !

Chapitre 35

Tadzio

— Tu as décidé de rester muette toute la soirée ?

Je contemple le profil parfait de ma voisine, assise à côté de moi sur la banquette en skaï défoncé du premier taxi passé dans la rue.

Prendre un taxi à l'improviste comme n'importe qui, ça c'est mon luxe...

Avec sa perruque d'un brun très foncé, presque noir, coupée en carré plongeant, son Perfecto qui cache désormais son maillot des Knicks, et le jeu des lumières de la ville sur son visage, elle ressemble à une héroïne de film noir.

Un film noir qui se teinterait de rose, à en croire mon cœur dont les battements s'accélèrent quand je l'observe.

Elle semble sortir de sa rêverie et se décale légèrement pour me regarder.

Ce faisant ses genoux se rapprochent des miens et mon cœur passe en mode pogo.

Je gère.

— Désolée, je pensais à un truc.

— Un truc ?

Comme elle ne répond pas et que je suis tenace, j'insiste :

— Un truc professionnel ?

— Non, un truc personnel.

Personnel comme « penser à embrasser un homme dans un taxi » ?

— Rien de grave, j'espère.

— Je ne crois pas.

Elle m'observe, manifestement perturbée.

— Cette perruque est une catastrophe, vous en êtes conscient ?

Je passe une main faussement sensuelle dans mes boucles blondes. Il faut bien le reconnaître, je suis atroce. Enfin sauf si on aime le style rockeur *has been* des années 80 qui a foiré sa permanente.

Ou pire : Rod Stewart.

— Absolument. Mais si elle peut me permettre de passer une soirée sympa avec toi, elle vaudra largement l'humiliation de subir tes regards moqueurs. Du coup, ce truc personnel ?

La jolie Serbe hésite puis poursuit.

— Ce soir, j'ai reçu un mail de mon ex. Figurez-vous qu'elle m'a retrouvée grâce à vous et à vos copains tabloïds. Pour être franche, ça me perturbe un peu.

Génial. J'ai une envie quasi permanente de cette fille qui me fascine et que j'apprécie de plus en plus. J'ai envie de la connaître mieux. Je devrais plutôt dire : je ne désespère toujours pas de finir par lui plaire, de la séduire, même malgré ma volonté de rester lucide.

Pour toutes ces raisons, je l'emmène ce soir à un putain de match à guichets fermés des Knicks.

Et elle, elle m'explique tranquillement qu'elle est perturbée mais absolument pas par moi.

Pire : elle me prend pour son foutu confident, alors que les confidences, surtout d'ordre sentimental, ça n'a pas l'air d'être trop son style. Déjà que la convaincre de tenter une expérience hétéro était un sacré challenge avec une Lana gay mais célibataire... Autant dire que si elle me considère comme un pote à qui se confier et qu'elle intègre en prime l'option « troublée par son ex, évidemment gay, voire toujours amoureuse de l'ex en question », je peux arrêter mon film tout de suite.

Au loin, la guitare de Cobain pleure à l'idée d'intégrer la collection de Simon qui me nargue en se marrant.

Je déglutis, essaie de prendre une expression concernée et pas totalement désespérée, et lui réponds.

— C'est quoi l'histoire avec ton ex ?

Un souffle amusé salue ma question.

— Disons pour résumer qu'elle m'a quittée, après presque un an ensemble, mais après m'avoir expliqué qu'elle m'aimait trop et que mon manque d'investissement la faisait souffrir. Je l'avais tout de même suivie à Paris, qu'elle a quittée sans laisser d'adresse, à la fin d'un semestre de notre internat. Et la voilà qui débarque aujourd'hui, pour m'expliquer qu'elle travaille au Canada et qu'elle aimerait venir me rendre visite lors de ses prochaines vacances.

Quelqu'un peut-il me donner les coordonnées de cette fille, histoire que j'aille lui voler son passeport ?

— Et tu vas accepter ?

Nouveau rire un peu désabusé.

— J'en sais rien, figurez-vous. J'ai aimé être avec elle, c'est la seule fille avec qui j'ai eu une liaison durable, même si, en effet, j'avais du mal avec la notion de couple, voire de fidélité. Sa décision m'a moyennement donné envie de recommencer à m'investir dans une relation. Mais depuis son mail, j'ai subitement l'impression qu'on n'est pas allées jusqu'au bout de la nôtre.

Elle m'adresse un sourire taquin.

— Et puis elle est drôle, brillante, jolie, et c'est un super coup. Vous qui ne les aimez ni moches ni stupides, vous comprendrez que j'hésite à la revoir.

Tout va bien.

Je cherche un truc à lui répondre pour la convaincre que revoir cette fille est sans conteste la pire idée du monde quand le chauffeur me coupe dans mon élan. On vient d'arriver sur la Septième Avenue, juste à côté de Penn Station. La foule dense en orange et bleu ne laisse aucun doute sur l'évènement de la soirée.

Les Knicks jouent pour gagner le septième match des playoffs dans le derby de l'Est et accéder à la demi-finale !

— Vous êtes arrivés, les gars. Soutenez notre équipe pour moi !

Je laisse Lana descendre pendant que je sors un billet pour régler notre course. Je la rejoins tranquillement devant la façade mythique et arrondie du Madison Square Garden, illuminée aux couleurs des rois du soir. Malgré le monde qui campe devant les portes, j'ai l'impression étrange d'être dans une bulle hors du temps.

— Waouh !

L'exclamation émerveillée de la fille la plus contrôlée du monde me met un peu de baume au cœur. Au diable son ex aussi drôle, brillante, jolie, super coup et surtout super gay soit-elle. C'est avec moi qu'elle passe la soirée et je suis le dernier être humain à l'avoir embrassée.

L'espoir fait vivre... Tant qu'il y a de la vie, y a de l'espoir. Tout ça, tout ça...

J'hésite à placer ma main sur sa taille pour l'entraîner avec moi mais me contente de l'inviter à me suivre. Elle m'emboîte le pas en continuant de béer d'admiration, tandis qu'on contourne les files d'attente principales pour se diriger vers l'accueil VIP. J'ai droit à un petit sourire entendu.

— Je croyais que vous vouliez rester discret.

Je veux être discret, mais à New York, être en accès VIP n'est plus vraiment une particularité. Ce que Lana ignore, comme beaucoup de gens, c'est que si j'étais venu comme j'en ai l'habitude, je serais passé par une autre entrée et aurais été escorté jusqu'à mon siège par les molosses de la sécurité.

Comme je déteste le côté aseptisé et snob des loges, j'ai un abonnement à l'année pour la rangée juste derrière le banc des joueurs. Le spectacle et l'ambiance sont garantis, on a une perspective démente sur chaque action, mais plus exposé, il n'y a pas. Surtout que les cameramen ou les fans guettent toujours la présence des people qu'ils ont l'habitude (et l'espoir) de croiser au match.

Pas la peine de mettre une perruque si c'est pour s'y montrer au premier rang. Cependant je n'ai pas non plus envie de me calfeutrer dans une loge sans ambiance, j'aime trop le basket pour ça.

— Je veux rester discret mais je n'ai pas envie de faire la queue. Désolée de te décevoir, je suis trop gâté et trop âgé pour me refaire... Et de toute façon, c'était le seul moyen d'avoir encore deux places ce soir par la conciergerie de l'hôtel, à la rangée qui me convenait pour cette soirée avec toi. Ça devrait te plaire...

J'espère, en tout cas, parce que je n'ai jamais vraiment osé m'y aventurer seul, perruqué ou pas, même si ce n'est pas l'envie qui m'a manqué d'essayer.

— Vous êtes d'un snob, en fait, avec votre dégaine cool, c'est pas croyable... Oh la la ! Vous avez vu ça ? C'est dingue !

Qu'est-ce que je disais ? Si je ne tenais pas à notre discrétion, je bomberais le torse... Car c'est moi, encore et toujours, qui me nourris et me régale de ses exclamations aussi enthousiastes que surprenantes et de ses yeux écarquillés à mesure que nous progressons dans l'enceinte démesurée et ultra-moderne du Garden.

Pas Julie-je-sors-de-nulle-part-et-je-décide-de-tout-chambouler.

Je souris toujours quand elle découvre la foule surexcitée qui patiente puis déambule dans les couloirs clairs et spacieux mais bondés, quand elle s'attarde devant les stands de vendeurs de boissons, tee-shirts ou hot dogs dispersés un peu partout ou observe les types de la sécurité qui se mêlent aux cameramen.

— On prend un ascenseur pour le dernier étage ? Marrant… je vous imaginais plutôt au premier rang ou planqué dans une loge que dans le poulailler avec le commun des mortels.

Aïe… Je suis si prévisible ?

— Je te rappelle que ce soir nous sommes deux inconnus du grand public. Et qu'on va vivre la première soirée lors d'un match des Knicks de…

Je feins d'hésiter alors que nous nous plaquons contre la paroi de l'ascenseur pour laisser entrer le reste des occupants. Je retiens mon souffle pour ne pas sentir à quel point elle sent bon, à quelques centimètres à peine de moi.

— … Monica (je me tourne légèrement vers elle et la désigne du menton avant de frapper ma poitrine du plat de ma main droite) et Joey.

On ne leur ressemble absolument pas, malgré sa perruque brune et le sourire idiot que j'arbore à force de la regarder s'émerveiller de tout, mais ce sont les premiers prénoms qui me sont venus à l'esprit.

Bon, de toute façon, elle ne percute pas et continue de fixer la porte de l'ascenseur avec une impassibilité apparente mais dont je suis de moins en moins dupe. Elle ne doit pas plus connaître *Friends* que *God Bless America.* Cette fille est vraiment un concept.

N'empêche que ce soir j'ai des places au premier rang, sur les tabourets de bar, juste en bord de balustrade sur l'un des deux *Chase bridges* qui font désormais partie des places les plus renommées du Garden. Enfin, je croise les doigts pour que les places soient à la hauteur de ce que j'ai pu en lire. Parce que, vu son enthousiasme, si nos places sont comme je les imagine, nous allons passer une bonne soirée ensemble. Or il se trouve que j'ai vraiment envie de lui faire plaisir après tout ce qu'elle a subi par ma faute.

J'ai le cœur qui bat tout de même un peu plus fort alors que la cabine stoppe, que sa porte s'ouvre et que les autres spectateurs avec lesquels nous allons partager cette soirée sortent avec une excitation palpable. Personne ne nous a prêté la moindre attention, à part un type qui a reluqué Svetlana d'une manière un peu trop insistante mais que j'ai bien vite dissuadé de persister.

Ce n'est pas parce qu'elle n'est pas ma copine que je dois laisser croire à ces types qu'ils peuvent la regarder comme de la viande disponible.

J'invite Lana à passer devant moi et suivre le flux de ses occupants, guettant sa réaction alors qu'elle pose un premier pied sur la passerelle.

— Oh la vache !

Elle se tourne vers moi et elle a l'air tellement plus jeune et accessible, avec ses grands yeux qui brillent plus que tous les projecteurs de ma future tournée. Ses joues, légèrement plus rosées, témoignent de sa joie réelle.

Putain, elle est tellement jolie ! Mais si elle devient vraiment sympa et aussi charmante que ce soir, en plus de m'impressionner par ses connaissances médicales, on est d'accord que je suis fait comme un rat ?

Emportée par son excitation, elle touche mon épaule pour obtenir mon attention. Elle l'a de toute façon. Je ne vois qu'elle.

Je ne veux qu'elle, même si c'est stupide.

En même temps, si je ne verbalise pas le truc, je ne saurai jamais.

Certes. Mais si je verbalise, elle devra faire un choix. Pas sûr que le résultat me plaise.

Au moins, là, je peux continuer de rêver...

— C'est fantastique ici !

On vient de prendre place sur nos deux tabourets en position centrale du pont qui surplombe les gradins classiques et ma belle et si sérieuse chirurgienne s'amuse à faire tourner le sien comme une gosse au manège. Elle en profite pour se pencher afin de mieux profiter de la vue spectaculaire que l'on a depuis notre perchoir. Les « ponts », c'est comme ça qu'on nomme les deux passerelles de trois rangées suspendues au-dessus des places traditionnelles qui permettent de suivre le match mais aussi le spectacle de la salle elle-même.

D'un coup d'œil, j'en comprends les inconvénients (on est un peu loin pour vraiment distinguer chaque mouvement du jeu comme j'aime tant le faire), mais aussi les avantages : la hauteur quasi vertigineuse ajoute de l'adrénaline au plaisir de suivre ce qui se passe dans la salle. On englobe le match dans son ensemble, et rien qu'à voir les *cheerleaders* dans leur premier set, je sais que je vais adorer l'expérience, même si je n'ai pas l'habitude d'être aussi loin.

Avantage : l'écran géant cubique et le tableau des scores sont face à nous et je peux toujours m'y reporter si j'ai besoin d'un détail. Mais surtout, je me dis que j'ai bien fait de choisir la passerelle pour Lana : elle va pouvoir observer aussi les spectateurs, leur façon d'exulter ou de brandir leurs pancartes, leurs éventails ou leurs mains géantes pour applaudir encore plus fort en cas de points gagnants.

— J'adore, Tadzio, merci !

Je choque la canette de bière qu'une hôtesse vient de me servir contre son eau plate (quelle surprise...) tandis que le speaker commence à énoncer les noms des joueurs des différentes équipes.

La salle s'enflamme littéralement quand c'est le tour des leaders des Knicks, plus encore quand ceux-ci foulent enfin le parquet. L'ambiance est démente.

On est en match retour des play-offs et New York joue pour la demi-finale de la Conférence de l'Est alors qu'on est à trois matchs partout sur sept à jouer. Petit détail pas du tout stressant : le dernier match a été gagné par les Celtics.

Alors que les chants des supporters retentissent de toute part, je me projette subitement dans une autre ambiance encore plus démente. Celle de la tournée qui nous attend d'ici moins d'un mois et qui passera aussi par cette salle.

Putain, ça va être bon.

Et putain... ça veut dire deux mois sans Svetlana.

— Donc, dès qu'il y a un arrêt de jeu ou un temps mort, il y a cette caméra qui filme le public, c'est bien ça ? C'est juste ici ou pour tous les matchs de NBA ? questionne-t-elle, après un début de match incroyable.

Les Knicks mènent désormais au score de quatorze points et patientent sur le bord du terrain pendant que leur entraîneur et son adjoint leur délivrent les conseils afin de leur permettre de garder l'avantage jusqu'à la fin du temps réglementaire.

— Pour tous les matchs, Belgrade. Ça permet au public de se sentir encore plus impliqué.

L'écran montre les visages joviaux et surexcités de spectateurs à mesure que les caméras survolent le public. Un gosse brandit sa peluche pendant que son père exulte, une bande de potes ont sans doute un peu abusé des Bud et du maquillage orange et bleu...

— Tadzio, regardez l'écran ! Vous avez vu cette dame, là, avec les deux gamins à côté d'elle ? C'est incroyable comme elle ressemble à une des femmes de chambre de l'hôtel, vous ne trouvez pas ?

C'est vrai. D'autant que c'est bien Paula et ses deux petits-fils dont les sourires géants dévorent les joues encore rondes. Ils adorent le basket et je leur donne mes places au premier rang chaque fois que je ne les utilise pas, comme ce soir. Comme je ne vois pas l'intérêt de préciser ce détail à ma voisine euphorique, je me contente d'acquiescer platement.

— Ouais, c'est marrant, en effet...

La caméra continue de flirter avec les inconnus sur lesquels elle a envie de s'attarder. Lana ne lâche pas l'écran. Pire qu'un ado qui joue à Fortnite.

— Pourquoi tout le monde hurle sur le couple filmé, là ?

— Parce qu'on est en *kiss cam*, Belgrade.

Cette fille est incroyable, ce système existe partout dans le monde du sport occidental. Elle n'a jamais arrêté de bosser ou quoi ?

— Ça veut dire que la caméra s'arrête sur un couple qui doit s'embrasser à l'écran.

— Ben pourquoi ?

Ma voisine fronce les sourcils et semble assez peu convaincue de l'intérêt du concept.

— Ben parce que, je réponds en singeant ses questions improbables. Parce que certains sont contents de s'embrasser. Que d'autres ne sont pas de vrais couples et qu'ils vont en profiter pour se lâcher à l'écran ou au contraire afficher leur gêne. Ça crée du spectacle pour que le spectateur ne s'ennuie jamais, vous voyez.

Elle boit une autre gorgée, se tourne légèrement vers moi avec son tabouret pivotant.

— Vous aviez raison quand vous disiez que les Américains sont des grands enfants. Vous ne savez pas vous ennuyer, en fait. Il faut toujours vous distraire...

Je hausse un sourcil en retour en me demandant si la remarque vaut pour moi aussi. La salle s'enflamme quand le couple capturé par la *kiss cam* s'embrasse enfin et le sourire de Svetlana s'élargit à nouveau. Tandis que sa copine, une jolie blondinette d'une vingtaine d'années, rougit d'un air un peu gêné, le type à l'écran exulte en brandissant le poing. On dirait qu'il n'y croit pas lui-même.

Je réponds à ma voisine en me moquant un peu :

— Venant de celle qui ne perd pas une miette du spectacle et ne parvient pas à se détacher de l'écran, permets-moi de rire un peu...

Je quitte l'écran des yeux pour lui jeter un regard en coin et voir si elle compte riposter.

Le jeu, toujours...

Sauf que j'observe qu'elle se fige subitement.

— Steadman, bordel.

Je bois une gorgée de ma bière en l'observant, attendant la suite alors que le public se déchaîne à nouveau.

— Oui ?

— C'est encore un de vos plans foireux, c'est ça ? Pourquoi on est à l'écran ?

Chapitre 36

Svetlana

Je suis de profil par rapport à la caméra et mon regard devenu fou de stress alterne entre notre image à l'écran, gigantesque, et les iris gris-bleu qui me fixent comme si Tadzio tentait de m'apaiser par l'hypnose.

Mon cœur bat la chamade malgré tout. Parce que je suis, une fois de plus, le point de mire d'une assemblée bien trop nombreuse et que je déteste toujours autant cela. Mais aussi, de manière bien plus intime, parce que je sais maintenant ce qui est exigé du couple qui apparaît à l'écran : jouer le jeu et s'embrasser, alors que depuis le début de la soirée j'essaie d'éluder ce sujet et de faire comme si nous ne nous étions pas déjà embrassés à en perdre haleine la dernière fois que nous nous sommes vus.

Comme toujours quand je sens le danger, je mords.

— Vous êtes un bel enfoiré, Steadman. Ça valait la peine de me vendre vos histoires de discrétion et de me faire porter une perruque pour mieux me piéger. Vous êtes content de vous ? je crache entre mes dents serrées, en essayant d'afficher un profil aussi lisse et imperturbable que possible à l'écran.

Le public hurle et nous encourage à coup de « You can make it » [15] et « Come on, guys ! » [16]. On dirait des Romains réclamant la mise à mort d'un martyr.

Oui, j'ai toujours autant le sens de la mesure.

Les spectateurs, à commencer par nos voisins immédiats, hurlent qu'ils veulent leur foutu baiser, et moi je fulmine.

OK, peut-être que je ne fais pas que fulminer et ressens aussi autre chose. Quelque chose qui mêlerait adrénaline, excitation et désir, mais je ne m'appesantirai pas.

Pas le moment.

— Tu me prends pour quoi, Lana ? Tadzio me répond avec un débit ultra-rapide, sans cesser d'afficher un profil mangé de boucles blondes et longues. Si j'avais voulu t'embrasser, je n'aurais pas utilisé tout ce cirque. Parce que si j'ai bon souvenir, tu n'étais pas si farouche la dernière fois quand tu t'es jetée sur moi pour me faire une démonstration.

Bien entendu, il appuie avec délectation sur le *tu* et je me retiens de lui balancer une patate.

En attendant, la clameur enfle et je sais qu'on va devoir y passer.

Est-ce qu'au fond cela me plaît ?

Si l'on fait abstraction de cette putain de situation, sans doute que je suis intriguée et à nouveau bizarrement excitée par ce foutu guitariste qui a le don de me faire dérailler. Mais bien entendu, je nierai, surtout si c'est Steadman qui le demande.

— Sérieusement, Belgrade, on a deux options pour que la caméra se détourne de nous et que quelqu'un finisse par nous reconnaître. La première, c'est l'attaque et jouer le jeu. (Il lève la main, sans regarder l'objectif, cependant, pour saluer vaguement la salle dont les

---

15. Vous pouvez y arriver !
16. Allez, les gars !

hurlements reprennent de plus belle.) Ça tombe bien, reprend-il, parce que malgré ton caractère infect, j'adorerais t'embrasser à nouveau.

L'oxygène vient à me manquer quand il caresse délicatement, de son pouce un peu calleux, ma pommette visible à l'écran et rapproche son front jusqu'à toucher doucement le mien.

Ce faisant, ses abominables boucles blondes se mêlent à mes mèches sombres et contribuent à dissimuler nos profils. Les spectateurs, y compris la gamine assise à quelques places de la nôtre avec un type qui doit être son père, crient à m'en percer les tympans.

— La seconde option, chuchote-t-il, et je sens son souffle sur ma peau, n'est pas du tout dans mon tempérament. Mais elle me paraît la plus sage. Surtout si je veux que tu me croies quand je te dis que je n'y suis pour rien et qu'on reste encore un peu anonymes, à défaut d'être discrets. Alors, à trois, tu fais tourner ton siège à cent quatre-vingts degrés et tu fais comme moi. Un, deux...

Mais de quoi il parle ?

— Trois ! La fuite, Belgrade ! La fuite !

Ce faisant, le grand brun s'écarte de mon visage tout en faisant rapidement pivoter mon tabouret puis le sien.

— Planque-toi, Belgrade, on est attaqués ! glousse-t-il.

Il appuie fermement sur mes reins pour me pousser à me courber tandis que certains spectateurs nous huent.

J'imagine qu'il n'y a plus désormais qu'un vide à l'écran. Tête baissée, dos à la caméra, je glisse un regard par en dessous pour tenter de voir l'image.

Deux places vides... et la main libre de Tadzio brandie vers le plafond, doigts écartés en un V de la victoire, pile alors que le jeu reprend et détourne enfin l'attention de la caméra de nos deux dos penchés.

Ce type, franchement...

— Vous êtes vraiment infernal, Steadman, vous le savez ?

On est arrivés à l'hôtel, devant la porte de ma chambre que je viens d'entrebâiller sans lui proposer de rentrer. Il est tard, j'aimerais me reposer un peu de ma semaine de folie. Et puis je n'ai aucune raison de lui proposer de venir boire un verre chez moi à quasi-minuit.

Enfin, je crois.

— Mais je reconnais que je vous dois un fou rire et cette soirée était vraiment géniale.

Vraiment foutument géniale, pour être honnête.

Après l'épisode de la *kiss cam,* je n'ai plus eu le temps de m'appesantir sur mes émotions lorsque j'ai cru que Tadzio allait m'embrasser. Ni lorsque j'ai constaté qu'il choisissait finalement de s'abstenir, alors qu'il aurait été si facile pour lui de profiter de la situation, au prétexte que nous ne devions pas davantage attirer l'attention sur nous.

Non, malgré mon trouble, j'ai zappé aussi vite que j'avais stressé quelques instants auparavant car le match a repris de manière absolument trépidante.

Épique, même.

Je me suis amusée comme une petite folle à le suivre et à observer le spectacle dans la salle. On a gagné par 74 à 73 mais on a failli perdre, et pas qu'un peu ! Alors que les Celtics étaient relégués à 14 points à la mi-temps, ils ont repris l'avantage en profitant de quelques maladresses des Knicks, qui heureusement n'ont rien lâché. Et dans ce que Tadzio m'a expliqué être le *money time,* un type gigantesque, apparemment adulé par le public, a placé un énorme contre à six secondes de la fin. Six secondes ! Les autres n'ont rien pu faire et j'étais déjà debout en train d'exulter quand on a gagné la rencontre et notre place pour la demi-finale d'un seul petit point.

Et oui : je dis « on a gagné », comme une vraie New-Yorkaise fan des Knicks.

Et oui toujours : je n'exclus pas de m'être précipitée sur Tadzio pour lui sauter au cou de joie avant de m'écarter, un peu gênée par mon emportement, pour reprendre mes sautillements toute seule sur place après.

Bref, la soirée était fantastique, j'ai vraiment l'impression d'avoir découvert un pan de la vie new-yorkaise qui m'était fermée jusqu'à présent et Steadman a été irréprochable. En plus d'être super sympa. Vraiment super sympa.

Malgré cela, je ne suis pas sereine pour autant. Est-ce que le fait qu'il n'ait pas tenté un seul geste déplacé me perturbe ?

Oui, à peu près autant que le fait que j'ai cru qu'il allait en tenter un.

Est-ce que le fait que cela me perturbe m'agace ?

Oui. Toujours oui, puisque je ne suis jamais perturbée, sauf depuis que je l'ai rencontré et qu'il a chamboulé mon quotidien et ma routine. J'ai toujours été celle qui éventuellement trouble et qui toujours contrôle, mais Tadzio est parvenu, je ne sais comment, à mettre un grain de sable dans les rouages de cette machine bien huilée.

Et quand je dis grain de sable. Je devrais plutôt parler d'un seau entier...

Ce soir, je devrais être en train de songer au mail écrit par Julie. Pourtant, je me rends compte que je n'y ai pas pensé une seule seconde pendant les presque quatre heures que nous avons passées ensemble. Ni pendant le match ni après, quand j'ai finalement accepté de boire une dernière bière dans l'enceinte du Garden.

— Carrément géniale, Belgrade. On recommence quand tu veux tant que je suis à New York et que tu es dispo. J'ai plein d'autres trucs à te montrer, tu sais.

Est-ce qu'il y a un double sens qui accompagne ce demi-sourire ? Ou est-ce que j'aimerais qu'il y en ait un ?

Putain, il va me rendre dingue. Je ne peux plus continuer de me laisser dominer comme ça, aussi sympa soit-il, ce soir. Je dois réagir et remettre mon cerveau en état de marche.

Je lui retourne son sourire innocemment.

— Avec plaisir, merci.

Bam. Débrouille-toi avec ça, Steadman. Moi aussi je peux mettre des doubles sens partout.

Et prépare-toi à la suite aussi...

— Je peux vous poser une question ?

Il opine du chef tout en levant sa main droite pour se saisir du cadre de la porte ouverte de l'ascenseur. Le geste dessine son biceps et...

Je n'ai aucune idée de la raison pour laquelle je note ce détail sans intérêt.

Bref, j'espère qu'il n'y a pas trop de personnes qui l'attendent pour monter parce que là, on abuse un peu.

— Pose-la toujours.

— Le public du Shed, vos potes l'autre soir, la *kiss cam* ce soir... Vous n'auriez pas un petit côté exhibitionniste, par hasard ?

Un éclat de rire me cueille.

— Parce que tu penses toujours que j'ai demandé au caméraman de nous filmer pendant le match, ce soir ? Alors que je fais tout pour te rendre invisible des paparazzi ou des fans ? Et que je me suis emmerdé à porter ça toute la soirée (il désigne la perruque atroce qui n'arrive pourtant pas à l'enlaidir) ? Tu vas me vexer, Lana...

Je lui fais face en gardant une main contre la porte pour l'empêcher de se refermer et lui jette un regard appuyé.

OK, peut-être que je bats aussi un peu des cils. Peut-être...

— Donc tu n'as pas besoin de public pour embrasser quelqu'un ?

Je suis certaine que son regard s'embrase.

— Absolument pas, Lana.

Je me mordille la lèvre, pensive.

— Donc si je te demandais de m'embrasser maintenant, tu pourrais dire oui ?

Tadzio lâche le chambranle de la porte d'ascenseur. Celle-ci se referme instantanément tandis qu'il franchit tranquillement la petite distance qui nous séparait encore.

— C'est une proposition, Lana ?

Un dernier mordillement, un nouveau battement de cils, un silence lourd de sens et de possibilités et je lui réponds.

— Absolument pas.

Mon sourire est large. Très large.

— Mais c'est bon à savoir.

Je pousse rapidement la porte de ma chambre pour m'y engouffrer.

— Bonne nuit, Steadman, c'était cool.

J'étouffe mon fou rire parce que sinon ce serait beaucoup moins drôle. Mais celui de Tadzio résonne immédiatement, même à travers la porte que je suis en train de refermer. Juste avant que le carillon de la cabine d'ascenseur qu'il vient probablement de rappeler ne se fasse à nouveau entendre.

Ainsi que le son du vibreur de mon téléphone :

Bien joué Belgrade. Je te laisse dormir demain matin et ensuite... Prépare ta perruque ! New York nous attend. Et le reste aussi...

Chapitre 37

Tadzio

— Il vous reste un cupcake, par hasard ?

Je passe un de mes meilleurs dimanches depuis très longtemps.

Comme convenu, j'ai proposé ce matin à Svetlana de me rejoindre dans le hall de l'hôtel vers dix heures avec sa perruque.

Évidemment, elle a commencé par râler en prétendant qu'elle n'avait pas que ça à faire.

Évidemment, j'ai rétorqué que si, justement. Ou que sinon elle le ferait plus tard car New York sous le soleil printanier n'attendait qu'elle.

Et évidemment, elle a fini par débarquer, parce qu'elle râle mais qu'au fond elle est sympa.

Sans doute aussi parce qu'elle passe de bons moments avec moi mais ni elle ni moi ne sommes manifestement capables de le verbaliser.

Je n'ose penser que, peut-être, c'est parce que je lui plairais un peu plus que je n'ose l'espérer. Ou qu'elle ne serait pas capable de l'admettre...

Lorsque je l'ai vue sortir de la cabine d'ascenseur, elle m'a parue si lumineuse, malgré sa perruque sombre, que j'ai eu l'impression que le soleil de New York, c'était elle.

Vous comprenez maintenant pourquoi je laisse Simon écrire la majorité de nos paroles.

Depuis, on flâne tous les deux dans le Village ensoleillé, et grâce à notre allure de jeune couple sans originalité, je peux enfin valider ce qu'affirment les guides touristiques : le quartier, avec ses immeubles bas de grès rouge qui rappellent l'Europe, est parfait pour se balader le dimanche.

Surtout quand vous êtes accompagné par une fille ravissante qui s'avère beaucoup plus détendue que prévu. Et très, très drôle, à force de ne pas vouloir se dérider en pratiquant systématiquement second degré et sarcasme.

On s'est arrêtés devant un groupe de jazz dont le saxophoniste est plutôt bon, juste à côté de quelques tables occupées par des joueurs d'échecs. Ils restent ultra-concentrés, malgré la musique et les allées et venues incessantes des promeneurs, pourtant souvent accompagnés de leurs chiens ou de leurs enfants.

Sans surprise, Svetlana louche une fois de plus sur le petit paquet de Magnolia Bakery.

Attention, truc incroyable : elle ne connaît ni God Bless America *ni les héros de* Friends, *mais elle a reconnu ce matin la fameuse boutique de West Village dans laquelle s'approvisionnait l'héroïne de* Sex and the City [17]. *Elle m'a même obligé à faire pour elle les trente minutes de queue pour y entrer pendant qu'elle gérait une admission de patient imprévue. Ne cherchez pas à comprendre sa logique : quand je vous disais que cette fille était une énigme...*

Je lui adresse un sourire rusé.

— Tout se mérite, Belgrade. Tu auras un gâteau si tu me montres que tu as bien retenu ta leçon.

Un soupire m'accueille.

— C'est pas vrai, Tadzio ! Encore ?

---

17. Il est tout à fait possible que Romy et ses copines aient particulièrement apprécié cette série... ☺

Ouais, la Première de la classe... Encore...

Elle poursuit avec ce débit rapide et ces *r* qui roulent, qui roulent, qui roulent...

— J'ai déjà répondu à vos questions sans faire une seule faute !

Et oui, je confirme : elle a mangé trois cookies et trois cupcakes... Où elle les met ? Aucune idée...

Je brandis le petit gâteau dont le glaçage me colle déjà aux doigts.

— Notre candidate joue désormais pour un cupcake à la rose ! je claironne. Attention... top départ ! Qu'est-ce qui est plus élevé ? La statue de la Liberté ou son socle ?

Un soupir excédé accueille ma question. Elle est pourtant pas mal, ma question, pour parfaire sa culture basique sur New York, non ?

— C'est le socle ! Tout le monde sait ça. Je peux avoir le cupcake ?

La petite vieille à côté de nous paraissait écouter les jazzmen proches. *A priori*, pourtant, vu comme elle vient de répondre à la volée, avec un accent new-yorkais tellement accentué qu'il semble factice, elle veut le gagner, le cupcake à la rose.

Si je considère le regard que lui jette Lana, c'est pas gagné, justement.

— Désolée, Madame. C'est un jeu avec participant et vainqueur uniques, lui jette-t-elle avec un sourire pincé.

Elle ne rigole pas avec la nourriture... Sauf qu'il reste un deuxième cupcake à la rose et que la petite dame a donné la bonne réponse.

Je tends donc le cupcake à Mamie vorace, en ignorant le coup de coude pas du tout involontaire que Svetlana vient de me balancer dans le flanc.

— Voilà, Madame. Exceptionnellement, les organisateurs de notre jeu ont décidé dans leur grande bienveillance de vous octroyer ce lot bien mérité. En revanche, navré, mais vous ne pouvez plus en gagner d'autre.

La petite vieille ronchonne en prenant mon gâteau et sourit à peine, comme si notre règlement – pourtant d'autant plus valable que je viens de le décider – la scandalisait.

J'ai presque envie de le lui reprendre.

En vrai, j'adore le sans-gêne des New-Yorkais.

— Ça valait la peine de lui donner un de mes cupcakes quand on voit comme elle est sympathique. Je vous préviens, Steadman : s'il n'en reste plus, c'est vous qui refaites tout seul les vingt minutes aller-retour et la queue pour m'en racheter un.

— Y a pas à dire, Belgrade. T'es vraiment une fille sympa. Et douce. Et calme. Et totalement mesurée.

Je brandis ma carte magique.

— Et qui a pensé à commander deux cupcakes de chaque sorte ? Qui ???

Une main fine (et rapace) tente de me piquer le petit gâteau rose. Bien entendu, je m'empresse de l'élever largement au-dessus de la tête contrariée de la grande fausse brune qui me fait face.

— Ttttt... Pas si vite, Belgrade ! Je fais ton éducation new-yorkaise, moi. Un cupcake du Village contre une bonne réponse, je te rappelle. Allez, suis-moi, j'ai encore des trucs à te montrer avant la fin de l'après-midi.

Je lui désigne la direction de l'arche qui sépare le parc de la Cinquième Avenue pour qu'elle me suive.

— Hmm... Voyons voir... Cite-moi trois chansons qui parlent de New York et fredonne-m'en la mélodie.

Un soupir supplémentaire accueille ma requête mais je vois bien qu'elle s'amuse au pétillement qui anime tout son être. Et moi, j'adore quand elle pétille.

— Le Flatiron [18] !

Je tends sa bouteille d'eau à Svetlana qui vient de me donner une huitième réponse correcte et mérite cette fois de boire, à défaut de manger.

À ce rythme, il va falloir changer de ville parce qu'elle en saura bientôt plus que moi... Non pas que ça me déplairait de poursuivre le voyage avec elle...

— Braaaaaavo Belgrade !

J'avais dans l'idée de montrer à Lana mon immeuble tout près d'ici et d'aller observer avec elle l'avancée des travaux. Mais la façon qu'elle a eue de répondre à ma septième question en chantant le *New York* d'Alicia Keys pendant que je faisais pour rire les réponses musicales façon Jay Z m'a donné une tout autre idée.

Un peu délirante mais super excitante.

On remonte doucement la Huitième Rue. Elle est moins plaisante que celles dans lesquelles on a flâné jusqu'à présent. Moins touristique. Les immeubles attirent peu les stars, les vitrines tendance ont disparu, les restos à la mode aussi. Mais Svetlana s'en fout et s'est remise à fredonner tandis que je triture le médiator qui est resté planqué au fond de la poche de mon jeans. Je ralentis alors que l'on arrive sous le porche de béton d'un immeuble marron dont les fenêtres du rez-de-chaussée sont en verre miroir de la même nuance.

J'ai le cœur qui bat parce que c'est un endroit personnel. Encore plus peut-être que mon futur appartement. Autant que notre studio de répétition de Brooklyn.

— *Electric Lady Studios,* lit doucement Svetlana en découvrant la mention discrète peinte à l'encre blanche sur une des vitrines alors que je m'arrête

18. Nom d'un célèbre gratte-ciel new-yorkais en forme de fer à repasser (en anglais « flatiron »).

devant la porte d'entrée, également en miroir, aux angles arrondis. C'est quoi ?

C'est tout. Un mythe. Une légende. Et j'ai envie d'y faire un truc qui restera aussi mais avec toi.

— Le studio d'enregistrement créé par Jimmy Hendricks juste avant sa mort. Tu vas voir, il est exceptionnel.

Tellement exceptionnel que les Stones, Patti Smith, David Bowie, Stevie Wonder, AC/DC, Daft Punk, U2, ou même ce branleur de Kanye West, y ont enregistré. Bono ou Keith Richards passent même parfois à l'improviste. Comme nous aujourd'hui.

— C'est le studio dans lequel Bradley Cooper et Lady Gaga ont enregistré la bande originale de *A Star is Born*, avec Mark Ronson.

Oui, je sais, même si Stefani [19] et Brad sont super sympa, c'est un peu réducteur comme description. Mais malheureusement, aujourd'hui, ça parle souvent plus à mes interlocuteurs.

— Je ne connais pas.

Je sens mes yeux s'arrondir.

— Tu dis ?

— Le film dont vous venez de parler. Ça me dit rien.

À ce stade d'hermétisme, je suppose que je n'ai plus aucun commentaire à faire, pas vrai ?

— Tu me tues, Belgrade. Je te jure qu'il faudra réparer cette lacune et voir ce film, ne serait-ce que pour pouvoir en parler quand tu reverras tes copines, que tu l'aies aimé ou pas. Tu sais faire autre chose que de travailler ou de t'entraîner au sac ?

Un petit sourire me répond.

— Vous aimeriez bien le savoir, pas vrai ?

Et après, on prétend que c'est moi qui la chauffe ou qui ai l'esprit mal tourné.

---

19. Prénom de Lady Gaga.

Je hausse les yeux au ciel en guise de réponse et sonne trois fois, deux fois de suite, pour signaler ma venue en doublant le tout d'un SMS de confirmation. En règle générale, je ne viens ici qu'après avoir pris rendez-vous. Mais cette fois-ci, j'ai envoyé à l'arrache un SMS sur le chemin à Lee, le manager, histoire qu'on puisse disposer tranquillement du studio A.

Peu importe qui pourrait bien s'y trouver et qui devra libérer les lieux. Et oui, je confirme : je peaufine l'attitude de jeune rock star beaucoup trop gâtée.

Comme prévu, la porte s'ouvre et je m'efface pour que nous rentrions ensemble, Lana et moi.

On passe devant le comptoir de la réception, vide évidemment, puisque Reese ne bosse jamais le dimanche, même si le studio reste accessible. Je m'enfile dans un couloir aux couleurs encore sobres mais déjà tapissé de pochettes de vinyle d'époque.

— Leçon new-yorkaise suite, Belgrade. Ici, c'est un temple de la musique. Un studio au son exceptionnel dans lequel Hendricks espérait pouvoir enregistrer comme s'il était chez lui, faire venir des potes et organiser des concerts. Son manager y avait interdit la drogue, mais ça ne l'a pas empêché de mourir d'une overdose un mois plus tard, ailleurs.

Je bifurque vers la gauche en continuant de parler. Lana me frôle involontairement.

Involontairement. Comme toujours.

J'essaie d'interdire à mon rythme cardiaque d'accélérer et me force à poursuivre ma visite guidée. J'ai intérêt à ne pas la fâcher si je veux qu'elle accepte ma future requête.

— Le studio a failli péricliter mais a heureusement été repris en main par un manager de génie et des investisseurs amoureux des lieux.

Soit Mike Fiennes en investisseur majoritaire, Simon Lauren et votre serviteur, mais je garde ce détail pour moi. Croyez-le ou non, je n'ai pas toujours le besoin de la ramener.

— Bref, tu vas voir, même si tu n'as probablement pas une grande expérience des lieux, ça ressemble autant à un studio d'enregistrement qu'une paillotte de plage à ton bloc opératoire.

Svetlana vient de s'arrêter net au bout du couloir. Comme toute personne qui découvre le studio A, ses tapis persans, ses canapés de cuir fauve sur lesquels les postérieurs les plus talentueux de l'industrie musicale se sont posés ou son plafond aux rayures psychédéliques vertes, orange et violettes, elle reste bouche bée et ne sait plus où regarder.

Moi, en revanche, je regarde précisément ce qui m'intéresse.

Non pas les énormes micros sur pied ou les pupitres qui attendent qu'on les utilise pour un enregistrement ou un live. Mais les compartiments juste derrière qui font face à l'impressionnante console Neve 8078 derrière laquelle Milo, mon ingénieur du son préféré, est déjà assis. Comme prévu, ma Vox [20] attend dans un de ces *boxes*, sur le mur duquel est peint un astronaute sur fond de ciel étoilé. Une de mes Fender Coronado [21] est posée dans celui qui est juste à côté, celui sur le mur duquel une jeune femme blonde en toge a enfourché un arc-en-ciel.

Ouais, j'imagine que Jimmy n'était pas le seul à triper sous acide quand les types ont imaginé cet endroit.

— Steadman, regardez ça ! David Bowie a joué ici ! Vous imaginez ?

Oui, j'imagine bien. Bowie reste l'une de mes idoles et il mériterait d'enfourcher lui aussi l'arc-en-ciel de

20. Ici, marque de guitare.
21. Ici, marque de basse.

Hendricks qui mène à la Voie lactée. Pour autant, je ne peux m'empêcher d'être un peu piqué.

Non pas que j'envisage le moins du monde de me comparer à l'incomparable. Mais merde, quoi ! On dirait qu'elle ne calcule rien de ce que je fais. Je suis souvent considéré par la majeure partie de la profession comme le meilleur bassiste vivant au monde. Un des meilleurs guitaristes aussi, même si Simon utilise plus la guitare sur scène que moi, qui me contente souvent de composer pour cet instrument. J'ai une capacité à jouer sur ma Infinite guitar en sustain qui ferait presque oublier The Edge sur *With or Without You*. Des fans nous adorent, des filles nous désirent.

Et elle ? Elle s'en tamponne.

C'est comme si j'étais anecdotique. Une sorte de voisin de chambre sympa mais totalement transparent.

Je l'écoute continuer de m'expliquer combien elle aime *Life on Mars* et m'empare de ma basse après avoir vérifié que l'ampli était branché.

Sans même réfléchir, je fais un signe à Milo pour qu'il enregistre et je pince mon médiator entre le pouce et l'index de ma main droite.

Pour commencer la foutue intro de *Under Pressure*.

Parce que oui, moi aussi je peux lui parler de David Bowie. Mais à ma façon.

Lana s'est enfin arrêtée de parler et m'observe. J'aimerais affirmer qu'elle me voit enfin, vraiment, mais je ne pense pas que cette fille me verra un jour. Qu'importe, je continue quelques secondes supplémentaires sans la quitter des yeux, pose mon instrument et me dirige tranquillement dans le *box* voisin pour refaire strictement la même chose mais avec ma Vox.

Du regard, je demande à Milo de lancer l'audio de ce que je viens juste de jouer à la basse, ce qu'il fait en y ajoutant le rythme de la batterie, preuve qu'il me connaît bien. Et je commence à pincer les cordes de la guitare, sans davantage réfléchir car tout est ancré en moi. Sauf que je ferme les yeux, cette fois, parce que je veux me souvenir de cette soirée où j'ai eu la chance de jouer ce morceau, aux côtés de Bowie lui-même, lors d'un concert caritatif...

Cet enchaînement d'accords que j'aurais tellement aimé avoir composé moi-même et qui me contraint toujours à l'humilité. Fa majeur, fa majeur septième majeur, fa majeur 7, ré, ré 7, sol mineur...

C'est quand le *scat* commence et que je me mets à le fredonner que je rouvre les yeux. Et que je la vois qui m'étudie. Debout, longue et fine sous les lumières tamisées, bras croisés, cheville droite devant sa cheville gauche, sa jolie tête qui dodeline en rythme tandis qu'elle esquisse un sourire de sphinx.

Je fais signe à Milo de tout arrêter, pose doucement ma guitare et m'avance vers elle.

— Vous ne jouez pas trop mal non plus dans votre genre, si c'est bien ce que vous vouliez me prouver.

Moi, c'est avec la mèche qui s'échappe de sa queue-de-cheval que j'ai envie de jouer, mais je n'en fais rien. Elle me vouvoie. Elle garde les bras croisés. Elle ne s'avance pas vers moi. Je suis heureux de lire enfin un peu de respect, voire d'admiration, dans son regard si vert. Mais je n'y trouve aucun désir.

Hélas.

Autant j'ai aimé la provoquer pour qu'elle me remarque et finisse par m'apprécier. Autant désormais j'aimerais tellement n'avoir plus besoin d'en passer par là pour y parvenir.

— J'apprécie, Belgrade. J'espère qu'à force de persévérance j'arriverai à trouver un groupe qui voudra de moi.

Elle souffle un petit rire.

— En attendant, je me disais que si tu étais d'accord...

Quelle est la probabilité qu'elle ne m'envoie pas bouler ?

— Que si j'étais d'accord ?

Elle a redressé le menton, ses paupières se plissent. Je retrouve mon éternelle guerrière. Sa voix paraît toutefois encore plus veloutée dans ce temple de l'acoustique. L'entendre me conforte dans ma démarche et m'aide à poursuivre.

— Eh bien, tu pourrais accepter de reprendre avec moi ces paroles qu'on a chantonnées l'autre soir à l'hôtel.

Elle semble franchement décontenancée.

— J'avoue que je m'attendais à tout sauf à ça.

Je profite du fait qu'elle ne m'a pas immédiatement dit non pour continuer.

— Ce que nous avons fait me trotte dans la tête et j'ai un vague début de mélodie. Je me dis que, si tu étais d'accord, on pourrait peut-être enregistrer ce qu'on avait chanté.

Je l'observe décroiser lentement les bras, laisser tomber doucement le droit, porter sa main gauche à sa bouche pour mordiller, sans même paraître s'en apercevoir, l'extrémité de son pouce. Je ne dois pas songer au fait qu'elle est magnifique et que sa bouche qui s'entrouvre est un appel aux fantasmes.

— Tu vois, ça pourrait être le refrain d'une chanson qu'on pourrait travailler ensuite avec Mike et Simon. Comme ça, j'aurais une base à leur soumettre et...

Elle ne bronche pas. Je patauge à force de vouloir la persuader. Avec cette fille, je patauge tout le temps, finalement, et pourtant je ne peux m'empêcher de vouloir plus et de m'accrocher.

— Bref, si tu es d'accord, on pourrait même réutiliser ta voix, si le son est aussi bon que je l'espère. Mais sans donner ton nom, bien sûr, je sais que tu veux rester discrète.

— Imaginons que j'accepte, vous me promettez de ne pas vous moquer de moi ? Je ne sais pas comment me comporter devant un micro, je ne suis pas une pro. Et puis, ajoute-t-elle sur le ton de la boutade, l'humiliation du concert de fin d'année au collège est encore très présente.

— Promis.

Le pire, c'est que je suis sincère. Comment peut-on se moquer de cette fille qui est la volonté incarnée ? Je la sens tiraillée, hors de sa zone de confort. Je me dis que si elle me demandait de tenir un écarteur, ou pire, un scalpel, au bloc opératoire, je serais déjà en train de prendre mes jambes à mon cou.

Même s'il suffit de l'avoir entendue chanter pour comprendre qu'elle a beaucoup plus sa place ici aujourd'hui que moi avec un calot sur le crâne devant un patient au thorax ouvert.

Et c'est tant mieux pour le patient.

— OK, alors.

Elle vient vraiment d'accepter ?

— Sérieux ?

Un sourire sincère éclaire son visage.

— Ben oui. Ça peut être fun comme expérience.

Elle m'adresse un clin d'œil taquin.

— C'est bien vous qui m'avez dit qu'il fallait faire preuve de curiosité, non ?

La musique est ma vie depuis que mon grand-père m'a offert une guitare. Le fait que ma mère ait toujours écouté des disques, chantonné, fait la fête ou dansé, même enceinte jusqu'au cou, a peut-être contribué à ce que je ne puisse pas respirer si je ne joue pas.

Alors pouvoir faire se rencontrer cette fille qui me plaît de plus en plus et ce qui me définit et m'est essentiel me paraît presque trop beau.

— On n'est pas obligés de commencer tout de suite par notre chanson. C'est sans doute même mieux de s'accorder d'abord un peu. Si tu veux, tu peux commencer par chanter la chanson qui te passe par la tête et te mettre à l'aise ?

— N'importe laquelle ? Même si elle n'est pas des KA-9 ?

— Surtout si elle n'est pas de nous. J'aurais trop peur que tu la massacres !

Je serais surtout gêné qu'elle se sente obligée de chanter nos chansons, mais il n'est pas nécessaire qu'elle le sache.

Elle fait mine de réfléchir et pianote sur son téléphone portable.

— Désolée, je ne connais pas vraiment les paroles, précise-t-elle en levant son visage dans ma direction, avant de retourner à sa recherche, une expression concentrée et franchement trop mignonne sur le regard.

Je crois que si j'avais pu étudier à côté de cette fille, je serais devenu une vraie tronche en cours.

Elle finit par se rapprocher du micro. Trop. On a droit à un Larsen un peu éprouvant. On grimace tous les deux, elle semble contrite.

— Je t'avais prévenu.

Son sourire est soudain adorable, même si je m'attends à ce qu'elle me sorte par provocation un morceau de Britney Spears, Miley Cyrus ou même *Like a Virgin* de Madonna.

— Lou Reed ?

J'ai soudain le cœur qui bat un peu plus vite. Si en plus elle aime la bonne musique, celle qui a bercé mon enfance, de surcroît, je suis vraiment fini. Elle mordille sa lèvre inférieure, un peu hésitante.

— Tu peux m'accompagner sur *Perfect Day* de Lou Reed à la guitare, même si c'est du piano ?

— Je peux tout pour toi, bébé, je rétorque pour retrouver notre registre habituel.

Et essayer ainsi de me distraire de cette exaltation qui m'envahit subitement pendant que je la regarde prendre possession des lieux et se rapprocher du micro, joyeuse, excitée par le défi, presque juvénile.

Mais en vérité, plus rien n'arrive à me distraire d'elle pendant que je feins d'accorder ma guitare.

Quand elle commence à chanter, presque en murmurant d'abord, un peu trop bas aussi, les premières paroles de Lou Reed, m'observant par en dessous, ses yeux immenses relevés vers moi comme si elle attendait mon jugement, je comprends que je suis vraiment dans la merde. Parce que pendant que je cale les premières notes pour l'encourager et l'accompagner, alors que sa voix se brise un peu et qu'elle révèle un soupçon d'une fragilité qu'elle se plaît tant à cacher, je prends soudain conscience, comme une évidence, que je suis en train de tomber amoureux d'elle.

Chapitre 38

Svetlana

— Alors, ton week-end ?

Le visage aux traits réguliers de ma mère s'affiche sur l'écran de mon ordinateur portable.

— Génial !

Et en plus, c'est vrai.

On est rentrés il y a un peu plus d'une heure de notre virée au studio, et malgré ma douche et le temps pris pour passer un legging et un sweat-shirt, je crois que je suis toujours surexcitée tellement j'ai adoré cette journée, découvrir le studio, y chanter comme si j'y avais ma place.

Et bien sûr, enregistrer notre refrain.

Notre refrain...

Je me suis rejoué sous le jet brûlant ces instants hors du temps passés avec Tadzio dans le studio, histoire de me convaincre que je n'ai pas halluciné.

Je ne sais pas pourquoi j'ai pensé à *Perfect Day*. Bien sûr, il est facile de supposer que c'est parce que j'ai pris le premier titre qui confirmait combien j'avais aimé me balader avec lui et découvrir qu'il a vraiment des goûts de chiotte en matière de muffins. Mais j'aurais tout aussi bien pu balancer *Beautiful Day* de U2. Ou leur propre chanson, *One Day With You.*

Quoi qu'il en soit, Tadzio à la guitare pour accompagner cette ballade que j'aime tant, cette façon qu'il a eue de régler d'abord les frettes – à moins que ce ne soit les sillets, je confonds encore, j'avoue, malgré ses explications patientes – juste pour moi, j'ai presque cru à une plaisanterie tellement le vivre était improbable et inespéré.

On sait pourquoi Tadzio Steadman plaît dès qu'on le rencontre. C'est une évidence. Même s'il m'a agacée profondément, j'ai compris, à la seconde où je l'ai vu entrer dans mon bureau, qu'il appartenait à cette catégorie de personnes bénies des dieux. Charismatiques en plus d'être d'une beauté rare. Qui ont une aura. Un magnétisme.

Mais ça, ça suffit pour devenir mannequin. Tadzio, lui, est musicien, viscéralement. Quand il fait corps avec son instrument, quand ses mains s'en emparent et qu'il commence à jouer, désinvolte mais instantanément habité, c'est une expérience unique. Plusieurs fois, j'ai failli m'arrêter de chanter pour pouvoir observer ses doigts sur les cordes. Plusieurs fois, il a rattrapé mon coassement en m'encourageant d'un sourire discret pour me permettre d'aller jusqu'au bout.

Après l'avoir découvert prévenant et brillant en plus d'être drôle et caustique, j'ai même pensé fugacement que, s'il avait été une femme, j'aurais très probablement pu tomber amoureuse.

Pour vous dire...

N'empêche que j'ai vibré comme rarement, d'appréhension mais aussi d'excitation euphorique. Il faut tellement s'exhiber pour oser chanter devant quelqu'un que j'ai presque eu le sentiment de me dénuder lorsque j'ai commencé à murmurer les paroles qu'il voulait enregistrer.

Pourtant, quand on s'est approchés, Tadzio et moi, du grand micro sur pied, tout était soudain si intime que j'ai oublié mes réserves. Même si je sais qu'elles ne sont que fiction, je les ai chantées, ses paroles qui nous ressemblent, comme si elles étaient, le temps de quelques prises de son, notre réalité.

When nothing makes sense
When you're alone in the middle of this crowd
That's where I come from
When my eyes are no longer lightning but headlights in your night
Where you want me to be
Where I already love to hate you [22].

J'ai osé. Peut-être parce qu'il m'a portée de son regard soudain si intense, peut-être parce que c'est ça le pouvoir de son talent artistique exceptionnel. Car il n'a pas menti, ce petit con trop gâté par la vie, en plus de jouer comme un dieu, il sait chanter. Ça oui. C'est même un euphémisme, tellement sa voix cassée donne des frissons aux privilégiés qui ont la chance de l'entendre.

M'a donné des frissons en tout cas. Même si j'ai cherché à tout prix à laisser penser que j'étais hermétique à son magnétisme et à son talent pour éviter toute ambiguïté, alors que son regard bleuté me faisait l'effet d'une caresse indécente.

Après quelques prises de nos voix seules et des tentatives (vaines mais très patientes) d'explication de ce que signifie chanter en contre-chant ou en harmonie, il a fini par s'accompagner de sa guitare en fredonnant. Hésitant souvent, questionnant Milo,

22. Quand rien n'a de sens/ Quand tu es seul au milieu de cette foule/ C'est de là que je viens/ Que mes yeux ne sont plus des éclairs mais des phares dans ta nuit/ (Là) que tu veux que je sois/ (Là) où j'aime déjà te détester.

mais donnant peu à peu vie, de manière tout à fait fascinante, à une mélodie brillante et obsédante qui me trotte dans la tête depuis. Je n'ai pas son talent et je suis incapable d'y associer la moindre parole. Mais chaque fois que je reprends, sans y prendre garde, cette mélodie entêtante, son regard habité semble revenir s'ancrer au mien.

J'en viens presque à regretter que Tadzio ait dû mettre un terme à cette expérience pour dîner avec sa mère ce soir, parce que je pense que j'aurais pu enregistrer un album entier dans ces conditions.

Enfin... sous réserve de trouver des paroles...

Le vibreur de mon téléphone se fait entendre. Un SMS s'affiche sur l'écran pendant que ma mère me raconte sa partie de badminton avec mon père, contre lequel elle a une fois de plus gagné. Parfois, je me demande pourquoi il persiste...

Salut ma Lana. Mon vol arrivera à JFK à 19 h 30 jeudi dans trois semaines. Je te fais suivre les références exactes par mail. Tu nous réserves un resto cosy ? Tellement hâte de te revoir. Baisers. Jul

J'opine mécaniquement pendant que ma mère continue de parler. Mais mon cœur tambourine contre ma poitrine tandis que je découvre ce message de Julie. Je suis heureuse de la revoir. Enfin, je crois. Excitée aussi un peu. Mais j'appréhende tout de même ces huit jours qu'elle a prévu de passer chez moi « et plus si affinités », comme elle me l'a écrit il y a quelques jours. J'ai accepté pour cesser de culpabiliser quand je pense à elle et à ses derniers mots – des reproches et des regrets –, pour me faire pardonner, peut-être, aussi. Recommencer, qui sait ? Mettre un terme, plutôt ? Mais elle, qu'attend-elle vraiment ? Songe-t-elle sérieusement à reprendre notre histoire où nous l'avions laissée ?

Vient-elle en amie ? Et moi, de quoi ai-je envie vraiment en ce moment ?

Soudain, je me demande si elle s'entendra avec Tadzio et à quel moment je vais devoir quitter cette bulle protectrice qu'est devenu l'hôtel pour interrompre, à peine celles-ci commencées, nos pérégrinations perruquées.

— Lana ? Tu es avec moi ?

— Pardon maman, je bâille ostensiblement. Je crois que j'ai trop marché aujourd'hui, je suis un peu crevée. Je pense que mon lit et mon bouquin n'attendent que moi...

— Pas de problème, ma chérie. Ton père t'embrasse et moi aussi bien sûr. On a hâte de te revoir en vrai, mais en attendant, prends soin de toi. Bonne idée, le lit et le bouquin !

Bonne idée en effet, jusqu'à ce que je constate, après avoir dîné d'un bobun fabuleux – et qui me convainc une fois de plus que je pourrais m'accoutumer au luxe bien plus facilement qu'au repas du mess des internes quand je vivais en France –, que j'ai oublié ma liseuse dans la suite de Tadzio.

J'hésite à m'en passer et à regarder une série. Mais elle me tiendra éveillée trop longtemps. Alors qu'il ne reste que deux chapitres dans mon bouquin, juste ce qu'il faut pour être certaine de ne pas me coucher trop tard et d'être parfaitement opérationnelle demain matin au travail.

Mes empreintes digitales et mon regard tiennent lieu de clefs puisque Tadzio a autorisé mon accès. Je me décide donc à faire l'aller-retour en son absence. Je sais que cela ne le dérangera pas, il m'a déjà dit que j'étais chez lui comme chez moi et que je pouvais profiter des lieux, qu'il soit là ou pas.

Je suis déjà prête à me diriger vers le canapé du grand salon lorsque la porte de l'ascenseur s'ouvre directement dans la suite qui m'est désormais familière.

Interdite, je m'arrête lorsque je découvre une table dressée devant une des nombreuses portes-fenêtres entrouvertes. Recouverte de petites bougies et d'un joli arrangement d'hortensias, elle compte deux couverts mais un seul convive.

Tadzio est appuyé contre le dossier de sa chaise, presque avachi. Il fait tourner entre ses longs doigts un très grand verre ballon rempli d'un vin à la robe rubis.

Merde. Je n'avais pas compris qu'il dînait avec sa mère ici. À l'hôtel. Je n'ai pas besoin de jeter un œil à mes vêtements pour savoir que je suis habillée comme un sac, démaquillée de surcroît, et que la seule chose qui pourra me sauver quand je vais devoir saluer sa superstar de mère, c'est que je suis propre.

— Désolée, je bredouille. J'ai oublié ma liseuse. Je ne pensais vraiment pas que vous dîniez ici, jamais je ne serais passée sinon. En tout cas, certainement pas sans prévenir. J'espère vraiment que...

Tadzio cesse de faire tourner son verre pour le rapprocher de ses lèvres. Il prend le temps d'en boire une gorgée qu'il savoure, les yeux clos.

— Laisse tomber, Belgrade... je suis seul.

— Top. Je fais vite, alors.

Je fais quelques pas en direction du canapé, récupère ma liseuse sur l'accoudoir sans que Tadzio tourne la tête dans ma direction. Son comportement distant me laisse perplexe après l'après-midi que nous venons de passer. Il m'invite à me hâter encore davantage puisque je semble subitement si indésirable et indigne d'être présentée aux grands de ce monde.

Je suis de retour devant l'ascenseur sans que celui qui se révèle être ce soir aussi con que je l'avais jugé de prime abord fasse le moindre mouvement dans ma direction. Je fulmine mais décide qu'il ne vaut pas la fatigue d'un esclandre. Encore moins alors que sa mère va probablement surgir d'un coin de la suite ou arriver à son tour par l'ascenseur.

Dont la porte s'ouvre enfin.

— Salut, alors, je lance entre mes dents, doigts crispés sur ma liseuse. Saluez votre mère pour moi, je balance, alors que ça n'a aucun sens puisque, manifestement, il n'a pas spécialement envie de lui révéler mon existence.

— Je n'y manquerai pas. Si je la croise un jour, bien sûr.

Je stoppe le mouvement qui devait me permettre de retrouver la cabine de l'ascenseur et me tirer loin d'ici. En tout cas, deux étage en dessous au moins.

Je me remémore nos premiers échanges. Ce qu'il a laissé deviner de cette mère certainement étincelante mais pas forcément très structurée ni très présente.

— Votre mère a annulé votre dîner ?

— Pas vraiment, non.

Il repose son verre pour sortir une clope du paquet déposé sur la nappe blanche qui me semble bien trop élégante et classique pour lui. Je l'observe s'allumer la cigarette : prendre le briquet de sa main aux phalanges tatouées, bagues d'argent empierrées étincelant à la lueur des bougies, le rapprocher de la cigarette suspendue entre ses lèvres pleines. Je comprends à nouveau pourquoi il plaît tant, pourquoi il est devenu si célèbre à l'écran avant de dominer les scènes avec ses potes. Chacun de ses gestes est un mélange de grâce innée et de virilité évidente, inimitable.

— J'ai pu joindre son assistant qui m'a indiqué qu'elle était avec l'Unicef en Syrie. J'imagine qu'elle a dû oublier. En même temps, je peux pas lui reprocher de s'occuper de ces gosses alors que je n'en suis plus un, pas vrai ?

Il tire une profonde bouffée de sa clope. Recrache la fumée qu'il regarde s'élever en petits ronds parfaits.

— Vous deviez vous voir pour une raison particulière ?

— Non. Enfin, elle voulait fêter mon anniversaire...

— Merde, mais pourquoi vous ne m'avez pas dit que c'était votre...

Il se tourne enfin vers moi. Ses yeux me font penser à ceux d'un loup. Trop clairs. Froids.

— Parce que ça ne l'est pas. Techniquement, c'était y a trois semaines mais elle a reporté... Elle était à Bali. Me demande pas pourquoi, j'en sais rien et...

Il roule des yeux, émet un rire sans joie.

Comme s'il cherchait à dissimuler la vulnérabilité et l'insécurité que je trouve ce soir dans son regard.

— Putain, j'ai l'air tellement pathétique quand je te raconte ça. Le grand garçon qui attend sa maman.

J'ai été une petite fille qui a beaucoup attendu ses parents. Je suis désormais une adulte qui a été très heureuse de pouvoir discuter ce soir avec sa mère. Il n'y pas d'âge pour avoir besoin de racines, et moi, ce que je vois quand je regarde Tadzio ce soir, c'est un petit garçon qui aimerait bien un câlin.

— Je peux faire quelque chose pour vous ?

Il ferme brièvement les yeux, – et je pense un instant qu'il va répondre par la négative –, puis les rouvre pour me jeter un sourire diabolique. Même si je pressens le pire, je suis contente de le voir déjà reprendre un peu du poil de la bête.

— J'ai bien une idée mais ça implique beaucoup de proximité pendant au moins les deux prochaines heures.

Je roule des yeux.

— Ça me semble pas être une très bonne idée, Tadzio.

Il tire sur sa clope, esquisse un demi-sourire un peu en me dévisageant.

— Quoi ?

— Disons que si par hasard j'étais une érotomane prétentieuse et persuadée que tous les hommes veulent m'embrasser ou coucher avec moi (il ricane et je sais que j'ai tapé dans le mille), j'aurais pu croire que, justement, c'est ce que vous me proposiez. Dans ce cas, je vous aurais dit que c'est une très mauvaise idée. Parce que malgré votre gueule sexy mais beaucoup trop masculine à mon goût, je ne comptais pas donner de mon corps, même pour vous consoler.

Le ricanement exaspérant se fait à nouveau entendre.

— Carrément érotomane et prétentieuse...

— Quoi ?

— Tu es impayable, Belgrade. Pourquoi voudrais-tu que je risque maintenant le geste déplacé que je n'ai pas songé à tenter pendant toute la journée.

Il m'adresse un sourire aussi étincelant que désarmant.

— Je voulais te proposer de rester dîner.

Il désigne la table, les premiers plats sous cloche sur la desserte.

— Ça serait dommage de ne pas profiter de ce que les cuisiniers ont préparé pour la grande Julia Mitchells, pas vrai ?

Je ne peux m'empêcher de rire parce qu'il m'a eue, une fois de plus. Même si je suis un peu allée vers ce registre parce que je savais qu'il pouvait lui changer les idées.

Je regarde la table et les bougies dont les flammes dansent. Je pense à la journée incroyable que j'ai passée une fois de plus grâce à lui. Au second dîner que je lui ai promis et qu'il ne m'a plus jamais réclamé.

J'essaie surtout, en revanche, de ne pas penser au bobun nems poulet dont je n'ai pas laissé une seule nouille de riz et qui me tapisse l'estomac.

Pas une seule nouille.

Je lui souris.

— Vous savez quoi ? C'est une super idée parce que je suis affamée. Alors puisque vous n'êtes pas saturé de ma présence et que – je désigne d'un mouvement théâtral de la main mon sweat-shirt, mon legging et mes chaussettes à picots – j'ai revêtu pour l'occasion mon habit de lumière, on va se le faire, ce repas d'anniversaire, croyez-moi !

Chapitre 39

Même soir – Tard dans la soirée,
quand les chirurgiennes sont déjà rentrées
se coucher (et digérer) – WhatsApp –
Conversation « Band »

SIMON
Je pensais terminer le concert en acoustique.

MIKE
On n'avait pas dit qu'on finissait par *Electric Angel* ???

SIMON
Ouais, mais justement. En acoustique, si je joue avec la guitare de Cobain, ça peut vraiment le faire.

SIMON
Tu parles de MA guitare ? Émoticône démoniaque.

MIKE
Je sors le pop-corn.

TADZIO STEADMAN
@Mike : pas la peine.
@Simon : j'ai une autre idée et elle n'implique pas que tu joues avec MA guitare.

SIMON
Parce que t'as avancé avec TA copine ?

TADZIO
Pas forcément comme tu l'entends mais ouais, j'ai avancé.

MIKE
Tu développes ?

TADZIO
Envoi d'un message audio – enregistrement *Electric Studios* – Titre : *La Chanson de Lana.*

Chapitre 40

Svetlana

CHARLOTTE
Je ne peux pas croire que tu acceptes de la revoir comme ça.

HORTENSE
Et de l'accueillir chez toi en plus !

CHARLOTTE
Après ce qu'elle t'a fait.

Ce que j'apprécie chez mes amies, c'est qu'elles ne pratiquent jamais la langue de bois. Surtout quand c'est pour défendre l'une de nous.

Mon bloc s'est terminé il y a déjà presque une demi-heure mais Paul, qui m'a sollicitée pour une entrevue sur un sujet administratif, n'est toujours pas revenu du pot de thèse organisé par un de nos anciens internes à l'hôpital voisin. Mondanités et (trop d') alcool imposé ensuite, le genre de truc que je déteste et que j'ai évidemment décliné, en invoquant mon programme opératoire.

Je glousse donc en l'attendant, observant l'écran de mon téléphone et la conversation collective que Charlotte et Hortense animent depuis que je leur ai enfin annoncé la nouvelle.

Enfin, puisque notre réunion Zoom avortée date d'il y a une semaine déjà et que nous sommes vendredi.

Enfin, puisque je n'ai pas eu une minute à moi entre mon travail, une réunion à la clinique, un passage à la salle de sport après le boulot. Et surtout deux nouvelles soirées de mardi et mercredi que Tadzio a réussi à me convaincre de passer avec lui pour déambuler dans New York. Et me faire davantage découvrir Time Square, Central Parc, Williamsburg... D'autres quartiers de New York que ceux que nous avions déjà visités.

Et avec ça j'ai complètement oublié de répondre à cette fille sur Tinder.

ROMY

Je vous trouve un peu dure, les filles. Croyez-moi, c'est pas facile d'être amoureuse de quelqu'un qui ne sait même pas ce que fidélité et monogamie signifient.

Raphaël, si tu nous entends... Je ris intérieurement de lire la reprise bienvenue de nos échanges et des commentaires des filles.

CHARLOTTE

Oui, peut-être. Mais en attendant, cette pétasse fidèle et monogame s'est barrée du jour au lendemain, en laissant Lana payer seule le loyer et sans lui fournir d'autre explication que « je t'aime trop, je souffre, je me tire ». Franchement, qui fait ça ?

Bon, Charlotte n'a pas tout à fait tort et je concède que même moi qui me targue de ne pas être sentimentale, j'ai un peu morflé. Mais je reconnais qu'affirmer catégoriquement que le mariage n'était pas ma préoccupation principale, pas plus qu'essayer coûte que coûte de fonder une famille, n'a pas forcément été facile à accepter pour Julie. Même si je n'ai jamais cherché à me faire passer pour une autre. Ni à dissimuler que mon truc à moi, c'était mon travail, mes amies que j'avais tout de même laissées pour elle, et le sexe. Avec elle exclusivement, puisqu'elle y tenait.

Peut-être que le fait que j'ai continué de passer aux fêtes de médecine parisiennes quand j'y étais invitée alors qu'elle rêvait de soirées cocooning et câlines à deux n'a rien arrangé. Peut-être que le fait que Julie m'y retrouve un soir en train de boire un verre avec une très jolie brune – mais qui n'était pas elle – n'a pas aidé non plus.

Peu importe, finalement. C'est de l'histoire ancienne, elle est partie à ce moment-là et je suis passée à autre chose. Je ne regarde jamais en arrière. Je vais de l'avant.

Cela dit, si aller de l'avant implique de revoir mon passé qui se manifeste, aussi bancale que puisse être cette formulation, alors j'irai de l'avant. Et quoi qu'en pensent Charlotte et Hortense, je reverrai Julie.

Advienne que pourra.

Ce soir, c'est ton soir.

Le vibreur de mon téléphone vient d'interrompre mes pensées.

Pour une fois que j'essayais d'y voir clair et que je ne fredonnais pas cette foutue mélodie.

Je réponds immédiatement à Tadzio qui est l'auteur de ce dernier SMS.

On parle de quoi, Steadman ?

Je l'envoie. Pose mon téléphone. Le reprends.

Et bonjour à vous aussi.

Bien entendu, Tadzio ne peut pas se contenter de me répondre par message. Il m'appelle.

Je hausse les yeux au ciel pour la forme, puis souris parce que je suis contente d'avoir de ses nouvelles… et qu'il n'est pas là pour le voir. Même si j'ai bien baissé la garde depuis notre dernier week-end, y compris en sa présence, et que je suis de plus en plus heureuse de le retrouver.

Il est possible que je compte désormais un nouvel ami aux côtés des filles et de Raphaël… un nouvel ami pour lequel j'ai éprouvé de l'agacement puis du désir mais que j'apprends à connaître autrement.

Je me lève parce que j'en ai assez de rester assise à contempler mon ordinateur en attendant que Paul se décide enfin à arriver, me campe devant la baie vitrée pour observer le One World Trade Center et l'Oculus qui me fascinent toujours autant. Puis je décroche enfin, juste avant que ma messagerie ne se mette en marche, après trois sonneries qui ont dû le faire bouillir.

— Steadman ! Qu'avez-vous de si important à me dire que vous ne pouviez pas m'écrire ?

Son rire désormais familier me répond.

— Rien d'important. Tu sais bien que je prendrais n'importe quel prétexte pour t'entendre.

J'entends le son de sa guitare.

— Plus sérieusement, je suis en train de travailler. Te mettre sur haut-parleur m'arrange un peu plus que de continuer de me faire engueuler par SMS.

Cette fois-ci, c'est moi qui ris.

Que voulez-vous, je suis un public facile…

— Je te disais juste, au cas où tu chercherais à l'oublier, que ce soir, c'est toujours à toi de trouver quoi faire. Ce que tu veux, à condition que tu choisisses un endroit de la ville et que tu y ailles seule pour que je t'y retrouve !

Dernière lubie de Tadzio : faire désormais en sorte que je m'approprie davantage New York. Il estime m'avoir fait sortir de ma tanière. Il suggère maintenant que je devienne plus autonome. Je me demande quelle image piteuse j'ai bien pu lui donner pour qu'il me propose ce type de défi.

En même temps, sans lui, je serais probablement encore en train de jongler entre boulot, sport et visite à l'hôpital, avant de rentrer chez moi pour une soirée de sexe facile ou de lobotomie devant une série quelconque.

En réalité, je suis obligée d'admettre que cette idée de me faire découvrir la ville et le temps qu'il me consacre pour cela comptent vraiment beaucoup pour moi et ont sans doute été salutaires. Plus encore : l'idée que j'ai eue, après avoir compulsé des blogs, de proposer à Tadzio d'aller se balader avec moi à Bushwick pour découvrir des fresques de *street art* me réjouit.

J'ai le droit d'avouer que je n'avais jamais entendu parler de ce quartier depuis que j'ai emménagé ?

— Tu en as pour longtemps encore ?

— J'ai déjà terminé mes comptes rendus opératoires et traité mes dossiers de demain. Mais je dois discuter avec un collègue qui n'a pas encore fini ses consultations. Ça vous laisse le temps de composer une ou deux chansons.

— Lana, tu sais bien que l'inspiration me vient naturellement et sans même réfléchir. En une heure, je devrais même pouvoir composer et enregistrer un album entier. Je te rappelle que les artistes ne travaillent jamais...

Bon, pour une fois, je ne sens pas d'amertume mais juste une petite pique que j'ai bien méritée, même si, moi aussi, je le provoquais un peu. Je me dis que je devrais arrêter de persifler avec lui. Je n'accorde pas facilement ma confiance mais je crois que je n'ai plus de raison de continuer de m'abriter, comme souvent avec lui, derrière mon mur de sarcasme et d'agressivité habituel.

Bref, ce n'est pas le sujet de toute façon... on verra bien comment se passe notre balade de tout à l'heure.

J'entends une voix qui semble s'adresser à Tadzio.

— Je te laisse, Belgrade. Un truc à faire. Bipe-moi pour me dire où te rejoindre tout à l'heure, OK ?

— Ça marche !

Je m'apprête à raccrocher, mais prise d'une pulsion, je poursuis :

— Et au fait... Steadman ?

— Oui ?

— Merci de faire tout ça avec moi. Je me réjouis. Vraiment.

J'entends un petit rire étouffé et je me prépare à ce que Tadzio profite de ma soudaine sincérité pour se foutre de moi. Ce serait bien son genre. Et ce serait de bonne guerre.

— Moi aussi, Lana. Vraiment.

Plus de petit rire mais sa voix aux inflexions souriantes, caressantes, comme s'il était à côté de moi.

Le combiné encore en main, je contemple la rue. Taxis jaunes, badauds, New-Yorkais pressés, *fixies* qui slaloment. Cette ville est dingue et je l'aime de plus en plus.

À l'image de celui qui me la fait visiter ?

Je souris un peu bêtement face à la baie vitrée, alors qu'il a déjà raccroché. Je suis en train de me dire qu'il faudrait quand même que j'en parle à Romy pour qu'elle m'aide à y voir plus clair dans ce bazar qu'est devenue ma vie personnelle lorsque je suis brutalement projetée contre la baie vitrée. Mon front tape avec force contre le verre et je laisse échapper un cri mêlant douleur et incrédulité.

C'est quoi ce bordel ?

Dans un réflexe instinctif, j'essaie de me dégager avec toute la force dont je suis capable malgré la stupeur, mais un bras épais s'est déjà faufilé entre la paroi et mon sternum. Il bloque mes épaules d'un même mouvement transversal, m'empêchant ainsi d'utiliser mes mains comme je le souhaiterais. Je lâche mon téléphone tandis que mon agresseur – car c'est bien un homme, je le sens à sa carrure – fait aussi pression sur ma trachée et menace de m'étouffer.

— Et gnin gnin, je suis contente de te revoir. Et vas-y que je porte une perruque pour te rejoindre le soir. Et vas-y que je me fous de la tronche de tout le monde en me prétendant lesbienne pour aller baiser avec le boss ou la première pop star venue et mieux voler la place de ceux qui l'ont méritée.

Pourquoi je jurerais qu'il s'agit de la voix de Paul, le collègue jamais content mais plutôt insipide avec lequel je devais discuter ? Comment ai-je pu être absorbée au point de ne pas entendre ses pas sur la moquette et de me retrouver aussi piteusement coincée, moi qui sais d'ordinaire si bien me défendre lorsque mes réflexes répondent présents ?

Je sens qu'un grand corps lourd et brusque se presse contre le mien alors que j'essaie vainement de me bouger. L'odeur d'un parfum familier, mâtiné de relents alcoolisés, me soulève le cœur.

— Tu aimes ça qu'on te coince, non ? Tu te donnes de grands airs froids mais je suis certain depuis le départ que tu n'es qu'une chienne.

La voix de mon collègue, puisque c'est bien de lui qu'il s'agit, est basse et essoufflée. Je la reconnais à peine et ne m'explique pas son comportement. Ni ses propos ultra-agressifs.

— Charmant.

Je n'ai pas pu m'empêcher de l'ouvrir. J'aurais mieux fait d'éviter si j'en crois la réaction de Paul, qui s'empare de mon crâne pour cogner une fois de plus ma tempe contre la vitre. La douleur sur ma pommette est violente et intense mais je n'en ai rien à faire et je lutte contre l'étourdissement qui me guette. Je veux comprendre, je *dois comprendre,* pourquoi il disjoncte et essayer de le ramener à un état plus civilisé.

Pour mieux lui mettre mon poing dans sa sale face qui empeste l'alcool dès que j'en aurai l'occasion.

— Ta gueule, sale pute. Ça suffit de me prendre de haut.

Il appuie encore plus contre mon dos et mes fesses, et cette fois, je n'ai plus aucun doute. Ce taré est en érection et moi je suis juste complètement paumée et à sa merci.

— Non seulement j'aurais dû avoir ton poste et tu débarques comme ça, en pavoisant, juste parce que tu connais ce bellâtre friqué de Lemarquand. Mais en plus, comme tu t'estimes trop bien pour sortir avec moi, tu me vends ton histoire d'homosexualité. Et tout ça pour quoi ? Pour mieux m'humilier en me donnant des ordres au boulot et aller baiser, au vu et au su de tout le monde, avec un connard tatoué en pensant que je serais dupe. Lesbienne mon cul, ouais ! Dès qu'il y a du fric à faire et des postes à voler, tu les aimes bien les queues, pas vrai ? De toute façon, c'est comme ça qu'il faut toutes vous traiter : comme des chiennes qui aiment les queues !

Il en profite pour me faire sentir la sienne contre le fin tissu de ma robe et j'ai un haut-le-cœur de répulsion.

Je dois le calmer. D'abord le calmer.

— Écoute, Paul, je ne comprends pas du tout de quoi tu parles ni pourquoi tu es dans cet état. On peut discuter, non ? Tu es un collègue dont j'apprécie les compétences et...

Sa main libre, celle qui n'est pas occupée au niveau de mon cou, commence à se faufiler sous ma robe.

Il palpe brutalement la rondeur de mes fesses à travers mon collant, tente de glisser sa main entre mes cuisses que je contracte autant que possible pour me protéger.

— Ta gueule, je te dis. Tu vas les connaître, mes compétences. Et tu vas vite comprendre qui est le vrai patron ici, crois-moi.

Malgré son bras qui continue d'emprisonner mon cou, malgré son corps qui bloque le mien sans que je parvienne à trouver une faille pour renverser enfin la situation, malgré son sexe qui semble vouloir perforer mon collant, je me force à respirer pour ne pas céder à la panique.

Kimberley est partie il y a bien une demi-heure et sauf si elle a oublié un effet personnel comme cela lui est déjà arrivé, je n'ai aucune chance que quelqu'un passe à notre étage avant la venue des femmes de ménage qui travaillent de nuit.

J'ai le temps de mourir.

Et sans doute, hélas, de trouver la réponse violente et non consentie à toutes les questions que je me posais depuis que j'ai rencontré Tadzio sur les rapports sexuels hétérosexuels.

J'essaie de le repousser une fois de plus lorsque je sens ses doigts qui tirent sur mon collant pour le descendre, le déchirent probablement, et commencent à glisser contre ma peau désormais dénudée. La panique me gagne quand je comprends que je suis absolument seule et absolument pas en situation de reprendre l'avantage.

Je suis coincée par sa prise, son poids, sa rage brutale. Bien plus pétrifiée que dans les situations décrites par mon instructeur de krav-maga. Incapable, en réalité, de me sortir de cette situation, malgré toutes ces heures passées à m'entraîner et ces combats amicaux gagnés, y compris pourtant contre des hommes.

L'histoire de cette fille qui avait accepté une fellation pour mieux profiter de l'état d'assoupissement consécutif de son agresseur et s'enfuir me revient brusquement. Et je prie pour ne pas en être réduite à pareille extrémité. Cela dit, si l'alternative est que ce porc introduise son sexe en moi et continue de confondre mon visage avec un punching-ball, je suis bien incapable de savoir ce qui sera le pire. J'essaie de surmonter mon envie de vomir.

— Paul, s'il te plaît. (Ma voix est comme brisée par la pression brutale qu'il a infligée à ma trachée et à ma gorge.) Je suis prête à discuter. À mieux reconnaître tes compétences et même à dire à Raphaël que tu mérites mon poste.

— Mais bien sûr. Tu me prends pour un débile ? Tu parleras moins quand je fourrerai ma queue dans ta grande gueule. Et crois-moi, siffle-t-il à mon oreille, une fois que j'aurai fini de jouer avec toi et que je me serai enfin débarrassé de toi, je me passerai de ton intervention pour avoir le poste qui me revient de droit.

Il ponctue ses derniers mots d'un nouveau coup de ma tête contre la vitre qui m'étourdit et m'arrache un gémissement de douleur. Je sens ses doigts qui écartent ma culotte pour retrouver le chemin de mon entrejambe, descendent vers mon intimité. J'essaie de ne pas perdre pied, de trouver en moi la force de le repousser, alors que ses grognements s'intensifient et me soulèvent le cœur, lorsque j'entends le bruit d'un poing qui s'écrase contre la tête de Paul derrière moi. Un deuxième suit, le contraignant à me lâcher immédiatement, en même temps que le bruit d'une lutte qui s'engage au sol se fait entendre.

À peine libre, je me retourne, prête à aider de toute mon énergie la personne qui vient de me sauver.

Pour découvrir, stupéfaite, Tadzio Steadman en train d'assener mécaniquement des coups de poing sur le visage désormais violacé de mon collègue, immobilisé au sol entre ses cuisses contractées. On dirait qu'il est lui-même pris de folie et il lui faut bien plusieurs secondes avant d'entendre enfin mes supplications et de s'interrompre.

Paul, qui profitait, il y a quelques minutes encore, de son effet de surprise pour me menacer s'est manifestement fait prendre à son propre piège, allongé sous Steadman qui l'entrave de ses cuisses et de ses mains crispées. Installé à califourchon sur lui, le grand brun le fixe visage fermé encore empreint de colère, lèvres serrées comme s'il cherchait à retrouver son calme en même temps que son souffle.

Une impression de déjà-vu mais qui n'a tellement rien à voir...

Sonnée, je remonte tant bien que mal le collant déchiré qu'avait abaissé Paul, rajuste presque mécaniquement ma robe et m'appuie contre la baie vitrée. Moi qui pensais que l'adrénaline allait me permettre d'aider mon sauveur, j'ai au contraire l'impression d'être vidée, molle.

Quelques secondes s'égrènent encore avant que Steadman ne tourne son visage tendu vers le mien. Le bleu de ses prunelles se fait acier.

— J'aimerais que tu ramasses ton téléphone et que tu appelles la police puis la sécurité de l'immeuble.

Moi qui suis tellement prompte à la contestation, surtout lorsque l'ordre émane de Tadzio Steadman, j'obtempère, me baisse et récupère mon portable sur lequel je m'apprête à composer le 911.

— Dès que la sécurité viendra récupérer ce gros tas de merde, je te ferai un putain de câlin pour vérifier que tu es bien vivante.

La voix encore vibrante de colère de Tadzio vient d'interrompre mon mouvement. Mon regard croise le sien. Gris orage.

Intense.

Possessif.

Sans doute s'en rend-il compte car il secoue la tête, reprend sa prise sur les bras de Paul qui grogne faiblement, et esquisse un demi-sourire avant de poursuivre :

— Et surtout, Belgrade... je sais que tu n'es pas une putain de victime. Mais ne viens surtout pas me dire que tu étais en train de t'entraîner au krav-maga avec ce sac à merde parce que cette fois-ci, crois-moi, je ne m'excuserai pas.

Le gloussement que j'émets en le dévisageant, sans être capable de l'approcher, tient autant du sanglot que du rire.

C'est bien celui que je considérais comme un petit con superficiel et un peu léger qui m'a sauvée ce soir.

Chapitre 41

Tadzio

J'avais bien espéré serrer Lana contre moi ce soir.

Mais l'idée, c'était de profiter peut-être des loopings des manèges de Coney Island où j'avais eu subitement envie de l'emmener en espérant trouver le courage de lui livrer enfin un peu de ce que je ressens pour elle. Pas de devoir la rassurer, après une agression dégueulasse, sur la banquette arrière d'une des berlines utilisées par le groupe.

Dans le rétroviseur, je croise le regard perplexe de Steven, mon chauffeur habituel. Celui auquel j'ai indiqué en fin d'après-midi qu'on partait récupérer Lana chez One Heart pour filer ensuite à l'héliport. Celui aussi qui m'a parlé quand je discutais avec Lana au téléphone et que je lui ai fait croire que je composais chez moi. Histoire qu'elle reste dans l'idée qu'on passerait, comme convenu, une soirée à son initiative.

Non pas que je voulais l'empêcher d'en prendre une, d'initiative. Mais je m'étais dit qu'on aurait pu décaler à une autre soirée, afin de ménager mon effet de surprise.

Et enfin dépasser l'ironie et notre jeu de dupes pour lui parler.

Pour l'effet de surprise de ce soir, je crois que je ne m'en suis pas si mal sorti. Mais croyez-moi, je préférerais me passer de ce sarcasme et être vraiment en train de me chamailler avec elle devant une barbe à papa.

Le regard de nouveau insondable de Steven me fixe une seconde de plus avant de se déporter vers la chaussée bondée qui s'étire devant nous. Il doit tout de même se demander ce qu'on a foutu pour revenir ravagés comme ça. Il ne bronche pas, cela dit, quand je lui indique la direction de l'hôtel. Pourtant, il m'a attendu plus d'une heure en bas et a nécessairement vu rentrer les flics dans l'immeuble... avant qu'ils n'en ressortent avec un grand type menotté à la gueule défoncée.

Un gros porc immonde, oui.

J'expliquerai tout à Steven mais pas ce soir. Je ne veux plus parler de ce qu'elle vient de subir devant Lana qui se tait depuis que nous avons quitté la clinique, une fois sa déposition effectuée dans son bureau après les premières constatations médicales. Elle devra retourner au bureau de police, et surtout répondre à leurs questions pour leur permettre de poursuivre leur enquête et déterminer si son collègue a des antécédents avec d'autres femmes avant elle.

En considération de son statut de médecin, les flics ont donc accepté de la laisser repartir avec moi ce soir. Espérons qu'ils ferment leur gueule parce que j'ai bien noté les regards qu'ils ont échangés lorsque j'ai décliné et confirmé mon identité.

— Vous devriez prendre des anti-inflammatoires, ce soir.

Svetlana vient d'effleurer délicatement les phalanges violacées de ma main droite, celle qui traîne entre nous sur la banquette. Sa caresse est légère, et même si ce n'est ni le lieu ni surtout le moment, j'aimerais qu'elle ne l'interrompe pas.

C'est pourtant ce qu'elle fait et j'hésite quelques brèves secondes à reprendre sa main pour lui montrer que je suis là, qu'elle n'est pas seule. Que je suis son ami. Mais peut-être qu'elle n'a surtout pas envie d'un contact masculin et que mon geste sera mal perçu... Je laisse ma main meurtrie où elle est et dissimule mon trouble derrière un vague ricanement.

— C'est sympa de t'occuper de moi, Belgrade. Mais l'idée, c'est d'abord que toi, tu ailles bien.

Son regard croise le mien tandis que les lumières de la ville jouent sur les traits si fins de son visage tendu.

— Je vais bien. C'est déjà derrière moi. Il faudra juste que je trouve rapidement un autre chirurgien pour remplacer Paul mais ça ne devrait pas être si compliqué. Il y a énormément de candidats qui sont prêts à venir du monde entier pour travailler chez One Heart.

OK. Elle veut la jouer comme ça et remettre sa cuirasse. Ce n'est certainement pas le moment de la contraindre à livrer ses émotions si elle n'en a pas envie. Moi, je veux juste ne plus la laisser seule.

Plus une seule seconde si je m'écoutais et si j'étais le scénariste de nos deux existences.

Elle ne pipe plus un mot lors du trajet, gardant la tête haute lorsque nous traversons le lobby et croisons certains regards intrigués ou horrifiés.

Avec un peu de chance, ils ont cru qu'on revenait d'une soirée paintball.

Elle répond juste d'un OK monocorde lorsque je lui suggère de monter dans ma suite plutôt que dans sa chambre, dans laquelle je ne m'imagine pas la laisser seule ce soir.

Le fait que j'ai pris prétexte de ma main à soigner m'a permis de la convaincre de rester avec moi. Je commence à la connaître, elle aurait refusé ce qu'elle aurait pris, sinon, pour de l'apitoiement.

Debout devant le plus grand des canapés du salon, je cherche un truc à dire mais elle me précède.

— Vous auriez des vêtements propres à me passer ? J'aimerais prendre une douche.

Je balaie rapidement sa silhouette. Droite, comme toujours, la bouche serrée, le chignon rectifié. Altière malgré ses pommettes tuméfiées, sa robe froissée et ses collants filés. Une guerrière.

Ma guerrière.

— Bien sûr, vas-y. Je te trouve ça.

J'entends le bruit de la douche sous laquelle elle s'éternise. J'en profite pour commander à grignoter auprès du *room service* et lui chercher des vêtements confortables mais surtout aussi couvrants que possible. Je ne veux pas qu'elle puisse penser que je veux profiter de sa détresse pour me rincer l'œil en lui filant une chemise ou un tee-shirt. Ni la gêner parce que je verrais son corps dénudé après ce que l'autre connard lui a fait subir.

— Les vêtements sont devant la porte de la salle de bains, je crie avant d'aller ouvrir au garçon du *room service*, sans être vraiment certain qu'elle m'ait entendu.

Je passe le temps assis au bar de l'espace cuisine de ma suite, devant une rediffusion d'une émission de Jimmy Fallon. Pour la forme, je vérifie la disposition des différents mets posés sur l'îlot, me sers un verre dont je ne bois pas une goutte. Une seule question m'obsède : comment va-t-elle ? Est-ce qu'elle pleure sous la douche ? Ira-t-elle mieux ?

Quand elle me rejoint au salon une vingtaine de minutes plus tard, je prends sur moi pour rester imperturbable, malgré le pincement au cœur que j'éprouve immédiatement.

Noyée dans mon sweat-shirt qui dégage joliment son cou et révèle la finesse de ses clavicules, essayant de ne pas trébucher dans un pantalon d'intérieur en coton qu'elle a manifestement dû rouler à la taille pour le faire tenir, elle ressemble à une gamine un peu paumée. Elle qui s'efforce toujours de ne montrer que sa force et sa confiance... J'ai l'envie instantanée de péter un peu plus la tronche de ce sale type pour l'avoir rendue si vulnérable. J'essaie de ne pas fixer le côté droit de son visage, celui qui est encore violacé après avoir cogné la baie vitrée, ni les marques de strangulation autour de son cou. Je ne veux pas la mettre mal à l'aise. Je veux qu'elle me parle si elle en éprouve le besoin, pas qu'elle se sente diminuée alors qu'elle tient toujours tellement à rester autonome, forte, indépendante.

— Salut.

Elle esquisse un sourire un peu gêné. Une mèche de ses cheveux, pour une fois à peine retenus dans un chignon souple, danse devant son visage qui semble si juvénile ce soir.

— Salut, je lui réponds en souriant.

— Merci pour les fringues. Elles sont... euh... Elle penche la tête pour contempler ses doigts de pied qui sortent à peine du bas de pantalon sombre. Cool ?

— J'avais bien pensé à te filer ma nuisette en soie mais elle n'est pas encore revenue du pressing.

Elle laisse échapper un gloussement. Un vrai gloussement ! Je ne sais définitivement pas pourquoi cette fille a un tel effet sur moi mais je crois que je suis presque aussi heureux qu'à notre premier Grammy.

Je fais pivoter mon tabouret et désigne les différents plats ou desserts disposés sur l'îlot.

— Je me suis dit que tu aurais peut-être faim ?

Elle reste debout devant l'îlot, à environ un mètre de mon tabouret. Sans s'asseoir. Impassible. Je bredouille du coup.

— Peut-être pas, après tout. Mais disons que quelques douceurs ne pourraient pas te faire... Enfin, ne pourraient pas nous faire de mal...

Sors les rames, Tadzio.

Elle tourne à peine la tête vers les assiettes remplies de mignardises sucrées. Ne voit sans doute même pas le bol de pop-corn ni celui plein de M&M's que j'ai pris la peine de commander, en plus de la carte classique du *room service*.

— C'est pas trop mon truc, les douceurs. Même si c'est très gentil de votre part. J'apprécie. Mais vous savez, je ne suis pas malade. Juste énervée d'avoir été si stupide et de m'être fait avoir comme ça. Sans vous... (Un léger sourire s'épanouit sur son visage aux traits encore tirés. Sa voix se casse un peu quand elle reprend la parole :) Merci encore, bien sûr.

— Arrête avec ça, tu m'as déjà remercié et tout le monde aurait réagi comme moi.

J'essaie de changer de sujet. Elle me gêne avec ses remerciements.

— Donc tu es plutôt salé que sucré, c'est ça ?

— Pas vraiment... Elle m'observe attentivement. J'ai l'impression bizarre qu'elle mijote un truc mais je suis bien incapable de savoir quoi. Mon truc quand j'ai un trop-plein de pression, c'est plutôt la boxe...

Euh.

Je l'interromps précipitamment.

— Tu m'en veux pas, Belgrade, mais question boxe, je pense avoir assez donné aujourd'hui...

Nouveau gloussement. Après sa voix qui s'est brisée, et même si je me doute qu'elle doit être en proie à des émotions intenses et complexes, c'est toujours ça de pris, pas vrai ?

— J'allais parvenir à la même conclusion mais vous m'avez interrompue... Je disais donc la boxe (elle marque un bref temps d'arrêt, son sourire s'élargit comme si ce qu'elle s'apprête à me dire est parfaitement anodin dans une conversation informelle) ou le sexe.

Je sens immédiatement mes yeux s'écarquiller. J'essaie cependant de conserver un rythme de respiration normal.

Afin de chasser toutes les images absolument inopportunes qui me traversent immédiatement l'esprit.

— Ou le sexe... (Je me contente de répéter pensivement ses derniers mots. Sans oser la regarder dans les yeux.) Tu es super mal barrée, alors.

Pour me donner une contenance, je déplace avec soin le plateau de nems pour l'aligner bien comme il faut avec celui des gaspachos. On ne se rend pas suffisamment compte à quel point c'est important, l'alignement des nems avec les gaspachos. Je contemple mon œuvre. C'est mieux.

Mais pas satisfaisant. Je m'empare du bol de pop-corn, le rapproche du bord du bar.

— Pas tant que ça. Et arrêtez avec ce pop-corn !

Bon, cette fois-ci, je me décide à la regarder en face. Ses yeux sont légèrement plissés et elle continue de me dévisager comme si je lui cachais quelque chose.

Sauf que je n'ai pas la moindre idée de quoi il peut bien s'agir.

— Je ne te suis pas du tout, Lana.

Elle glisse ses mains dans la poche ventrale du sweat-shirt. Se redresse. Poursuit :

— Vous êtes là, non ?

Oui, je suis là. Très, très là, même, si je puis dire, mais... c'est quoi son délire, là ? Elle a affirmé qu'elle n'avait qu'un léger traumatisme crânien mais si ça se trouve, elle...

— Vous n'avez plus envie de moi ?

Je réponds quoi, moi ?

La vérité ? Elle va me prendre pour un taré qui ne pense qu'au sexe alors qu'elle sort d'une agression sexuelle violente.

En même temps, c'est elle qui t'en parle...

Ou le mensonge ? Elle n'a manifestement pas les idées claires, ce soir, si elle en arrive à envisager du sexe avec un homme, surtout après ce qui lui est arrivé.

— Tadzio ? Vous m'avez entendue ?

J'ai du mal à lui répondre sans coasser alors je choisis l'économie :

— Oui.

— Oui... mais vous n'avez pas répondu ! Alors je recommence... Vous avez toujours envie de moi ?

— Tu es une fille brillante, drôle, sexy... Tu es très désirable et j'imagine que tu le sais.

— Ce n'est pas une réponse.

Bon. Je ne sais pas ce qu'elle a mais il semblerait qu'elle ne veuille pas me laisser tourner autour du pot comme je le fais.

— Je trouve ta question un peu étrange, ce soir. Mais oui...

Je plonge mon regard dans ses prunelles vertes. Elle se mordille la lèvre sans paraître sans rendre compte.

Nerveuse, Lana ?

— Oui. J'ai toujours envie de toi, bien sûr.

À en crever, même. Mais je ne pense pas qu'elle soit prête à l'entendre.

— Alors changez-moi les idées, s'il vous plaît.

Changez-moi les idées ! C'est bien la première fois qu'une femme veut coucher avec moi pour ce motif. Elle m'aura tout fait.

— C'est pas une bonne idée, Lana. Tu es choquée et je te rappelle que les hommes, c'est pas ton truc. Surtout ce soir.

— Les hommes peut-être pas. Mais le sexe, si.

Elle me fixe, sans ciller. Ce vert...

— Surtout ce soir.

Si tu pensais qu'elle allait répondre « Les hommes, non. Mais toi, si », c'est raté mon pote.

— Montre-moi que ça peut être bon et change-moi les idées.

Je crois que je suis pétrifié mais j'ai beau me dire que je suis en train de perdre la chance de ma vie, je ne parviens pas à bouger vers elle. Ni même à lui répondre quelque chose de pertinent. Tout se mélange dans ma tête, les raisons pour lesquelles je ne dois pas accepter sa demande, même si elle semble avoir à nouveau toute sa tête ; celles pour lesquelles je devrais déjà être en train de l'embrasser pour retrouver enfin les sensations de dingue qu'elle m'avait fait éprouver, quand ses lèvres se sont posées sur les miennes. Et les partager avec elle.

— Tadzio ?

— Lana ?

Ma voix est enrouée.

— Je ne suis pas en sucre.

Je sais mais... moi si, peut-être.

Elle se rapproche de moi. Menton relevé. Provocante malgré ses bleus et ses fringues moches. Croyez-le ou pas, je me lève du tabouret, le contourne. Et recule, mains dans les poches arrière de mon jeans.

Trop peur de succomber et de me détester ensuite. Trop peur qu'elle me déteste ensuite d'avoir succombé aussi.

— Et je vous assure que sous ces vêtements informes, il y a bien un corps de femme. Je les enlève, s'il vous faut une preuve.

Je grimace un semblant de sourire. Recule encore.

Si je continue, je sors de la suite...

— Je n'en doute pas une seule seconde.

— Alors quel est le problème ? J'ai besoin de ça. Maintenant.

De ça. Pas de toi, Tadzio.

— Non.

Ça y est : je l'ai dit. Je m'en repentirai sans doute mais mon refus a été formulé à voix haute et intelligible.

— Non, je poursuis doucement. Je ne suis peut-être pas ton genre mais il me semble qu'on est devenus quelque chose comme des amis. Et un ami ne va certainement pas coucher avec son amie alors qu'elle vient de se faire agresser. Aussi foutument sexy et bandante soit-elle.

Elle ouvre la bouche pour reprendre la parole mais je l'interromps immédiatement. Histoire de ne pas perdre ma motivation.

— Et puis avant que tu ne protestes et au cas où cela t'échapperait : tu n'es pas la seule à décider ni à avoir un espace personnel qu'il faut respecter. J'ai beau être particulièrement efficace, je ne suis pas ton *sex toy*.

Elle s'est appuyée dos à l'îlot. Secoue la tête en levant les yeux au ciel. Je note qu'elle se mordille la joue. Au moins, je la fais rire.

— Donc, c'est non, ce qui n'enlève évidemment rien à tes charmes et ni à tes qualités. Mais en revanche...

Je reviens sur mes pas et me rapproche d'elle.

— Tu peux rester dormir ici. (Je lui adresse un clin d'œil délibérément provocant.) On peut dormir ensemble si tu veux et je te promets que tu ne feras aucun cauchemar. Et en attendant...

Je lui adresse un sourire ravageur.

— On va parfaire ta culture cinématographique.

Un soupir sonore, doublé d'un regard exaspéré, me répond.

— J'ai une culture cinématographique, Steadman.

Changement de sujet réussi. Je répète : changement de sujet réussi.

— Cite-moi un *blockbuster* que tu connais, alors ?

— Heu... Elle fronce légèrement ses sourcils, concentrée. *Pretty Woman* ?

J'éclate de rire.

— *Pretty Woman* ? Sans déconner ? Il est sorti en 1990 !

— Et alors ? C'est un *blockbuster* et je l'ai vu ! Julia Roberts est vachement sexy dedans d'ailleurs. Crois-moi, j'ai beaucoup fantasmé sur ses jambes et sa bouche quand j'ai vu ce film la première fois !

— Julia Roberts est toujours sexy même en dehors de ce film...

— Parce que tu la connais, évidemment ?

— Je t'ai jamais dit qui était ma marraine ?

— Sérieusement ?

Malgré nos présences régulières à un certain nombre de soirées de remise de prix, je n'ai jamais rencontré Julia Roberts. Qui n'est absolument pas ma marraine. Mais allez savoir pourquoi, j'ai envie de jouer un peu avec Belgrade.

Ça m'aidera peut-être à faire passer ma frustration de gentleman...

J'opine lentement du chef sans la quitter des yeux.

On me donnerait le bon Dieu sans confession.

— Et ouais, Belgrade... Et ouais... (Je me dirige vers le grand canapé d'angle sur lequel je m'installe confortablement. On pourrait y loger une famille nombreuse.) Bref, ne change pas de sujet.

Je tapote l'assise libre à côté de moi, face à l'écran du rétroprojecteur que je viens de baisser.

—Viens chez tonton Tad.

J'essaie de ne pas m'esclaffer quand elle me jette un regard horrifié.

— Tonton Tad ? articule-t-elle lentement, dégoûtée.

— Parfaitement. Tonton Tad. Ou copain Tad.

Tout ce que tu veux, si ça te permet de comprendre que les hommes ne sont pas tous des tarés comme ton collègue et que même si je crains d'être de plus en plus dingue de toi, je vais tout faire pour que tu ailles bien et ne te sentes pas victime ni harcelée.

— Ce soir, Lana, rattrapage indispensable...

Méfiante, elle campe devant moi sans me rejoindre.

— Quoi ? Vous voulez que je regarde l'intégrale de *God Bless America* ?

Je secoue la tête en riant, jouant avec la télécommande pour trouver ce que je veux.

— C'est une excellente idée... J'adorerais que tu passes une soirée à me regarder. Je me programme ça pour une prochaine partie pop-corn. Mais non ! Ce soir, ma grande...

Je désigne triomphalement l'écran sur lequel s'affiche l'affiche en noir et blanc et lettres d'or d'un film sur laquelle le front d'un type viril aux cheveux mi-longs, penché sur sa guitare, touche celui d'une jeune femme brune qui lui sourit, aimantée.

— ... on regarde *A Star is Born* !

Chapitre 42

Svetlana

Je me réveille dans un lit immense le lendemain matin.

Un lit immense qui n'est pas le mien, dans une chambre qui n'est pas celle dans laquelle je me suis habituée à dormir récemment.

Seule et parfaitement reposée, aussi curieux que cela puisse être après ce qui m'est arrivé hier.

Toujours vêtue des fringues de Tadzio. Avec un sacré hématome sur la pommette droite, si j'en crois l'image qui se reflète dans le miroir du dressing adjacent à la seule chambre à coucher de la suite.

Une rapide inspection du lit me confirme que j'ai dormi aussi seule dans ce lit que je m'y suis réveillée. Mon hôte a dû passer la nuit sur le canapé, dernier lieu où je me souviens l'avoir vu.

Tadzio m'a probablement couchée comme on emmène un grand enfant qui marche sans vraiment se réveiller. Voire m'y a portée, ce qui ne me surprendrait même pas tant que ça...

Ce qui confirme une fois de plus que Tadzio Steadman est sympa. Agaçant, prétentieux, provocant. Mais sympa. Et si j'osais, chevaleresque.

J'ai dû me prendre un vrai pète au casque, cela dit, pour avoir ce genre de pensées. Mais plus j'y songe et moins j'arrive à croire qu'il soit capable de dissimuler autant de gentillesse et de prévenance derrière son sarcasme permanent. Ou derrière son comportement, spontanément insupportable, mais qui me fait de plus en plus l'effet d'une armure pudique.

Je pars me doucher et me brosser les dents, en essayant de ne pas laisser la rage envers ce connard de Paul et ma propre nullité distraite m'envahir. Je m'attache ensuite les cheveux en un vague *bun* haut sur le crâne, sans prendre la peine de me maquiller. À quoi bon, de toute façon ? Je ne parviendrai pas à dissimuler mon bleu et je n'ai plus grand-chose à cacher à Tadzio. Enroulée dans une serviette tellement moelleuse que j'aurais presque envie de me rendormir dedans, j'inspecte rapidement le dressing bien fourni du bassiste, y pique, sans trop m'y attarder, une chemise en jean usée et un peu déchirée.

Un truc de rockeur et clairement pas de chirurgienne, ça c'est certain.

L'odeur de café m'attire vers la cuisine, vers laquelle je me dirige, admirant au passage la vue panoramique sur les gratte-ciel qui nous entourent.

Tadzio, déjà habillé d'un jeans délavé et d'une autre chemise en jean – grise, celle-là, et dont il a relevé les manches –, est attablé devant l'îlot. Ses *airpods* devraient sans doute l'empêcher de m'entendre mais il lève la tête pour m'observer lorsque j'arrive. Ses mâchoires ombrées d'une barbe légère se contractent brièvement lorsque ses prunelles, grises comme le ciel aujourd'hui, s'attardent sur les marques de mon agression.

Pourtant il ne fait aucune remarque, ce dont je lui sais immédiatement gré. Au lieu de ça, il passe une main paresseuse dans sa chevelure brune, se lève pour se diriger tranquillement vers la cafetière et commence à verser le breuvage sombre dans la tasse déjà sortie à mon intention.

— Café, Belgrade ?

Je l'ai suivi et tends la main pour m'emparer de la tasse rouge qu'il a fait glisser devant moi.

On échange un sourire. Ce type a la beauté du diable et sa voix rugueuse me fait ce matin l'effet d'une caresse prévenante.

— Merci, c'est gentil.

Son odeur d'homme fraîchement douché se mélange à celle du café. Comme cette dernière, je la trouve ce matin familière, rassurante. Et appétissante. Délicieusement appétissante.

Je bois une gorgée. Puis une deuxième. Le silence est agréable, pas plombant. Tadzio a rejoint son tabouret mais sans remettre ses écouteurs. Il finit par reprendre la parole, de cette voix qui semble toujours un peu cassée par des excès en tout genre.

— Tu as envie de faire quoi, aujourd'hui ? On peut parler si tu en as envie. Ou faire du sport. Ou sortir se balader tant qu'il ne pleut pas... C'est ta journée, Belgrade !

Il m'adresse un sourire discret, presque timide, comme s'il ne savait pas trop s'il devait rester sérieux ou donner le change.

C'est une star du rock qui a multiplié les conneries et les coups d'éclat publics au cours de ces dernières années. Qui bouffe l'espace où qu'il soit. Autant dire que, en théorie, il n'est pas capable d'être discret ni de se comporter sans provoquer. Pourtant, ce matin, avec son demi-sourire qui me réchauffe un cœur que j'avais un peu négligé ces temps derniers, je le trouve... mignon.

Pas certaine que le qualificatif lui plaise, à la star du rock...

J'imagine que je pourrais lui proposer d'aller enfin découvrir Bushwick. Ça me sortirait de cette suite, me changerait les idées et marquerait ma revanche sur la journée d'hier. J'observe son avant-bras brun, recouvert d'une légère pilosité sombre, le jeu de ses muscles longs et des veines qui les parcourent lorsqu'il porte la tasse à ses lèvres en me lançant un regard interrogateur.

Je pourrais. Ou pas.

Ses lèvres se posent sur le rebord de la tasse. Elles sont pleines, fermes. Je me souviens du contraste entre cette fermeté et la douceur de sa peau, malgré la barbe de trois jours qu'il portait lorsqu'il m'a embrassée.

Le même genre de barbe que ce matin alors qu'il ne s'est pas rasé.

Ses doigts tatoués dansent sur la tasse lorsqu'il la repose devant lui.

Je n'ai pas envie de visiter Bushwick. Pas envie de sortir de cette suite. Encore moins de me changer les idées qui sont soudain très précises.

J'aspire ma lèvre inférieure entre mes dents, tout en fixant sans conviction une des viennoiseries disposées dans un plat devant moi.

Pain au chocolat ou...

— Vous vous êtes brossé les dents ?

Tadzio sursaute imperceptiblement et penche la tête en me regardant. Ses yeux sont légèrement écarquillés et je peux confirmer que ses iris ont exactement pris la couleur du ciel tourmenté qui nous environne. Ma respiration se fait plus courte.

Il me répond, prudent :

— Oui, pourquoi ?

— Douché ?

Le grand brun fronce discrètement les sourcils mais semble décidé à ne pas me perturber aujourd'hui.

— Aussi. Je sens mauvais ?

Je glousse.

Oui, encore. Je sais.

— Absolument pas.

— Et donc ces questions, c'est pourquoi ?

Je prends une profonde expiration. Et je me lance :

— C'est parce que je vais bien.

Je déchiquette un bout du petit pain, sans le porter à mes lèvres toutefois. Je le contemple.

— Quoi que vous puissiez craindre, penser, imaginer, je ne donne pas le change. Je n'enfouis pas en moi ma future psychanalyse. Je vais bien. J'ai bien dormi. Je suis en pleine forme.

J'ai un peu l'impression de débiter un slogan pour un club de fitness alors j'ajoute, avec toute la conviction dont je me sens capable, malgré mon cœur qui tambourine et perturbe ma capacité de raisonner :

— Absolument pas traumatisée. Paul est un immonde connard et je vais veiller à ce qu'il paie en prison et ne puisse plus jamais exercer s'il en sort un jour. Mais je vais bien.

Tadzio reste imperturbable. Tout juste fourrage-t-il à nouveau dans sa chevelure comme preuve de sa probable perplexité.

— Tu m'en vois ravi. (Il me sourit et je suis, une fois de plus, presque éblouie par ce charme dément qui imprègne chacune de ses attitudes.) Vraiment ravi. Mais ça ne répond pas à ma question.

— Hier soir, vous avez refusé de coucher avec moi.

Je vois distinctement la pomme d'Adam de Tadzio remonter puis redescendre. C'est sexy, une pomme d'Adam, en fait. En tout cas, chez lui, ça l'est.

Il me sourit largement, cette fois. Je pense qu'on peut même considérer qu'il me nargue.

— Je confirme. C'était une bonne chose, d'ailleurs. Et tu ne peux pas regretter d'avoir enfin découvert *A Star is Born* grâce à moi.

Exaspérée, je soupire parce qu'il essaie une fois de plus de changer de sujet.

— Ce film m'insupporte toujours autant, même après une nuit de sommeil. J'ai envie de tuer le scénariste. Et ne changez pas de sujet. Parce que moi, j'ai toujours autant envie de sexe pour me changer les idées. Avec vous, au cas où vous auriez des difficultés à comprendre le message.

J'ai envie de poursuivre par : « Parce que je ne sais pas pourquoi, mais je vous aime bien et je vous trouve attirant. » Mais au lieu de ça, je préfère ajouter, avec un sourire goguenard :

— Parce ce que je vous ai sous la main et qu'il serait temps que je découvre ce qu'Erin a bien pu vous trouver.

Les yeux de mon interlocuteur étincellent. Je suis certaine qu'il vient de crisper légèrement sa main sur sa tasse. Je fixe les lignes fines qui s'étirent sur le dos de sa main droite, les signes qui ornent ses doigts comme des bijoux d'encre noire.

— Intéressant.

— Oui, je trouve aussi.

Il m'agace toujours. Je décide que ce petit jeu de même pas dupes a bien assez duré.

— Je compte vous embrasser, du coup.

Je lève mon regard vers lui, ne le lâche pas. Seul un fin cercle bleuté autour de ses pupilles élargies témoigne qu'il n'a pas les yeux sombres en temps normal.

— Pour commencer. (Je me mordille la lèvre inférieure en jouant avec ma cuillère.) Mais comme je suis plutôt intransigeante avec l'hygiène, je procédais juste à quelques vérifications préalables.

— Je ne pense pas que tu sois en état de...

Je l'interromps parce que je ne veux pas entendre les réserves qu'il a déjà exprimées hier soir. Je ne suis ni traumatisée ni une mineure juridique. Je suis une grande fille qui sait ce qu'elle veut. Or ce que je veux, c'est l'homme en face de moi qui, sauf erreur, a plusieurs fois exprimé l'intérêt qu'il me portait.

— Ma journée. C'est toi qui l'as dit, Tadzio.

Un léger sourire s'épanouit au coin de ses lèvres. Je note la fossette encore apparente sous la barbe naissante. Tranquillement, il fait tourner sa tasse entre ses doigts. Comme s'il avait tout son temps et que je ne venais pas juste de lui proposer de coucher avec moi.

— Waouh. Si tu me tutoies, c'est que ce doit être vraiment sérieux.

Je m'appuie contre le dossier de mon tabouret de bar. Prends le temps de le faire pivoter lentement de droite à gauche. Je sens l'air se charger d'électricité. Même ma peau semble fourmiller.

— Parce que ça l'est. Je suis sérieuse, j'insiste sans le lâcher des yeux.

— Écoute, Lana, je suis très flatté par cette marque subite d'intérêt. (Il s'enfonce contre le dossier du tabouret de bar pour me contempler.) J'imagine que je devrais te sauter dessus, fermer ma gueule et en profiter. Mais justement, c'est bien trop subit et trop proche de ton agression, après des semaines à m'envoyer balader, pour que je puisse trouver ça normal.

— C'est quoi l'idée ? Que je te supplie pour que tu puisses te venger de mes refus ? Tu es juste pas possible, en fait.

Son rire, bas et velouté, me cueille.

— Crois-moi, même moi j'ai du mal à y croire. Mais sérieusement, Lana... (Tadzio semble presque gêné.) Tu n'imaginais pas autrement ta première fois ?

Je manque de tomber de mon tabouret.

Il va réussir à tout gâcher avec ses questions clichés stupides.

— Ma quoi ?

Tadzio croise les bras comme s'il sentait qu'il devait se protéger contre mon humeur redevenue belliqueuse.

— Ta première fois. Ton dépucelage, si tu préfères, Belgrade. C'est nul de bâcler ça, quand même, non ?

J'avais donc bien compris. Je fulmine désormais alors que j'avais tellement envie de l'embrasser il y a quelques secondes à peine. Du coup je débite, en mode plutôt furax-condescendante, m'emmêlant entre vouvoiement et tutoiement :

— Mais vous êtes tellement à la masse, vous, c'est pas croyable. Vous pensez vraiment que je suis vierge si je n'ai pas couché avec un homme ? Vous êtes impayable, je vous jure. Tu es au courant que la sexualité n'est pas uniquement hétérosexuelle ? Et qu'à mon âge et vu comme j'aime les femmes, je ne suis plus « vierge » (je mime les guillemets, il m'agace tellement que j'en deviens presque puérile) depuis des années. Il faut vraiment être un phallocrate de base pour n'appréhender la sexualité féminine que du point de vue de ton pénis, Steadman. Donc je te rassure, je ne suis plus vierge depuis que j'ai seize ans.

Tadzio semble un peu assommé par ma diatribe. Comme je ne suis pas calmée, j'en profite et je poursuis :

— Crois-moi, mon ex-copine Julie était toujours physiologiquement « intacte » (je ressors mes guillemets), je suis plutôt bien placée pour le savoir. Et pourtant, c'était un super coup.

Il courbe le front sur ses mains jointes. Inspire profondément. Malgré cela, on dirait qu'il va manquer d'air. Si je ne m'abuse, il rougit aussi.

Tant mieux si je le choque ou même si je l'excite. Parce que s'il a réussi à faire retomber la tension, mon envie de lui est inchangée.

Je décide de l'achever.

— Et si ta question c'était de savoir si tu devras me déflorer avec respect, tendresse et délicatesse (je roule des yeux pour lui signifier combien il m'exaspère avec ses clichés paternalistes), la réponse est non.

Il se contente juste de relever lentement vers moi ses prunelles irréelles dont le bleu, un peu plus visible, semble cependant toujours dévoré par la pupille sombre.

Mon expression se fait moqueuse, mon ton mordant, mon sourire final très, très garce :

— Et je ne te dirai pas si ça provient de la pratique de la danse classique à haute dose ou (je bats un peu des cils, à la guerre comme à la guerre) de pratiques sexuelles complètement débridées entre femmes...

Le monde du show-business déplore le décès par apoplexie de Tadzio Steadman. C'est un grand de la musique qui vient de nous quitter...

Un silence de plomb accueille la fin de ma tirade.

Silence déchiré, après quelques secondes qui s'étirent entre nous comme un brouillard en novembre – épais, lourd, un peu gênant –, par la voix un tantinet rouillée de Tadzio.

— OK, tu m'as effectivement l'air d'avoir retrouvé toute ton énergie.

Finalement, il se marre. Comme si de rien n'était.

— Mon énergie et ma lucidité, je corrige.

— Certes. J'admets que ça y ressemble.

Son sourire se fait espiègle, pourtant. Je le contemple avec méfiance.

— On t'a déjà parlé du consentement, Belgrade ? Tu sais, la sphère personnelle, l'accord non équivoque, l'absence de surinterprétation des gestes de l'autre...

Là, pour le coup, il m'a eue. C'est mon leitmotiv, ça, et depuis des années. Décontenancée, je questionne :

— Tu me trouves harcelante ?

Petit mordillement de lèvre inférieure. À quoi il joue ?

— Pas vraiment.

Quitte à me ridiculiser, j'insiste :

— Tu n'as plus envie de moi ?

Tadzio affiche un sourire réjoui tandis qu'il se lève de son tabouret pour se rapprocher tranquillement du mien. Mon cœur se remet à cogner lourdement contre ma cage thoracique et je crispe mes mains, subitement moites, contre l'assise de mon siège.

— Je n'ai pas dit ça non plus.

— C'est quoi ton problème, alors ?

Il se penche pour glisser vers mon oreille, effleurant au passage de ses lèvres la peau fine de ma nuque.

Je suis certaine qu'il l'a fait exprès.

— Aucun problème, Belgrade. Je voulais juste te faire chier.

Il quitte doucement mon oreille, frôlant encore ma peau. Soufflant légèrement son haleine caféinée. Je sens son parfum, inspire fugacement.

Je suis traversée par un élancement intense, de la pointe de mes orteils qui se crispent au sommet de mon crâne qui fourmille. Avec une forte, très très forte tension entre mes cuisses.

Petit con.

Je veux répliquer, bien sûr, mais il enroule sa main derrière ma nuque. L'autre se glisse entre le dossier du tabouret et le creux de mes reins tandis qu'il m'attire à lui en se penchant vers mon visage, un sourire taquin sur ses lèvres trop sexy.

— Maintenant, quitte ton mode grande gueule, Belgrade. Et laisse-moi reprendre ce baiser où on l'avait laissé.

Chapitre 43

Tadzio

Mon ton est presque désinvolte quand je réponds à Lana d'une voix rieuse juste avant de l'attirer à moi comme si j'étais totalement rodé à ce genre de situation.

C'est le cas d'ailleurs. Enfin, *c'était* le cas avec d'autres femmes, en vérité, jusqu'à ce qu'elle chasse toutes les autres en s'infiltrant dans ma tête sans que je comprenne comment, qu'elle s'empare de mon cerveau après l'avoir fait partir en vrille, qu'elle devienne une idée fixe. Et qu'elle me fasse perdre tous mes repères.

Je ne suis qu'envie d'elle depuis que nous nous sommes embrassés. Et à la seconde où je l'attire à moi pour que mes lèvres se posent enfin, pour la deuxième fois, sur les siennes, mon corps entier est traversé par un frisson inouï, et malgré mon expérience, ma peau devient ultrasensible.

Même s'il est permanent, intense et dévastateur, ce n'est pas seulement du désir physique.

C'était plus simple lorsqu'elle n'était qu'une jolie blonde très bandante parmi d'autres. Mais elle est devenue cette fille avec laquelle j'aime tellement discuter. Celle qui se moque de mes blagues sans se soucier que je sois une star ou qui ose m'en faire, sans craindre de ne pas être drôle. Celle que j'attends de retrouver et qui me manque lorsque je ne peux pas la voir. Celle qui m'impressionne par ses compétences et son professionnalisme.

Celle que je n'ai pas envie de quitter pour partir en tournée dans quelques jours à peine, alors que jouer en live devant des stades pleins est l'expérience la plus dingue qu'il m'ait été donnée de vivre et que j'attends ça depuis deux ans.

Sa peau contre la mienne m'électrise comme aucune autre avant elle, et j'ai l'impression tout à la fois de sauter en chute libre et de décoller vers les étoiles. Tout ça avec un cœur qui tambourine tellement que ses battements semblent résonner dans mes tempes.

J'ai envie de passer mes mains sous ses fesses que je sais rondes et fermes, d'écarter brusquement ma chemise qui lui va si bien et que j'ai tellement apprécié découvrir sur son corps mince ce matin, de l'emporter dans ma chambre et de ne plus jamais en sortir.

Mais tandis que mes lèvres découvrent doucement les siennes, que ma langue les agace, que je glisse vers la veine fine qui bat si fort le long de son cou de danseuse, j'essaie de réprimer le désir pulsionnel et presque animal qui est le mien.

Parce que, même si elle n'est pas fragile, même si elle n'est pas vierge, même si elle n'a pas seize ans, je suis quand même son premier homme.

Celui auquel, quoi qu'elle puisse exprimer avec son éternelle ironie, elle fait suffisamment confiance pour oser sa première expérience hétérosexuelle.

Je veux que cette expérience lui plaise et fasse oublier les autres. Toutes les autres.

Je veux qu'elle éprouve du plaisir.

Je refuse de gâcher la moindre des secondes qu'elle acceptera de passer nue avec moi.

Je veux qu'elle en redemande ensuite.

Je veux qu'elle m'aime, putain.

Elle s'appuie contre le bord du bar et ses jambes s'enroulent autour de mes hanches pendant que j'approfondis mon baiser. Ou qu'elle approfondit le sien, finalement, car je ne suis pas certain de mener cette danse. Mes mains glissent vers le haut de ses cuisses nues, s'insinuent sous la chemise trop grande pour elle mais somme toute pas très longue. Sa peau est tellement douce...

Je réprime un gémissement alors que mon bassin semble aimanté par son corps.

— Tu permets ?

La voix un peu plus rauque de Svetlana vient d'interrompre mes pensées. Et mes pulsions. Je croise son regard et descends vers ses doigts fins suspendus sur un bouton.

— Tout ce que tu veux, Belgrade.

Le pire, c'est que j'ai tellement envie d'elle que c'est probablement la vérité...

Sa moue est amusée.

Craquante aussi.

— Fais attention à tes fesses, alors. J'ai lu plein de trucs sur le massage prostatique.

Je ris doucement parce que cette fille est vraiment une plaie et que j'adore ça.

— On peut peut-être commencer par les basiques, je suggère, en caressant doucement du pouce ses longs doigts effilés toujours posés sur mon torse, laissant ma respiration trouver un rythme un peu plus apaisé. D'ailleurs, à ce propos...

Elle écarte délicatement les pans de ma chemise au niveau de mes pectoraux, contemple sans le toucher mon torse nu. Ses yeux brillent.

Ça me plaît.

— Puisqu'on parle de basiques... Tu as déjà vu un homme nu, Belgrade ?

Elle hausse les yeux au ciel.

— Tu crois quoi, le musicien ? Je suis médecin, je te rappelle.

— Je voulais dire un homme nu mais ni malade ni mort. Tu vois l'idée ?

Un homme plein de vitalité, même, si j'en crois mon érection de plus en plus douloureuse et frustrante.

Elle rit doucement mais, pour toute réponse, recommence à déboutonner ma chemise, s'attaquant aux derniers boutons. Ceux du bas qui rejoignent ma ceinture et cette partie de mon corps qui ne demande qu'à faire sa connaissance. Son regard devenu vert émeraude se rive sur ma peau qu'elle dénude peu à peu.

Chaque frôlement de ses doigts sur mon torse me rend dingue.

J'essaie de lui laisser les rênes, même si ce n'est absolument pas ma manière habituelle de procéder. J'ai l'impression que c'est ce dont elle a besoin. Garder la maîtrise qu'elle déteste perdre.

Qu'elle a tellement perdue avec Paul.

J'ai envie de la déshabiller pour la goûter, la dévorer, la chérir et la baiser, encore et encore, mais je suis déstabilisé. Elle le sent peut-être car elle reprend la parole, comme pour alléger l'atmosphère alors que nous ne savons que faire de toute cette tension.

— Rassure-moi : aucun de tes amis ne va débarquer dans les prochaines minutes ?

Je ris contre sa bouche en laissant courir mes mains contre ses flans. Je découvre la rondeur de ses hanches. La finesse de sa taille. Son buste mince et...

Son absence de soutien-gorge.

Je déglutis en commençant à effleurer la peau juste en dessous de ses seins. Elle frissonne et se cambre dans ma direction. À peine mais assez pour que je le remarque et que mon envie d'elle devienne presque insupportable.

Comme si de rien n'était, pourtant, je poursuis notre badinage.

— Je les ai envoyés au studio pour travailler sur nos enregistrements et j'ai demandé à Milo de les enfermer en veillant à jeter la clef dans l'Hudson. On devrait être tranquilles.

Elle ferme les yeux quand mes pouces trouvent ses tétons érigés, puis les rouvre pour les plonger dans les miens quand je les dessine du bout des doigts.

Sa respiration s'affole.

— Tranquilles ? Ton truc, c'est la tranquillité ?

Je fais rouler l'une de ses pointes si dures entre mon pouce et mon index, l'attire davantage contre moi de mon autre bras, enroulé autour de sa taille. Je l'observe qui mord sa lèvre inférieure de ses jolies dents blanches comme si elle voulait la déchirer.

— Demande celle qui vient de parler de « débarquer dans les prochaines minutes »... C'est ça ton truc, Belgrade ? Juste quelques minutes ?

Je continue de l'embrasser doucement, passant de ses lèvres à la ligne de sa mâchoire, mes mains poursuivent la découverte exaltante de son corps. Du bout de mes doigts, comme de toute ma paume. Peu importe, chaque sensation est grisante, et mon corps une lave brûlante.

Elle me plaît beaucoup trop pour une fille qui lutte encore pour ne pas gémir de plaisir mais me contemple avec une expression sérieuse, comme pour s'assurer que j'avais bien compris que je ne devais me faire aucune illusion.

— C'était une manière de parler, Steadman.

Cette fois-ci, je ne me refrène plus. Je prends son cul, son merveilleux cul si plein, si rond, si dense à pleines mains pour la soulever contre moi et lui faire comprendre combien l'homme que je suis n'a plus aucune envie de lui dissimuler son désir fou.

— Dommage, Lana, parce que pour moi, ce n'est pas du tout une manière de parler. J'ai envie de te baiser pendant toute la nuit qui nous attend. Lentement (ma bouche frôle sa mâchoire, remonte vers le creux juste sous son oreille), tranquillement (j'aspire doucement son lobe délicat), bestialement (je remonte vers le creux de sa petite oreille), voluptueusement (je conclus en y faisant rouler ma langue, ravi de l'entendre soupirer).

— Plus que quelques minutes, alors ? questionne-t-elle, sans parvenir à dissimuler sa respiration plus anarchique.

Je confirme en ajustant son bassin contre le mien tout en me dirigeant vers sa chambre. Elle a incliné sa tête légèrement en arrière et attend ma réponse, paupières légèrement baissées.

Magnifique.

D'habitude, j'ai affaire à des filles gloussantes – parfois plusieurs filles gloussantes –, amoureuses ou croyant l'être, hésitantes aussi parce qu'elles ne veulent pas être confondues avec la groupie de service et qu'elles veulent être certaines que j'ai bien compris qu'elles valaient *tellement mieux que les autres* et que non-non-non elles ne font *jamais* ça et que ce n'est *pas du tout leur genre.*

Lana n'est pas comme ça. Elle sait ce qu'elle veut – moi, nous, une expérience. Mais c'est une première fois pour elle et dans son regard apparemment déterminé, je lis la curiosité, le défi un peu bravache, du désir si j'en crois ses pupilles élargies mais aussi quelque chose qu'elle doit détester éprouver : l'appréhension. L'incertitude et la nouveauté la fragilisent, même si elle refuse de me le montrer.

Évidemment qu'elle refuse. Lana ne montre pas ce genre de faiblesses.

— Beaucoup plus que quelques minutes, Belgrade. J'ai plein de trucs à te faire découvrir...

J'ai surtout tellement de merveilles à découvrir chez elle, comme je le constate quelques minutes plus tard lorsque je me délecte de son odeur suave et de la soie de sa peau pâle. Mes lèvres remontent lentement de ses chevilles fines vers le creux de ses genoux bien dessinés, agacent patiemment la peau tiède de ses cuisses déliées pour doucement remonter, caresser, frôler, mordiller encore, jusqu'à trouver enfin leur paradis.

Et ses gémissements de plaisir tandis que ma langue la découvre deviennent, à jamais, ma nouvelle mélodie préférée.

Chapitre 44

Tadzio

Mes bras contractés encadrent le visage de Lana tandis que je contemple ses paupières closes.

J'espère que, si elle a les yeux fermés, c'est encore du plaisir que je viens de cueillir sur sa bouche et plus d'appréhension.

Indécis, alors que j'étais si sûr de moi il y a quelques secondes – alors que je suis si sûr de moi en général –, je reste suspendu au-dessus de son corps mince et tonique. Celui que je ne me lasse plus de dévorer et d'admirer. De révérer.

Elle est sublime. Et bien plus encore.

Mon sexe déjà douloureusement bandé se tend encore davantage vers elle.

Est-ce que c'est vraiment ce qu'elle veut ? Est-ce que j'ai fait une connerie en la défiant et en insistant comme je l'ai fait ? Est-ce que je ne devrais pas me faire violence et tout arrêter, aussi douce soit sa peau, maintenant que je lui ai prouvé qu'elle pouvait aussi trouver du plaisir avec un homme ?

Avec moi.

Alors que je me perds dans ces questions, Lana ouvre les yeux, sans que les traits de son visage de poupée slave expriment une quelconque émotion.

Ravi de voir l'effet que je te fais. Top pour l'ego, Lana.

Une fois de plus, je me noie dans la transparence verte de ses iris qui me fixent sans qu'elle cille.

On dirait un ange.

— Je te l'ai déjà dit, Steadman : je ne suis pas en sucre. (Ses lèvres charnues, rouges d'avoir été mordues, s'étirent en un sourire sensuel pendant qu'elle avance doucement son bassin vers mon sexe bandé.) Si j'en crois ton état, tu veux la même chose que moi. Alors tu attends quoi ?

OK, oubliez.

Svetlana Lujic n'est ni un ange ni une poupée.

Et c'est tant mieux.

Un sourire irrépressible se dessine sur mon visage pendant que je plonge mon regard dans le sien.

Je prends sa jambe droite, la soulève, positionne mon sexe d'une main. Mes lèvres effleurent la peau fine et sensible de sa nuque. S'y attardent. Mon front se pose sur le sien tandis que nos souffles saccadés semblent s'accorder dans la pénombre. Je joue quelques instants de son humidité délectable, preuve du désir qu'elle éprouve elle aussi, et jubile de constater qu'elle ne peut s'empêcher de respirer plus rapidement ni de se mordiller cette lèvre inférieure que j'ai tant aimé embrasser.

Je lui adresse un sourire moqueur pour lui dissimuler mon trouble, encadre son visage désormais tendu par le désir de mes bras contractés.

— Tes désirs sont des ordres, Belgrade.

Chapitre 45

Svetlana

Mains crispées sur les épaules de Tadzio, mes cuisses écartées de part et d'autre de ses hanches étroites, je lui fais face et je savoure pleinement la sensation folle de son sexe dans le mien.

Tension.

Plaisir.

Plénitude.

Contractant mes cuisses, j'ondule doucement contre lui, sentant encore grossir en moi son érection. Je ferme les paupières. Ressens. Découvre. Savoure. Les rouvre pour trouver son regard gris dévoré par le désir.

Nous ne parlons plus. Mais je lis dans sa mâchoire contractée, dans sa lèvre inférieure qu'il pourrait déchirer à force de la mordre entre deux baisers, dans ses yeux assombris qui ne me quittent plus, combien lui aussi trouve ça bon. Tellement bon.

Je réprime un gémissement. Laisse échapper le suivant quand il redresse légèrement son buste vers moi pour enrouler un bras lourd autour de ma nuque et m'embrasser de manière possessive.

Avant de se pencher encore pour mordre un de mes tétons, faisant fourmiller une nouvelle onde de plaisir dans chaque parcelle de mon corps qu'il a pourtant déjà comblé.

Je n'ai plus envie de le mettre en garde. Plus envie de me mettre en garde.

Je vis l'instant. Et suis surprise qu'il soit si incroyablement jouissif.

Qu'il me comble tant.

Les mains de Tadzio encerclent mes hanches, guident leurs mouvements pendant qu'augmente l'intensité de ses coups de bassin. Je note ses sourcils qui se froncent, une goutte de sueur qui glisse le long de sa tempe. Je sens mes muscles qui se contractent, l'emprisonnent pendant qu'il se tend toujours plus vers moi.

Je lui souris parce que je sais que le plaisir va nous pulvériser. Encore une fois.

Je l'attends, ce plaisir qui revient, inexorablement, inlassablement, depuis que nos corps se sont trouvés. Je l'appelle de mes cris que je ne peux plus réprimer. Et, alors que nous le sentons monter ensemble et nous prendre ensemble, je sais au léger sourire que Tadzio me retourne, à ses mains qui empoignent désormais presque brutalement la chair tendre de mes fesses, combien, à nouveau, nous fusionnons et le partageons.

Je ne sais pas comment cela se serait passé avec un autre homme et je n'ai aucune envie de le savoir.

Parce que cette nuit, avec lui, c'est parfait.

Chapitre 46

Svetlana, une semaine plus tard

— Il va quand même falloir que tu sortes de ce lit...

Tadzio me dévisage avec cette expression amusée qui le quitte rarement lorsque nous sommes ensemble. Il a seulement passé un boxer gris ajusté et j'ai tout loisir de contempler ce que j'ai appris à découvrir de toutes les manières possibles ces derniers jours, quand nos jobs respectifs nous ont permis de nous retrouver, pour terminer les prises dont il a besoin pour finir d'enregistrer sa chanson.

Ou de continuer ce que nous avons si bien commencé le week-end dernier.

Sa mâchoire ciselée, ses épaules larges. Ses mains fermes et précises dont les tatouages m'excitent tant, surtout lorsqu'elles se promènent sur mon corps. Ses jambes longues mais tellement solides. Ses lèvres qui savent être si dures ou tellement douces.

Ou encore cette ligne sombre qui chemine sous son ventre plat depuis son nombril et me promets monts et merveilles.

Promesses tenues...

J'avise son sourire. Très satisfait.

— Détends-toi, Steadman, ce n'est qu'un orgasme.

Qui vient juste de me réveiller de la plus fabuleuse des manières mais il n'est pas obligé de le savoir.

— Nous savons toi et moi que c'était un très bon orgasme. Tu as peut-être eu plein de copines sexy et tu es médecin, OK... Mais moi aussi je connais la physiologie féminine, Belgrade.

Je secoue la tête, exaspérée.

— C'est insupportable une telle confiance en soi.

— Alors explique-moi pourquoi tu refuses de sortir de ce lit en me faisant ton regard de chat potté porno.

— Je ne te fais absolument pas un regard de...

Je m'interromps et me retrouve à rire avec lui, qui s'esclaffe déjà en me voyant monter sur mes grands chevaux, affichant ma plus belle version de l'expression outrée.

Le fait est qu'il est doué. Très doué. Si bien qu'en effet je n'ai pas du tout mais alors vraiment pas du tout envie de sortir de ce lit, même si je lui ai assuré qu'on irait courir à Central Park.

Tadzio a décidé que nous devions profiter du temps exceptionnellement beau, et même si je n'ai absolument aucune motivation pour pratiquer ce type de sport, je sais déjà que je vais devoir l'imiter, m'extirper de ces draps soyeux, trouver la salle de bains et mes affaires de running.

Pire : les utiliser.

N'empêche... Pas.envie.

D'habitude, dans mes relations sexuelles, voire sentimentales si je peux vraiment employer ce terme, c'est moi qui décide. Tacitement, les autres filles me laissent toujours diriger. Peut-être mon allure assez athlétique et le fait que je sois plutôt grande quoique mince ? Peut-être ma profession qui, quoi que je fasse, impressionne toujours un peu ?

Avec Tadzio... j'aime que ce ne soit pas toujours le cas.

Il me laisse complaisamment découvrir son corps. Me familiariser avec tout ce qui le distingue des femmes qui l'ont précédé. L'apprécier, chaque fois davantage. Jouer avec lui.

Le prendre en bouche.

M'empaler sur lui.

Il m'observe quand nous sommes ensemble, détendu, patient et complaisant, comme un gros félin, faussement au repos mais toujours aux aguets. Mais quand il décide qu'il en a assez de me voir jouer, quand son désir envahit le bleu de ses yeux, ses mains habiles sont toujours assez fortes pour qu'il me décale ensuite vers sa bouche, experte et si gourmande.

Juste avant de lever ses yeux affamés vers moi pendant qu'il me regarde jouir sous sa langue.

Assez habiles et fortes aussi pour me saisir les poignets, me retourner sur le ventre d'un geste fluide et me baiser à m'en faire crier.

J'ai testé les deux options. Et j'ai aimé les deux. Vraiment aimé.

Ne croyez pas que je lâche totalement prise. Que je cherche la docilité. Au contraire, j'aime cette égalité entre nous. Cet équilibre.

Notre équilibre.

J'aime qu'il me dévisage avec son sourire espiègle quand je prends l'initiative. Encore plus que ce sourire devienne avide et dévorant quand il décide de jouer de sa puissance physique pour mieux me faire perdre la tête.

Face à moi, ce matin, c'est malheureusement un combat bien moins excitant que Tadzio a décidé de mener et il ne lâche pas l'affaire. Il a ramené ses deux mains derrière sa nuque en restant à dessein éloigné du lit, comme pour mieux me narguer. Ce faisant, il contracte ses biceps, révèle la pilosité travaillée de ses aisselles, et moi qui suis du genre à traquer chaque poil qui dépasse, je le trouve une fois de plus désirable en diable.

Je suis certaine qu'il le fait exprès, même s'il n'y a pas un seul geste chez lui qui ne soit érotique ou torride.

Sa main sur la courbe de ma hanche. Ses doigts encrés qui remontent le long de mes flancs pour trouver la naissance de mes seins. Sa bouche qui s'empare de mon mamelon pour me faire crier de plaisir. Cette alliance entre détermination et douceur, sensualité et puissance... La vision de ses doigts tatoués entre mes cuisses pâles. La tête qui me tourne pendant que ses lèvres glissent tranquillement sous mon nombril. Et plus bas. Encore.

Encore...

— Eeeeeeeh ! Pourquoi tu as fait ça ?

Mister Sexy vient de mettre un terme à ma rêverie en arrachant le drap sous lequel je me terrais encore. Je me retrouve nue et exposée à son regard appréciateur. Complaisante, je lui rends la monnaie de sa pièce et m'étire, espérant bien qu'il succombe et me rejoigne.

Mais rien n'y fait puisqu'il recule à nouveau, se mordillant les joues sans parvenir à dissimuler son hilarité.

— Pas de footing, pas d'orgasme, Belgrade. Lève-toi et marche !

— Pas envie, je grommelle.

— Mince... Moi qui pensais que tu avais pris goût au fait de me courir après...

— Je ne t'ai jamais couru après, je rétorque. C'est toi qui m'as harcelée.

— Jusqu'à ce que tu découvres combien tu adorais le sexe avec moi et que tu essaies de m'emprisonner dans cette chambre...

— Ha ha ha ! Très, très drôle, Steadman.

— Je te rappelle que tu t'es endormie cette nuit en serrant mon sexe entre tes doigts comme si tu avais peur qu'il ne s'envole. Alors que je ne bandais même plus ! Tu es dingue de moi, Belgrade.

Je secoue la tête, ricane pour la forme et m'appuie contre les coussins tellement moelleux qu'on a l'impression qu'ils sont reliés en permanence à un gonfleur. Moi aussi je peux passer mes mains derrière ma nuque et jouer à ce petit jeu de « je t'allume mais tu peux rêver il ne se passera rien ».

— Tu sais que je te dois une de mes guitares préférées ?

Un peu décontenancée par ce changement de sujet et cherchant où est le piège, je fronce légèrement les sourcils en guise de réaction.

— On parle de quoi ?

— Figure-toi que j'avais parié la guitare de Kurt Cobain que tu succomberais à mon charme irrésistible.

— Tu as fait quoi ?

Le grand brun me nargue.

— Tu as très bien entendu. Mais tu t'en doutes, fanfaronne-t-il... J'étais parfaitement sûr de moi, sinon je n'aurais jamais fait ça.

Je balance le premier oreiller que je trouve dans sa direction. Ultra-moelleux sans doute. Mais ultra dans sa face, ça c'est certain.

J'ai beau apprécier qu'il ait choisi de me révéler ce pari de collégiens idiots, je ne suis pas certaine en revanche d'être ravie que les KA-9 suivent mes aventures sexuelles à la seconde, tout ça pour une histoire de guitare. Aussi mythique soit-elle.

— Mais ça va pas d'avoir fait ça ? Tu veux dire que tu as dit à ton pote que tu gardais la guitare parce que tu couches enfin avec moi ?

— Je n'ai rien dit encore. Mais il finira bien par le comprendre quand il me réclamera la guitare et que ma réponse sera d'en jouer sur scène.

Ses yeux translucides pétillent.

— Ça te donne pas envie de me courir après pour essayer de m'attraper et de me punir ?

Il est diabolique. Je me lève, menaçante, un deuxième oreiller en guise de bouclier.

— Oh que si. Planque-toi, Steadman. C'est la guerre !

N'empêche que moins d'une heure plus tard, après l'avoir suivi dans la salle de bains pour essayer de l'assommer à coups d'oreiller... et m'y être retrouvée piteusement enfermée, seule, avec comme seule distraction de prendre effectivement la douche qu'il me réclamait, je suis bel et bien en train de courir à ses côtés en direction de Central Park sous un soleil radieux.

Pas aussi exaspérée que je feins de l'être encore, bien sûr. Avec une étrange impression d'être à ma place dans cette étrange amitié sexuée que m'a offerte Tadzio. Cette amitié qui me distrait de mon quotidien monotone, me préserve de la solitude que je subissais loin de la France et de mes proches.

Et qui m'a prouvé qu'un homme pouvait aussi être un sacré bon coup.

Depuis qu'il m'a embrassée la semaine dernière, il a vite su me convaincre, avec tous les moyens dont la nature l'a doté, que j'avais bien fait d'être curieuse et qu'un homme pouvait aussi me donner du plaisir.

Qu'est-ce que cela peut signifier sur ma sexualité que je pensais épanouie, fixée et déterminée ? Est-ce que je suis vraiment devenue bi ? Est-ce que ce n'est qu'une question de sexualité, d'ailleurs ? Parce que rien ne me dit que ce serait aussi bon avec un autre...

Mayday !

Je cours à son rythme assuré, en l'écoutant me raconter tout ce qui l'attend à partir de la semaine prochaine. Simon, Mike et lui vont commencer leur tournée d'ici trois semaines. Tournée qui promet d'être démentielle puisqu'ils sillonneront d'abord tout le continent nord-américain avant de s'envoler pour l'Europe. L'Amérique du Sud et l'Asie suivront, dans un second temps. Ils sont partis pour presque un an de déplacement et de vie nomade, et bizarrement, moi qui ne pouvais pas le supporter il y a quelques semaines à peine, j'ai le cœur serré à l'idée de me dire que je vais encore devoir me séparer de quelqu'un qui, désormais, j'en prends conscience, compte pour moi.

Plus vite que je ne le pensais apparemment, si j'ai bien compris ce qu'il vient de me dire à l'instant, pendant que nous montons vers le Réservoir.

— Attends, je ne comprends pas. Tu m'as dit que la première date de la tournée était dans trois semaines à Tulsa. Pourquoi tu partirais dès jeudi ?

Jeudi, c'est dans quatre jours. C'est ridicule de partir dans quatre jours.

Tadzio ralentit pour se mettre à mon allure qui a considérablement faibli, comme si l'information venait de me pomper toute mon énergie.

— Je te l'ai dit, Belgrade, on commence à répéter trois semaines avant. Quasiment deux semaines de répétitions pour travailler les vingt-deux titres qu'on a prévu de jouer, pour ajuster ou modifier la *setlist* si ça ne colle pas, peaufiner le spectacle aussi, bien sûr, avec tous les machinistes, techniciens et artistes. Une petite pause de quelques jours ensuite, avant de démarrer vraiment.

— Oui, ça tu me l'as dit. Mais qu'est-ce que vous allez foutre à Vancouver ? Tu ne m'as jamais dit que tu allais à Vancouver pour répéter, je proteste, comme une enfant un peu butée. C'est délirant, votre truc.

Tadzio laisse échapper un petit rire. Je lui jette un regard oblique, contemple brièvement ce profil parfait, ces mèches brunes qu'il a dissimulées aujourd'hui seulement sous une casquette à l'envers.

En mode : si on me reconnaît, je courrai super vite.

Frimeur.

— Peut-être parce que les KA-9, c'est un peu délirant ? Tu croyais quoi au juste ? Qu'on allait prendre nos instruments et répéter entre deux bières à la cafèt' du coin ?

Non… oui… peut-être. Je ne me suis pas vraiment interrogée sur les modalités, c'est vrai.

— Je pense que tu n'as pas bien compris ce que signifiait répéter une tournée mondiale pour un groupe comme le nôtre, Belgrade… Si je résume, on doit répéter en situation. Pour que ce soit parfait. Solide, en tout cas, parce que ça reste du rock et que le rock, c'est quand même toujours un peu le bordel… On fait ça sur une scène qui aura une dimension proche de celles qui vont nous accueillir les prochaines semaines. Tout sera au réel. Sauf le public.

J'évite un gosse qui slalome avec sa trottinette.

— Et cette scène est à Vancouver.

— Et cette scène est à Vancouver, répète-t-il.

— Dans quatre jours.

— Dans quatre jours.

Dans quatre jours, c'est-à-dire une semaine avant la venue de Julie si j'en crois son dernier message.

Venue dont je n'ai pas encore trouvé l'occasion de parler à Tadzio, d'ailleurs. Non pas que je lui doive quoi que ce soit sur ce sujet ou un autre. Mais j'aurais sans doute pu l'informer que l'ex dont je lui avais parlé débarquait effectivement.

C'est ce que font les amis, non ?

En fait, je pensais la lui présenter quand elle serait arrivée. De toute façon, il est probable qu'il s'en fiche de savoir ce que je fais lorsque je ne suis pas avec lui – même s'il est vrai que c'était assez rare ces derniers temps –, et qu'il aura autre chose à penser lorsqu'il sillonnera le monde entre deux stades remplis de fans extatiques.

Dont une bonne partie de femmes plus que disposées à me succéder dans ses lits king size.

— Arrête de faire la tronche, Belgrade. Je sais que je vais abominablement te manquer, mais promis, je t'enverrai des places pour le concert de New York.

On est mi-avril. Le concert à New York aura lieu début juillet. J'ai intérêt à beaucoup travailler pour me distraire. Ou trouver de quoi m'occuper.

Je repense à Julie. Qui sait comment vont évoluer nos retrouvailles ? Peut-être qu'elle voudra revenir pour m'accompagner à ce concert ?

— Il sera où ce concert ? Au Garden ?

— Au Garden, répète Tadzio d'une voix moqueuse. Voyez comme elle se la joue notre petite Franco-Serbe au prénom imprononçable. Oui ma chère, nous jouerons au Garden, confirme-t-il avec un accent snob.

Je lui balance une petite tape pas méchante sur la fesse la plus proche en guise de punition. Ferme et dure, la fesse. Comme tout chez lui. Évidemment, je ne peux pas m'empêcher de songer à une certaine partie de son corps que j'ai appris à apprécier. *Surtout* quand elle est ferme et dure.

Qui aurait cru que j'aimerais tant le sexe avec un homme ? J'allonge ma foulée pour chasser ces idées totalement déplacées, au moins provisoirement. Elles amènent inévitablement ces autres questions de fond sur lesquelles je suis trop lâche pour m'interroger pour le moment.

Pourtant il faudrait bien, non ? Tu deviens ridicule à éviter le sujet et à t'étourdir pour ne pas y songer.

— Le premier au Réservoir décide de la suite de la journée, Steadman.

Bien décidée à gagner, je n'attends pas de terminer ma phrase pour piquer un sprint.

Il s'avère que j'ai très précisément en tête ce que j'aimerais faire avec le canon brun qui court à mes côtés pour bien conclure ce week-end.

La fin justifie les moyens, pas vrai ?

Chapitre 47

Tadzio

— Oh mon Dieu, mais ce n'est pas possible, cette petite tronche d'abruti satisfait !

Svetlana ne décroche pas de l'écran télé sur lequel vient de débuter le générique de *GBA*, comme on disait à l'époque, alias *God Bless America*, et regarde apparaître les différents protagonistes au fur et à mesure. Les filles, Alyson, Jennifer et Kelly. Ensemble puis séparément, avec toujours ce riff de guitare surexcité et trop dynamique en fond sonore qui, aujourd'hui encore, m'écorche les oreilles. Puis chacun des trois rôles masculins principaux, Tod, Bryan et moi. Et nous tous, bien sûr, en situation de la vie ordinaire pour montrer combien notre bande était fun et cool : les filles sur nos épaules à la plage ou qui discutent devant leur casier, moi qui arrive sur ma moto de faux rebelle, Tod au micro...

Des images tellement culte et sur lesquelles on ressemble... à rien, en fait.

Je souris néanmoins en regardant ces ados encore gauches, malgré les armées de maquilleurs et de stylistes qui s'occupaient de nous, et dans lesquels je ne me reconnais plus. Tellement mal dégrossis mais dont les aventures ont fait vibrer des pays entiers, pendant les nombreuses années de diffusion et rediffusion de la série.

Lana me voit sous mon plus mauvais jour, celui de ce prétendu *bad boy* encore un peu vert dont le premier baiser avec Alyson a fait exploser les records d'audience. Et je m'en fiche. Mieux : j'en suis ravi. La seule chose qui compte – y compris si c'est pour se payer ma tête comme en ce moment où elle ne cherche même pas à dissimuler son hilarité –, c'est qu'elle accroche à la série. Plus précisément à ses sept cent quinze épisodes de cinquante-deux minutes qui lui éviteront de m'oublier pendant que je serai en tournée durant presque quatre mois aux États-Unis, avant de pouvoir enfin me poser... pour mieux repartir en Europe.

Affalé à côté d'elle sur le canapé géant, j'hésite à me rapprocher davantage pour passer un bras autour de ses épaules et la ramener contre moi. De toute façon, je n'ai plus rien à perdre puisque c'est notre dernière soirée ensemble avant mon départ demain, en fin de matinée. Lana a officiellement réintégré son appartement de NoLIta aujourd'hui et j'ai veillé à ce que ses affaires soient déménagées dans la journée.

J'essaie de profiter de l'instant sans trop songer aux prochains mois dont nous n'avons absolument pas parlé, à part pour échanger des banalités sur le déroulement de la tournée pendant qu'on regarde les trois premiers épisodes de *GBA* ensemble. On grignote – un peu –, elle se fout de moi – beaucoup, en tout cas chaque fois que j'apparais à l'écran. Je lui vole un M&M's puis un baiser, elle se venge d'une petite tape avant de me le rendre.

Je suis bien et je ne suis même pas fichu de le lui dire. Ce n'est pas faute d'avoir songé à lui parler de ce que je ressens et de ce que j'ose de plus en plus espérer. N'empêche que depuis mon occasion manquée le soir de son agression, je n'ai plus jamais trouvé le bon moment.

Plus jamais osé, en réalité.

Comme si je savais que verbaliser, c'était risquer le rejet. Et combien étaient fragiles ces quelques instants à ses côtés.

Pourtant, j'ai l'impression que ces moments sont précisément ceux auxquels j'aspirais sans le savoir. Il me semble qu'on s'est rapprochés sans même qu'elle trouve à y redire, probablement parce qu'elle n'en a pas vraiment eu conscience. Elle bosse, on se voit, on baise quand elle veut, je la dévore dès que je peux. C'est sans doute bancal mais ça se rapproche désormais de la définition du bonheur pour moi.

À quoi bon lui demander davantage quand je sais qu'elle dirait non, qu'elle fuyait déjà l'engagement avec ses copines, et que de toute façon nous allons cesser de nous voir pendant quasiment quatre mois.

J'essaie d'étouffer la petite voix insistante qui me rappelle que nous tournons aux États-Unis et que je pourrais lui proposer de me rejoindre sur certaines dates si elle est disponible. Peut-être que je pourrais lui en parler un peu plus tard, quand on sera plus rodés et qu'elle aura eu le temps de respirer sans moi.

Le troisième épisode de *GBA* vient de s'achever et Lana bâille en s'étirant.

— Je me demande si Bryan va réussir à convaincre Jennifer de l'accompagner à ce bal de rentrée, énonce-t-elle avec une expression sérieuse.

J'arque un sourcil dans sa direction.

— Tu plaisantes, là ?

Elle pouffe en réprimant un nouveau bâillement.

— Évidemment, le musicien. Des histoires d'ados tendance acnéiques, tous hétéros en plus, tu crois quoi ?

Ça m'aurait étonné aussi.

Et merci pour la piqûre de rappel sur tes préférences sexuelles.

— Le seul qui m'intéresse dans cette histoire, c'est toi...

Je sursaute presque en entendant ces mots pourtant énoncés d'un ton neutre. Mon cœur se met à cogner comme un fou contre ma poitrine. J'aimerais tellement qu'il y ait un double sens dans cette phrase.

D'ailleurs, est-ce qu'il y a un double sens dans cette putain de phrase ?

Lana se lève et mon cœur, encore lui, se serre à l'idée qu'elle va me demander d'appeler Steven pour rentrer.

Mais au lieu de ça, elle désigne le gros *tote bag* qu'elle a rapporté ce soir.

— J'ai pris des affaires pour rester cette nuit. Tu m'offres l'asile une dernière fois, Steadman ? Je partirai tôt pour opérer, et promis, je ne te réveillerai pas, oiseau de nuit, sourit-elle, avant de s'installer tranquillement à califourchon sur moi et de commencer à déboutonner sa chemise.

Elle fait ça avec tellement de naturel et de désinvolture que j'ai envie de la secouer pour lui ouvrir les yeux sur ce qui s'est développé entre nous. Mais je la boucle parce que c'est notre dernière nuit ensemble, que je veux profiter des certitudes plutôt que de tout foutre en l'air avec mes attentes sans doute stupides. Même si j'ai ma petite idée là-dessus, je me dis que, quand on sera partis, je vais peut-être lui manquer autrement que comme un bon pote avec qui elle s'amuse. Ou peut-être réussir à l'oublier et passer à quelqu'un qui voudra de moi, une fois qu'elle sera loin des yeux, loin du cœur...

Mais bien sûr.

En attendant je prends ses hanches à pleines mains et tout ce qu'elle veut bien m'offrir cette nuit.

Son ironie, son amitié et son putain de corps flamboyant.

Son abandon aussi, quand elle dort, épuisée de nos ébats, et que, comme un con qu'elle a rendu encore plus insomniaque, je la regarde sans me lasser.

Elle était dans mes bras, sous ma bouche et contre mon corps toute la nuit. Sa peau a appelé la mienne, ses soupirs ont répondu aux miens et j'ai aimé chaque seconde qu'elle m'a donnée. Et là, maintenant que la frénésie s'est apaisée, maintenant que le silence a succédé à ses gémissements et que le calme a remplacé notre tempête, je souris une fois de plus.

Elle n'est pas lovée contre moi. Pas tournée vers moi avec une expression sereine et confiante.

Non.

Elle est projetée à l'autre bout du lit, son visage tourné vers la sortie. Un centimètre de plus vers le bord et elle tombe... Elle et sa farouche volonté de ne dépendre de rien ni de personne. Même quand elle dort.

Je pourrais penser qu'inconsciemment elle me fuit encore, qu'elle retrouve toutes ces femmes qui m'ont précédé.

Peut-être.

Mais elle est dans ma chambre alors que la sienne est vide. Dans mon lit alors que le sien est proche. Près de moi alors qu'elle pourrait être seule. Et chaque moment que je vais pouvoir gagner auprès d'elle sera une petite victoire.

Parce que malgré l'ironie que j'ai maintenue, la distance que je feins de conserver dans notre relation alors que nos corps se sont rapprochés, mon incapacité à lui parler enfin, elle a une fois de plus parlé à mon âme et fait virevolter mon cœur comme aucune autre avant elle.

Aimanté, je comble la distance qui nous sépare, hume le parfum subtil de sa nuque juste à la naissance de ses cheveux blonds et me colle derrière elle, mon torse large contre son dos menu, mon bassin contre ses fesses rondes, mes jambes solides contre ses longues jambes fines. Je ferme les yeux en continuant de me shooter à elle, prenant ce que je peux, respirant son parfum comme un fou. J'enroule mon bras autour de son ventre comme le plus solide des étaux et, malgré ma volonté de veiller jusqu'à son réveil, je m'endors contre elle, oubliant enfin mes considérations d'amoureux transi. Alanguie contre moi, ma jolie Serbe, pas troublée le moins du monde et repue de sexe – la seule chose qu'elle veut de moi –, dort sereinement, sans même songer que nous nous quitterons dans quelques heures.

Quand je me réveille, la réalité me rattrape. Le lit est vide, les draps, déjà froids de son côté.

Seul un petit mot griffonné sur une page arrachée à l'un de mes cahiers me confirme que je n'ai pas rêvé cette dernière nuit. Mais qu'il est sans doute temps d'arrêter de me faire des illusions et de ne pas désirer plus que ce qu'elle a bien voulu me donner.

« Je confirme que l'expérience valait bien le détour, Steadman. Pour un homme, tu t'en sors pas si mal

Merci pour tout ça, c'était cool.

Amuse-toi bien, le musicien ! À bientôt, qui sait ? »

Chapitre 48

Svetlana

Ça fait une semaine que Tadzio est parti à Vancouver. Une semaine qu'il m'a envoyé une photo de l'immense scène vide qu'ils ont louée avec « bien arrivés » comme seul commentaire.

J'ai répondu par un émoticône souriant et un bras musclé contracté parce que j'avais tellement pris l'habitude de ne pas compter mon temps en sa présence que j'ai été incapable de trouver quoi répondre de mieux sur un si petit format.

Et depuis, comme il ne m'appelle pas et que je n'ose pas le déranger, ça fait une semaine que je bosse comme une dingue. Histoire de ne pas m'ennuyer à périr parce que nous n'avons plus échangé de messages et que j'ai l'impression assez désagréable d'être déboussolée depuis que je suis à nouveau seule. De toute façon, je n'ai pas vraiment le choix puisque nous n'avons pas encore trouvé le remplaçant parfait à cette fiente de Paul.

Heureusement que nous étions passés voir les gosses au Childrens' Hospital, car pour la première fois depuis que je suis à New York, je n'ai pas réussi à me libérer pour leur rendre visite dans les horaires impartis. Je souris en songeant à notre passage. Si j'en crois les cris de joie qui ont accueilli notre venue et les sourires de Melvin, Isaac, Lea et les autres, Tadzio n'avait aucun besoin de partir sillonner le continent nord-américain : ses plus grands fans sont ces gamins.

Néanmoins, je suis seule, aussi, pour taper comme une abrutie sur un sac de sable qui n'a strictement rien à redire sur ma technique alors que Tadzio l'aurait évidemment critiquée. Seule pour chantonner les paroles de notre chanson sans que sa voix râpeuse ne fasse plus jamais écho pour rattraper ma fausse note ou trouver une nouvelle rime.

Seule aussi pour retrouver un appartement dans lequel j'ai perdu mes marques, même si les paparazzi ont bien entendu déserté les lieux depuis belle lurette.

Dis donc, c'est pas ce soir que tu refais des folies de ton corps avec ton ex ?

Je ricane en lisant le SMS d'Hortense. Les grands esprits se rencontrent... Cela dit, je suis vraiment incapable de savoir comment vont se passer nos retrouvailles. Mes sentiment sont contrastés, entre appréhension que cela nous fasse du mal de remuer un passé qui semblait bien enterré et plaisir de se revoir, comme lorsqu'on retrouve une maison de vacances chérie et familière dans laquelle on a ses habitudes.

OK, j'avoue... Il y a plus heureuse comme image.

J'élude.

On verra...

HORTENSE
Quel enthousiasme ! Elle va être sympa ta semaine...

CHARLOTTE
J'en connais une qui va se planquer au travail, parti comme c'est.

Bon. Charlotte et Hortense n'ont pas tort une fois de plus. Je me lance.

J'ai un souci les filles, en fait.

CHARLOTTE
Ah mince désolée, je ne savais pas.

Non mais je te rassure, rien de grave.
C'est en rapport avec Julie justement.

MARIE
Pourquoi, elle ne vient plus ?

Si si. C'est ça mon souci, justement.

ROMY
Je croyais que tu étais contente de la voir ?

Je le suis. Enfin je crois.

HORTENSE
Tu crois ?

Disons que j'ai eu une relation suivie avec une personne. Avec qui j'ai couché assez régulièrement ces derniers temps mais qui a dû partir pour raisons professionnelles.

CHARLOTTE
Mais vous sortez ensemble ?

Non ! Bien sûr que non ! On est juste potes sinon je n'aurais jamais accepté que Julie vienne !
Mais une sorte de pote avec qui j'ai couché en effet.

CHARLOTTE
Du sexe entre potes ? Tu veux dire comme une sorte de sex friend ?

Est-ce que Tadzio a été mon sex friend ?

Je ne sais pas si c'est le terme adéquat.

HORTENSE
Une pote avec qui tu couches est une *sex friend*. C'est la définition, en fait.

Je tique sur l'emploi du féminin. C'est peut-être le moment de leur dire, non ?

Ou pas.

Bon de toute façon, comme je te le disais, cette personne est partie. Et n'est pas près de revenir. Ça me semble assez évident qu'il n'y a rien entre nous, pour différentes raisons dont je n'ai pas trop envie de parler maintenant. Pas mon genre, si je résume.

Mais ce qui me tracasse c'est que je n'ai pas une seule fois pensé à Julie sauf quand elle me rappelait sa venue et ça m'ennuie par rapport à elle.

Alors que j'ai très souvent pensé à l'autre personne...

CHARLOTTE
Bon.

HORTENSE
Bien.

CHARLOTTE
Bien bien bien.

OK, merci pour cette analyse les filles. Je savais que j'avais bien fait de vous en parler.

HORTENSE
Rrrrrho ça va, toi ! Je vais réfléchir.

CHARLOTTE
Pardon, pardon. Je suis un tantinet distraite, je regarde un reportage sur la tournée à venir des KA-9. Apparemment ils sont en répétition au Canada. Tu avais des nouvelles, au fait ?

Je mens à peine, tout est question de perspective :

Plus aucune. C'est sur une chaîne française ?

CHARLOTTE
Non, sur CBS, mais dépêche-toi, ça touche à sa fin et aucune idée de comment fonctionne le replay.

HORTENSE
À part ça, si déjà elle débarque et que tu as accepté son délire, je pense qu'il faut que tu ailles au bout de cette histoire avec Julie. Même si c'est pour découvrir qu'elle ne te plaît plus du tout et que c'est vraiment du passé. Au moins, tu seras fixée. Tu verras bien si ton autre copine te manque vraiment ou si c'est juste la perte de tes nouvelles habitudes.

Je finis de lire le conseil de mon amie au moment où un SMS apparaît dans la conversation que j'ai avec Romy seule.

Si ta *sex friend* est un grand brun canon aux yeux bleus de dingue qui joue de la basse comme un dieu

sur la plus grande scène de Vancouver ce soir, je reste dispo pour en parler.

Romy n'est pas ma meilleure amie pour rien et j'hésite évidemment à lui répondre. Mais que lui dire précisément et par quoi commencer, alors que les minutes me sont comptées et que Julie ne devrait plus tarder ?

Une fois de plus, je remets donc lâchement ce moment à plus tard, au moment où je retrouve CBS et le reportage dont me parlait Charlotte. On aperçoit le groupe sur la scène gigantesque du BC Place et une jeune habitante de Vancouver qui confirme toute contente qu'elle peut entendre le groupe répéter. La voix off enchaîne alors sur la rumeur d'une modification de la *setlist* prévisible : il a été confirmé par les badauds et les fans que les haut-parleurs ont été coupés en cours de répétition, laissant augurer une surprise qui alimente toutes les spéculations du milieu.

J'écoute d'une oreille distraite en me concentrant, yeux plissés, sur ce qui m'importe : voir les membres du groupe jouer. Filmés de loin, on dirait de minuscules figurines jusqu'à ce que le journaliste parvienne à les filmer à la sortie du stade à l'arrachée, une fois la répétition terminée. Mike d'abord, visage fermé, comme à son habitude, mais qui esquisse néanmoins un sourire imperceptible, accompagnant le hochement de tête qu'il destine à la caméra. Simon, superbe, comme toujours, qui adresse quelques mots sympas à ses fans.

Et... enfin, Tadzio, dont le charisme magnétique traverse l'écran tandis que ses yeux bleu-gris qui étincellent vers l'objectif semblent ne voir que moi.

J'ai soudain un sourire niais. Qui s'accompagne d'un curieux sentiment d'appartenance et de familiarité.

Mes amies me manquent malgré nos conversations de l'instant.

Mon ami me manque... et nos longues conversations aussi.

Sans réfléchir, je m'empare de mon téléphone et tape un message.

Tu es beaucoup plus sympathique à l'écran qu'en vrai.

Je vois les petites bulles de conversation qui s'agitent et guette la réponse. J'attends un « je savais que tu étais dingue de moi » ou « tu me fliques, sale groupie ? »

Mais finalement, rien...

Clairement, il doit être très occupé. Ou avoir déjà trouvé bien mieux à faire...

La sonnerie qui retentit, alors que le présentateur annonce un reportage sur les tentatives d'éradication des moustiques tigres en Floride, n'est pas celle qui devrait me signaler l'arrivée d'un message en réponse mais celle de la porte d'entrée.

J'ai le cœur qui bat subitement la chamade et la sensation étrange d'avoir des semelles de plomb lorsque je me dirige vers la porte après avoir pris le temps de resserrer ma queue-de-cheval devant le miroir du couloir.

J'ouvre et retrouve la petite brune la plus sexy qu'il m'ait été donnée de croiser depuis Nathalie Portman au cinéma. Julie, telle un elfe aux grands yeux bruns, me sourit et j'ai l'impression de faire un bond de plusieurs années en arrière, lorsque j'avais croisé ces mêmes yeux de biche. J'avais alors cherché à deviner comment était son sourire derrière son masque bleu au bloc opératoire autour duquel nous nous étions rencontrées pendant nos internats. Quand la réalité a dépassé mes espérances, j'ai su d'instinct qu'elle serait différente des autres pour moi.

— Prête à rattraper près de quatre années en une soirée ? me lance-t-elle avant de s'avancer pour me serrer dans ses bras.

Je déglutis en retrouvant son étreinte, si familière mais pourtant si lointaine, et finis par lui rendre son câlin en respirant l'odeur de ses cheveux. Elle ne porte plus le parfum que je lui offrais lorsque nous sortions ensemble et, même si c'est finalement très normal, je suis un peu désemparée.

Je recule pour la contempler puis l'invite à rentrer.

— Tu veux te rafraîchir après ton voyage ? J'ai réservé un (je mime les guillemets) « resto cosy » dans un peu plus d'une demi-heure. Ça nous laisse pile le temps.

Notre première soirée se passe formidablement bien. J'ai l'impression que nous ne nous sommes jamais quittées et la seule chose qui diffère est que nous ne nous embrassons plus à tout bout de champ ou qu'elle dort dans un autre lit que le mien. Elle me parle de sa vie au Canada, je lui raconte la mienne aux États-Unis, on évite prudemment d'évoquer celles qui nous ont succédé dans nos existences respectives mais pas les regards par en dessous ni certaines rougeurs ou allusions un peu tendancieuses. Je comprends, en la retrouvant, pourquoi elle me plaisait tant et bien plus que les autres. Elle est cultivée, dynamique et douce, enthousiaste mais réfléchie, toujours jolie. Quand elle me demande de lui faire découvrir ma ville, je suis fière de pouvoir lui montrer, comme une vraie New-Yorkaise, les quartiers que Tadzio m'a fait connaître et avec lesquels je suis désormais familiarisée... même si j'ai un petit pincement au cœur lorsqu'elle se demande à haute voix, en les contemplant, si c'est le socle ou la statue de la Liberté qui est le plus haut.

Petit pincement qui ferait bien de disparaître si l'on considère que mon supposé ami-guide touristique n'a jamais condescendu à répondre à mon dernier SMS.

Après deux soirées passées à sortir, la première dans le « resto cosy », la seconde pour aller voir le *Roi Lion* à Broadway, on est affalées, éreintées, sur le canapé de mon appartement, avec l'idée de végéter devant un programme pas trop compliqué pour nos neurones.

Ça tombe bien, Netflix s'ouvre sur *God Bless America*, toujours en cours de visionnage.

— Marrante, cette série. C'est pas celle avec ce type avec qui les tabloïds t'ont prêté une aventure ? (Elle ricane.) Quelle idée, quand j'y pense... Comme si toi tu pouvais avoir cette idée débile de sortir avec un homme !

Je suis un peu piquée par son propos. Évidemment, je sais que j'aime les femmes. Mais subitement j'ai envie de lui expliquer à mon tour qu'on peut être sûre de soi comme elle – et ce sera très bien –, ou plus indécise – et ce n'est pas bien grave. On peut aussi n'avoir aucun doute mais envie d'être curieuse quand même. J'aimerais lui dire qu'on n'est pas toujours obligé de se cantonner à ce qu'on connaît. Ou que même, parfois, ce dont on se méfie gagne aussi à être connu.

Et que ce qu'on pense détester peut être très aimable.

Mais Julie, qui s'est doucement emparée de ma main, ne semble pas être d'humeur à rouvrir ce débat que j'ai tant aimé animer avec Tadzio, les dernières semaines. Elle y promène doucement le pouce, comme si elle voulait m'habituer à sa caresse avant de s'enhardir.

— Tu sais, Lana... Je ne suis pas juste venue à New York pour faire du tourisme avec toi.

Je devrais répondre mais je me contente de fixer l'écran sur lequel s'affiche toujours le visage souriant d'un Tadzio de dix-sept ans, entouré de ses potes du générique. Bien sûr, son propos n'est pas vraiment une surprise mais pourtant il me laisse un peu désemparée. Ne serait-ce que parce que c'était moi, en principe, qui prenais les initiatives avec elle.

Avec toutes les autres, d'ailleurs. Mais il faut croire que ces derniers temps ma vie est sortie de ses rails...

— Tu m'as manqué et tu me manques toujours.

J'ai d'abord envie de lui dire qu'il aurait peut-être mieux valu s'en apercevoir avant de me planter à Paris. Ou ne pas attendre toutes ces années pour resurgir dans ma vie. Puis je songe que réagir ainsi, justement, ce serait être ce que je ne veux pas être, obtuse et fermée. Que je peux entendre ce qu'elle a à me dire. Surtout alors que je réalise, depuis le départ de Tadzio, combien la solitude de mon existence, jusqu'à il y a peu encore focalisée sur la réussite professionnelle, me pèse.

— Je... Julie poursuit d'une voix plus sourde, semblant peser ses mots. J'aimerais que tu nous laisses une chance cette semaine. Sans faire de plans sur la comète mais juste pour voir comment on s'entend.

Comment on s'entend...

— Même si...

Elle se décale d'un mouvement fluide pour se retrouver à califourchon sur moi, ses mains, posées sur le dossier du canapé, encadrant mon visage.

Soudain, je repense à ma dernière soirée avec Tadzio. C'était moi qui étais dans cette position, à califourchon sur lui. Lui dont les pupilles brillaient si fort en me contemplant.

Est-ce que mes pupilles brillent autant quand je regarde celles, soudain affamées, de Julie ?

— Je n'ai aucun doute sur notre entente sexuelle. Je n'ai jamais trouvé quelqu'un à ta hauteur, tu sais ? À aucun niveau.

Son bassin pèse désormais sur mon pubis. Elle ondule doucement en se rapprochant de ma bouche. Prend ma main qu'elle déplace entre ses cuisses.

Elle ferme les yeux avant de murmurer, ses lèvres désormais tout contre les miennes :

— Baise-moi, ce soir, Lana, comme tu savais si bien le faire.

Chapitre 49

Tadzio

Je pensais rentrer directement de Vancouver après notre semaine de répétitions pour New York, comme c'était prévu.

Mais Lilly n'a rien trouvé de mieux à faire que de profiter du départ de Simon et de la semaine de classe verte de leur fils et pour aller voir une amie en Californie et y accoucher prématurément.

Je déconne.

J'adore cette fille.

Mais là, le moins que l'on puisse dire, c'est que la naissance de leur petite Ava a bien compliqué les choses pour tout le monde, y compris Simon, aussi fou de joie soit-il. On ne va pas se mentir : Vancouver-San Diego pour aller saluer la huitième merveille du monde et la ramener avec nous à New York dès le lendemain, avant le départ prévu dans trois jours pour Tulsa [23], lieu de notre première date, c'est une vraie partie de plaisir.

Heureusement qu'on voyage à peu près aux horaires qui nous conviennent et dans des conditions plus qu'enviables parce que sinon je ne donnais pas cher de nos peaux pour commencer la tournée.

---

23. Deuxième ville la plus peuplée de l'Oklahoma... bien au centre des États-Unis, donc !

Cela a considérablement réduit le temps que je pensais passer avec Lana, après cette semaine super intense à bosser comme des bêtes pour tout déchirer pendant la tournée.

Malgré le côté jouissif de se retrouver et la perspective énergisante de tous ces stades pleins qui nous attendent, je n'ai pu m'empêcher de ruminer les trois premiers jours qui ont suivi mon départ de New York et la lecture de son petit mot. Jusqu'à ce que je me dise – un peu secoué, il est vrai, par Mike qui en avait plus qu'assez de me voir broyer du noir – que j'étais stupide, voire immature, de ne rien lui avoir exprimé de ce que je ressentais. De ce que j'espérais.

Évidemment que je prends le risque quasi certain et en tout cas très prévisible qu'elle me rie au nez. Mais je pense que je ruminerai toute ma vie – en tout cas pendant les quatre prochains mois –, si je ne clarifie pas les choses avec elle. Après tout, elle a clairement aimé passer du temps avec moi. Beaucoup de temps. Et sans fanfaronner, si j'en crois ses gémissements de plaisir, elle n'a pas détesté coucher avec un homme. Pourquoi ne pourrait-elle pas avoir envie d'essayer davantage ?

Je dois donc la voir. Lui parler, cette fois-ci. Et au moins, si je dois finalement broyer du noir, ce ne sera pas par défaitisme mais en connaissance de cause.

Qui ne risque rien n'a rien... La chance sourit aux audacieux... À vaincre sans péril, on triomphe sans gloire... Vous avez saisi l'idée, je suppose.

Donc me voici arrivé devant le *brownstone* qu'elle occupe toujours dans NoLIta. Devant cette porte qui avait été souillée des graffitis de mes fans extrêmes ; en haut de ces marches sur lesquelles l'attendait Erin puis des paparazzi avides de scoop ; ou au sommet desquelles elle m'a toisé, malgré sa fatigue et sa lassitude, quand je suis venu la chercher pour l'emmener avec moi au *248*. C'était il y a moins de deux mois et j'ai l'impression que c'était il y a une vie.

Une vie mais avec elle.

J'ai le cœur qui bat à l'idée de la retrouver. Je suppose qu'elle sera chez elle, elle bosse tôt les lundis en général et essaie de se coucher en conséquence. J'espère aussi qu'elle sera heureuse de me revoir et qu'elle appréciera ma deuxième surprise : la version finalisée de notre chanson, qui mêle plutôt habilement nos enregistrements studio et les prises de son réalisées lors des répétitions de la semaine dernière. Cette version qu'on a décidé, à l'arrache, dans le bus, de sortir pour accompagner la tournée et la rendre encore plus visible, même si elle affiche complet partout. Une version dont nous savons précisément comment utiliser les recettes, Simon et Mike ayant validé ma proposition avec enthousiasme.

Surtout lorsque je leur ai confirmé qu'en contrepartie j'étais prêt à l'interpréter en *live*, avec une choriste chantant en écho sur la voix enregistrée de Lana.

Tout se mélange un peu dans mon crâne et j'espère juste qu'elle ne reviendra pas sur son accord d'utiliser sa voix lorsque je lui expliquerai tout ça. Et qu'elle m'écoutera quand je lui parlerai des dates sur lesquelles elle pourrait me rejoindre. Comme celle de Las Vegas dans un peu moins de quinze jours.

Et oui, je sais ce qu'on fait à Las Vegas quand on n'est intéressé ni par le jeu ni par les putes.

Je passe une fois de plus la main dans mes cheveux qui mériteraient clairement une bonne coupe, inspire profondément.

Sonne.

Quand la porte s'ouvre, j'ai le cœur qui bat à tout rompre même si je m'efforce d'afficher un sourire détendu, histoire de ne pas la faire flipper et prendre ses jambes à son cou. Ou me claquer la porte au nez.

— Tad ? Ses yeux sont écarquillés par la surprise.

J'avise les mèches qui s'échappent de son chignon, ses joues roses, ses lèvres brillantes. Si je ne savais pas qu'elle refuse absolument toute forme de drogues, je dirais qu'elle semble... *stone*. Je me demande si je ne viens pas de la réveiller. Elle est à tomber en tout cas et je dois me faire violence pour ne pas la prendre dans mes bras et l'embrasser à pleine bouche.

Même si c'est ce que me dictent mon corps et mon cœur, je ne suis toujours pas certain que ce soit la bonne attitude à adopter envers une amie depuis toujours ouvertement gay et qui a peut-être juste eu envie de s'amuser un peu, sans plus d'arrière-pensées.

Mes yeux caressent furtivement ses longues jambes nues sous son petit short de coton, un de ceux qu'elle enfile toujours quand elle traîne à la maison. Essaient de ne pas s'attarder sur les deux boutons ouverts de sa chemise qui laissent deviner les rondeurs de ses seins.

— Surprise... j'énonce avec un petit sourire en brandissant le chapeau de trappeur que j'ai acheté à son intention à Vancouver.

Elle tend la main pour s'en emparer avant de le contempler avec une certaine perplexité. Puis elle relève les yeux vers moi mais pour les détourner presque immédiatement, comme si elle fuyait. J'essaie de ne pas laisser un sentiment de malaise m'envahir.

— Je me suis dit que tu en aurais peut-être marre de la perruque brune quand on reprendra nos balades après la tournée. Un chapeau de trappeur, c'est toujours discret et passe-partout.

Elle ne rit pas. Ne sourit pas. Ne glousse pas. Ne hausse pas les yeux au ciel.

Bien.

— C'est gentil, merci beaucoup. Je ne m'attendais pas vraiment à te voir, en fait.

Ça, j'avais compris.

— Désolé. J'ai voulu te faire la surprise. Mais j'aurais dû me douter que tu n'aimerais pas trop ça...

— Disons que je suis vraiment très surprise en effet. Tu n'as pas vraiment donné de tes nouvelles. Je t'ai envoyé un SMS et...

— Et je n'ai pas répondu. Désolé. On m'a appelé pour reprendre au moment où je voulais le faire. Et puis je t'avoue que c'est pas mon truc la communication à distance. Je ne sais jamais quoi écrire, quoi dire. Je préfère voir les gens quand j'ai vraiment des choses à leur dire.

Je me marre pour essayer de briser la glace qui refuse de dégeler entre nous sans que je comprenne pourquoi.

— Tu sais, moi... À part les sextos, je suis assez nul avec tous ces trucs.

Je me passe une fois de plus la main dans les cheveux pour me donner une contenance. Avant de replacer mes mains dans les poches de mon jeans.

— Tu me laisses rentrer ? J'aurais bien aimé qu'on discute un peu.

Cette fois-ci ses yeux fixent clairement les miens.

— Je ne suis pas seule.

Elle n'est pas seule.

— Et donc je ne peux pas rentrer, j'énonce platement.

— Pas ce soir, non.

Soudain mon malaise et ce sentiment de servir passivement de *punching ball* s'estompent. C'est l'amertume ou la déception qui prend le dessus, même si elle ne me devait effectivement rien.

— Je vois que tu n'as pas mis longtemps pour te changer les idées...

Elle pince ses lèvres toujours aussi appétissantes. Je crains de comprendre soudain pourquoi elles étaient si brillantes et gonflées. Ou pour quelle raison son chignon fout le camp.

— Je ne suis pas certaine de saisir où tu veux en venir.

— Ça fait même pas quinze jours que je suis parti et je vois que tu n'as pas trop tardé à passer à autre chose.

Je suis pathétique. Jaloux et pathétique. Je sais qu'elle ne me doit rien mais les mots sortent tout seuls sous le coup de la colère.

À défaut de toutes les paroles que j'avais prévu de lui exprimer et qui étaient bien plus optimistes et nettement moins amères.

Sa réponse fuse. Cinglante et méritée.

— Sauf erreur de ma part, je ne crois pas qu'il ait jamais été question de ne pas pouvoir passer à autre chose, comme tu dis. J'ai toujours été très claire avec toi, même si on s'est beaucoup vus. Sa voix monte, vibrante d'exaspération. Je ne t'ai jamais caché que j'aime les filles. Le sexe. Et certainement pas les relations.

À Las Vegas, si vous n'aimez ni les putes, ni le jeu, ni les mariages avec Elvis comme témoin, vous avez toujours la possibilité de vous soûler très facilement. Et je crois que ça tombe vraiment bien.

Comment ai-je pu être aussi débile ?

— Bébé, tout va bien ?

Bébé... comme dans Try, baby.

Comme dans « je ne suis le bébé de personne ».

Comme dans « Tadzio Steadman est vraiment un super abruti ».

Une très jolie brunette qui ressemble énormément à Nathalie Portman vient d'apparaître dans le couloir.

Elle aussi est à peine vêtue. D'une chemise en jean trop grande, usée et vaguement déchirée.

MA chemise. Ou précisément celle que Lana m'a piquée après notre première fois et ne m'a plus jamais rendue.

Apparemment, il n'y a bien qu'avec moi qu'elle est couche-tôt les dimanches soir.

— Oui, tout va bien, Julie. Je te présente un copain. Tadzio Steadman, qui n'a pas pu appeler avant de passer, malheureusement. Elle se tourne vers moi, presque professionnelle malgré sa tenue débraillée. Tadzio, je te présente Julie, qui est venue me voir quelques jours.

Julie... Comme son ex dont elle n'avait plus de nouvelles et qui lui reprochait de ne pas s'investir ?

« Certainement pas les relations. » Tu parles.

J'ai un minimum d'amour-propre et pas mal d'heures de tournage à mon actif, alors je souris avec détachement à la jeune femme qui m'observe avec une curiosité à peine dissimulée.

Ce n'est pas ce soir que je leur livrerai ma vérité.

Je serre la main qu'elle me tend. Fine, menue, douce. Tout le contraire de la mienne, évidemment.

— Salut... Désolé d'être passé à l'improviste, j'ai tenté ma chance. Mais apparemment – je regarde Lana qui ne cille pas –, j'ai perdu ce soir. Excusez-moi de vous avoir dérangées.

Je souris calmement à Lana. Un sourire probablement dépourvu de joie mais qui me permet de mettre un terme à toute cette mascarade de manière pas trop humiliante.

— Ne vous inquiétez pas. Ça n'arrivera plus.

Chapitre 50

Svetlana

— Salut... je lance à Melvin et Clara, deux des infirmiers du Stokman Steal Children's Hospital en arrivant à l'étage de la salle de jeux.

Je jette un rapide regard périphérique sur le plateau.

— Martha n'est pas là ?

— Nope, répond Melvin. Ils sont dans la grande salle de réunion du sous-sol.

— Tu m'expliques comment la trouver ?

Clara rigole et jette un regard entendu à Melvin.

— Prends l'ascenseur et fais confiance à ton instinct, Doc. Crois-moi, tu ne risques pas de les rater en arrivant !

Quand j'arrive au sous-sol, je suis en effet accueillie par une cacophonie mêlant rires enfantins, sons d'instruments de musique et admonestations pas trop convaincues de Martha, en provenance d'une salle au fond du long couloir beige qui s'étire devant moi.

— Qu'est-ce que c'est que tout ça ?

Saisie, je contemple les deux batteries, les guitares acoustiques ou électriques, les amplis, au moins trois synthétiseurs et je ne sais combien de triangles, tambourins, djembés et autres ukulélés.

— Tuuuuuuuuut ! ! ! ! !

Ah... et apparemment, hélas, au moins une flûte à bec.

— C'est ça de pas venir une semaine, tu es larguée, ma pauvre fille. (Martha m'adresse un clin d'œil amusé.) C'est ton copain, tu sais... La star internationale dont tu avais un peu oublié de me parler à l'époque... Il a tout fait livrer avant de partir en tournée.

Je la fixe, hébétée.

— Avec un mot pour chaque gamin, figure-toi. Et deux places pour chacun d'eux pour leur concert à New York s'ils sont autorisés à y assister.

Un immense sourire fend son visage rond.

— Et pareil pour moi, tu imagines ! Taylor est juste dingue à l'idée qu'on les voie enfin, et à New York, en plus...

Je reprends une à une chacune des paroles de Martha.

Une à une.

Chacune des paroles.

Je regarde les instruments.

Les mômes.

Paul qui joue du djembé coincé entre ses jambes inertes sur son fauteuil roulant. Il rit aux éclats, putain. Reese qui s'essaie à la guitare électrique sans avoir branché l'ampli. Lea qui pianote et pas trop mal, en plus, sur un clavier flambant neuf.

Mon cœur gonfle tellement que ma cage thoracique semble soudain ridiculement étriquée.

C'est une évidence soudaine. Brutale. Une évidence qui en réalité était pourtant sans doute là depuis qu'on a commencé à rire ensemble au lieu de se disputer. Une évidence qui me fait paniquer aujourd'hui, que je n'ai pas voulu accueillir car j'étais persuadée qu'entre nous ce ne serait pas possible puisqu'il était un homme, que ce serait forcément léger, superficiel, sans lendemain.

N'empêche que la déclaration de Martha me fait l'effet d'un coup de poing. Ceux des bandes dessinées qui vous font voir trente-six chandelles.

Et surtout des étoiles.

D'un coup, d'ailleurs, je ne vois plus qu'elles. Sur fond de Voie lactée avec cette fille à califourchon sur son arc-en-ciel, en route vers la lune aux *Electric Lady Studios.*

Tout ce qu'il m'a discrètement offert et que j'ai refusé. Refusé de voir quand j'aurais pu me poser les bonnes questions. Refusé d'entendre, sans doute, quand il est venu dimanche soir alors que son temps libre est compté, en me disant qu'il préférait parler aux échanges de SMS.

Tadzio me manque soudain atrocement et c'est ma faute.

Car malgré nos vies dissemblables, nos professions en apparence peu compatibles, il ne tenait qu'à moi de lui faire une place. Une place qu'il était peut-être venu implorer puisqu'il voulait discuter. Au lieu de cela, moi qui me targue de clairvoyance et d'ouverture d'esprit, j'ai mis mes plus belles œillères et je l'ai envoyé paître.

Et méchamment, en plus. Pour ne surtout pas reconnaître ce qui crevait probablement les yeux. Pour ne surtout pas remettre en question mon existence bien réglée.

Je lui plais, même si j'ai voulu le penser détaché.

Mais moi aussi, je l'aime bien. À moi aussi, il me plaît.

Pourtant, alors même que j'ai été glaciale lorsqu'il était sur le pas de ma porte, tout de suite après son départ, j'ai parlé à Julie. Je lui ai expliqué que, malgré l'ambiguïté de ce que nous venions de vivre, on ne pourrait pas continuer comme elle l'espérait. Que je n'étais pas prête pour recommencer avec elle et que ce serait une erreur d'essayer, même pendant son bref séjour. J'ai ajouté que j'étais désolée de ne pas avoir su plus tôt mettre un terme à ses espoirs de nous réconcilier. Mais qu'il avait sans doute fallu qu'on soit à nouveau au pied du mur pour que j'en aie le cœur net.

Elle n'a pas compris. Surtout après le baiser plutôt fougueux que, troublée et, il est vrai, excitée, je venais d'échanger avec elle sur le canapé.

— Ne me dis pas que c'est à cause de ce type ?

Je ne le lui ai pas dit.

Parce que ça ne la regardait plus et parce que, en vérité, j'avais de toute façon cessé de l'aimer quatre ans auparavant, lorsqu'elle était partie sans plus d'explications. Bien avant que *ce type* ne débarque dans ma vie.

Et aussi parce que, honnêtement, j'étais bien incapable de savoir ce que je ressentais pour Steadman juste après le mélodrame que nous venions de jouer.

Tout ce que je sais désormais, quitte à me répéter, c'est qu'il me manque. Que je m'en veux d'avoir été si glaciale alors qu'il est venu me voir pour discuter. Après avoir été si sympa, prévenant, présent avant son départ. Tellement réservé, finalement, après toutes ces premières semaines de provocation gratuite, que je n'ai rien vu venir.

Je ne sais quoi penser de moi, de cette armure que j'ai revêtue alors qu'il est arrivé désarmé, ni quoi penser de nous. Je ne sais même pas s'il acceptera de me reparler un jour, alors que sa vie l'emmène toujours plus haut vers la gloire et que la mienne me cantonne ici. Lundi, juste après le départ de Julie, redevenue froide, distante et probablement très déçue elle aussi, j'ai hésité à l'appeler. Son numéro était composé. Je n'avais plus qu'à lancer l'appel.

Je me suis débinée.

Ces choses-là se disent en face, pas vrai ? Peut-être qu'à son retour, on pourra parler ?

Bon, je lui ai quand même envoyé un « Je ne veux pas perdre ton amitié » qui n'a suscité aucune réaction.

Pendant que je suis assaillie par toutes ces pensées qui me font tourner la tête, Martha continue de papoter, enthousiaste.

— Le plus dingue, c'est qu'ils ont enregistré un titre pour nous.

J'entends ce qu'elle me dit mais j'ai l'impression d'être dans un univers parallèle. Pourtant je parviens à échanger quelques mots avec les enfants qui nous interrompent et viennent sans cesse nous montrer leurs trouvailles ou leurs compositions.

— Si j'ai bien compris ce que m'a expliqué Jeff, le montant de l'intégralité des ventes de ce titre sera reversé à notre service pour améliorer la qualité des lieux, gâter les gamins ou aider nos chercheurs, à charge pour nous de reverser le reliquat à l'Unicef. Attends, je vais te retrouver ça, marmonne-t-elle en se courbant sur l'écran de son smartphone, pendant que mon cœur, doucement mais implacablement, déborde d'affection pour le type qui a permis tout ça. Tellement discrètement généreux derrière son ostensible provocation. Y a eu un reportage à midi sur une chaîne musicale. On l'a vu en *replay* avec les gamins tout à l'heure, justement. Tiens, regarde !

Docile, je me penche à mon tour vers l'écran de son téléphone et j'écoute la voix *off* féminine expliquer que la tournée des KA-9, qui a commencé mardi à Tulsa et qui se poursuit ce soir à San José, réservera un certain nombre de surprises.

« Outre des *guest stars* et des jeux scéniques hallucinants, la tournée la plus verte de l'histoire de la musique, sur laquelle tout ce qui est vendu est recyclable, local et bio, avec une incitation à consommer moins mais mieux affichée partout, a aussi permis de découvrir que c'était désormais Simon Lauren, qui joue sur la guitare mythique de Kurt Cobain lors de l'interprétation en acoustique d'*Unexpected.* Le chanteur, récemment papa d'une petite Ava, avait composé cette chanson pour sa compagne, Lilly. Selon les rumeurs, il semblerait que Tadzio Steadman, qui l'avait tout de même payée six millions de dollars aux enchères, l'ait perdue lors d'un pari avec son ami dont ils n'ont pas voulu parler. »

Stupéfaite, j'observe le chanteur aux boucles brunes sortir avec révérence une guitare qui, pour moi, est tout ce qu'il y a de plus banal. Il adresse un clin d'œil à Tadzio avant de présenter l'instrument à la foule amassée à leurs pieds et sur les gradins qui surplombent tout le stade. J'ai en tête le pari que Tadzio a pourtant gagné, je suis bien placée pour le savoir. Est-ce qu'il n'a pas voulu leur dire, pour me protéger, peut-être ?

Est-ce qu'il a considéré que, même s'il a couché avec moi, il n'a pas gagné ?

Est-ce que cela me confirme qu'il voulait davantage ?

La journaliste poursuit, bien loin de toutes les questions qui me traversent l'esprit.

« Les fans apprécieront de découvrir aussi pour la première fois Tadzio Steadman non plus à la basse, son instrument de prédilection, ni à la guitare, comme le célèbre Jax de *God Bless America*, mais derrière le micro pour une interprétation qui a électrisé les stades de Tulsa et de Saint-Louis en fin de concert et fera incontestablement date dans l'histoire de la musique. Le titre s'est d'ailleurs immédiatement placé en tête des plateformes de téléchargement et on parle déjà de Grammy. En attendant, je vous propose de regarder le clip de cette chanson, diffusé pour la première fois aujourd'hui et dont tous les bénéfices seront reversés au Stokman Steal Children's Hospital, à la recherche médicale sur les maladies pédiatriques et à l'Unicef. Elle s'intitule *Try, baby.* »

Bouche bée, je découvre les images qui défilent pour illustrer son propos et dont le montage si rapide relève probablement de la prouesse technique, moyennant des milliers de dollars. On y voit des clichés en noir et blanc des gars en répétition ou même en live, lors de leur premier concert à Tulsa. Ils rient, bossent ou chantent. On aperçoit aussi des visages dans la foule des spectateurs ou quelques *roadies* attentifs.

Et, en alternance, un jeune couple amoureux, devisant avec animation, se disputant ou s'embrassant, aimanté, toujours. Boucles blondes pour lui, carré sombre très graphique pour elle, ils déambulent face à un fleuve majestueux dans une ville superbe que je ne connais plus mais qui signifie tout.

Belgrade, capitale de la Serbie.

Chapitre 51

Quelques jours plus tard
– Las Vegas – T-Mobile Arena –
Conversation WhatsApp

MIKE
Super final, mec. Bravo.

TADZIO
Merci c'est cool.

MIKE
Non c'est pas cool.

TADZIO
OK c'est pas cool alors.

MIKE
Parce que tu sais quoi, Tad ? Tu pues.

Je sais que ça te donne ce petit côté artiste maudit, tendance Jared Leto, qui plaît tellement aux filles. Mais il se trouve qu'on n'en peut plus de ton mode dépressif et qu'on se contente pas de te voir en photo ou depuis la fosse.

SIMON

Personnellement, l'hygiène dans le milieu du rock est une cause qui me tient particulièrement à cœur. Si tu te laves pas et si tu quittes pas cette gueule de déterré, je l'appelle à ta place.

MIKE

Et arrête d'écouter Céline Dion aussi. On n'en peut plus de l'entendre chialer après Ziggy [24].

---

24. Bien entendu, les KA-9 écoutent la version anglophone de cette chanson de Luc Plamondon et Michel Berger qui raconte l'amour impossible d'une jeune femme pour son ami gay.

Chapitre 52

Svetlana

— Lana ?

La voix de Kim s'élève à travers la pieuvre d'appels sur mon bureau.

— Oui ?

— Il semblerait que tu aies une consultation en plus.

Je consulte rapidement mon planning du jour qui s'affiche sous mes yeux. La seule chose qui y figure pour le créneau de dix heures trente qui arrive bientôt, c'est « Zoom filles ».

Pas question que je rate cette occasion de les voir. Et de leur confier enfin tout ce qui me préoccupe et me donne envie de me taper la tête contre les murs (ou toute surface suffisamment dure pour m'assommer, je ne suis pas regardante) depuis ma visite au Stokman, jeudi dernier. Soit il y a quatre jours, tous passés à ruminer, m'apitoyer, m'énerver, criser. Et composer le numéro de Tadzio.

Sans lancer l'appel, bien entendu.

— Désolée, Kim, mais je n'ai plus aucun patient de prévu. Sauf si c'est une urgence, fais en sorte, s'il te plaît, de proposer un autre rendez-vous à cette personne.

— Disons que c'est... la voix de Kim me paraît bizarre. Presque étranglée. C'est une sorte d'urgence. De mon point de vue, en tout cas, mais je pense que tu seras d'accord avec moi.

Je serre les dents par réflexe. Qu'est-ce que peut bien être une « sorte d'urgence » ? Chez moi, on est en urgence vitale ou pas. Point. Entre les deux, pas de zone grise.

Je consulte ma montre. Le Zoom est dans quinze minutes. Je sais déjà que je vais accepter de recevoir cette « sorte d'urgence ». Pour finir probablement par rejoindre, en retard, le rendez-vous tant attendu avec mes meilleures amies.

Culpabilité et conscience professionnelle, je vous hais.

— OK, Kim. Fais entrer cette personne.

Un peu agacée, je ne lève pas la tête pour saluer la personne qui vient de pénétrer dans la pièce et continue de pianoter le SMS par lequel j'informe les filles que je me connecterai peut-être en retard.

— Bonsoir... Que puis-je...

Oh putain.

De putain.

De Merde.

Face à moi, altière comme personne malgré une absurde robe longue à fleurs qu'on verrait davantage dans *La Petite Maison dans la prairie* en août qu'à New York au mois de mai, des Birkenstock même pas dorées aux pieds, se tient Julia Mitchells.

Avec un sourire en coin que je ne connais que trop bien, même si je ne l'ai jamais rencontrée de ma vie, car il est manifestement génétique.

Superstar internationale. Canonnissime – et je m'y connais en belles filles. Multi-oscarisée.

Et surtout : mère de Tadzio Steadman.

Dans.Mon.Putain.De.Bureau.

Je décide instantanément de virer Kim, même si elle est adorable, super sympa et professionnellement irréprochable.

— Que puis-je faire pour vous, madame Stead... Madame Mitchells ?

J'ai réussi à conserver un ton à peu près neutre et à terminer ma phrase. Si vous cherchiez une illustration du terme « prouesse », c'en est une.

— J'ose espérer que vous n'avez aucun souci de santé relevant de ma compétence et que vous venez me voir pour aborder un autre sujet ?

Un autre sujet, grand, brun et qui a, comme vous, les yeux d'une couleur scandaleusement hypnotique et originale.

— Je peux ?

La princesse de Hollywood s'est avancée comme si elle lévitait jusqu'à l'un des deux fauteuils destinés aux patients qui font face à mon bureau.

J'acquiesce et l'observe prendre place.

Donc il n'y a pas que les sourires en coin ou les yeux couleurs mer de Chine qui se transmettent. Le charme, le charisme et l'élégance naturelle, même avec des fringues impossibles sur le dos, sont aussi ataviques. La vie est injuste.

— Merci d'avoir accepté de me recevoir, Docteur Lukic. Je voulais depuis longtemps vous remercier de vive voix d'avoir sauvé mon père.

— Je vous en prie, Madame.

Cela dit, ce n'est pas comme si j'avais vraiment eu le choix de la recevoir. Du coup, à y songer, je m'énerve toute seule.

— Dans la mesure où j'ai opéré votre père il y a près de deux mois, vous êtes sûre que c'est pour cela que vous êtes venue me trouver ?

J'ai une vague idée de la raison de sa venue mais aucune de ce qu'elle a à dire.

La Reine Mère s'adosse plus confortablement contre le dossier de sa chaise Charlotte Perriand vintage. Je compatis. Elles sont aussi inconfortables que belles et hors de prix. Elle m'observe quelques secondes avant de me répondre :

— Je comprends ce qui plaît tant à mon fils.

Je manque de sursauter. Parce qu'ils communiquent ? Et parlent de moi ?

Je lui adresse un sourire suave.

— Et moi je crains de ne pas comprendre où vous voulez en venir...

— J'ai vu mon fils hier, par hasard. Il jouait à L.A., où je réside actuellement, et j'en ai profité pour aller le voir.

Par hasard... Je repense à Tadzio, désemparé, devant sa table d'anniversaire déserte. Et à quel point nous avons ri ensuite.

— Il souffre, vous savez ?

À cause de toi, parce que tu es une mère totalement folklorique ? Oui je sais, la Mère Mitchells.

J'arque un sourcil. J'attends qu'elle poursuive.

— Il est amoureux de vous, c'est évident. Et dans un sale état, croyez-moi. Donc si jamais il y a une toute petite possibilité pour que mon fils, aussi viril soit-il – elle a un sourire très fier – vous plaise, je vous demande de bien vouloir l'examiner comme il le mérite.

Amoureux... Tellement qu'il n'a pas répondu à mon SMS. Et qu'il n'a plus jamais tenté de me rappeler.

En même temps, on ne peut pas dire que de mon côté j'ai tenté grand-chose pour rattraper le coup.

À part me taper la tête contre les murs, j'entends.

— Et vous tenez tout cela de Tadzio lui-même, bien entendu ?

— Disons que nous avons dîné ensemble après le concert, nous avons toujours été deux oiseaux de nuit, lui et moi.

Et vous avez enfin fêté son anniversaire ?

— ... et il m'a raconté certaines choses. Il m'a expliqué aussi la genèse de cette chanson, lui qui a toujours refusé catégoriquement de chanter et d'être le centre des regards sur la scène.

Dommage que vous ne preniez pas toujours autant en considération les émotions de votre fils quand il s'agit de votre propre comportement.

— C'est très bien, Madame. Mais d'une part, je pense que tout cela est entre votre fils et moi. Et d'autre part, puisque vous avez pris la peine de vous déplacer de Los Angeles pour me rencontrer, sachez que je pense que vous vous trompez. Votre fils ne m'adresse plus la parole, et même s'il a ses raisons, je ne suis pas certaine que cela soit la preuve de sentiments, amicaux ou autres, très solides.

— Croyez-moi, je l'ai mis au monde et j'ai cette...

Elle ferme les yeux quelques secondes, prend une lente et profonde inspiration, affichant une expression pénétrée.

Je m'attends presque à ce qu'elle émette un Om yogi en rapprochant ses mains jointes devant sa poitrine et je la fixe, retenant mon souffle.

Mais non, elle reprend, et je suis presque déçue, malgré mon intérêt pour le sujet abordé.

— ... sorte de télépathie quand il s'agit de ses émotions.

J'en suis encore à me demander si sa visite est bien réelle lorsque déjà elle se lève, altière, en me souriant avec bienveillance. J'ai limite l'impression qu'elle va me congédier de mon propre bureau.

— Ne le laissez pas tout gâcher, c'est un grand enfant qui craint par-dessus tout d'être déçu, vous savez.

Cette fois-ci, c'est la petite leçon de morale de trop. Elle joue comme une déesse, elle aime son fils à sa manière, mais là, elle me gonfle. Je la dévisage depuis mon fauteuil et réplique du tac au tac :

— Dommage que vous ne soyez pas aussi attentive aux émotions de Tadzio quand vous lui posez un énième lapin, alors qu'il vous attend une fois de plus, en espérant passer un peu de temps avec vous.

Je m'attends à ce qu'elle réplique à son tour de manière plus agressive et prends ma tête de racaille, mais au lieu de ça, un sourire satisfait fend son visage d'idole.

— Et en plus vous le défendez ! Vous aussi, vous l'aimez vraiment... Il faudrait peut-être songer à le lui dire, non ?

Médusée, je l'observe faire demi-tour pour se diriger vers la porte tandis que résonne son joli petit rire entendu.

Quand enfin elle franchit le pas de ma porte, souveraine malgré ses fringues de hippie millionnaire, j'ai encore plus envie qu'avant de me taper ma foutue tête contre le premier foutu mur qui aura la mauvaise idée d'avoir été implanté à proximité.

Parce que si elle a raison, alors j'ai vraiment totalement foiré.

Est-ce que ce que j'éprouve est de l'amour ? Du désir frustré ? De l'amitié blessée ?

Charlotte, rouge et vitupérante, n'a pas davantage la réponse à mes questions lorsque je l'observe, un peu plus tard, durant notre visio.

— Je ne peux pas croire que tu aies envoyé paître Tadzio Steadman... Punaise, Lana, je sais que tu aimes les filles, mais tu imagines le nombre de femmes à travers le monde qui se damneraient pour avoir l'opportunité de lui dire oui ???

Manifestement, elle ne se remet toujours pas de ce que je viens de débiter sans prendre le temps de vraiment respirer, juste après le départ de l'invraisemblable et définitivement star Julia Mitchells.

— Parce que tu trouves que c'est vraiment ça, l'information la plus importante ?

— Non, rétorque Charlotte à Hortense par image incrustée interposée. J'admets que la venue en mode « surpriiiiiiiiise, c'est belle-maman » de Julia Mitchells vaut son pesant de cacahuètes aussi...

— Mais t'es dingue, toi ! Tu veux bien sortir de ton monde de tabloïds et t'intéresser à Lana ? Elle vient de nous dire qu'elle pensait éprouver des sentiments forts pour un homme, même si elle n'y voit pas très clair. Un homme, Charlotte ! Soit dit en passant, elle a aussi précisé qu'elle a couché avec l'homme en question, plusieurs fois, et que c'était bien.

— Très très très bien, en fait, je commente machinalement.

Je crois que je suis encore sidérée par la scène totalement surréaliste que je viens de vivre.

— C'est vrai que c'est une sacrée surprise, Lana ! renchérit Marie. Comment on va faire pour rentrer dans les boîtes gay si t'es plus lesbienne ?

— Elle a jamais dit qu'elle n'était plus lesbienne, objecte Hortense.

— *Elle* est là, je lance au cas où ça leur aurait échappé. Et *elle* confirme : elle n'a jamais dit qu'elle n'était plus lesbienne. Juste qu'*elle* pensait éprouver *aussi* des sentiments sans doute amicaux pour un grand brun qui a clairement un très beau chromosome Y...

— C'est vrai que si tu étais célèbre, ce serait un sacré scoop, observe Charlotte.

— T'es vraiment grave, Charlotte...

— De toute façon, vous battez pas, j'avais besoin de me confier, mais vraisemblablement ma propension à la bisexualité...

— Ou à la pansexualité, m'interrompt Marie.

— ... ou à la pansexualité, je répète, sans même avoir l'énergie de m'agacer, semble bien mal barrée puisque le grand brun en question m'a manifestement rayée de son existence.

— Enfin, si c'est déjà le cas, après ce que vous avez vécu et ce qu'il a cherché à te dire devant chez toi, c'est que tu n'auras rien perdu.

Outch.

— Merci, Romy. Tu ne parles pas beaucoup mais quand tu interviens, c'est un bonheur.

— Cela dit, ce qu'elle dit est sensé.

J'adore quand Hortense en remet une couche derrière sa sœur. Surtout quand, en effet, c'est une couche très sensée.

— Enfin tu sais, s'il t'aime toujours, comme je le pense – parce qu'il m'a plu tout de suite et que mon aimant à guimauve l'a bien identifié –, alors arrête de te prendre la tête et agis, histoire de ne pas perdre du temps.

Romy rougit, même en version réduite sur mon écran.

— Croit celle qui a bien mis deux ans pour comprendre les choses, chaque seconde est précieuse.

Romy rougit tout le temps. Surtout quand elle pense à tout ce qu'elle a expérimenté avec Raphaël avant qu'enfin ils se dévoilent.

Cela dit, elle n'a pas tort.

Je ne me reconnais pas dans cette fille passive et hagarde des derniers jours. J'ai toujours agi et foncé pour forcer mon destin. Et ma mère comme mon prof de krav m'ont appris que l'attaque était la meilleure défense.

S'il a pu venir me voir pour me parler avant de repartir en tournée, je dois pouvoir lui prouver que moi aussi je peux me dépasser pour exprimer ce que j'éprouve pour lui, même si je n'arrive toujours pas à le nommer.

On s'en fout après tout du terme exact. Sans lui, je me sens bancale, incomplète, et je déteste ça.

Alors que la conversation avec les filles est terminée depuis quelques minutes, j'estime que le temps de la prise de tête et des atermoiements a officiellement cessé. Il est temps que je reprenne le contrôle. Et ma vie en main.

Je prends mon téléphone et compose le numéro de Raphaël.

— Comment va ma pote ?

Je souris en entendant cette voix à fantasmes qui ne me fait ni chaud ni froid (preuve que je deviens peut-être bisexuelle mais pas nymphomane, bonne nouvelle) mais me redonne le sourire.

— Comme quelqu'un qui a besoin que tu lui rendes un service sans faire aucun commentaire.

— Je t'écoute !

— Est-ce qu'avec ton réseau de dingue, tu penses pouvoir me trouver le numéro personnel de Mike Fiennes ou Simon Lauren ? Disons que c'est assez urgent...

Chapitre 53

WhatsApp – « Band »

SIMON

@Mike : est-ce que tu penses que Tadzio va faire la tronche jusqu'à la fin de la tournée ?

MIKE

@Simon : je sais pas. Mais je suis déstabilisé. En principe, c'est moi qui fais la gueule. Et lui qui saute dans tous les sens.

SIMON

@Mike : ne t'emballe pas. On va dire que vous êtes deux à exprimer chacun à votre manière votre jovialité et votre joie de vivre.

MIKE

@Simon : n'empêche que je les voyais autrement ces deux soirées à Vegas. Parce qu'entre toi qui roucoules devant les vidéos de ta fille et l'autre dépressif qui est passé de l'hyperactivité au mutisme, je peux pas dire que je kiffe intensément.

TADZIO

Pourquoi vous écrivez des SMS alors que je suis assis sur le même canapé que vous ?

SIMON
Alléluia. Il respire encore.

Chapitre 54

Svetlana

Il y a une différence très nette entre *avoir* une idée folle et *mettre en œuvre* cette idée folle.

Maintenant que depuis les coulisses du Qwest Center d'Omaha, une ville dont j'ignorais l'existence il y a encore une semaine, je suis en train de jeter un regard vitreux à la foule amassée autour de leur foutue scène centrale et circulaire – et malheureusement pour ma santé mentale, bien au-delà –, je commence à saisir cette différence.

Probablement *un peu tard,* sans doute.

Vraiment beaucoup trop tard, si je privilégie la précision. Ou plutôt la lucidité avant la fuite.

Vers les premières toilettes disponibles.

Pour aller vomir.

Je jette successivement un regard « Bordel mais qu'est-ce que je fous là ? », puis « Pitié, épargnez-moi, je veux vivre », aux personnes qui attendent patiemment que je sois prête à réaliser ce que tout le monde attend désormais de moi.

Les dernières notes du deuxième morceau des rappels, *There is no Planet B,* sont en train de s'achever. Non pas que je sois capable de le constater par moi-même. Mais c'est ce que m'indique l'assistante de l'assistant de je ne sais plus qui, qui veille surtout à ce que je ne tombe pas dans les pommes, si j'en crois la manière qu'elle a de serrer mon coude pour m'empêcher de m'écrouler.

Ça va être mon tour.

Inéluctablement et incontestablement. Tout ça parce que je l'ai voulu, moi, et que j'ai été suffisamment persuasive pour convaincre Simon et Mike, apparemment ravis de ma proposition.

Milieu de timbrés.

J'ai l'impression qu'un cochon d'Inde extrêmement poilu a élu domicile pile au fond de ma gorge – non, ne cherchez pas, c'est ça qui me vient à l'esprit : un cochon d'Inde, dodu, velu et pas à sa place –, et qui m'empêche de déglutir, de respirer.

Et probablement, et c'est là tout le problème, de chanter.

Vacillante, presque hagarde, les yeux fixés sur les dix-huit mille cinq cents personnes amassées dans la plus grande salle de concert du Nebraska, je m'empare du micro que me tend une femme au sourire apaisant tandis que depuis la scène commencent à retentir les premiers accords de guitare déjà mythiques qui font hurler les spectateurs.

Tadzio, seul sur la scène, entièrement vêtu de sombre, lunettes de soleil aux verres miroirs qui rappellent les éclats métalliques de sa guitare, a bel et bien entamé l'intro du morceau.

Notre morceau.

Dans quelques ridicules secondes, il va s'attendre à ce que la choriste, restée sur scène pour qu'il ne se doute de rien, prenne le relais et entame le premier couplet.

Sauf que ce soir, la choriste, c'est moi.

Maintenant que je suis en train de l'expérimenter en vrai, je confirme que *A Star is Born,* c'est vraiment n'importe quoi. Ou alors il faut vraiment s'appeler Lady

Gaga pour chantonner trois paroles à demi bourrée à quatre heures du matin sur le parking d'un centre commercial et débarquer le lendemain sur une scène, fraîche comme une rose, devant un stade plein. Pour non seulement se rappeler les paroles et la musique en question mais en plus chanter parfaitement la suite, qu'elle a sûrement dû rêver dans son sommeil. Et en version instrumentale, s'il vous plaît.

Bref...

Moi, en tout cas, j'ai beau avoir chanté énormément sous la douche avec son auteur, avoir même contribué à la composition de la chanson dont Tadzio joue les premières notes – en tout cas à son inspiration –, avoir surtout pris congé pour répéter comme une bête dans les derniers jours avec le coach vocal envoyé par Mike et Simon afin d'affermir un peu ma voix trop voilée, j'avoue que là, je n'en mène vraiment pas large.

Pour être honnête ? J'ai envie de crever.

Le pire, c'est que je suis en *blackout* total. Amnésique. Rien, ni le début du commencement, ni même la fin pour que je me barre enfin de ce cauchemar, non, rien ne me vient. Il doit me rester un centième de seconde avant que je fasse foirer tout un spectacle mais je suis incapable de bouger. Mes pieds sont cimentés dans le sol et je ne peux pas y remédier.

Et revenue du passé, madame Maillard, ma prof de musique du collège, ricane.

Mike et Simon m'encouragent du regard mais je suis dans un état tellement second, rongée par le stress et, au temps pour le glamour, par une envie irrépressible de vomir en vidant en même temps ma vessie et mes intestins aux toilettes, que ne je sais même pas lequel des deux vient me parler d'une voix ferme.

— Lana, va falloir y aller, là. Main-te-nant.

L'assistante de l'assistante me pousse vers la lumière et vers le type au physique d'ange déchu qui ne se doute de rien dans son auréole de lumière artificielle, alors qu'il est la raison de ma présence ici.

— Tu.y.vas.Lana.

Flash d'un regard bleu marine, j'imagine que c'est Simon. Forcément. Mike a les yeux clairs mais dorés. Ou verts. Je veux penser à la couleur de ses yeux, tiens ! À tout sauf à ce qui m'attend.

J'ouvre la bouche, j'avale l'air comme si je venais d'échapper à la noyade.

Et je commence, en m'avançant d'une démarche tremblante vers la scène, sans même comprendre comment ma voix fait pour fonctionner...

Chapitre 55

Tadzio

J'ai entamé presque mécaniquement le début de la chanson suivante.

Sa chanson.

Notre chanson.

Sauf que j'ai un sourire amer qui ne demande qu'à se dessiner sur mes lèvres pincées d'amertume que je dissimule en courbant la nuque vers ma gratte. Mon regard bien trop terne est déjà caché sous les Pilote que j'ai ressorties, comme chaque fois que je dois désormais chanter cette chanson qui me fout en l'air.

C'est bien l'intro que je suis en train de jouer, celle dont je devrais être tellement fier, si j'en crois les louanges du milieu ou de nos fans, ce sont bien nos paroles et nos disputes que je vais bientôt reprendre en musique avec Kate, la choriste dont la voix se rapproche le plus de celle de Lana.

Mais au lieu de vibrer comme lorsque je la chantais avec elle, au lieu d'avoir envie de l'arracher à sa meilleure scène – ma douche – pour qu'elle rejoigne immédiatement le seul endroit qui est sa place au monde – mes bras –, j'ai une fois de plus juste envie de chialer comme un gosse parce que je me suis planté sur toute la ligne.

Merci les verres miroirs.

La foule se met à hurler comme un fauve indomptable lorsque le premier couplet commence et que s'élèvent les premières paroles familières.

When nothing makes sense
When you're alone in the middle of this crowd,

Pourtant, quelque chose diffère des autres soirs. L'attitude des spectateurs qui semblent littéralement fascinés et en transe, portables brandis pour photographier ou filmer à tour de bras, le rythme de Kate, un peu plus lent que d'habitude, sa voix, plus hésitante, plus dans un souffle.

Plus proche de celle de...

That's where I come from,
That's where my eyes are no longer lightning
but headlights in your night

Cette façon de rouler légèrement des *r*... Incrédule, je lève le nez vers les écrans géants qui me font face. Ils diffusent des images du public ou de la ville de Belgrade, comme chaque fois que nous interprétons cette chanson.

Mon cœur s'emballe pourtant et je me résous à me tourner pour observer l'une des passerelles, celle qui avance depuis les coulisses vers la gigantesque scène circulaire sur laquelle je me trouve.

Aussi dingue que cela puisse paraître, mon instinct ne m'a pas trompé. Longiligne, presque frêle, d'une démarche incertaine aux antipodes de celle que je lui connais, Svetlana s'avance dans la lumière. Mon corps tout entier se tourne vers le sien, comme un tournesol vers le soleil, tandis que je continue d'accompagner les paroles qu'elle exprime d'une voix que je sais bien plus tremblante qu'à son habitude.

Where you want me to be

Son regard est rivé au mien pendant qu'elle franchit les derniers mètres qui séparent la passerelle de la scène comme si je l'aidais à ne pas tomber. Enfin, alors que les secondes me paraissent s'étirer à l'infini et que, pour la première fois depuis des années, je me demande comment j'arrive à continuer de jouer alors que mon cerveau est si distrait, elle se tient debout, à côté de moi. Sublime malgré la simplicité de sa tenue, un jeans, des bottes hautes à talon, et un débardeur trop grand porté sur une brassière toute simple : mon débardeur des Knicks, qu'il faut quand même oser porter quand on chante pour la première fois dans le Nebraska.

La foule hurle, délirante de ce moment qu'elle ne s'explique pas mais qu'elle est pourtant enthousiaste de partager avec nous. Sans doute, la plupart des spectateurs ne connaissent que nos morceaux les plus célèbres et s'intéressent assez peu à notre intimité. Ils sont là parce que nous sommes un nom, presque une marque, et que notre présence globale est en soi un évènement. Mais il est certain aussi qu'une infime partie, celle qui est composée par nos fans, suit de près nos vies privées et aura vite fait de mettre un nom sur le visage tendu par le stress de la jolie jeune femme qui a fait à « Tadzio Steadman » la surprise de le rejoindre.

Lana m'adresse un sourire vacillant pendant que je l'encourage du regard, incapable de piger comment elle a réussi à organiser une telle prouesse sans que je m'en aperçoive. Fixant mes lèvres qui vont bientôt prendre le relais, elle termine le premier couplet le plus délirant de ma déjà longue carrière :

Where I already love to hate you...

La suite me vient mécaniquement et j'ai l'impression d'une symbiose, d'une harmonie rare et que je ne retrouverai peut-être plus jamais, comme artiste et comme homme.

When everything is pressure
When all is under control
When you are alone in the middle of the city
That's when I come for you
When you scratch me
When I bite you
When I want you [25]

La fin du couplet devrait être la même que la sienne, l'aveu du fait que j'aime la détester.

When I love to hate you

Pourtant, devant les dix-huit mille cinq cents spectateurs du Center d'Omaha et alors que ce sourire pour une fois timide, d'autant plus précieux qu'elle ne le révèle que lorsqu'il est sincère, fend désormais son visage, je suis incapable de chanter autre chose que les paroles qui s'imposent à moi et que Lana avait prophétisées dans nos premières joutes verbales :

When I hate loving you [26].

Quand le morceau s'achève devant un public déchaîné et que je prends la main fine de Lana pour

---

25. (La chanson complète est disponible et traduite en fin de livre !) Quand tout n'est que pression/ Quand tout est sous contrôle/ Lorsque tu es seule au milieu de la ville/ C'est là que je viens pour toi/ Quand tu me griffes/ Quand je te mords/ Quand je te veux.
26. Quand je déteste t'aimer.

la lever, jointe avec la mienne, vers la voûte du Qwest Center, en déclinant son identité pour la remercier d'une voix de stentor, je sais que je suis vraiment amoureux de cette fille.

Mais je sais aussi, avec la même puissance, que la force de mes seuls sentiments ne suffira pas à l'adulte que je suis désormais.

Chapitre 56

Svetlana

Je l'ai fait !

J'exulte intérieurement alors que Tadzio m'entraîne en courant vers les coulisses, ses doigts fermement entrelacés avec les miens pendant que la foule hurle et applaudit à n'en plus finir.

Je l'ai fait, mais ce n'est pas parce que moi, la jeune ado qui n'avait pas été capable de chanter, je me suis, ce soir, produite sur une scène immense – sans trop de fausses notes et sans vomir sur les boots de Tadzio – que j'exulte.

Non, si mon cœur bat la chamade, c'est parce que j'ai réussi à prouver à Tadzio qu'il avait de l'importance pour moi. Que j'étais capable de venir le chercher et de le lui exprimer. Que je tenais à lui.

Si j'en crois sa poigne qu'il ne relâche pas, ça a marché.é

Autour de nous on nous congratule, on nous entoure, on nous félicite. Mike et Simon sont joviaux, leur agent, celui qui a *initié* Tad à la bisexualité, se félicite déjà des retombées de notre duo. J'ai la tête qui tourne et juste envie d'être seule avec lui.

Envie *de* lui aussi. De manière électrique, intense et dévorante.

Laissez-nous seuls, putain ! J'ai envie de ce type à ne plus pouvoir en dormir. Dégagez !

Aussi je ne comprends pas tout de suite ses propos, alors qu'il vient de nous isoler dans un coin de l'immense loge où l'alcool coule déjà à flots.

— Alors tu t'es dit qu'en jouant au prince charmant, ça allait suffire ?

Je tique parce que je ne comprends pas de quoi il me parle. De toute façon, je ne sais pas si je retrouverai un jour le sens de la réalité, tellement ce que je viens de vivre est hallucinant, tellement l'adrénaline me surexcite. Tellement il me plaît, putain. Pourquoi il ne m'embrasse pas, d'ailleurs ?

— Tu me plais, Lana. Tu me plais et tu le sais.

Loin du sourire immense qu'il m'a adressé sur scène pendant que tous les regards étaient rivés sur nous, son visage est fermé, sa voix plus tranchante. Ses mains qui tenaient les miennes il y a quelques secondes sont enfoncées dans ses poches. Et toute son attitude corporelle me dit qu'il n'a pas du tout envie de m'embrasser.

Ni encore moins de faire passer ce pic d'adrénaline en allant baiser dans un placard comme toute rock star qui se respecte.

— Mais tu es venue pour quoi, au juste ?

J'essaie d'alléger l'atmosphère par une boutade :

— Me prouver que j'étais finalement capable de chanter au spectacle de fin d'année ? Retrouver mon pote la star et l'enlever pour une baise sauvage comme on voit dans les films et vérifier si tous ces clichés sur le rock et ses *backstages* sont vraiment justifiés ?

Un ricanement accueille ma réponse avant qu'il ne s'allume une clope. J'inspire à pleins poumons cette odeur qui m'avait manqué et se mélange à celle de sa peau.

Je reprends plus sérieusement, sans le quitter des yeux. Ça tombe bien, les siens me dévorent :

— Tu me manquais, Tad. Tu ne me répondais plus.

Je marque une pause, désireuse d'être sincère. Je n'ai pas aimé ça. Je veux qu'on retrouve notre relation d'avant.

Les mâchoires de Tadzio se contractent. Ses yeux, cette fois, lancent des éclairs, et le plus dingue est que ce n'est même pas une image de circonstances. Pourtant sa voix est calme lorsqu'il constate, presque platement :

— Je suis désolé. Ça va sans doute te sembler absurde, ce n'est pas ce que je veux.

Je secoue nerveusement la tête. Je sens mes paupières qui s'agitent.

— Je ne suis pas certaine de comprendre, là. Tu n'es pas venu chez moi, peut-être ? Tu ne m'as pas composé une chanson avec un clip qui montre un couple qui nous ressemble à Belgrade ?

— Je suis venu chez toi, oui. Où tu étais avec cette fille. Les lèvres gonflées de l'avoir embrassée.

Je ne sais pas quoi répondre parce qu'il a raison. Et cette hésitation me perd parce qu'il enchaîne d'une voix dure et sarcastique, comme si lui avoir donné raison l'autorisait cette fois-ci à exprimer sa colère :

— J'ai déjà une mère qui m'aime « à sa façon » et avec laquelle j'ai dû m'accommoder. Je ne veux pas la même chose dans ma vie personnelle. J'ai cru, à force de persévérance pour me faire remarquer puis apprécier, que tu pourrais finir par m'aimer. Mais ce que tu as fait ce soir, qui est franchement une putain de prouesse, Belgrade, ce n'est pas l'amour que je veux.

Cette fois-ci ce sont mes lèvres qui se pincent.

— Éclaire-moi parce que je suis paumée, là.

— Tu as mentionné l'importance de notre amitié dans le SMS que tu m'as envoyé, après notre discussion sur ton palier à New York. Tu ne veux pas de relation, tu l'as assez répété. Ce soir, ce que tu as fait, c'est juste essayer, comme toujours, de gagner parce que tu détestes perdre et que je ne te donnais plus signe de vie. De *me* gagner.

Est-ce que c'est vraiment pour ça que je suis réellement venue ? Il en semble tellement convaincu et je suis tellement incapable de mettre un nom sur ce que j'éprouve pour lui.

— Alors si tu me laisses le temps, peut-être que je pourrai à nouveau être pote avec toi quand on aura fini de tourner. Mais aujourd'hui, je vaux mieux qu'être celui que tu prends pour baiser avec une rock star, sans trop savoir ce que tu veux par ailleurs.

Il aspire une longue bouffée de sa clope. Je fixe ses lèvres pleines qu'il m'interdit d'embrasser.

— Désolé, Belgrade. Je ne serai plus ton défi, pas plus que je ne deviendrai ton jouet.

Chapitre 57

Tadzio

WhatsApp – The Band

Chicago, Illinois – 2 concerts au United Center (concert de Lana à Omaha + 3 et + 4 jours)

SIMON
On ne parle que de toi partout, Tad. Autant dire que les ventes de nos titres s'emballent.

MIKE
De toi et de cette malheureuse fille que tu as laissée repartir seule du Qwest Center.

SIMON
Pour info, même si elle m'a affirmé qu'elle était juste allergique (probablement aux gros cons dans ton genre), elle avait les yeux sacrément rouges et humides quand elle m'a dit au revoir. Surtout pour une fille qui aurait dû être en train de baiser avec toi dans une loge vide pour fêter votre prestation et vos retrouvailles.

Nashville, Tennessee – Bridgestone Area (Omaha + 7 jours)

MIKE
Plus j'y pense et plus je me dis que t'es vraiment un connard, Tad. Crois-moi, ça se gâche pas des occasions pareilles, la vie est trop courte.

Duluth, Géorgie – Infinite Energy Arena (Omaha + 9 jours)

SIMON
Je te rends ta guitare, au fait. Tu peux me dire ce que tu veux, mais même si tu la mérites clairement pas, tu l'as eue cette fille, peu importe que tu aies ou non couché avec elle.

SIMON
Et j'espère que tu culpabiliseras, en pensant à elle chaque fois que tu en joueras.

Montréal, Québec, Canada – (2 dates) – Centre Bell (Omaha + 18 jours)

MIKE
Je pige pas, en fait.
Tu voulais quoi ? Qu'elle s'agenouille sur scène et te demande en mariage ?

SIMON
Tu sais qu'on peut être fou de quelqu'un sans forcément s'obliger à dire « je t'aime » ?

MIKE
À ton avis, Simon, une fille qui déteste apparaître en public, qui ne supporte pas qu'on puisse remettre

en cause son intégrité professionnelle, qui n'est pas chanteuse de profession, qui jusqu'à présent a toujours été sexuellement attirée par les femmes mais sans jamais être vraiment capable de s'engager et qui décide de traverser les États-Unis pour venir jouer la sérénade à un petit con de bassiste, plutôt joliment en plus, mais qui, ô mon Dieu, n'est pas encore capable de mettre un nom sur ses émotions, tu crois qu'elle mérite de se faire jeter comme une moins que rien par le petit con en question ?

Uniondale, État de New York – Nassau Coliseum (Omaha + 20 jours)

SIMON

Dites donc les mecs, à part ma famille, on connaît pas quelqu'un qui habite à New York ?

MIKE

À part une très jolie blonde très intelligente qui a fait la une de tous les tabloïds ces derniers temps et qui a chanté sur scène avec ce blaireau de Tadzio Steadman ? Non mec, je vois pas.

Chapitre 58

Svetlana

Preuve que Tadzio avait eu raison de m'exfiltrer au *248* à l'époque, trois semaines après mon petit succès (je confirme : c'est du sarcasme) à Omaha, quelques paparazzi campent toujours près de chez moi. J'ai même fini par en saluer certains, en les appelant par leur prénom, en plus, et en leur adressant, selon mon humeur du jour, un sourire narquois ou navré quand je constate que, une fois de plus, ils n'ont rien à se mettre sous la dent.

Quand je dis navrée, c'est sans doute plus pour moi et ma vie sans saveur que pour leur absence de matière à scoop pour tabloïds.

Désolée les gars, je me suis fait jeter.

Cela dit, cette absence de saveur me convient pour le moment. Parce que du piment, j'en ai eu ma dose, entre le râteau géant que je me suis pris à Omaha et les jours qui ont suivi où je me suis fait littéralement harceler – au boulot, par ma famille, par mes amies, par la presse, par les fans ou sur les réseaux sociaux –, comme si j'étais officiellement devenue la petite amie de Tadzio l'imprenable.

Quelle plaisanterie, non ?

Quoi qu'il en soit et même si je n'ai pas fait de démenti officiel – je reste lucide sur l'intérêt très relatif de ma vie sentimentale ou de son absence, y compris si elle est liée, de plutôt loin en plus, à un musicien de génie –, tout rentre peu à peu dans l'ordre.

Dans mon ordre, en tout cas. Celui que j'ai mis des années à instaurer et que j'ai été bien bête de penser pouvoir déranger.

Je bosse, je fais du sport, je vais voir les enfants à l'hôpital.

Je ne baise pas encore mais j'imagine que ça ne saurait tarder.

Je m'efforce surtout de ne pas songer à Tadzio, alors que je suis triste à en pleurer chaque jour depuis qu'on s'est quittés, de rester indifférente quand je me balade dans le quartier et que je nous découvre encore en sujets de la presse à sensation. Ou quand, au contraire, un journal choisit de publier une photo de lui avec une fille renversante accompagnée de ce titre : la jolie médecin déjà oubliée pour Gigi le mannequin ?

Comme disent les filles, j'aurais pu l'appeler.

Certes.

Mais il aurait aussi pu mesurer ce que je venais de faire pour lui. L'apprécier à sa juste valeur au lieu de se fermer comme une huître, tétanisé par la peur de l'échec et du rejet.

Il aurait pu me dire ce que lui voulait vraiment.

Il m'a demandé de lui garantir un amour que je n'ai jamais éprouvé pour personne, alors que j'en étais encore au stade où j'étais déjà stupéfaite d'avoir tant besoin de sa présence.

Si je me réfère à mon cœur qui a failli déchirer ma cage thoracique à force de gonfler sur scène lorsque je l'ai regardé chanter pour moi, torride avec sa guitare, cette mèche sombre retombant sans cesse sur son visage concentré, j'imagine que, oui, je suis bien tombée amoureuse de lui. En tout cas, vu comme la façon qu'il a eue de me congédier parce qu'il ne me faisait pas assez confiance m'a fait mal, je présume qu'on s'en rapproche drôlement, non ?

Alors oui, j'ai mal.

A en crever.

Et non, je ne l'appellerai pas.

Pas tout de suite en tout cas. Qu'il aille se faire foutre.

Ne comptez pas non plus sur moi pour apparaître en *guest* au concert final de leur tournée américaine au Madison Square Garden. J'ai donné, merci. Il n'a pas voulu de ce que j'avais à lui offrir ? Grand bien lui fasse. Je sais ce que je vaux, j'avancerai comme je l'ai toujours fait et tant pis pour lui.

J'ai beau être très convaincue de tout cela, je dois quand même avoir l'air un peu piteuse à ressasser une fois de plus devant mon carton à pizza.

Je crois que le livreur a halluciné quand il a été pris en photo sur mon perron pendant que je lui ouvrais, indifférente au fait que mon vieux legging distendu et mon débardeur défraîchi des Knicks allaient être disséqués, chez les coiffeurs ou aux toilettes, à travers tout le territoire américain.

Cependant, même si je ressasse, je suis bien chez moi. Je décide donc, quand on sonne à la porte à vingt-trois heures trente, que j'ai déjà assez donné de ma personne pour la presse à sensation et que les fans, paparazzi et autres journalistes de quatrième zone attendront demain pour brasser du vent avec ma vie de merde.

Sur la table basse du salon, juste à côté du carton à pizza, mon téléphone vibre pour me signaler que j'ai reçu un message.

Belgrade, tu m'ouvres ? Je suis comme un con devant ta porte close et les trois photographes qui avaient misé sur toi s'en donnent à cœur joie.

Je contemple l'écran fixement. Lis et relis le SMS que je viens de recevoir. Le nom de son expéditeur, Steadman, comme je l'avais enregistré lorsqu'il me l'a donné.

Pas une seconde je ne me demande si c'est une blague. Pas une seconde je ne me dis que je vais le laisser pourrir sur le pas de ma porte. La vie est trop courte pour rester dans la rancœur et j'ai instantanément envie de le voir à en perdre le souffle pendant que mon cœur pirouette comme un dément.

Mais s'il est là pour que je lui pardonne, il va falloir qu'il y mette les formes.

Je ne vais pas me changer alors que ma tenue est pourrie.

Je ne réajuste pas ma queue-de-cheval ramollie.

Je ne me parfume pas, ne me brosse pas les dents, ne me remaquille pas pour apparaître fraîche comme une rose sur le pas de ma porte.

Tadzio me connaît sarcastique, ronchonneuse ou même cabossée, et c'est aussi pour ça que je l'aime.

— Steadman ? Déjà fini, ce concert ?

J'ai ouvert la porte et le toise, autant que cela est possible en étant plus petite que lui et pieds nus de surcroît. Vêtu d'une chemise sombre ouverte sur un tee-shirt gris, d'un jeans déchiré et de ses improbables boots de scène qui le grandissent encore, lui me paraît gigantesque.

— Belgrade... Deux iris pers semblent me dévorer. J'ai peut-être demandé à Simon de chanter *Try, baby*, ce soir, pour pouvoir partir un peu plus tôt...

Son sourire est taquin, sexy, sincère. Et la plus belle chose que j'ai jamais vue en toute objectivité.

Je l'aime, je l'aime, je l'aime.

J'ai très envie de me jeter à son cou mais j'ai d'abord envie d'entendre ce qu'il va me dire, histoire de ne pas me fourvoyer une fois de plus. En outre, même si j'ai bon espoir que s'il est là, c'est peut-être parce qu'il a compris pourquoi j'étais venue à Omaha, il doit encore se faire pardonner le plus gros râteau de l'histoire.

Autant dire que je compte bien le cuisiner un peu.

— Lana ! Tadzio ! Un baiser s'il vous plaît !

Je hausse les yeux au ciel en direction de Teddy, mon paparazzi préféré qui mériterait bien une petite croquette, je l'admets.

— Marrant comme avec toi tout se passe toujours dans la discrétion la plus absolue.

— Je te rappelle que c'est toi qui es venue pousser la chansonnette devant vingt mille personnes.

— Dix-huit mille cinq cents, Steadman, je rectifie. Arrête de te la jouer.

En face de moi mon grand brun préféré au monde rit et c'est plutôt communicatif.

— Je suis venu te dire que j'étais désolé, Lana.

— Désolé pour quoi ? Vous vous étiez disputés, Tadzio ? Lana, Steadman t'a trompée ?

— Putain, c'est pas possible, grommelle Tadzio. Tu veux vraiment qu'on ait cette conversation sur ce perron en présence de trois photographes qui ont branché les enregistrements audio de leurs téléphones ?

Je me mordille la lèvre pour réprimer le large sourire qui ne demande qu'à s'épanouir.

— Si tu savais combien je le veux, Steadman... Tu n'as même pas idée... Donc tu étais en train d'exprimer tes excuses publiques ?

Tadzio hoche la tête d'un air entendu, une moue très amusée sur sa bouche incroyablement désirable.

— Je vois...

— Et ouais... Baby...

— OK... Alors, en résumé, Belgrade : je suis désolée de ne pas avoir pris la mesure de ce que tu avais fait à Omaha. J'ai trouvé que c'était infiniment courageux de ta part. J'ai réagi comme un con et je m'en veux infiniment pour ça. Et au fait...

Il se tourne vers les paparazzi, théâtral.

— Les gars, ça va être le moment de pas vous planter.

Il se rapproche de moi, levant les bras pour s'accrocher au chambranle de ma porte d'entrée, une expression canaille sur son visage si familier.

— Au fait ?

— Au fait, je suis amoureux de toi. Et je crois bien que je me fous de savoir si tu arrives à mettre un nom sur ce que tu éprouves pour moi. Ou de savoir si tu es bisexuelle, pansexuelle, homosexuelle tendance Steadman – je glousse –, ou j'en passe. Tant que tu l'éprouves pour moi et avec moi, le reste n'a aucune importance.

Un flash crépite tandis qu'il se rapproche au point de toucher son front du mien, avant de reculer à nouveau. Un contact à peine perceptible mais suffisamment pour que ma peau entière sorte de son hibernation forcée et que mon corps s'embrase.

Dingue. Je.suis.dingue.de.lui.

— Tu en dis quoi, Belgrade ?

— J'en dis que sur l'échelle de la perte d'amour-propre par amour, tu mènes 2 à 1.

Je réponds à son expression interloquée :

— 1 pour toi avec ta venue à New York juste après vos répétitions. 1 pour moi après mon concert historique à Omaha.

Je lui souris.

— Et 1 pour toi ce soir, pour te livrer et en public, en plus. Comment je fais pour égaliser, à ton avis ?

— Et ce baiser, les amoureux ?

A priori, *Ted a déjà une idée... et pas mauvaise en plus.*

Je pose mes mains sur les épaules denses et musclées de Tadzio, me hisse tranquillement sur la pointe des pieds et dépose un baiser léger sur ses lèvres sensuelles.

— Et le crapaud se transforma en un insupportable guitariste sexy... je murmure avant de retrouver ses lèvres.

Cette fois-ci, Tadzio me dévore, laissant ses mains glisser sous mes fesses pour me hisser contre lui. Je l'aime soudain tellement que je pourrais passer le reste de mes jours contre son torse solide, à écouter battre précipitamment son cœur.

À cause de moi. Grâce à moi. Pour moi.

J'enroule mes jambes autour de sa taille tout en gloussant :

— Tu leur en donnes vraiment pour leur argent, tu sais ?

— J'ai toujours bien aimé Ted. Il m'a exfiltré un jour d'une émeute en scooter, marmonne Tadzio avant de reprendre son baiser.

Il donne un coup de pied dans la porte en continuant de m'embrasser comme si sa vie en dépendait, s'interrompt toutefois pour se retourner et contempler les photographes qui exultent.

— Désolé les gars, mais la suite, c'est entre nous.

Il leur sourit une dernière fois, largement, avant de murmurer, juste pour moi, comme une promesse de caresses.

En me dévorant de son regard mer de Chine.

— Tu m'invites chez toi, Belgrade ? J'ai trois jours à tuer avant de repartir pour Philadelphie. Idéalement avec toi si tu as un peu de temps à me consacrer...

Bien sûr, j'acquiesce, tandis que mon cœur bat si fort que tout mon corps semble vibrer.

Mais parce que j'ai envie de crier mon amour au monde entier, je penche la tête pour m'adresser une dernière fois aux photographes ravis :

— Au fait, les gars ? Je l'aime comme une folle, n'oubliez pas de le dire dans votre article !

Et quand Tadzio franchit l'entrée de mon appartement en continuant de me porter à bout de bras, c'est moi seule qui donne un coup de pied pour bien refermer la porte d'entrée derrière nous.

Parce qu'il a raison : la suite, désormais, c'est juste entre nous, et je sais qu'elle va être magique.

THE (HAPPY) END ☺

À propos de la dernière chanson des KA-9, *Try, baby*

« Une intro au niveau de morceaux d'anthologie comme Where is My Mind, Smell Like Teen Spirits ou Under Pressure. » *Rock and Folk.*

« Vous n'oublierez plus jamais les premières notes de *Try, baby* », *Rolling Stone.*

« Il l'a fait, ce petit con », Slash, guitariste des Guns N' Roses.

« On sent tout de suite que Steadman n'est pas un vrai chanteur. Et ses tatouages font fake, non ? » Adam Levine, *Maroon 5.*

Try, baby, paroles de Svetlana Lukic et Tadzio Steadman,
musique de Tadzio Steadman

When nothing makes sense
When you're alone in the middle of this crowd,
That's where I come from,
That my eyes are no longer lightning but headlights in your night
Where you want me to be
Where I already love to hate you

Cry, Baby...'cause you'll hate loving me.

When all is pressure
When everything is in focus
When you are alone in the middle of the city
That's where I come from
Where you bite me
Where I scratch you
Where I want you
Where I hate loving you

Try, Baby, 'cause you love to hate me.

I love to hate you (Try, Baby)
I hate loving you (Cry, Baby)
because your eyelids are closing,
(voluptuousness)
because your lips that are opening up
(pleasure)
because your sighs, because your moans,
(enjoyment)
because your skin against mine and your smell that enslaves me
(excitement, desire)

because you annoy me, because you excite me,
because you amaze me, because you move me,
because you don't like charming princes,
because you're the warrior
because I'm just a toad that you didn't want
to transform
I love to hate you (Try Baby).
I love to love you (Try, Baby)[27].

27. Quand rien n'a de sens/ Quand tu es seul au milieu de cette foule/ C'est de là que je viens/ Que mes yeux ne sont plus des éclairs mais des phares dans ta nuit/ Là où tu veux que je sois/ Là où j'aime déjà te détester/ Pleure bébé car tu vas détester m'aimer.
Quand tout n'est que pression/ Quand tout est sous contrôle/ Lorsque tu es seule au milieu de la ville/ C'est de là que je viens / Où tu me mords/ Où je te griffe/ Quand je te veux/ Quand je déteste t'aimer / Essaie bébé parce que tu aimes me détester.
J'aime te détester (Essaie, bébé)/ Je déteste t'aimer (Pleure, bébé)
Parce que tes paupières se ferment/ (volupté)/ parce que tes lèvres qui s'ouvrent/ (plaisir)/ parce que tes soupirs, parce que tes gémissements/ (jouissance)/ parce que ta peau contre la mienne et ton odeur qui m'asservit/ (excitation, désir)/ parce que tu m'agaces, parce que tu m'excites, parce que tu m'étonnes, parce que tu m'émeus/ parce que tu n'aimes pas les princes charmants, parce que tu es une guerrière/ parce que je ne suis qu'un crapaud que tu n'as pas voulu transformer/ J'aime te détester (Essaie, bébé) / J'aime t'aimer (Essaie, bébé).

Playlist

Try Baby parle de musique et pourtant je crois que c'est un des livres que j'ai écrits dans lequel les références musicales sont les moins présentes ! Et pour cause : c'est TRY BABY la chanson de Tad et Lana qui est avant tout LA musique de ce livre :-)

J'ai donc recréé une playlist dans l'ordre chronologique. Elle n'est pas pas du tout calée sur un chapitre donné. Parfois c'est juste un clin d'œil à un bref moment du livre ; parfois aussi... c'est vraiment n'importe quoi (vous comprendrez en l'écoutant !).

Mais c'est la playlist qui va bien, je crois, avec cette comédie romantique, du début électrique à la happy end ouverte, comme je les affectionne.

J'espère que vous sourirez comme moi en la découvrant ! Bonne écoute !

1. Welcome to New York, Taylor Swift (1989)
CHAPITRE 1

2. Paris, The Chainsmoker (Memories do not open)
CHAPITRE 3

3. Girls like you, Maroon 5 (Red pill blues)
CHAPITRE 4 à 6

4. Try Me, Jason Derulo feat. Jennifer Lopez (Everything is 4)
CHAPITRES 7 à... 27!

5. I kissed a boy, Jupither (single)
CHAPITRE 28 (et suivants)

6. Empire State of Mind, Jay-Z feat. Alicia Keys (The Blueprint 3)
CHAPITRE 37

7. Under pressure, Queen feat. David Bowie
CHAPITRE 37

8. Perfect Day, Lou Reed
CHAPITRE 37

9. Shallow, Lady Gaga and Bradley Cooper
CHAPITRE 41 (et suivants)

10. Beverly Hills 90210, générique
CHAPITRE 47 (pardon, pardon!)

11. Ziggy, Céline Dion
CHAPITRE 51 (oups!)

12. Oh, Pretty Woman, Roy Orbison
CHAPITRE 52

13. Starlight, Muse (Live at Rome Olympic Stadium)
CHAPITRE 53 (et suivants)

14. It Must Have Been Love, Roxette (The 30 biggest hits)
CHAPITRE 58

15. Up&Up, Coldplay (Live in Buenos Aires)
CHAPITRE 58

Mon petit mot de la fin

J'ai adoré écrire cette histoire de Svetlana et Tadzio, ces deux grandes gueules, si mal à l'aise quand il s'agit d'approfondir émotions et sentiments, d'oser se livrer à l'autre et de prendre le risque de la remise en question mais aussi du rejet. J'espère évidemment de tout mon cœur que vous les avez aimés aussi ! J'ai vraiment vibré avec eux, du début impossible et improbable de leur histoire jusqu'à la dernière scène de ce livre (oui, je sais : il n'y a pas d'épilogue ☺, rêvons un peu à la suite !), adoré leurs balades et vécu avec eux leurs concerts. Si vous voulez vous faire une idée de ce que voit Lana depuis la scène à Omaha et trembler de frousse avec elle, bien sûr il y a A Star is Born, mais il y a surtout cette vidéo culte de Bowie et Lennox au Freddy Mercury Tribute, face à ce stade comble devant lequel je me demande toujours comment on peut oser même s'avancer... et ce début mythique de Under Pressure qu'ils interprètent en live et qui ressemble sans doute beaucoup à celui de Try, baby [28]...
Et une fois que ce livre est achevé, qui puis-je remercier que je n'ai pas déjà remercié dans mes précédents livres ?
Papa, parce que rien que l'écrire me donne l'impression que...
Maman, parce qu'un jour tu en liras un, promis.
Ma sœur, parce qu'on n'est pas jumelles mais qu'on aurait dû, c'est évident. Je t'aime.

---

28. https://youtu.be/fCP2-Bfhy04

Évidemment, mes amours de mecs, Sean mon amoureux, mon fils et tes boucles magiques, Tigrou parce que même si tu es un chat castré, je crois bien que tu as toute ta place à leurs côtés.
Les Nappettes et leur père trop stylé <3 < 3 <3 A vous les filles que vous m'ayez lue ou non en cours d'écriture, parce que vous êtes toujours un peu de passage dans mes livres. Vivement le retour des soirées filles en terrasses !
A., parce que sans ton « coming out inversé » pendant ton Erasmus, je n'aurais sans doute jamais imaginé cette histoire.
Luna-Sira pour avoir corrigé LA chanson à la toute dernière minute : mouak !

Vous, évidemment, les filles plus si virtuelles et que je n'ose pas appeler des bêtas parce que vous êtes bien plus que ça pour moi : Julie, Myriam, Justine vous êtes mes superstars, merci pour votre aide, vos encouragements et votre amitié à distance. Je sais que je suis l'autrice la plus lente qui soit et je vous suis vraiment reconnaissante d'avoir réussi quand même à suivre cette histoire sans tout oublier à chaque fois. Pensées aussi à Zak, Émilie, Sonia, Nathalie, Topie, Pgy, Danizlomb ou Mina qui n'avez jamais lu la fin ! Pauline : le chapitre 54 est évidemment le tien <3
Lindsey parce que j'adore notre duo (même si on oublie d'écrire !) et parce que sans toi pour m'encourager, je ne sais pas si je serais venue à bout de l'édition de ce livre que j'aime tant. Longue vie à notre amitié.
Mes soutiens dans la deuxième partie du travail, quand il faut reprendre le texte encore et encore : Marie HJ, pour ton honnêteté qui m'a aidée à comprendre ce que je ne comprenais pas ; Axelle, pour ton écoute toujours attentive ; Anita parce que tu es tellement girl power et que j'adore savoir que je pourrais être ta mère ; Tessa,

pour ta présence et tes encouragements ; Noémie, pour tes montages surprises.
Merci à vous aussi qui faites vivre la romance dans vos groupes ou sur vos pages et profils qui vous prennent tant d'énergie et qui mettez nos livres en avant. Merci de me proposer de participer à vos interviews, vos lives, vos jeux. Je sais que je ne suis pas l'autrice la plus connectée mais sachez que c'est toujours un plaisir et un honneur ! Pensées pour Miel et Aminouch : je veux encore des pm improbables ☺
Mentions aussi aux autrices qui déchirent et qui rendent l'écriture si sympa : Ena, Shelby, Isla, Milyi, Pascale, Loraline, Wendy, Avril, Leni, Emma, Margot, Nathalie, Chrys, Chlore... Mais aussi Sarah B. pour tes mots si sympas sur So What qui m'ont beaucoup touchée.
Merci à ceux qui m'ont suivie sur Wattpad alors que je n'ai toujours pas compris comment cette plateforme fonctionne.
Merci à toi Stéph Anie aux yeux verts comme ceux de Lana pour ces couvertures et ces aesthetics sublimes que tu m'as offerts, juste comme ça.
Évidemment : merci à Hugo Roman et à Sylvie Gand en particulier de rendre mes livres plus beaux. Cette édition exigeante a été une sacrée aventure mais je suis vraiment fière du résultat et de la belle évolution des personnages, une fois (toutes ☺ !!) tes observations et remarques absorbées !

Et bien sûr : MERCI À VOUS D'AVOIR LU CE LIVRE, c'est pour vous que je l'ai écrit et pour vous que j'imagine ces histoires, en espérant qu'elles vous toucheront. Celles avec qui parfois j'ai le grand bonheur d'échanger sur les réseaux sociaux, qui m'adressez vos petits mots, vos encouragements ou prenez le temps de me parler de mes livres mais aussi de vos autres lectures ou des miennes parce que nous avons toutes ce point commun : celui d'adorer la romance.

À très vite j'espère,
Je vous embrasse !